JULIA STARCK

RACHESTURM

Roman

*Liebe Elisabeth,
auf geht's in die zweite
Runde!! Viel Spaß und
alles Liebe
Julia*

Deutsche Erstausgabe Juli 2018
© 2018 by Julia Starck
Alle Rechte vorbehalten.

Lektorat/Korrektorat: Heidemarie Rabe

Autorin: Julia Starck, 70839 Gerlingen
julia.starck@t-online.de

ISBN: 9781717718099

Für Ella

Weil du mich ermutigt hast, als ich selbst mein größter Feind war.

Prolog

Nikolaj

Das unangenehm laute Quietschen der Holzstufen, das trotz seiner federleichten Schritte die Stille im Treppenhaus zerriss, entlockte ihm ein genervtes Schnaufen. Fast alle Wohnungen im Haus waren mittlerweile saniert worden. Bis auf die der Bewohner, die sich weiterhin mit allen rechtlichen Mitteln gegen den Hauseigentümer wehrten, weil sie die horrenden Mieten fürchteten, die auf die Modernisierung folgen würden. Dieser letzte Widerstand war wahrscheinlich auch der Grund dafür, dass man den Flur bei den Arbeiten bisher außer Acht gelassen hatte. Trotzdem war er heilfroh gewesen, zwei freie Wohnungen im selben Haus gefunden zu haben. Ja, er hatte die hohe Miete dafür gern in Kauf genommen. Und auch die Treppe, die noch dieselbe wie vor fünfzig Jahren war mit ihren abgegriffenen Handläufen und dem Quietschen, das so laut war wie ein Esel zur Brunftzeit.

Er hätte mit dem Umzug warten sollen, ein Haus mit einem Aufzug suchen sollen. Schließlich wurde er nicht jünger. Allerdings hatte der Gedanke, dass Rahel am anderen Ende der Stadt wohnte, ihn fast in den Wahnsinn getrieben. Jetzt hatte er den Salat.

Noch ganze drei Stockwerke lagen vor ihm. Drei Stockwerke mit unerträglich laut knarrenden Treppenstufen. Rasch setzte er seinen Weg nach oben fort. Er konnte von Glück reden, wenn die alte Richter aus dem dritten Stock vor der Wiederholung von Glücksrad eingeschlafen war und ihr dank eines neuen Hörgerätes geradezu übernatürlich sensibles Gehör ihn nicht erfasste. Rahel und er waren vor nicht einmal einem Monat eingezogen, trotzdem hatte sie ihm nun schon des Öfteren den Weg abgeschnitten, um ihm eine halbe, lieber aber eine ganze Stunde lang das Ohr abzukauen. Besonders leise ging er an ihrer Wohnung vorbei, huschte die nächste Treppe hinauf und entspannte sich erst wieder, als er außer Sichtweite ihrer Tür war. Eigentlich stand es ihm nicht zu, sich über ihr Verhalten zu beschweren, schließlich war es ja sein Job, Leuten zuzuhören. Aber es war eine Sache, sich auf der Arbeit mit Persönlichkeitsveränderungen und auffälligen Verhaltensmustern auseinanderzusetzen, und eine völlig andere, einer einsamen alten Frau zuzuhören, die ohne Punkt und Komma davon redete, dass sich Coco, ihr Wellensittich, einen Tag zuvor nach dem Abendessen nicht hatte einfangen lassen wollen, und dies besonders tragisch gewesen sei, weil er Salat gefressen hatte, davon Durchfall bekommen und seine Exkremente somit in der ganzen Wohnung verteilt hatte.

Apropos Salat ...

Er warf einen prüfenden Blick in seinen Einkaufskorb: Kartoffeln, Feldsalat, saure Sahne, Speck, Gruyère, das Schollenfilet ganz unten, Weißwein. Er hatte an alles gedacht und das, obwohl die Leistung seines Gedächtnisses in letzter Zeit sehr zu wünschen übrig ließ. Dass das vermutlich am Stress lag, ahnte er. Letztlich musste er sich inzwischen nicht mehr nur um Rahel kümmern. Seit er wieder angefangen hatte zu arbeiten, plagten ihn auch andere Sorgen. Unter anderem, dass die Eigentümer der psychiatrischen Privatklinik, deren Leitung er noch innehatte – und die Betonung lag hier auf *noch* –, planten, ebendiese an einen ausländischen Investor zu verscherbeln. Der Gedanke, dass einige seiner Mitarbeiter demnächst ohne Job dastehen würden, vielleicht sogar er selbst, drückte ihm schwer aufs Gemüt.

Hör auf, darüber nachzudenken.

Nein, er wollte wirklich nicht länger über solch ernste Themen nachdenken, immerhin hatte sein Mädchen heute Geburtstag. *Also reiß dich am Riemen, du alter Kauz.*

Als ihre Wohnungstür in Sicht kam, kam ihm der Gedanke, dass es natürlich auch seine Vorzüge hatte, keinen Aufzug im Haus zu haben. Einerseits blieb er durch das Treppensteigen fit, andererseits konnte er so immer kurz an ihrer Tür lauschen. Auch wenn er jedes Mal, vor allem aber jetzt am Wochenende, Angst hatte, mit anhören zu müssen, wie seine Ziehtochter in ihrem Schlafzimmer an ihren zwischenmenschlichen Beziehungen arbeitete.

Vorher ... vorher war sie so.

Tatsächlich war Rahel vor den Ereignissen in Monakam nicht unbedingt wählerisch gewesen, wenn es um ihre Liebhaber ging. Es war kaum ein Wochentag vergangen, an dem sie die Nacht allein verbracht hatte. Inzwischen war das allerdings anders. Seit ihrem Aufenthalt bei Gabriel und seiner Gemeinschaft, an dessen Ende sie beinahe ums Leben gekommen war, hatte Rahel, abgesehen von ihrem stinkenden Riesenköter, niemanden mehr in ihrem Bett schlafen lassen, soweit er wusste. Das war auch gut so, denn das Letzte, was sie im Moment gebrauchen konnte, waren instabile Beziehungen.

Das hatte er ihr auch schon gesagt, und nicht selten fragte er sich, wer er eigentlich war, dass er sich herausnahm, ihr derartige Vorschriften zu machen. Himmel, sie war längst erwachsen!

Sie war nicht mehr das verstörte kleine Mädchen, das er vor fünfzehn Jahren in Obhut genommen hatte. Ja, sie war introvertiert und schüchtern gewesen. Sie hatte in den ersten Monaten kaum ihr Zimmer verlassen und fast kein Wort mit ihm gesprochen, was nach etlichen Aufenthalten in Pflegefamilien und Heimen und dank seiner kümmerlichen Französischkenntnisse wohl auch kein Wunder war. Ja, sie war ein außerordentlich harter Brocken gewesen.

Trotzdem dankte er seinem ehemaligen Studienkollegen, der damals in Frankreich gearbeitet und sich wegen Rahel an ihn gewandt hatte, noch heute dafür, dass dieser das kleine Mädchen zu ihm gebracht hatte. Grundgütiger, er liebte sie! Liebte das kleine Mädchen, das sie gewesen war, genauso, wie er die sture junge Frau liebte, zu der sie herangewachsen war. Er liebte sie, als wäre sie sein eigen Fleisch und Blut. Und doch gab es auch Tage, an denen er sie verfluchte, weil sie so schwer zu durchschauen war wie ein Hütchenspieler an der Strandpromenade von Nizza. Das waren auch die Tage, an denen er regelmäßig in seinen Selbstzweifeln ertrank, hatte er sich doch immer für einen exzellent ausgebildeten Arzt gehalten, für einen Fachmann auf seinem Gebiet. Aber Rahel schaffte es, eine Unsicherheit in ihm zu wecken, die ihn nicht selten seine Berufswahl infrage stellen ließ.

Gott! Dummer alter Mann!

Er ging schnell weiter, hastete die Treppe hoch, den Einkaufskorb vor die Brust gepresst. Er war vor ihrer Tür stehen geblieben, hatte die ganze Zeit, während er nachgedacht hatte, vor ihrer Wohnungstür gestanden und wie in Trance auf das weiße Türblatt gestarrt!

Was, wenn sie dich durch den Türspion gesehen hat?

Mit polterndem Herzen kam er auf dem nächsten Treppenabsatz an und warf einen raschen Blick zurück.

Beruhige dich. Sie sitzt bestimmt vor dem Fernseher.

Zumindest hatte sie nicht die Tür aufgerissen und ihn angeschrien, er solle sich vom Acker machen. Allerdings saß sie wohl doch nicht vor dem Fernseher. Aus dem Inneren ihrer Wohnung hatte er jedenfalls keinen Mucks vernommen. Allerdings musste das nichts bedeuten. Am frühen Morgen hatte er ihr ihre Tabletten gebracht und einen Tee mit ihr getrunken. Wahrscheinlich hatte sie sich, nachdem er gegangen war, wieder hingelegt. Es war Samstag und noch keine elf Uhr. Der vergangene Monat – Rahel war murrend auf ihren alten Posten in der Buchhaltung der Klinik zurückgekehrt – hatte mächtig an ihren Kräften gezehrt. Es würde ihn nicht wundern, wenn sie sich wieder hingelegt hatte.

Er musterte die Tür zu ihrer Wohnung ein letztes Mal, dann setzte er seinen Weg mit einem Seufzen fort. Zwei Etagen noch. Himmel! Warum hatte er nicht nach einer anderen Wohnung gesucht?

Die Dachterrasse, ermahnte er sich. Ja, die Dachterrasse war schuld. Die gemütliche kleine Dachterrasse mit Blick auf den Fernsehturm hatte ihn damals binnen Sekunden von der Wohnung überzeugt. Sie war nur zur Hälfte überdacht und, egal bei welchem Wetter, sein Rückzugsort, wenn ihm alles zu viel wurde. Die Anstrengungen der letzten Monate hatten nicht nur Rahel, sondern auch ihn ausgelaugt. Als er um die letzte Kurve bog und die restlichen Stufen in Angriff nahm, spürte er nur zu genau, wie angestrengt sein Herz pumpte. Als er hochblickte, die eigene Wohnungstür endlich vor Augen, machte der große Muskel in seinem Brustkorb jedoch einen unerwartet kräftigen Satz.

Das kann nicht wahr sein. Gott, bitte sag mir, dass das nicht wahr ist.

Er schüttelte den Kopf und rieb sich mit der freien Hand über die Augen.

Und mit einem Mal überkam ihn ein Schwindel mit einer solchen Heftigkeit, dass er sich mit der freien Hand am Treppengeländer festklammern musste, um nicht das Gleichgewicht zu verlieren. Mit einem tauben Gefühl im Arm – überhaupt fühlte er sich plötzlich seltsam taub – stellte er den Korb mit den Einkäufen neben sich auf der Treppe ab. Er wollte nicht, dass die Weinflasche zerbrach, falls ihm der Korb aus den Fingern rutschte. Es wäre schade. Immerhin war es ein recht passabler Wein, ein Château des Jacques. Er hatte ihn zur Feier des Tages ...

Das ist jetzt unwichtig, du alter Trottel!

Er spürte, wie ihm der Schweiß ausbrach. Im Nacken, unter den Achseln, an der Stirn.

Eine Fata Morgana. Ja, er war sich fast sicher, dass es sich um eine Sinnestäuschung handelte. Es *musste* sich um eine handeln. Sicherlich spielten seine trüben Augen ihm bloß einen Streich. Doch er wusste, dass das nicht der Fall war.

Der große Hund, *ihr* großer schwarzer Hund, lag tatsächlich auf der Fußmatte vor seiner Wohnung. Eine lockere Leine führte von dem Lederhalsband hinauf zum Türknauf, um den sie nachlässig gewickelt war.

Das Tier hechelte, kam auf die Beine, weil es ihn erkannte, und wedelte mit seinem Stummelschwanz.

»Scheiße!«, brüllte er, und der Hund winselte. »*Scheiße, Scheiße, Scheiße!*«

Mit zitternden Fingern suchte er in seinem Sakko nach dem Schlüssel zu ihrer Wohnung. Als er ihn endlich gefunden hatte, stürmte er auf wackligen Beinen die Treppe hinunter.

Er wusste, dass er zu spät kam. Sie musste längst über alle Berge sein.

»*Scheiße!*«, fluchte er noch einmal. Er hörte, wie eine Etage weiter unten eine Tür geöffnet wurde, und beeilte sich den Schlüssel ins Schloss zu bekommen.

Eine Woche! Es war erst eine verfluchte Woche her, dass er Rahel die verdammte Karte zu ihrem Bankkonto wiedergegeben hatte!

1

Jemand klopfte an die Scheibe des Mietwagens und ich schreckte blinzelnd aus meiner unbequemen Sitzposition hoch. Mein Mund war trocken, und das unangenehm taube Kribbeln um mein Steißbein herum verriet mir, dass ich nicht bloß für einen kurzen Moment eingenickt war. Das kurze, aber heftige Sommergewitter und der darauf folgende Regenschauer mussten mich eingelullt haben.

Tock, tock, tock.

Die Scheiben waren beschlagen, obwohl ich das Fenster auf der Fahrerseite einen Spalt offen gelassen hatte. Kühle Luft sickerte in das noch immer warme Wageninnere, und es duftete nach feuchter Erde und Pflanzen. Ich konnte den vagen Umriss einer Person vor der Fahrertür ausmachen und zuckte zusammen, als ich bemerkte, dass ich durch den offenen Fensterschlitz von einem Paar goldbrauner Augen, um die sich Fältchen der Belustigung gelegt hatten, beobachtet wurde.

Wie auch jetzt hatte ich heute schon mehrmals vor dem kleinen Lebensmittelladen geparkt, weil es das einzige Geschäft weit und breit war. Und der Kerl, der mich nun übertrieben neugierig begutachtete, hatte den gesamten Nachmittag am Picknicktisch vor diesem Laden verbracht. Nur durch einen ausgeblichenen Sonnenschirm vor der sengenden Hitze geschützt hatte er eine Zigarette nach der anderen geraucht.

Als er sich jetzt sicher war, dass er meine Aufmerksamkeit hatte, sagte er etwas, – nein, das stimmte nicht ganz –, er *ratterte* irgendeine seltsame Kaskade von Wörtern herunter, von der ich bloß den letzten Begriff aufschnappte: Hotel.

Irgendetwas mit einem Hotel. Er hatte ein Hotel? Oder wollte er wissen, ob ich eines suchte?

Und wenn schon. Er nervt.

Das stimmte allerdings. Über den Nachmittag hatte ich mehrmals vor dem Laden in der Dorfmitte, der kaum größer als ein Kiosk war und dessen rot-weißes Schild in großen Lettern

POTRAVINY propagierte, gehalten, um eine Pause einzulegen. Und jedes verdammte Mal hatte der Typ den Kopf gehoben und mich auf meinem Weg zum Laden und wieder zurück zum Auto beobachtet. Und ich hätte wetten können, dass der Besitzer des Ladens, ein freundlicher Alter mit buschigen schwarzen Augenbrauen, den Kerl herbeigerufen hatte, um mich im Auge zu behalten. Denn bei meinem ersten Besuch gegen Mittag waren der Picknicktisch und der darauf stehende Aschenbecher noch leer gewesen. *Das* war also der Dank dafür, dass ich Mister Buschbraue für jede Dose Coke, die ich seinem Kühlschrank entnommen hatte, ganze zwei Euro in die Hand gedrückt hatte. Klar, ich war vielleicht auch selbst schuld an meiner jetzigen Situation. Ich blöde Kuh hatte schließlich vergessen, einen Teil meines Bargelds in tschechische Kronen umzutauschen. Trotzdem: Ging man so mit Fremden um? Indem man einen Spitzel engagierte, der auch noch so was von auffällig agierte?

Weil der Typ immer noch vor meinem Auto stand und mich durch den offenen Fensterspalt angrinste, drehte ich den Schlüssel im Zündschloss nur so weit, dass die Elektrik anging, und schaltete die Lüftung an. Wenn sich noch mehr Leute um meinen Wagen geschart hatten, wollte ich das verdammt noch mal wissen. Dann starrte ich ihn finster an und schüttelte den Kopf, was so viel wie ›Verpiss dich!‹ heißen sollte.

Hoffentlich verstand er meine Sprache.

Offenbar verstand er mich nicht. Nein, er hatte sogar, wie ich jetzt langsam erkennen konnte, die Hände in die Taschen seiner Jeans geschoben. Und dass der Nieselregen, der sanft auf das Dach meines Mietwagens prasselte, ihm das wellige dunkelblonde Haar an den Kopf und das weiße Shirt an den braun gebrannten und schlanken, aber eher untrainierten Körper klebte, schien ihm genauso wenig auszumachen wie meine galante Art. Wahrscheinlich witterten sie – er und sein Komplize aus dem Laden – wegen meiner Großzügigkeit beim Colakauf einfach nur ein Geschäft und er wollte mir irgendwelche Drogen andrehen, die Kasse für den

Abend füllen, damit er sich anschließend wieder mit Kippe im Mund à la James Dean und ein paar Euro reicher am Tisch vor dem Laden niederlassen konnte.

Obwohl ...

Die Sonne hatte zwar an Intensität verloren, doch es war immer noch hell genug, um ihn mir genauer anzusehen. Kein Dealer konnte seiner eigenen Ware auf Dauer widerstehen und Drogenmissbrauch machte sich früher oder später in den Gesichtern der Süchtigen bemerkbar: Sie waren blass, hatten tiefe Augenringe und eingefallene oder aufgeschwemmte Haut, die von offenen Wunden oder Ausschlägen übersät war. Meist waren ihre Zähne ungepflegt, abgebrochen oder fehlten ganz.

Seine Zähne waren jedoch gerade und sauber, seine Haut rein, der Blick wach und aufmerksam. Und wie es schien, wartete er immer noch auf meine Antwort.

Gott! Konnte er nicht endlich die Fliege machen?

Auch wenn er mir nicht wirklich Angst einjagte, war ich doch irgendwie froh, dass ich das Auto von innen per Zentralverriegelung verschlossen hatte, nachdem ich von meinem letzten Shoppingtrip in den Laden zurückgekehrt war. Irgendwie musste der Kerl sich doch abwimmeln lassen.

»Sorry, ich spreche kein Tschechisch.« Ich zuckte desinteressiert mit den Achseln, und trotz meiner schleppenden Sprechweise, einem Überbleibsel der letzten Gehirnoperation, der man mich unterzogen hatte, zuckte er nicht einmal mit der Wimper.

Weil er kein Wort verstanden hat, Dummkopf.

»Oh! Na immerhin hat Ihnen mein göttergleicher Anblick nicht die Sprache verschlagen«, belehrte er mich sogleich eines Besseren, und sein akzentfreies Deutsch entlockte mir ein überraschtes »Oh«. Etwas anderes konnte ich nicht von mir geben, denn er sprach bereits weiter, während er sich aufrichtete und streckte, sodass sein Shirt den Blick auf einen mäßig behaarten Bauch freigab. »Dass Sie nicht von hier sind, habe ich mir schon gedacht. Ihr Kennzeichen verrät Sie. München ...« Sein Blick wanderte kurz zur

Motorhaube. »Ich vermute, das ist ein Mietwagen?«

Woher zum Teufel ...? Ohne lange zu überlegen, fuhr ich die Scheibe hoch. Sollte dieser kleine Scheißer doch jemand anderem auf die Nerven gehen.

Ich hatte fünf Stunden Fahrt hinter mir, in denen ich mich wiederholt davon hatte überzeugen müssen, dass es richtig war, hierherzukommen. Fünf Stunden, in denen ich mir immer wieder ausmalte, wie befreiend es sein würde, wenn ich Gabriels Leben endlich ein Ende setzte.

Monatelang, um genau zu sein, seit meinem Aufenthalt bei der Garde Gottes, der so völlig nach hinten losgegangen war, hatte ich mir die größtmögliche Mühe gegeben, jeden Gedanken an den Sektenführer zu verdrängen. Aber meine Bemühungen waren nicht gerade von Erfolg gekrönt gewesen.

Beinahe täglich dachte ich seither an die Zeit zurück, als ich nach Monakam gegangen war, um mich an ihm zu rächen, weil er meine Eltern und meinen kleinen Bruder auf dem Gewissen hatte. Und ich dachte daran zurück, dass nicht er derjenige war, der unter meinem Besuch gelitten hatte, sondern ich.

Ich hatte mit seinem Sohn geschlafen, okay. Und Elias war einer anderen versprochen gewesen. Aber rechtfertigte das, dass Gabriel mich unter Drogen gesetzt, vergewaltigt und stunden- oder tagelang zum Sterben in einem dunklen Loch zurückgelassen hatte, in dem sich neben mir noch ein Leichnam und Hunderte von gefräßigen Ratten befanden?

Und als wäre das nicht schon genug, hatte er mich aus dem Loch wieder herausgeholt und zu seinem privaten Friedhof verfrachtet, damit Elias mich dort töten und sich auf diese Weise von seinen Sünden befreien könnte. Aber Elias hatte sich geweigert. Letztlich war es Gabriel gewesen, der sich die Hände hatte schmutzig machen müssen.

Ich war dem Tod nur knapp entronnen.

All diese Erinnerungen trugen nun dazu bei, dass mein Nervenkostüm trotz der Überzeugungsarbeit während der langen Autofahrt und obwohl ich mein Antidepressivum am Morgen genommen hatte, nicht sonderlich stabil war.

Ist ja auch kein Wunder, oder? Schließlich hast du keinen Plan!

Ich seufzte und schloss kurz die Augen. Tatsächlich hatte ich nicht die geringste Ahnung, wie ich an Gabriel herankommen sollte. Aber wie hätte ich mich in den letzten Wochen auch vorbereiten sollen, wenn ich nicht einmal wusste, auf was ich hier traf? Ich wusste ja nicht einmal genau, wo sie waren!

Nein, im wahren Leben spielte sich nie etwas wie im Film ab, wo das Opfer einen Waffenschein macht, Kampfsport lernt, den Täter mithilfe eines ausgeklügelten Plans überwältigt und ihn lächelnd der Polizei übergibt. Das wahre Leben war viel unberechenbarer, und das hatte ich jetzt zu spüren bekommen, als ich jeden verdammten Hof in der näheren Umgebung von Lípa angefahren hatte. Insgesamt waren es nicht weniger als fünfzehn Stück gewesen, aber kein Einziger davon war groß genug gewesen, um hundertvierzig Personen zu beherbergen. Immer wieder hatte ich unterwegs haltgemacht, um nach Stimmen und Geräuschen zu lauschen, die eine so große Ansammlung von Menschen einfach erzeugen *musste*. Doch bis auf das Zwitschern der Vögel und den Wind, der über die Felder und durch die sattgrünen Wälder strich, die das kleine Dorf unweit der deutsch-tschechischen Grenze einschlossen, hatte ich nichts Auffälliges gehört. Dementsprechend schlecht war nun auch meine Laune.

Wieder klopfte es an der Scheibe.

»Haben Sie etwa Angst vor mir?«, hörte ich ihn dumpf hinter dem geschlossenen Fenster fragen. »Ein wenig beleidigend wäre das schon, schließlich wollte ich Sie nur fragen, ob ich Ihnen behilflich sein kann. Also ... *kann* ich Ihnen irgendwie behilflich sein?«

Ich seufzte und bemühte mich mit aller Macht, den Kerl zu ignorieren, was allerdings nicht wirklich einfach war. Sein Gesicht schwebte so dicht an der Scheibe neben mir, dass ich die Glut seiner Zigarette durch das noch leicht nebulöse Glas sehen konnte und sogar meinte, den Rauch riechen zu können. Ich wandte mich von ihm ab und fischte mit der Hand hinter dem Beifahrersitz nach dem leeren Päckchen. Weil ich es nicht fand, versuchte ich es hinter dem Fahrersitz. Als ich fündig wurde, zog ich den kleinen Karton hervor, wobei jedoch die Kamerafalle, die vor nicht einmal drei Monaten aufgenommen hatte, wie Gabriel mich vergewaltigte, herauspurzelte und unter dem Fahrersitz verschwand. Ich ermahnte mich kurz, sie später darunter hervorzuholen, auch wenn ich die Speicherkarte, die darin gewesen war, längst herausgenommen, in ihre Einzelteile zerlegt und entsorgt hatte, dann drehte ich mich wieder nach vorn und warf einen Blick in das leere Päckchen.

Doch, tatsächlich. Innen auf dem Boden des kleinen Kartons war *Lípa* in die braune Pappe gedrückt worden. Es sah so aus, als hätte der Kugelschreiber auf halbem Weg den Geist aufgegeben.

An die hundert Mal hatte ich mir diese geheime Botschaft bereits angesehen, und doch hatte ich das Gefühl, sie sei nur eine Einbildung. Aber ich *war* am richtigen Ort. *Lípa*. Und doch hatte ich Gabriel und seine Anhänger nirgends gefunden. Vielleicht handelte es sich ja um eine Falle. Oder Sarah hatte mir das Päckchen in Gabriels Auftrag geschickt, um mich in die Irre zu führen. Um die Polizei in die Irre zu führen. Hatte er womöglich damit gerechnet, dass ich das Päckchen samt Inhalt in die Obhut der Polizei gab?

Tock, tock, tock.

Ich warf den Karton zurück hinter den Sitz und wandte mich dem Fenster zu.

»Was in Gottes Namen willst du von mir?«, zischte ich und konnte nur mit Mühe den Schwall an Beleidigungen zurückhalten, der mir fast schmerzhaft in der Kehle zwickte und herausgelassen werden wollte.

»Ich habe gefragt, ob ich Ihnen behilflich sein kann. Da wir anscheinend aber schon beim Du angelangt sind: Ich heiße Michal, Michal Sokol.« Er streckte mir oder besser gesagt dem geschlossenen Fenster die Hand entgegen und grinste, sodass kleine Grübchen auf seine Wangen traten. »Kann ich *dir* irgendwie behilflich sein? Zum Beispiel, indem ich eine Werkstatt für dich finde, die

die Elektrik deines Fensterhebers repariert? Der hat sich eben anscheinend verselbstständigt, denn du würdest doch sicher nicht so unhöflich sein und das Fenster einfach hochfahren, während wir uns unterhalten, oder?«

Ich machte kurz die Augen zu und atmete tief durch, dann wischte ich das restliche Kondenswasser von der Scheibe und lächelte ihn an.

»Wenn ich es mir genau überlege, kannst du mir vermutlich wirklich helfen, Michal«, sagte ich und war mit einem Mal die Freundlichkeit in Person. »Wie wäre es also, wenn du zurück zu deinem Tisch vor dem Laden da drüben gehst, dich wieder hinsetzt und woanders hinschaust als zu mir, hm?«

Er zog an seiner Zigarette und warf einen kurzen Blick zum Laden, der sich keine fünfzehn Meter von uns entfernt befand. Sein Grinsen wurde breiter.

»Okay, wenn Madam es so wünscht.« Er warf die Kippe auf den Boden, trat sie aus und zog seine Jeans ein Stück hoch, bevor er sich seelenruhig auf den Weg zurück zum Laden machte.

»Tja, dann gehe ich jetzt wohl besser zurück zu meinem Platz. Ich meinte natürlich, zu meinem Tisch. Pardon«, bemerkte er laut, ohne sich beim Gehen umzudrehen. »Aber falls du später doch noch Hilfe brauchen solltest, du weißt ja, wo du mich findest. Also ruf einfach nach mir, klar? Vielleicht nehme ich den weiten Weg zu deinem Auto dann ja noch einmal auf mich. Und *vielleicht* bin ich dann auch noch so freundlich und helfe dir. Denn glaub mir, meine Liebe, ich weiß genau, warum du hier bist. Wegen *wem* du hier bist.«

Mir stockte der Atem. Unwillkürlich richteten sich die feinen Härchen auf meinen Armen auf. *Wegen* wem *du hier bist.*

Der junge Kerl, Sokol, oder wie auch immer er hieß, war nun fast an dem Tisch angekommen und drehte sich zu mir um. Er hob den Daumen und wies auf den Laden hinter sich. »Der schließt übrigens bald. Falls du also noch irgendetwas brauchst ...«

2

»Verflixt noch mal! Reiß dich gefälligst zusammen, David!«

Noreen hatte zum ersten Mal an diesem Abend ihre Stimme erhoben und die übrigen Gäste, die an der Theke oder an den nächstgelegenen Tischen saßen, horchten angespannt auf.

Es war nicht bloß die Macht, über die Noreen verfügte, weil sie hier den Alkohol ausschenkte oder diesen nach Belieben unter Verschluss halten konnte, die die Anwesenden zum Schweigen brachte. Es war vor allem die Aussicht darauf, den restlichen Abend allein in der eigenen Wohnung verbringen zu müssen, falls sie sich dazu entschloss, den Laden für heute dichtzumachen.

Weil er meinte, die missmutigen Blicke der Anwesenden auf seinem Rücken zu spüren, drehte David sich um und hob beschwichtigend die Hände. »Schon gut. Schon gut, Leute. Beruhigt euch, es ist ja nichts passiert.«

Er prostete den grimmigen Mienen zu, die ihm jetzt noch viel irischer vorkamen als sonst. Trotzdem dauerte es noch einige Sekunden, bis sie ihre Blicke abwandten und wieder begannen, sich über das Wetter oder den Boss zu beschweren. An einem der Nebentische stießen ein paar Männer auf Calvin Fitzpatrick an, den vierzehnjährigen Jungen, der vor wenigen Tagen auf dem Weg zur Schule von einem Raser erfasst, beinahe vier Meter durch die Luft und gegen eine Steinmauer geschleudert worden war. Noch vor Ort war der Junge verstorben. Der Fahrer war geflüchtet und hatte sich bisher nicht gestellt, was die Männer am Tisch dazu trieb, die Köpfe wieder zusammenzustecken und mit gesenkten Stimmen darüber zu sinnieren, wie sie den Täter ausfindig machen und anschließend aufknüpfen würden.

Ja, sie alle redeten wieder, erzählten über dieses und jenes. Aber wie immer, wenn sie sich durch etwas bedroht fühlten, das ihren gemütlichen Abend im Pub beenden könnte, sprachen sie nun deutlich leiser. In der Schankstube war es nicht halb so laut wie noch zwei Minuten zuvor, und er hätte schwören können, dass jeder von ihnen weiterhin ein Auge auf ihn hatte. Prügeleien gab es äußerst selten – zu seiner großen Enttäuschung hatte er noch keine einzige miterlebt – und der Grund dafür lag auf der Hand: Den Streithähnen und jedem, der sich einmischte, drohte ein vierwöchiges Hausverbot. In einem Dorf, das so dicht besiedelt war wie die Antarktis im Winter und in dem nur dieser einzige Pub zu finden war, kam eine derartige Sanktion einem Todesstoß gleich.

David drehte sich wieder zur Theke, widmete sich seinem Bier und versuchte den finsteren Blick und das Kopfschütteln zu ignorieren, mit dem Noreen ihn bedachte, während sie Gläser mit frisch gezapftem Bier auf ihr Tablett stellte. Als sie endlich ging, um die Bestellung an einen der Tische zu bringen, wandte er sich an Eddie.

»Fass meine Uhr noch einmal an und du kannst dich von deiner Hand verabschieden, Kumpel.«

Eddie, dessen Augen vom Heulen um seinen toten kleinen Bruder rot und geschwollen waren, war ein ganzes Stück von ihm abgerückt – zumindest so weit, wie der voll besetzte Tresen es zuließ – und rieb sich das Handgelenk, das David noch vor wenigen Sekunden in die Mangel genommen hatte. Wie eine verängstigte Maus blickte er von David zu Noreen, die gerade mit einem ihrer Gäste am anderen Ende des Raumes scherzte, und wieder zu ihm.

»Ich ... ich wollt sie doch b-bloß mal ansehen«, stotterte er und zuckte zusammen, als sich mit einem Mal von der anderen Seite ein Arm um seine Schulter legte.

»G-Gott! Du h-hast mich erschreckt!«, keuchte er, als er erkannte, wer da zu seiner Rettung geeilt war.

»Was ist hier los, Eds? Brauchst du Verstärkung? Macht der Klotz schon wieder Probleme?« Bobby, der mittlere der ehemals drei Fitzpatrick-Brüder, schob sich zwischen seinen Bruder und Pat Miller, deren Mann sich vor einigen Jahren von einer Klippe ganz in der Nähe gestürzt hatte.

Ohne ein Wort zu verlieren, überließ Pat ihm ihren Hocker und verschwand leicht schwankend in Richtung Toilette. Als wäre es selbstverständlich, dass man Platz machte, wenn er auftauchte, setzte Bobby sich auf den frei gewordenen Hocker. Er schob sich eine Kippe in den Mundwinkel, knuffte seinen Bruder mit der Schulter an und streckte ihm die Schachtel hin, ohne David dabei aus den Augen zu lassen. »Kippe, Eds?«

Eddie bediente sich. »Kapier ich n-nicht, was so verdammt w-wichtig an 'ner verfluchten U-Uhr ist«, beschwerte er sich, weil die Anwesenheit seines Bruders ihm neuen Mut zu verleihen schien, »so w-wichtig, dass ich sie mir nicht mal angucken d-darf. K-Kapier ich einfach nicht.«

Seine Finger schlossen sich fester um das Glas. Er hatte den Blick von den beiden Brüdern abgewandt und starrte geradeaus auf die Düse des Kaffeeautomaten, aus der Noreen für gewöhnlich das heiße Wasser für den Tee zog. Heißes dampfendes Wasser.

Beruhige dich, ermahnte er sich, als er neben sich das typische Aufschnappen eines Zippo Feuerzeugs vernahm.

Zigarettenrauch waberte ihm in die Nase. Und nichts, wirklich nichts auf dieser Welt hasste er mehr als die stinkenden, giftigen Ausdünstungen von Zigaretten.

»Willst du uns nicht erzählen, was an deiner Uhr so besonders is', dass keiner sie anfassen darf?«, näselte Bobby und blies einen Schwall Rauch in seine Richtung.

Eddie kicherte.

»War sie etwa ein Geschenk von deiner geliebten Mami?«, foppte Bobby ihn mit quengeliger Babystimme, wegen der Eddie sich gar nicht mehr einzukriegen schien.

David ballte die freie Hand unter dem Tresen zur Faust. Unwillkürlich knackten seine Knöchel. Es sah ganz so aus, als müsste er sich heute Abend mit aller Kraft zusammenreißen, wenn er die kommenden Wochen nicht in einer kargen Zelle verbringen wollte. Aber vielleicht, vielleicht konnte er den beiden ja bloß ein bisschen die ...

»Raus mit euch beiden! Sofort!« Noreen war hinter die Theke zurückgekehrt und wedelte mit dem leeren Tablett den Rauch weg.

Wütend stierte sie Eddie und Bobby an. »Falls ihr auf einen Schlaganfall aus seid, bitte, dann tut euch keinen Zwang an und macht es euch mit euren Kippen in der Telefonzelle vorn an der Straße gemütlich, aber nicht in meinem Laden!«

Sie hatte die Hände in die Hüften gestemmt und musterte die Brüder mit einer solchen Eiseskälte in den Augen, bis diese sich murrend von ihren Plätzen erhoben und sich nach draußen verzogen. Wieder war es still im Pub geworden, dieses Mal war die Anspannung aber nicht ganz so groß und als die Tür hinter den Fitzpatrick-Brüdern zufiel, war der Zwischenfall schon wieder vergessen. Sie waren eben keine Fremden.

Noreen stützte sich auf der Arbeitsfläche hinter dem Tresen ab und seufzte. Ihr frostiger Blick wanderte zu David. »Und nun zu Ihnen, *Herr Wagner*.«

Bei den letzten beiden Worten hatte sie bewusst vom Englischen ins Deutsche gewechselt und das R in ›Herr‹ schrecklich übertrieben gerollt. Sie wusste, wie sehr er das hasste.

Sie nickte in Richtung Küchentür. »Kann ich dich kurz unter vier Augen sprechen? Jetzt gleich?«

David ahnte, dass Widerstand zwecklos war. Das *O'Sullivans* war der einzige Pub in Burtonport, und seine Chancen an ein Feierabendbier zu kommen, wenn er nicht allein in dem möblierten Gartenhäuschen trinken wollte, das sein Boss ihm vermietete, standen schlecht. So wie es aussah, musste er noch ein paar Wochen mit den Leuten hier auskommen, was die Inhaberin des Ladens natürlich einschloss.

Es war mittlerweile halb zehn, aber noch hell, wenngleich es deutlich kühler geworden war. Nachdem Noreen die Theke in die Obhut von Paula Cooney gegeben hatte – ihre ehemalige Geografielehrerin spielte wie jeden Abend mit ihren Freundinnen in der Ecke Karten –, um fünf Minuten Pause zu machen, waren sie durch die zum Pub gehörende Küche auf den Hinterhof hinausgegangen.

Noreen wickelte ihre Strickjacke enger um sich, setzte sich auf die Plastikbank neben der Tür und rieb sich müde die Schläfen. Eine Strähne ihres lockigen roten Haares fiel ihr ins Gesicht und sie klemmte sie sogleich mit einer unbewussten Geste wieder hinters Ohr.

»David, du weißt, dass Eddies Bruder erst am Mittwoch von irgendeinem ... irgendeinem *Riesenarschloch* totgefahren wurde«, sagte sie. »Warum kannst du also nicht einfach freundlich zu ihm sein? Nur für ein paar Tage. Meine Güte, was macht es schon, wenn du ihn einen kurzen Blick auf deine verflixte Uhr werfen lässt?«

Viel. Das macht sehr viel, dachte er übellaunig, sagte aber nichts.

Wenn sie erst einmal Dampf abgelassen hatte, würde sie mit sehr großer Wahrscheinlichkeit in versöhnlichem Ton fragen, ob er die Nacht bei ihr verbringen wolle. Und er würde Ja sagen.

Seit Noreen vor Wochen zu seiner einzigen wirklichen Bezugsperson geworden war, hatte er beinahe jede Nacht auf ihrem Sofa verbracht. Das Sofa war bequemer, als es aussah, und der Heimweg vom Pub – ihre Wohnung lag direkt darüber – war unschlagbar. Seine bloße Anwesenheit, so sagte sie, vertreibe die bösen Geister, die ihr den Schlaf raubten. Er schüttelte stets den Kopf, wenn sie das sagte, denn er sah den Ursprung ihrer Schlaflosigkeit und ihrer Albträume eher in den Fitzpatricks als bei irgendwelchen Geistern begründet, auch wenn Nory das nicht zugeben wollte. Obwohl sie schon einige Male versucht hatte, ihn mit ihren langen Beinen – das Shirt, in dem sie schlief, reichte ihr kaum über den Po – nach nebenan ins Schlafzimmer zu locken, hatte er nicht mit ihr geschlafen. Er war nicht hier, um sich in eine Beziehung zu verstricken, die ohnehin keine Zukunft hatte und die Noreen mit Sicherheit bloß in Schwierigkeiten bringen würde. Schließlich war er ein Fremder. Allerdings wusste er nicht, wie lange er sich ihren Verführungskünsten noch würde entziehen können.

»Sag mal, hast du mir gerade überhaupt zugehört, David?« Sie sah ihn scharf an, doch die Sonne glomm auf ihrem von Sommersprossen übersäten Gesicht und zwang sie zum Blinzeln.

Er zuckte mit den Schultern, um ihr zu verstehen zu geben, dass das Thema für ihn nicht der Rede wert war. Natürlich tat es ihm leid, dass der Junge gestorben war. Calvin Fitzpatrick war wenigstens zur Schule gegangen und hatte noch jede Chance gehabt, einen anderen Weg als seine Brüder einzuschlagen. Denn beide, Eddie und Bobby, hatten keinen Schulabschluss, lebten in der Autowerkstatt ihres Vaters, einem strenggläubigen Anhänger der Church of Whisky, und verdienten ihren Unterhalt mit kleinen Gaunereien. Letzteres wusste mittlerweile so gut wie jeder in Burtonport, weil Bobby gern mit einigen seiner Taten herumprahlte, wenn er einen über den Durst getrunken hatte.

»Ich habe dir zugehört«, erwiderte er kühl. »Und ja, ich weiß, dass der Junge tot ist. Aber das macht Eddie nicht automatisch zu einem besseren Menschen, oder?«

Sie verdrehte die Augen.

»O Gott! Jetzt fang nicht schon wieder damit an. Das haben wir doch schon hundert Mal durchgekaut, oder?«

Noreen schnaufte, und er war fest davon überzeugt, dass sie es mittlerweile bereute, ihm erzählt zu haben, dass Bobby schon mehrmals nach dem Zapfenstreich versucht hatte, ihr an die Wäsche zu gehen. Selbstredend ohne ihre Einwilligung. Und dass Bobby und Eddie Spirituosen aus ihrem Lagerraum geklaut und an ihre Freunde weiterverkauft hatten. Und dass Bobby bei diesem Raubzug ihren zehn Jahre alten Schäferhund Red erschossen hatte. Letzteres versetzte David einen herben Stich, weil es ihn an Brutus erinnerte, seinen eigenen Hund. Der Jagdhund war ihm immer ein loyaler Gefährte gewesen und David bedauerte es, dass er das Tier vorerst bei einer ehemaligen Kollegin in Deutschland hatte zurücklassen müssen.

Nichtsdestotrotz hatte Noreen den Einbruch nie der Polizei gemeldet. Ungeachtet der Tatsache, dass die Bilder der Überwachungskameras, die im Schankraum wie auch im Lager installiert waren und die jungen Männer dadurch für eine ganze Weile aus dem Verkehr gezogen werden würden, wagte Noreen es aus

Angst vor ihnen und ihrem cholerischen Vater nicht, sie anzuzeigen. Das Beste am Ganzen war jedoch, dass Eddie und Bobby nicht einmal wussten, dass sie bei der Tat aufgenommen worden waren, weil Noreen es für sich behielt. Tagtäglich gingen sie im Pub ein und aus wie jeder andere, und dabei hatten sie sogar mehr Freiheiten als die übrigen Gäste, denn aus Angst, sie könnten etwas von ihrem Wissen ahnen, hatte Noreen es noch nie gewagt, ihnen Hausverbot zu erteilen.

»Natürlich macht Calvins Tod Eddie nicht zu einem besseren Menschen«, sagte sie harsch. »Aber könntest du dich bitte dazu überwinden, ihm wenigstens ein paar Tage der Trauer zu gönnen? Nur ein paar Tage? Mir zuliebe?«

Er wollte ihr nichts versprechen, was er möglicherweise nicht würde halten können. Und weil er wusste, dass es für das männliche Geschlecht in den meisten Fällen klüger war, die Stille für sich sprechen zu lassen, schwieg er. Wahrscheinlich wäre es ebenso klug, sich einige Abende vom Pub fernzuhalten. Jedenfalls so lange, bis die Gemüter sich wieder beruhigt hatten und niemand etwas tat, was er später bereuen könnte. Vor allem er nicht.

»Manchmal habe ich das Gefühl, ich rede gegen eine Wand«, murmelte Noreen. Sie war aufgestanden, ging mit vor der Brust verschränkten Armen vor ihm auf und ab und kickte gegen die kleinen Grasbüschel, die sich durch die Ritzen zwischen den verwitterten Terrassenplatten gekämpft hatten. Mit einem Mal blieb sie stehen und bohrte ihm den Zeigefinger in die Brust. »Denkst du, ich will wegen dir die Garda rufen müssen? Nur weil du dich mit diesen lächerlichen Typen da drinnen anlegen musst? Was meinst du, auf wessen Seite die Bullen stehen, hm? Auf deiner? Der eines Ausländers, der schwarz auf einem der Fischkutter arbeitet? Oder auf der der Familien, die seit unzähligen Generationen in diesem verflixten Ort leben?«

David schnaufte belustigt. Die Garda, wie sie die Polizei hier nannten, würde sich einen Dreck um ihn scheren. Er bräuchte ihnen bloß mit einem Hunderteuroschein vor der Nase herumwedeln und die sogenannten Ordnungshüter würden sich mit einem ›Entschuldigen Sie die Störung‹ verziehen. Und dass Noreen, ohne je danach gefragt zu haben, davon ausging, er arbeite schwarz, ärgerte ihn. Er war gemeldet, bezog etwas mehr als den Mindestlohn und zahlte Steuern. Das war schon immer der leichteste Weg gewesen, um dort, wo man sich niederließ – und sei es nur für ein paar Wochen –, nicht aufzufallen.

»Freut mich, dass wenigstens du deinen Spaß hast«, sagte sie gereizt, lehnte sich aber an ihn und seufzte. »Ich mache mir doch bloß Sorgen um dich, David. Kapierst du das nicht?«

Er legte den Arm um sie und streichelte ihr über den Rücken, atmete ihren Duft ein. In gewisser Weise konnte er nachvollziehen, dass sie sich um ihn sorgte. Wie er war auch sie allein, eine durch eine Erbschaft Hinzugezogene, wie er hatte auch sie kaum richtige Freunde, auch wenn sie sich noch so sehr in allen möglichen Ortsvereinen und für die Kirche engagierte. Und am Ende war sie nun mal eine Frau, irgendwen musste sie ja bemuttern, oder?

»Ich muss wieder rein«, murmelte sie an seiner Brust und löste sich widerstrebend von ihm. In der Küchentür blieb sie aber noch einmal stehen. »David?«

»Hm?«

»Danke. Dafür, dass ich alles bei dir abladen kann.« Sie lächelte müde und ehe er etwas erwidern konnte, war sie in der Küche verschwunden.

Er atmete tief ein, genoss die Stille in dem kleinen Hinterhof und die tief stehende Sonne, die den Himmel in ein trübes Dottergelb tauchte und ihn mit ihren Strahlen, obwohl es mittlerweile frisch geworden war, immer noch leicht wärmte. Als das drängende Pulsieren in seinem Schritt schließlich nachließ, ging auch er hinein.

Der Geruch von deftigem Essen und gebeiztem Holz empfing ihn, die Stimmen der Einheimischen, die Sprache, an deren Akzent er sich hatte gewöhnen müssen. Seine Augen stellten sich nur langsam auf das schummrige Licht im Schankraum ein, dennoch fand er seinen Platz an der Theke ohne große Probleme wieder.

Die beiden Hocker neben seinem waren immer noch leer. Aber auch die Gebrüder Dummbeutel waren zurückgekehrt und hatten an dem Tisch der Männer Platz genommen, die gerade akribisch den Lynchmord an dem Kerl planten, der ihrem kleinen Bruder das Leben genommen hatte. Eddie und Bobby schienen aber nicht ganz bei der Sache zu sein, denn sie grinsten höhnisch zu ihm herüber. Bobby winkte ihm kokett zu.

David war kurz davor, es sich anders zu überlegen, auf Noreens Sorgen zu scheißen, aufzustehen, da rüberzugehen und den beiden Schwachköpfen ihre Selbstgefälligkeit aus dem Gesicht zu prügeln, da spürte er ein zaghaftes Ticken an seinem Oberschenkel.

»Ähm ... ich wollt was bestellen, bitte.«

Lächelnd trat Katie von einem Bein aufs andere. Die Tochter seines Bosses war gerade einmal vier Jahre alt, und es wunderte David, dass sie sich noch nicht wie die anderen anwesenden Kinder auf einer der Bänke zusammengerollt hatte und eingeschlafen war. Er sah zu ihren Eltern hinüber. Hugh und Rose unterhielten sich an einem der Tische mit Freunden. Rose, die ihre Tochter immer im Blick behielt, erteilte ihm mit einem kurzen Nicken ihr Einverständnis, und er hob das kleine Mädchen auf den Hocker neben sich. »Was darf's sein, Prinzessin?«

Sie grinste und biss sich auf die Unterlippe. »Saft hätte ich gern. Am liebsten Apfelsaft.«

Er hielt zwar nicht viel davon, Kindern vor dem Schlafengehen so viel Zucker in den Körper zu pumpen, aber letzten Endes war nicht er es, der die halbe Nacht wach bleiben müsste, weil Klein Katie nicht schlafen konnte. Er klopfte auf den Tresen, als Noreen von einem der Tische zurückkam. »Einen Apfelsaft für die kleine Lady, bitte.«

»Mit Strohhalm«, fügte Katie hastig hinzu.

»Kommt sofort«, erwiderte Noreen lächelnd und kehrte ihnen den Rücken zu, um den Saft aus dem Kühlschrank zu holen.

David griff nach seinem Glas, stoppte sich aber gerade noch rechtzeitig, als er registrierte, dass in dem noch halb vollen Bier ein dicker schleimiger Klumpen schwamm. Hinter sich vernahm er das gedämpfte Prusten der beiden Fitzpatricks. Als er sich umdrehte, blickten sie hastig in eine andere Richtung, spätestens ihre hochroten Köpfe verrieten sie allerdings.

Schon gut, sagte er sich. An sich ist das doch gar nicht so schlimm, oder? Du solltest sowieso nichts mehr trinken, wenn du einen klaren Kopf behalten willst. Es ist vielleicht sogar besser so.

Er stellte das Glas zurück auf den Tresen und sah, dass Noreen so darin vertieft war, Katie einen Kuss auf die Wange abzuschwatzen, dass sie es nicht mitbekommen hatte.

Es war an der Zeit zu gehen. Andernfalls würde er für nichts mehr garantieren können. Auch nicht Noreen zuliebe. Es war ihm im Moment sowieso viel zu laut hier; die Leute quasselten, lachten und jammerten in einer Tour, was ihn nur daran hinderte, in Ruhe über sein Problem nachzudenken.

Deine *zwei* Probleme, korrigierte er sich.

Gegen Mittag war nämlich eine weitere Komplikation aufgetreten, die in den kommenden Tagen seiner Aufmerksamkeit bedurfte, denn Kusmin hatte ihn angerufen.

»Sie ist weg!«, hatte der Professor verzweifelt ins Telefon gewimmert, da hatte David noch nicht einmal zwei Silben über die Lippen gebracht. »Weg, David! Einfach so! Himmel! Können Sie sich das vorstellen?«

Ja, das konnte er sich durchaus vorstellen. Allerdings hatte er das nicht gesagt und sich bemüht, den Professor zu beruhigen, damit dieser auch den Rest der Geschichte erzählte.

Nachdem Kusmin am späten Vormittag Rahels Verschwinden bemerkt hatte, war er mit seinem Zweitschlüssel in ihre Wohnung gegangen und hatte diese von oben bis unten durchsucht. Ihr Handy hatte achtlos auf dem Küchentisch gelegen, ihren Laptop, auf dem er sich weitere Hinweise zu ihrem Verbleib erhoffte, hatte er nicht finden können. Also hatte er irgendeine Kommissarin über Rahels Verschwinden informiert und den Beamten, die vorbeikamen, um Rahels Wohnung zu überprüfen, ihr Handy anvertraut.

»Denken Sie, sie ist auf dem Weg nach Tschechien?« David zweifelte keine Sekunde daran, dass Rahel nach Lípa wollte, trotzdem hatte er Kusmin danach fragen müssen. Die Wahrscheinlichkeit, dass der Professor bereits Informationen besaß, die ihm noch hilfreich sein könnten, war groß.

»Genau das denke ich«, hatte Kusmin mit matter Stimme geantwortet. »Die Polizei hat mir ans Herz gelegt, mich zu beruhigen und abzuwarten. Sie haben gesagt, dass sie vermutlich heute schon wieder auftauchen wird. Aber was ist, wenn sie sie entführt haben, David?«

David hielt eine Entführung für mehr als unwahrscheinlich, behielt das aber für sich. Er konnte nur hoffen – für Rahel hoffen –, dass sie sich in ihren Hinweisen verrennen und die Polizei sie aufgreifen würde, bevor er selbst es tat.

Gnade ihr Gott, wenn sie hierherkommt.

Er würde abwarten, Augen und Ohren offen halten. Das war gar nicht so schlimm, schließlich hatte er viel Zeit, wenn er nicht gerade arbeiten musste, denn an Gabriel kam er momentan nicht heran. Er würde auf Rahel warten. Und falls sie in den nächsten Tagen in Burtonport aufkreuzte, würde er eine nette kleine Willkommensparty für sie vorbereiten.

Aber wer hatte Rahel von Lípa erzählt? Sie musste von dem kleinen Ort wissen. Niemand machte sich einfach so auf die Suche nach jemandem, wenn er nicht den geringsten Anhaltspunkt auf dessen Aufenthaltsort hatte. Also wer verdammt hatte ihr diesen Hinweis gegeben?

»Dankeschön, Tante Nory. Dankeschön, Onkel David.« Katie hatte endlich die kleine bunte Plastikflasche mit pinkfarbenem Strohhalm in Empfang genommen – ohne Noreen dafür ein Kuss geben zu müssen – und streckte David nun die Arme entgegen, damit er sie auf dem Boden absetzte. Mit einem begeisterten »Mama, Mama! Guck mal, der ist pink!«, lief sie zurück zum Tisch, an dem ihre Eltern saßen.

David stand ebenfalls auf und legte zwei Scheine auf den Tresen.

»Wo willst du hin?« Noreen blickte irritiert von dem Glas auf, in das sie gerade Bier zapfte, das verträumte Lächeln, das das kleine Mädchen ihr aufs Gesicht gezaubert hatte, war aber noch nicht ganz verschwunden.

»Nach Hause. Ich komme wieder, wenn du den Laden zugemacht hast. Allerdings nur, wenn du mir einen Gefallen tust.«

Sie stellte das Glas ab und sah ihn misstrauisch an. »Kommt ganz darauf an, was du von mir verlangst.«

David deutete mit einem leichten Kopfnicken zu dem Tisch, an dem Eddie und Bobby saßen und mit den übrigen Männern gerade über irgendeinen versauten Witz johlten. »Würdest du den beiden Gentlemen dort drüben bitte einen Drink auf meine Kosten spendieren? Sagen wir als Wiedergutmachung?«

Noreen runzelte die Stirn. »Dann darf ich also doch noch den Tag erleben, an dem die harte Schale endlich bricht und dein sanftes Inneres zum Vorschein kommt?«

»Ja.« Es klang eher wie eine Frage, als er es aussprach, und seiner Meinung nach war er heute tatsächlich viel zu sanft gewesen. Er hätte den beiden Brüdern den Arsch versohlen, ja, ihnen vielleicht sogar ein paar Knochen brechen sollen. Aber was nicht war, kann ja noch werden.

»Um ehrlich zu sein, weiß ich nicht so genau, was ich von deinem plötzlichen Lernprozess halten soll. Aber gut. Es ist dein Geld. Also ... Hast du einen bestimmten Wunsch, was ich den beiden Herren kredenzen soll? Einen zweiundzwanzigjährigen Single Malt oder doch lieber nur einen Pint?«

David zog einen weiteren Schein aus der Hosentasche und warf ihn auf die anderen. »Ich möchte, dass du ihnen Apfelsaft bringst, Noreen«, sagte er, dann wandte er sich zum Gehen. »Am besten mit pinkfarbenem Strohhalm.«

Letzteren, da war er sich ziemlich sicher, würden die Gebrüder Fitzpatrick ohnehin brauchen, wenn er mit ihnen fertig war.

3

»Komm zurück!«, rief ich – nein, ich *schrie* es heraus, sodass meine Brust sich wie ein Blasebalg hob und wieder senkte.

Ich hatte die Fensterscheibe halb heruntergefahren und biss mir fester als notwendig auf die Unterlippe. Hatte der Typ – Michael? Mikal? *Sokol?* – eben tatsächlich gesagt, er wüsste, nach wem ich suche?

Er hatte sich wieder an den Picknicktisch vor dem Laden gefläzt, streckte ein Bein auf der Bank aus und zündete sich eine Zigarette an. Dabei lächelte er zufrieden und machte so überhaupt nicht den Eindruck, als wolle er sich bald in Bewegung setzen und zu meinem Wagen kommen. Er wirkte wie das Paradebeispiel eines Rebellen aus einem englischen Arbeiterviertel: trotzig, humorvoll und allzeit für ein Bier oder eine Prügelei oder auch für beides zugleich zu haben.

»Na, ich weiß nicht«, erwiderte er. »Im Moment habe ich eigentlich keine große Lust, zu dir rüberzukommen. Schließlich hast du mich gerade ganz schön abblitzen lassen. Und das, obwohl ich dir bloß meine Hilfe angeboten habe.« Er sah zu den hohen Fichten hinüber, die den Blick auf das benachbarte Grundstück versperrten, und zog an seiner Zigarette. »Vielleicht lässt du mich einfach ein Weilchen darüber nachdenken, unbekannte Frau, deren Namen ich nicht kenne.«

Mist. Der Kerl schien wirklich irgendetwas zu wissen, würde er mich sonst so zappeln lassen? Ich hatte die Scheibe ganz heruntergefahren und den Kopf aus dem Auto recken müssen, um ihn verstehen zu können, merkte jetzt aber, wie angespannt ich war, und zog den Kopf wieder ein. Noch war ich nicht bereit auszusteigen. Wie konnte ich sicher sein, dass er mich nicht auf den Arm nahm? Oder dass es ein Hinterhalt war?

Aber was war, wenn er mir wirklich helfen konnte? Wenn er wusste, wo Gabriel und seine Leute sich aufhielten?

Mir blieb nur eines übrig.

Ich streckte den Kopf wieder aus dem Fenster und kam mir vor wie eine totale Vollidiotin, als ich meinen Mund öffnete: »*Bitte komm zurück?*«

Sein Blick schweifte von den Bäumen zu mir, ein leichtes Grinsen spielte um seine Lippen. »Und was springt dabei für mich raus?«

Seufzend warf ich einen Blick auf meinen Rucksack, der vor dem Beifahrersitz im Fußraum lag. Der Mietwagen hatte mit fast vierhundert Euro ein tiefes Loch in mein Budget gerissen, im Portemonnaie hatte ich vielleicht noch 1.700 Euro. Das war alles, was ich an Ersparnissen in meiner Wohnung gehortet hatte und von meinem Girokonto hatte abheben können. Wie lange ich mich mit dem Geld über Wasser halten musste, wusste ich noch nicht. Aber vielleicht würden dem Mistkerl da drüben ja schon ein- oder zweihundert Euro den Knoten in der Zunge lösen.

Er hatte das Bein von der Bank genommen und sah mich erwartungsvoll an.

»Ich ... ich habe Bargeld«, sagte ich.

Ein Hauch von Überraschung spiegelte sich in seiner Miene wieder, da begann er auch schon zu lachen. Sein karamellfarbener Teint verwandelte sich in ein dunkles Rotbraun. Als er sich endlich wieder beruhigte, wischte er sich die Tränen aus den Augen und schniefte ein, zwei Mal, dann schüttelte er den Kopf.

»So ... so war das nicht gemeint«, sagte er und schnappte nach Luft. »Du schätzt mich offenbar völlig falsch ein. Was denkst du, wer ich bin? Ein Drogendealer? Ein Zuhälter? Vielleicht doch nur ein kleiner Hehler, der dir ein geklautes Smartphone andrehen will?«

Ich zuckte mit den Schultern. Meinetwegen konnte er der Kalif von Bagdad sein, solange er mir nur erzählte, wo ich Gabriel fand.

»Keine Ahnung, wer du bist«, erwiderte ich. »Aber deine Jobvorschläge klingen ziemlich einleuchtend, wenn man bedenkt, dass du an einem Samstag nichts Besseres zu tun hast, als in der glühenden Hitze vor einem Laden zu sitzen und eine Kippe nach der anderen zu rauchen. Und das mutterseelenallein.«

»Ich mag dich nicht, Fremde.« Lächelnd drückte er seine Zigarette aus, stand auf und schob die Hände in die Hosentaschen, kam allerdings keinen Schritt näher. »Aber ich weiß, warum du nach Lípa gekommen bist. Auch wenn ich deine Beweggründe für diesen Besuch nicht kenne, möchte ich dir hier und jetzt die einmalige Chance geben, mit mir an einem Strang zu ziehen.«

An einem Strang ziehen? Hatte der Typ noch alle Tassen im Schrank? Wusste er überhaupt, wovon er da redete?

»Und nein, ich will kein Geld«, fuhr er ungerührt fort. »Eigentlich hatte ich eher an eine Coke gedacht. Ja, ich glaube, eine kalte Coke könnte mich durchaus versöhnlich stimmen.«

Ich war mir inzwischen fast sicher, dass er ein falsches Spiel mit mir trieb. Und trotzdem war da irgendetwas in seinem Blick, das mich verunsicherte.

»Okay, gut, wenn der Herr eine Coke will, bekommt er eben eine Coke«, erwiderte ich. »Komm her und ich gebe dir das Geld für ein oder zwei Dosen. Und dann erzählst du mir, nach wem ich deiner Meinung nach suche.« Ich hoffte, dass ich genug Freundlichkeit in meine Stimme gelegt hatte, und lächelte ihn an. »Hört sich das nach einem Deal an?«

»Tja, da haben wir schon das erste Problem.« Er setzte sich wieder auf die Bank und klopfte auf den freien Platz neben sich. »Mir wäre es nämlich lieber, du würdest aus dem Auto steigen und dich zu mir gesellen.«

Wirklich, nichts lag mir ferner, als mich mit diesem dubiosen Typen, Schrägstrich Dealer, Schrägstrich Kleinkriminellen an einen Tisch zu setzen und über Gabriel zu plaudern. Ich haderte mit mir selbst, suchte nach einer Ausrede, fand aber keine, die mir passend erschien. ›Sorry, aber du machst mir Angst, so wie mir fast alle Männer Angst machen, seit man mich unter Drogen gesetzt und anschließend missbraucht hat‹ kam vielleicht nicht so gut an, weil er daraus folgern könnte, dass ich ihn für einen potenziellen Vergewaltiger hielt. Aber tat ich das denn?

Er hob die Brauen. »Jetzt im Ernst: Du willst mich lieber wie einen Trottel vor deinem Auto stehen lassen, während wir uns unterhalten, als einfach aus deinem Auto zu steigen und dich zu mir zu setzen?«

Genau das wollte ich. Ich wollte es wirklich. Allerdings war ich mir darüber im Klaren, dass ich auf diese Weise nicht weiterkam. So wie er sich aufführte, schien er davon überzeugt zu sein, dass er mich aufgrund der Informationen, die er möglicherweise, möglicherweise aber auch nicht besaß, in der Hand hatte.

Das hat er ja auch, flüsterte die Stimme in meinem Kopf, und ich ärgerte mich kurz, weil ich wusste, dass sie wie immer recht hatte.

Ich hatte bloß diesen verfluchten Ort als Anhaltspunkt. Allerdings erstreckte dieser sich über eine riesige Fläche, weil die Höfe überall verstreut lagen. Mein Handy hatte ich daheim gelassen, um Nikolaj samt Polizeiaufgebot nicht auf meine Fährte zu locken. Mein Notebook, auf dem sich der einzige Beweis dafür befand, was Gabriel mir angetan hatte, lag in einem Schließfach im Berliner Hauptbahnhof, und das Navigationsgerät im Mietwagen war mir kaum eine Hilfe bei der Suche nach Gabriel und seinen Leuten gewesen. Im Laden hatte ich keine Straßenkarte von Lípa gefunden. Somit gestaltete sich das Ganze wie die altbekannte Suche nach der Nadel im Heuhaufen. Nur das meine Nadel aus mehr als hundertvierzig Personen bestand und somit im Verhältnis zum Heuhaufen riesig war. Und trotzdem war ich ihnen keinen Schritt nähergekommen.

»Ich komme. Muss nur eben mein Portemonnaie suchen«, seufzte ich schließlich und fuhr das Fenster hoch.

Ich zog einen Zehneuroschein aus meiner Geldbörse und steckte ihn in die vordere Tasche meiner Jeans, anschließend holte ich mein SlimJim aus dem Handschuhfach und schob das flache Taschenmesser unauffällig in meine Gesäßtasche. Mir war bewusst, dass er mich beobachtete, als ich aus dem Wagen stieg. Ich widerstand dem starken Drang, an meiner Jeans oder meinem Shirt herumzuzupfen. Beides klebte mir dank der tropischen Wärme unangenehm auf der Haut. Die Scheinwerfer blinkten kurz auf und die Schlösser schnappten zu, als ich das Auto verriegelte, dann ging ich gemächlich zum Laden hinüber und streckte auf dem Weg dorthin dezent meine schmerzenden Glieder.

»Hier.« Ich stellte die Coladose, die ich soeben aus dem Laden geholt hatte und von der bereits Kondenswasser herunterperlte, vor ihm auf den Tisch, anschließend setzte ich mich meiner neuen Bekanntschaft gegenüber. Die Sonne brannte gerade mit letzter Kraft auf diesen Breitengrad, und die hölzerne Bank, auf der wir saßen, war trotz des Schattens, den der Sonnenschirm darauf warf, angenehm warm.

»Gott, tut das gut!«, seufzte er, als er sich die Dose erst an die eine und dann an die andere Seite seines Halses hielt, wobei er mich nicht aus den Augen ließ. »Hattest du mir nicht eine zweite versprochen? Hast du die etwa vergessen?«

»Du bekommst sie nach unserem Gespräch«, versicherte ich ihm, als ob die Cola auch nur ansatzweise ein Druckmittel war. Ich öffnete die Wasserflasche, die ich für mich gekauft hatte, und nahm einen ordentlichen Schluck.

»Dann eben nach dem Gespräch«, sagte er und stellte die ungeöffnete Dose auf dem Tisch ab. »Mit dir ist nicht zu spaßen, was? Sollen wir also gleich zur Sache kommen?«

»Wo sind sie?«, fragte ich geradeheraus.

Er lächelte und strich sich mit den Fingern über die glattrasierte Wange. »Wo ist wer?«

»Im Ernst?«, schnaufte ich. »Müssen wir dieses Spiel jetzt wirklich spielen?«

»Eigentlich nicht«, entgegnete er fast schon vergnügt. »Aber es macht doch immer wieder Spaß, oder etwa nicht?«

»Ja«, murmelte ich. »Mordsspaß.«

Seine Miene wurde unerwartet ernst, als er eine Zigarette aus seiner Schachtel holte, sie zwischen seine Lippen hängte und anzündete. Er nahm einen tiefen Zug und inhalierte den Rauch, als hinge sein Leben davon ab.

»Nun gut, Fremde«, begann er. »Bevor ich noch mehr Sympathiepunkte einbüßen muss, hier mein Vorschlag: Du erzählst mir, was mit deiner Hand geschehen ist, und ich sage dir, wo du die Leute findest, die du heute offenbar erfolglos gesucht hast.«

Ich schnappte ihm die Zigarette aus dem Mund und drückte sie zu den tausend anderen in den überquellenden Aschenbecher. Seine Miene verzog sich keinen Millimeter.

»Erstens«, sagte ich, »ich habe aufgehört zu rauchen. Dementsprechend dankbar wäre ich dir, wenn du dich in den kommenden Minuten zusammenreißen könntest. Und zweitens: Die Hand habe ich mir bei einem Autounfall verletzt.«

Er zog eine neue Zigarette aus der Schachtel – bei seinem Verbrauch musste es das dritte oder vierte Päckchen am heutigen Tag sein – zündete sie aber nicht an, sondern spielte stattdessen damit herum. Anscheinend wollte er nicht noch einen seiner geliebten Glimmstängel verlieren.

»Wo genau hat sich dieser Autounfall zugetragen?«

»Ich ... in ...« In meinem Kopf war plötzlich der Strom ausgefallen. »Auf der Landstraße.«

Er nickte bedächtig. »Und welche beiden Orte verbindet diese Landstraße?«

Ich stieß die Luft aus. Ich wusste nicht, ob ich über seine Frage lachen oder davon genervt sein sollte.

»O je, lass mich kurz überlegen«, erwiderte ich schließlich und rieb mir nachdenklich übers Kinn. »Ich glaube, die Orte hießen *Leck mich* und *Schätze, das geht dich nichts an*. Ganz so sicher bin ich mir da aber nicht, ist immerhin schon ein Weilchen her.«

»Aus deinem anfänglichen Zögern und deiner wenig kooperativen Art schließe ich, dass du lügst«, sagte er trocken. »Dein Gesicht hast du auch nicht wirklich unter Kontrolle. Daran solltest du arbeiten. Und um wieder zurück zum Thema zu kommen: Wenn du wissen möchtest, wo sie sind, sei gefälligst ehrlich zu mir. Und jetzt noch einmal: Was ist mit deiner Hand passiert?«

Woran hatte dieser kleine Klugscheißer verdammt noch mal erkannt, dass ich lüge? Hatte ich mir an die Nase gefasst, für eine Millisekunde die Augenbrauen zusammengezogen? Hatte meine Stimme mich verraten?

»Meine Hand interessiert dich also?«, fragte ich. »Nicht, warum ich hier bin oder weshalb ich so schrecklich langsam rede wie eine Schlaganfallpatientin? Du möchtest allen Ernstes lieber über meine Hand sprechen?«

Er nickte knapp.

Ich schnaufte und blickte auf meine rechte Hand hinab. Auf der Handinnenfläche war bis auf einen weißen Strich kaum noch etwas von der Wunde zu sehen, quer über meinem Handrücken war sie jedoch zu einer wulstigen rosafarbenen Narbe verheilt. Trotz der regelmäßigen Physiotherapiestunden war der Mittelfinger steif geblieben.

»Waren *sie* das?«, hörte ich ihn leise fragen und schaute auf. Sein Blick heftete auf meinem Gesicht, nicht auf meiner Hand.

»Einer von ihnen«, sagte ich und griff nach der Wasserflasche, bloß um etwas in den Fingern zu haben. »Er hat mir ein Messer durch die Hand gerammt.«

»Nicht gerade freundlich ...« Er drehte die Zigarette immer noch zwischen seinen Fingern hin und her. »Und nun bist du hergekommen, lass mich raten, um dem Kerl ebenfalls ein Messer durch die Hand zu rammen? Quid pro quo? Wie du mir, so ich dir?«

»Ich bin hier, um ihm einen Dankesbrief und einen selbst gebackenen Kuchen vorbeizubringen«, erwiderte ich trocken. »Warum interessiert dich das überhaupt? Bildest du die Vorhut? Läufst du gleich heim und petzt, dass unerwünschter Besuch im Anmarsch ist?«

Er schmunzelte. »Würden sie mich reinlassen, bräuchte ich mich wohl nicht mit dir zu unterhalten.«

»Warum? Willst du ... *beitreten*?«

»Himmel, nein!«, lachte er. »Ich bin bloß auf der Suche nach Informationen.«

»Sag mir, wo sie sind, und du bekommst deine Informationen.«

»Keine Eile, ich werde es dir zum gegebenen Zeitpunkt verraten. Du kannst mir vertrauen. Erst mal sollten wir allerdings darüber sprechen, ob ...«

»*Woher* weißt du, wo sie sind?«, unterbrach ich ihn, weil ich langsam in Rage geriet. »Hast du sie gesehen? Oder hast du es bloß von jemandem gehört?« Es kostete mich einiges an Mühe, nicht mit der Wasserflasche, die leider nur aus Plastik bestand, aber noch gut gefüllt war, auf seinen sturen Schädel einzuschlagen.

»Ich habe sie gesehen, sie gehört und sogar mit einer von ihnen gesprochen. Sofern man einen Monolog Gespräch nennen kann.« Er zuckte mit der Schulter und lächelte. »Sie sind nicht gerade kommunikationsfreudig, was? So wie du ...«

Ich roch Lunte; der beißende Geruch der brennenden Zündschnur drängte sich mir geradezu in die Nase. Trotzdem konnte ich nicht sagen, welche Gefahr von meinem Gegenüber ausging, was sein Geheimnis, seine Motivation war.

»Wer bist du?«, fragte ich ohne Umschweife.

»Ah! Nun sind wir also endlich bei der Frage aller Fragen angekommen, was?« Er schob die Kippe zurück in die Schachtel. Auf seinen Lippen prangte noch immer dieses wissende Lächeln, das mir allmählich das Gefühl gab, nach Strich und Faden verarscht zu werden.

Ich verschränkte die Arme vor der Brust und stierte ihn grimmig an, wartete darauf, dass er endlich weitersprach.

»Michal. Michal Sokol«, sagte er schließlich, weil ich keinen Mucks von mir gab und mich aufs Stieren konzentrierte. »Ich habe dir meinen Namen bereits zu Beginn unserer wunderbaren Freundschaft genannt. Nun, du hattest mehr als ausreichend Zeit, um etwas mit dieser Information anzufangen. So wie es aussieht, hast du sie aber nicht genutzt.«

»Oh, tut mir leid, ich wusste nicht, mit welch einflussreicher Persönlichkeit ich es zu tun habe«, sagte ich bissig und begann, das Etikett von der Wasserflasche zu reißen.

Verdammt, was sollte das? Erwartete dieser eingebildete Kerl allen Ernstes, dass ich ihn in der Zwischenzeit gegoogelt hatte? Dass ich ihm bei Facebook, Twitter und Co. Freundschaftsanfragen geschickt hatte?

»Du musst mich ja für ziemlich arrogant halten. Ungefähr in dem Maße arrogant, in dem ich dich für naiv halte. – Ein fremder Mann, den du nebenbei bemerkt für einen Kriminellen hältst, klopft an die Scheibe deines Wagens und nennt dir seinen Namen, und du informierst dich nicht über ihn, bevor du aus dem Auto steigst, um dich mit ihm zu unterhalten?«

»Okay, das war's.« Ich stand auf. Bevor ich den Abend damit verbringen musste, ihm Gabriels Aufenthaltsort aus der Nase zu ziehen, würde ich mich lieber wieder ins Auto setzen und auf eigene Faust die Gegend absuchen. Bis es dunkel würde, blieben mir ohnehin noch ein paar Stunden.

»Was? Willst du etwa schon gehen?«

Er war ebenfalls aufgestanden, und mir fiel auf, dass meine Hand automatisch zu meiner Gesäßtasche gewandert war.

»Ja, ich gehe. Du verschwendest bloß meine Zeit.« Ich nahm die Wasserflasche und ging zum Wagen zurück.

»Okay, okay! Ich hör ja schon auf!«, rief er mir hinterher. »Keine ausweichenden Antworten und keine Foppereien mehr! Ich verspreche es!«

Ich hörte, dass er mir folgte, und drehte mich um. Er blieb einige Meter von mir entfernt stehen und hob entschuldigend die Hände. »Ich werde brav sein. Versprochen.«

Das großspurige Lächeln hatte sich aus seinem Gesicht verabschiedet, seine Miene war ernst. Ob er das Gesagte auch so meinte, ließ sich nur auf eine Weise herausfinden.

»Wo sind sie?«, wiederholte ich, denn bisher war er der Beantwortung dieser Frage geschickt ausgewichen.

Er betrachtete kurz die Zigarettenschachtel in seiner Hand, als könnte sie ihm die passende Antwort liefern, dann seufzte er und sah mich an. »Sie sind in der alten Schuhfabrik. Ich werde dich hinbringen.«

»Erst wenn du mir gesagt hast, wer du bist.«

Er verbeugte sich und als er wieder hochkam, war da eine abgeschwächte, etwas annehmbarere Form seines überheblichen Lächelns. »Michal Sokol, *Daily Telegraph*. Zu Ihren Diensten, Madam. Möchten Sie meinen Pass oder meinen Presseausweis sehen?«

»O nein«, murmelte ich, obwohl ich es eigentlich nicht hatte laut sagen wollen. Dann drehte ich mich einfach um und hielt auf das Auto zu. Es hatte Nikolaj einiges an Kraft und Aufwand gekostet, mein Bild aus den Medien zu halten, und ich wollte es möglichst dabei belassen. Vor allem jetzt, wo ich mich gewissermaßen auf der Flucht befand.

»Was ist?« Sokol kam hinter mir her. »Was bedeutet dieses ›O nein‹? *O danke nein*, ich möchte weder deinen Ausweis noch deinen Pass sehen, oder *o nein*, du bist tatsächlich einer von diesen schrecklichen Presseleuten, die bloß Lügen in die Welt setzen?«

»Nein, ich ... ich hatte nur nicht damit gerechnet, dass du ... dass Sie Journalist sind. Ich bin bloß ein wenig überrascht.«

Das war die Untertreibung des Jahrhunderts. Während mein Hirn diese Information noch in Einzelteile zerlegte und neu zusammensetzte, seine Worte wiederholte – *ein Mietwagen? Ich mache Ihnen einen Vorschlag. Wie ist das mit ihrer Hand passiert? Waren* sie *das etwa? An einem Strang ziehen ...* – und versuchte, den Job mit seinem Äußeren und seinem seltsamen Verhalten in Einklang zu bringen, schalt mich ein anderer Teil meines Verstandes bereits dafür, dass ich so blind – nein, so *naiv*, wie er es ausgedrückt hatte – gewesen war und ihn nicht gleich durchschaut hatte. Eines wurde mir während meiner Überlegungen jedoch unverzüglich klar: Ich musste ihn loswerden. Und das am besten sofort.

»Falls Sie gerade darüber nachdenken, ins Auto zu steigen und die Fliege zu machen ...« Er lief neben mir her und tippte sich lächelnd an die Stirn. »Ihr Kennzeichen ist bereits notiert. Es kostet mich bloß ein, zwei Anrufe und ich weiß, wer den Mietwagen mit dem Kennzeichen M...«

»*Sie Scheißkerl!*« Ich war abrupt vor dem Wagen stehen geblieben, begann nun aber daneben auf und ab zu gehen, weil die überflüssige Energie, die Aggressionen sich einen Weg hinaus suchten. *Steig ins Auto! Steig einfach ein und fahr los!*

Aber er hat das Kennzeichen, du Dummkopf!

Ich hatte kein Geld und keine Zeit gehabt, um mir vor meinem Ausflug hierher einen gefälschten Ausweis plus Führerschein zu besorgen. Und wenn Sokol Nachforschungen anstellte, wie ein Journalist es nun mal tat, würde er binnen Stunden, womöglich sogar nur Minuten auf meinen Namen, meine Adresse und früher oder später womöglich auch auf Nikolaj stoßen. Und Nikolaj, der wegen meines Verschwindens inzwischen kurz vorm Durchdrehen sein musste, würde ihm alles erzählen, um zu erfahren, wo ich mich aufhielt. *Alles.* Ohne Punkt und Komma.

Auf Sokols Miene zeichneten sich zugleich Hoffnung und Argwohn ab, als ich mit einem Mal stehen blieb und mich zu ihm umdrehte.

Ich holte tief Luft. »Mein Name ist Rahel. Rahel Kusmin.«

»Ich weiß«, sagte er und ein mattes Lächeln, das wohl einer Entschuldigung gleichkommen sollte, trat auf sein Gesicht.

Ich nickte, bemühte mich, die Fassung zu bewahren. »Und wie lange wissen Sie das schon, wenn ich fragen darf?«

»Etwa eine halbe Stunde, nachdem Sie das erste Mal hier am Laden Rast gemacht haben, hatte ich ihren Namen und ihre Adresse.« Er hob die Schultern. »Denken Sie jetzt bitte nicht, ich möchte damit prahlen. Ich bin bloß der Meinung, dass es für mich von Vorteil ist, wenn ich in Ihrer Gegenwart von nun an getreu dem Motto ›Ehrlich währt am längsten‹ handle.«

»Von nun an?«, fragte ich etwas verblüfft und deutete vage von ihm zu mir. »Sie denken ernsthaft, das hier wird etwas Längerfristiges?«

»Ich vermute, das hängt ganz davon ab, wie schnell wir an Gabriel herankommen«, erwiderte er, und die Gelassenheit, mit der er sprach, erschreckte mich. Wahrscheinlich hatte er nicht die geringste Ahnung, wozu Gabriel fähig war.

Ich lächelte ihn zynisch an. »Sie sind also bereit zu sterben, Michal? Für eine Story?«

»Nun ... Ich dachte, ich kann zunächst mein Bestes geben, um am Leben zu bleiben. Bis jetzt bin ich damit jedenfalls ganz gut gefahren.«

Ich drückte auf die Fernbedienung und der Mietwagen entriegelte sich. »Ihre Entscheidung.«

Ich hatte die Fenster heruntergelassen und eine warme Brise wehte durch den Kleinwagen, während wir mit rund vierzig Stundenkilometern über die holprigen Straßen der kleinen Ortschaft fuhren. Lípa bestand aus kleinen Häusern und Höfen, von denen einige den Eindruck erweckten, sie könnten schon beim nächsten Windstoß in sich zusammenzufallen. Die meisten waren jedoch hübsch zurechtgemacht mit gepflegten Vorgärten, in denen Obst, Gemüse und bunte Blumen wuchsen. Der Ort war der Inbegriff von Abgeschiedenheit und Ruhe, und je mehr ich davon sah, desto weniger wunderte es mich, dass es Gabriel hierhergezogen hatte.

Rund zehn Minuten würden wir für die Fahrt zur alten Schuhfabrik benötigen, hatte Michal gesagt, während er es sich auf dem Beifahrersitz bequem gemacht hatte.

Es waren nur wenige Minuten vergangen, da hatte er das Päckchen Zigaretten aus seiner Hosentasche gezogen. Er klopfte damit auf seinen Oberschenkel, drehte die Schachtel dabei immer wieder um sich selbst.

»Sie sind nervös«, sagte ich und strich die Haare weg, die der Wind mir immer wieder in die Stirn wehte. Seit meinem Aufenthalt bei der Garde Gottes, wo man mir als Begrüßungsgeschenk den Schädel kahl geschnitten hatte, und der darauf folgenden Gehirnoperation, die mich ebenfalls einen Teil meiner Haare gekostet hatte, war die Mähne auf meinem Kopf nachgewachsen. Beim Friseur hatte ich mir die Haare wieder blondieren und einen kurzen Bob à la Scarlett Johansson aufschwatzen lassen, der nicht ganz so übel aussah, wie ich zunächst befürchtet hatte. Eigentlich stand er mir sogar ziemlich gut. Wichtiger als meine wiederentdeckte Weiblichkeit war allerdings, dass meine Haare mittlerweile sämtliche Narben auf meiner Kopfhaut verdeckten.

»Ja, ich bin nervös«, pflichtete Sokol mir bei. »Aber nur, weil Sie bisher jedes Schlagloch mitgenommen haben, das die Straße Ihnen anbietet. Und um ehrlich zu sein, habe ich die Hoffnung, dass wir unser Ziel erreichen, inzwischen aufgegeben, weil mit ziemlich großer Wahrscheinlichkeit vorher eine der Achsen brechen wird.«

»Sie sind wirklich unglaublich lustig, Sokol« erwiderte ich nüchtern. »Sagen Sie, wie alt sind Sie? Neunzehn, zwanzig? Zwölfeinhalb?«

»Sie können mich mal«, brummte er. »Ich werde in vier Monaten dreißig. Falls ich den Tag noch erleben sollte.«

Er signalisierte mir, auf eine unbefestigte Straße abzubiegen, und ich beäugte die Höfe, an denen wir vorbeiholperten. Hühner trödelten über die Vorplätze, große Hunde oder alte Mütterchen hatten es sich im Schatten vor den Haustüren bequem gemacht.

»Woher wissen Sie, dass Gabriel und seine Leute hier sind?«, fragte ich. »Haben Sie das auch mit ein, zwei Anrufen herausbekommen?«

»Meine Großmutter lebt ein Dorf weiter«, sagte er, verscheuchte eine Fliege von seiner Stirn und rieb anschließend mit den Fingern über die Stelle, auf der sie zuvor gesessen hatte. Auch er sah aus dem Fenster und betrachtete nachdenklich die kleinen Bauernhäuser, an denen wir vorbeikamen. »Die Garde Gottes hält sich ziemlich bedeckt, aber in den umliegenden Ortschaften kennt jeder jeden. Buschfunk – Sie verstehen?«

Ich nickte. »Warum hat niemand die Polizei verständigt?«

Er zuckte mit den Schultern. »Ich vermute aus Angst. Angst vor Vergeltung. Niemand weiß wirklich, welche Ausmaße die Sekte hat. Natürlich war in den Medien die Rede von hundertvierzig Mitgliedern, aber wissen wir, ob das stimmt? Wissen Sie es?«

Ich schüttelte den Kopf, und er fuhr fort.

»Könnte die Sekte nicht weitaus mehr Anhänger haben, die auf der ganzen Welt verstreut leben? Und könnte es diesen anderen Mitgliedern nicht eventuell nach Blut dürsten, sollte jemand auf die Idee kommen, ihre Filiale hier in Lípa auffliegen zu lassen?«

Ich hatte mir noch nie Gedanken darüber gemacht, dass die Sekte weitaus mehr Mitglieder haben könnte, als mir und den anderen Besuchern bei der Begrüßungsveranstaltung in Monakam erzählt worden war. Die bloße Vorstellung, sie könnten zu Tausenden sein und sich in alle Windrichtungen zerstreut haben, verschlug mir die Sprache.

»Tut mir leid«, seufzte Sokol und rieb sich den Nacken. »Ich wollte Ihnen keine Angst einjagen. Es ist genauso gut möglich, dass die Leute hier einfach zu großen Respekt vor dem Zorn Gottes haben. Denn vielleicht wird Gabriels Gemeinschaft ja zu Unrecht angelastet, Unschuldige getötet zu haben. Möglicherweise waren die Opfer ja gar nicht so frei von Verfehlungen. Nehmen Sie nur einmal die sieben Sünden: Neid, Zorn, Wollust, Völlerei und wie sie alle heißen. Oder nehmen Sie die zehn Gebote – allein daraus lassen sich für gläubige Menschen genügend Gründe ziehen, warum jemand bestraft werden sollte. Sie müssen wissen, die Leute in dieser Umgebung sind alt, ihre Kinder und Enkel ziehen lieber in die nächste Großstadt, als den elterlichen Hof zu übernehmen. Somit sind die Menschen hier nicht nur alt, sondern auch allein. Und wer will es sich unter diesen Umständen schon mit Gott verscherzen?«

Auch diesen Ansatz konnte ich ohne Probleme nachvollziehen. Noch immer triefte die Welt vor strenggläubigen Menschen. Ein Umstand, der sich erst in den kommenden zwanzig, vielleicht dreißig Jahren mit dem Aussterben der älteren Generationen ändern würde.

»Sie sind nicht sehr gesprächig. Sie machen die Dinge lieber mit sich selbst aus, was?«, bemerkte Sokol wenig später, als wir an einer Reihe frisch abgeernteter Felder vorbeifuhren und mir der

Duft von aufgewühlter, feuchter Erde und Kartoffeln in die Nase stieg.

»Ich kenne Sie nicht«, sagte ich. »Warum sollte ich Ihnen also mein Herz ausschütten?«

»Hm, lassen Sie mich kurz überlegen ...« Er rieb sich übers Kinn und sah mich leicht verärgert an. »Vielleicht weil ich gleich mein Leben für Sie aufs Spiel setze? Und das, obwohl ich nicht einmal weiß, was Sie vorhaben, wenn wir dort sind?«

»Wollen Sie aussteigen?« Ich nahm den Fuß vom Gaspedal und ließ den Wagen an den Straßenrand rollen.

Sokol stöhnte, murmelte seinem Fenster ein paar abfällige Worte zu, dann wandte er sich wieder an mich. »Schon gut, fahren Sie weiter. Es ist nicht mehr weit.«

Tatsächlich gelangten wir kurz darauf auf eine Straße, deren Zustand noch schlechter war als der der vorherigen, obwohl diese hier asphaltiert war. Der Asphalt war jedoch aufgerissen und bröselig, und ich drosselte das Tempo auf Schrittgeschwindigkeit herunter. Bäume, deren ausladendes Geäst und saftige Blätter der Straße Schatten spendeten, säumten die gesamte Zufahrt. Die Straße endete vor einem mannshohen Tor aus dicken Metallstreben, hinter dem das flache Dach eines einstöckigen Gebäudes zu erkennen war.

Die alte Schuhfabrik lag einsam und scheinbar verlassen vor uns, umringt von einem dünnen Wäldchen, an das sich Felder schlossen. Der Wald, die Abgeschiedenheit, das Tor, ja, vor allem das Tor ließ unschöne Erinnerungen in mir aufflackern, und mit einem Mal fühlte ich mich wie benebelt. Mein Herz schlug schneller, und meine Finger begannen zu kribbeln, als stünden sie unter Strom. Ich hielt den Wagen am Straßenrand an, zog die Handbremse und griff nach meinem Rucksack, den ich, damit Sokol nicht auf die Idee kam, darin herumzustöbern, auf den Rücksitz geworfen hatte.

Argwöhnisch beobachtete er, wie ich die kleine Pfefferminzdose, in der ich mein Antidepressivum aufbewahrte, aus der vorderen

Tasche des Rucksacks holte, eine Tablette herausholte und diese mit einem großen Schluck aus der Wasserflasche hinunterspülte. Bis zuletzt hatte Nikolaj sich geweigert, mir das Medikament auszuhändigen, und es vorgezogen, mir die Tabletten stattdessen dreimal am Tag vorbeizubringen. In den letzten Wochen hatte er allerdings nicht mehr kontrolliert, ob ich sie auch schluckte, und an guten Tagen hatte ich immer ein oder zwei beiseitegeschafft.

»Geht es Ihnen gut?«, fragte Sokol besorgt.

»Alles bestens«, erwiderte ich und nahm noch einen Schluck Wasser.

»Was war das? Ein Medikament?«

»Das war ein Pfefferminzbonbon.«

Sokol starrte auf die Dose, sagte aber nichts.

Ich ließ sie zurück in die Tasche gleiten, zog den Reißverschluss zu und warf den Rucksack wieder auf die Rückbank.

»Geben Sie mir zehn Minuten.« Ich lehnte mich zurück, schloss die Augen und wartete darauf, dass die Tablette mir die gewünschte Erleichterung verschaffte. Das Medikament hatte zwar keine Sofortwirkung, aber es gab mir trotzdem ein Gefühl von Sicherheit, wenn ich es im Akutfall nahm.

»Waren das Drogen?«

Ich hörte Sokol unruhig auf dem Beifahrersitz herumrutschen.

»Falls das Drogen waren, habe ich ein Recht, das zu erfahren«, beschwerte er sich. »Schließlich bringen Sie damit nicht nur sich in Gefahr, wenn wir gleich ...«

»Kommen Sie runter. Das waren keine Drogen.« Ich atmete tief durch. »Ich habe bloß Kreislaufprobleme.«

»Dagegen gibt es Tabletten?«, fragte er misstrauisch.

»Googeln Sie's doch.«

Ich hatte keine Ahnung, ob es Tabletten gegen Kreislaufbeschwerden gab, vermutete aber stark, dass die Pharmaindustrie selbst aus diesem meist harmlosen Phänomen Profit schlug.

Sokol seufzte gereizt und ich öffnete die Augen.

Er war über sein Smartphone gebeugt und scrollte die Ergebnisliste seiner Suche durch. Natürlich hatte er die Sache nicht auf sich beruhen lassen können.

»Die gibt's wirklich«, murmelte er einige Sekunden später und hob stirnrunzelnd den Kopf. »Wir beide bekommen Probleme miteinander, wenn Sie mich anlügen. Das ist Ihnen klar, oder?«

»Völlig klar.« Ich schenkte ihm ein zuckersüßes Lächeln.

Kopfschüttelnd wandte er sich wieder seinem Handy zu. Wahrscheinlich um irgendjemanden zu kontaktieren, der ihm über meine Drogenvergangenheit Auskunft erteilte. Soweit ich wusste, stand in meiner Polizeiakte jedoch nichts von Drogenmissbrauch. Höchstens, dass mir unwissentlich von einem Sektenführer Drogen eingeflößt worden waren, und dafür konnte ich schließlich nichts.

Gabriel.

Ich lehnte mich zurück, atmete tief ein. Allmählich verzog sich der dichte Nebel in meinem Kopf und meine Gedanken gewannen wieder an Schärfe.

Um Himmels willen! Was hast du eigentlich gerade vor, du Vollidiotin?

Wollte ich mich tatsächlich auf das Grundstück der Garde schleichen, lediglich mit einem Taschenmesser bewaffnet, im Schlepptau eine mir völlig fremde Nervensäge? Dachte ich wirklich, es würde so einfach werden, an Gabriel heranzukommen?

Nein, es wird keinesfalls einfach werden.

Ich nahm einen letzten Schluck Wasser, dann stellte ich die Flasche in der Mittelkonsole ab und öffnete die Wagentür.

»Wie lautet ihr Plan?«

Sokol ging zügig vor mir her; immer wieder drehte er sich um und legte kurze Pausen ein, um auf mich zu warten. Die Straße war in dermaßen schlechtem Zustand, dass wir auf dem mit Gras und Unkraut überwucherten Seitenstreifen liefen, durch den sich zu meiner Überraschung ein schmaler Trampelpfad pflügte. Gabriels Anhänger verließen ihr Domizil offenbar von Zeit zu Zeit, denn hier und dort zeichneten sich auf der vom Regen aufgeweichten Erde Schuhabdrücke ab. In den Baumkronen über unseren Köpfen zwitscherten Vögel ihre lieblichen Lieder, der Wind rauschte sanft durch die Blätter. Vom Gelände her, auf dem sich die alte Schuhfabrik befand, war jedoch nicht das geringste Geräusch zu vernehmen, und mich überkam ein Hauch des Zweifels, ob Sokol mich nicht doch an der Nase herumführte.

»Wir klingeln«, sagte ich und ermahnte mich zum etwa hundertsten Mal, das Messer zu ziehen, sobald mir etwas nicht koscher vorkam.

»Ja sicher«, schnaubte Sokol. »Und dann was? Bitten wir einfach um eine Audienz bei seiner Majestät?«

»Gute Idee«, erwiderte ich trocken.

Mich würde man zu Gabriel bringen, davon war ich überzeugt. Wenn ich ihn richtig einschätzte, würde er mich eigenhändig dafür umbringen wollen, dass ich vor Monaten seine brutalen Machenschaften und den Friedhof, den er sein eigen genannt hatte, der Öffentlichkeit preisgegeben hatte.

»Die Klingel funktioniert nicht«, brummte Sokol vor mir. »Wahrscheinlich haben sie sie abgestellt. Jedenfalls ist niemand an die Gegensprechanlage gegangen oder ans Tor gekommen, als ich geklingelt habe.«

Wir hatten das Tor nun fast erreicht und ich blieb stehen, weil mir etwas eingefallen war. »Halt! Warten Sie mal kurz!«

Sokol drehte sich um und war mit ein paar schnellen Schritten bei mir. »Was ist? Geht es Ihnen nicht gut?«

»Doch, doch! Aber Sie sagten, Sie hätten mit einer von ihnen gesprochen. Wo war das?«

»Na dort.« Er deutete mit dem Kopf zum Gelände. »Einige der Frauen haben auf der Wiese hinter dem Lager Wäsche gewaschen. In großen Kübeln, so wie meine Urgroßmutter es vor hundert Jahren noch gemacht hat. Es waren mehrere Frauen draußen. Zehn, vielleicht fünfzehn. Aber nur eine von ihnen hat mich beachtet.« Ein Lächeln huschte über sein Gesicht. »Sie hat mich auf holprigem Tschechisch gebeten zu gehen, und weil ich ihrer Aufforderung nicht Folge leistete, hat sie mich dann ignoriert. So wie die anderen. Gegangen bin ich erst, als einer der Männer in der Tür zum Lager aufgetaucht ist. Er hat mich angesehen, als wollte er mich ...« Sokol schluckte, seine Miene war ernst geworden. »Na ja, er hat mich angesehen, als gäbe ich ein schmackhaftes Abendessen ab. Da habe ich mich lieber vom Acker gemacht.«

»Das kann ich gut verstehen«, murmelte ich und fragte mich, ob es wohl Marie, Gabriels rechte Hand, gewesen war, die Sokol gebeten hatte zu gehen, und Brecht, Gabriels Leibwächter, der ihn mithilfe seines Blickes zu Hackfleisch hatte verarbeiten wollen.

Gut möglich.

»Haben Sie irgendwelche Namen aufgeschnappt?«, fragte ich Sokol.

Er schüttelte den Kopf.

»Wie gesagt, ich wurde gebeten zu gehen, und das war's. Die Frauen haben nicht miteinander gesprochen, während sie die Wäsche machten. Ich schätze wegen mir.« Ein verlegener Ausdruck trat auf sein Gesicht. »Es war fast schon ein wenig beklemmend«, fuhr er etwas leiser fort. »Wie in einem Stummfilm aus vergangener Zeit. Die Frauen wuschen und wuschen, klopften die Wäsche aus und warfen sich gegenseitig seltsame Blicke zu. Mir hätte bloß jemand von hinten an die Schulter tippen müssen, und ich wäre ...« Er unterbrach sich mit einem belustigten Schnaufen und kratzte sich am Hals. »Was ich damit sagen will, ist, dass ich wahrscheinlich auch nicht viel länger geblieben wäre, wenn der Mann nicht an der Lagertür aufgetaucht wäre.«

Ich konnte gut nachvollziehen, wie er sich gefühlt hatte. Auf Außenstehende machte das Gebaren der Sektenanhänger einen mehr als merkwürdigen Eindruck. Das hatte ich selbst schon erlebt, und ich erinnerte mich fast sofort daran, dass man es mir in meinen ersten Wochen bei der Garde Gottes nicht unbedingt leicht gemacht hatte. Das Misstrauen gegenüber Fremden war einfach zu groß.

»Wie sind Sie überhaupt aufs Grundstück gekommen?«, fragte

ich und inspizierte den hohen Maschendrahtzaun, der von dem massiven mit Stacheldraht gekrönten Tor abging und in den umliegenden Wäldern verschwand. Der Zaun wurde zu beiden Seiten von trockenem, dichtem Gestrüpp flankiert.

Sokol war meinem Blick gefolgt und zuckte mit der Schulter. »Auf der Rückseite des Geländes ist ein Loch im Zaun. Nicht unbedingt groß, aber ausreichend, um sich ohne Schürfwunden hindurchzuzwängen.«

»Hört sich gut an«, erwiderte ich offenbar etwas zu enthusiastisch, denn Sokol hob skeptisch die Brauen.

»Sind Sie sicher, dass Sie es riskieren wollen, gesehen zu werden?«, fragte er. »Wollen Sie das Ganze nicht lieber etwas ... *diskreter* angehen?«

Diskret? Ich hatte keine Zeit dafür, diskret vorzugehen. Wahrscheinlich fahndete man bereits nach dem Mietwagen, und meine finanziellen Reserven hielten sich auch in Grenzen. In Monakam war Gabriel erst nach Wochen aufgetaucht. So viel Zeit blieb mir dieses Mal aber nicht. Ich musste ihn finden. So schnell wie möglich.

»Nein, ich möchte sehen, wo sie sind. *Jetzt*«, erwiderte ich. »Aber ich habe kein Problem damit, falls Sie hier warten möchten.«

Er rieb sich die Schläfe und seufzte, dann setzte er sich ohne ein weiteres Wort in Bewegung.

Das Loch erwies sich als ein rund einen Quadratmeter großes Rechteck, das mit einer Drahtschere oder ähnlichem Gerät fein säuberlich aus dem Maschendrahtzaun herausgelöst worden war. Geschickt wich Sokol meinem Blick aus, als wir darauf zugingen.

»Sie hätten den Zaun einfach längs aufschneiden und zur Seite rollen können«, bemerkte ich und sah dabei zu, wie er auf die Knie ging und durch das Loch kroch.

»Dann hätten sie den Schaden aber gesehen«, entgegnete er bissig und reichte mir die Hand. »Auf diese Weise ist das Loch von den Büschen auf der anderen Seite einigermaßen verdeckt.«

Das stimmte allerdings. Wenn man vom Fabrikgebäude aus in

Richtung Zaun sah, musste das schulterhohe Gestrüpp das Loch im Zaun verbergen. Doch ich vermutete, dass Gabriels Jünger die Umzäunung regelmäßig überprüften, weshalb es mich nur noch mehr wunderte, dass sie das Loch nicht schon längst – spätestens aber nach Sokols Besuch – gestopft hatten.

Wir marschierten einige Meter zwischen Zaun und Gebüsch entlang, und mir fiel auf, dass Sokol hier ebenfalls Hand angelegt hatte. Die dünnen Äste des Buschwerks waren gestutzt worden, und das Geäst, das dabei auf den Boden gefallen war, war längst plattgetreten und vertrocknet. Sein erster Besuch lag wohl schon etwas zurück.

Um uns herum zirpten Grillen und ich wischte mir schaudernd über die nackten Arme, sobald ich versehentlich das Gestrüpp streifte. Es wimmelte hier nur so von Insekten, sodass ich fast ständig um mich schlug. Sokol warf mir einen genervten Blick über die Schulter zu, aber das war mir egal. Seit ich unzählige Stunden mit einer Leiche, Ratten und sonstigem Getier in einem völlig abgedunkelten Schacht hatte verbringen müssen, sträubten sich mir augenblicklich die Haare, wenn mich etwas touchierte, das ich nicht sofort identifizieren konnte. Als wir schließlich durch eine künstlich geschaffene Lücke im Gebüsch schlüpften und auf eine weite, ausgedörrte Wiese traten, war ich bis auf die Unterwäsche durchgeschwitzt, aber heilfroh.

Die Luft war warm und noch stickig vom Regen, doch hier auf der Freifläche ging wenigstens ein laues Lüftchen.

Etwa zwanzig Meter vor uns, verdeckt von einigen Zierbäumen, um die sich schon lange niemand mehr gekümmert hatte, lag die Schuhfabrik. Große Fenster mit filigranen Sprossen zierten das längliche einstöckige Gebäude, allerdings hatte man die meisten Fenster mit Brettern vernagelt. Auf dem gepflasterten Vorplatz und der Wiese war niemand zu sehen und auch im Gebäude schien sich der Stille und der fehlenden Beleuchtung nach zu urteilen niemand aufzuhalten. Die fehlende Beleuchtung machte mir die größeren Sorgen. Denn falls sich doch jemand im Gebäude aufhielt und in die beginnende Dämmerung hinaussah, würde es ihm oder ihr keine Probleme bereiten, uns wie zwei abschusswillige Kaninchen über die Wiese hoppeln zu sehen.

»Haben sie hier die Wäsche gewaschen?«, fragte ich Sokol im Flüsterton, während ich mich auf dem trostlosen, ungepflegten Gelände umsah.

Er schüttelte kaum merklich den Kopf. »Das war vor dem Lager. Kommen Sie mit, ich zeige Ihnen die Stelle.«

Wir hielten uns in der Nähe des Zaunes und umrundeten das Fabrikgebäude, dann endlich tauchte das Lager auf, das zuvor durch die Ausmaße der Fabrikhalle verdeckt gewesen war. Es handelte sich ebenfalls um einen rechteckigen Bau. Dieses Gebäude besaß jedoch keine Fenster und war nur halb so groß wie die Fabrik, mit der es durch ein Überdach verbunden war. Im Halbschatten in dem kurzen Tunnel standen zwei Personen auf der Laderampe vor dem Lagereingang und unterhielten sich leise. Bis jetzt hatten sich uns nicht bemerkt.

Meine Kehle schnürte sich zu, und ich hatte das seltsame Gefühl, mein Herz könnte jeden Moment aufhören zu schlagen. Sokol schien mein Zögern bemerkt zu haben, denn er drehte sich zu mir um und hob fragend die Brauen.

»Gehen Sie auf die beiden zu. Gehen Sie direkt vor mir und bleiben Sie stehen, sobald die beiden Notiz von Ihnen nehmen«, wisperte ich und war höchst dankbar, als er meinen Anweisungen folgte, ohne irgendwelche nervigen Fragen zu stellen.

Fünf Schritte. In meiner Brust polterte es wie wild.

Zehn Schritte. Dann fünfzehn.

Bei sechzehn blieb Sokol stehen, und beinahe wäre ich in ihn hineingerannt, hätte ich nicht genau in diesem Moment den Kopf gehoben, weil die Scharniere einer Tür quietschten.

»Sie ist es«, murmelte Sokol, ohne sich zu mir umzudrehen.

Ich vermutete, dass er mit *sie* die Frau meinte, die ihn bei seinem letzten Besuch aufgefordert hatte zu gehen.

»Sie hat jemanden weggeschickt«, fuhr er kaum hörbar fort. »Ist von der Rampe heruntergekommen. Zehn Meter. Vielleicht.«

Ich hörte, wie sie etwas auf Tschechisch zu Sokol sagte, und schlagartig wurde mir kalt. Die Stimme, *ihre* Stimme war mir nur allzu bekannt.

»Ist sie immer noch allein?«, wisperte ich und beobachtete das Lager, das urplötzlich zu summen schien wie ein überfüllter Bienenstock, selbst wenn ich dort niemanden sehen oder hören konnte.

Sokol nickte leicht.

Ich trat hinter ihm hervor, die rechte Hand an meiner Gesäßtasche, und begutachtete die junge Frau, die in den letzten Monaten um mindestens zehn Jahre gealtert zu sein schien. Sie war dünn geworden, ihr blondes Haar war strähnig und um ihre Augen lagen dunkle Schatten. Sie trug eine viel zu weite Jeans und eine schrecklich altbackene mit Blumen bedruckte Bluse.

»Hallo Rahel.«

Die Worte kamen in einem halberstickten Wispern über Maries Lippen. In ihrem Gesicht zeigte sich keine Regung, ihre Hände aber ballten sich zu Fäusten.

»Marie«, erwiderte ich kühl und registrierte aus dem Augenwinkel, wie Sokol sich neben mir aufbaute.

Da stand sie also, die junge Frau, die in Monakam für die jungen Mädchen und unverheirateten Frauen verantwortlich gewesen war und von der ich während meiner Zeit bei der Garde Gottes überzeugt gewesen war, sie hätte ein Verhältnis mit Gabriel.

»Wie hast du uns gefunden?« Maries Augen funkelten wie dunkle Edelsteine. Kalt und unglaublich leblos.

»Ich hatte Hilfe«, sagte ich bloß und ihr leerer Blick wanderte zu Sokol.

»Bring mich zu ihm.« Ich machte einen Schritt auf sie zu und versuchte, die Bewegungen oben auf der düsteren Laderampe zu ignorieren.

Mehrere Personen hatten sich dort im Schatten zusammengefunden, und ich meinte, einige bekannte Gesichter unter ihnen zu sehen. Esther, Hannah und noch ein paar mehr der jungen Leute, die ich in Monakam kennengelernt hatte. Keiner von ihnen kam zu uns herunter.

Marie hatte sich keinen Zentimeter gerührt, auf ihren Lippen lag jetzt jedoch ein leises Lächeln. »Sag mir, Rahel, zu wem soll ich dich denn bringen? Zu Gabriel? Oder doch lieber zu Elias?«

Erleichterung durchströmte mich wie ein Schwall warmes Wasser. Die Sorge, Elias könnte tot sein, die ich wochenlang mit mir herumgetragen hatte, fiel von mir ab wie eine tonnenschwere Last. Ich bemerkte, dass Sokol mich mit gerunzelter Stirn ansah, beachtete ihn aber nicht weiter. Zu erfahren, dass er eine Informantin am Haken hatte, die ein Verhältnis mit dem Sohn des Sektenführers eingegangen war, würde ihm wahrscheinlich eine riesige Latte bescheren.

»Wie wäre es, wenn du mich einfach zu dem Mann bringst, der meine Hand aufgespießt und mir den Schädel eingeschlagen hat? Ich denke, da kommt nur einer infrage, oder?«

Mein Blick schweifte von Marie zur Laderampe, denn in der kleinen Menge, die sich dort oben versammelt hatte, war Unruhe ausgebrochen. Rücksichtslos drängte sich jemand an den Neugierigen vorbei.

»*Du!*«

Polternd kam Viola die Treppe heruntergelaufen.

Das sechzehnjährige Mädchen, mit dem ich mir während meiner Zeit bei der Sekte für einige Wochen das Zimmer geteilt hatte, stürmte mit hochrotem Kopf an der völlig perplexen Marie vorbei und direkt auf mich zu. Ihre kastanienbraunen Locken wippten schwer auf und ab und ließen mich an Medusa mit ihrem Schlangenhaar denken. Unheilvoller ging es wohl kaum. Trotzdem glaubte ich nicht, dass Gefahr von ihr ausging. Meine Gelassenheit schien sich auf Sokol zu übertragen, denn er machte keine Anstalten einzugreifen, als sie wie eine wildgewordene Furie vor mir abbremste.

»Du verfluchte Hexe hast alles kaputtgemacht!«, schrie sie. Dann versetzte mir das dürre kleine Mädchen, das ich noch vor wenigen Monaten getröstet hatte, weil Gabriel ihm den Rücken mit dutzenden Brandmalen übersät hatte, auch schon einen so kraftvollen Stoß, dass ich nach hinten stolperte und rücklings auf die Wiese stürzte.

Der Boden war noch nass von dem kurzen Schauer ein, zwei Stunden zuvor und mein T-Shirt saugte die Feuchtigkeit binnen Sekunden auf. Ich wollte mich gerade aufsetzen, da warf sie sich auf mich und verpasste mir eine schallende Ohrfeige.

Meine Wange brannte und meine Augen füllten sich mit Tränen.

»Du ... du verdammte Hure!«, schrie sie mit wutverzerrter Miene und grapschte nach meinen Handgelenken, um mich festzuhalten, während ihr dicke Tränen über die geröteten Wangen und den Hals herunterkullerten.

»Hör auf!« Ich versuchte ebenfalls ihre Hände zu fassen zu bekommen und wandte mich unter ihr wie ein Wurm, um sie abzuwerfen, da traf ihre Handfläche abermals mit einem lauten Klatschen auf meine Wange.

Als sie meine Handgelenke endlich zu packen bekam, schnaufte sie angestrengt, und in dem Moment, in dem ihr klar wurde, dass sie nun die Oberhand hatte, spuckte sie mir ins Gesicht. Dann endlich umfasste Sokol ihre Taille, um sie von mir wegzuziehen, aber Viola krallte sich schmerzhaft an meinen Armen fest, und als sie meine Haare in die Finger bekam, riss sie daran.

Ich jaulte auf und versuchte, mich von ihrer Hand zu befreien.

»Ich hasse dich, du widerwärtiges Miststück!«, brüllte sie mir ins Gesicht und riss dabei so heftig an meinen Haaren, dass ich mich fragte, ob meine Haarwurzeln nicht bitte endlich nachgeben könnten, damit das Mädchen nichts mehr in der Hand hatte, woran es reißen konnte.

»Verdammt, helft mir doch!«, schrie Sokol Marie zu.

Sie und die übrigen Zuschauer rührten sich jedoch nicht vom Fleck. Erfolglos zerrte er an dem Mädchen, während von der Laderampe her leises Gemurmel zu uns drang. Immer wieder riss Viola an meinen Haaren, während ich ihr mit den Fäusten halbherzig gegen die Rippen, die Arme – was auch immer mir in die Quere kam – schlug. Allmählich ging mir die Puste aus.

»Bei Gott, ich hasse dich!«, schrie sie, und dann mit einem Mal stieß sie ein so durchdringendes und herzzerreißendes Schluchzen aus, dass ich mit meinen Schlägen innehielt und fassungslos in ihr tränenüberströmtes Gesicht starrte.

Als wäre plötzlich die Luft aus ihr gewichen, ließ sie sich auf mich fallen, wo sie wie ein nasser Sack liegen blieb, und wimmerte in mein Ohr.

Ich schnappte nach Luft, zu geschockt, um mich auch nur einen Millimeter zu rühren, und da hörte ich es zwischen ihren laut jammernden Atemzügen.

»Gabriel ist ...«, hauchte Viola mir kaum hörbar zu. »Er ist auf der Insel ... Chapel ... Chapel Island, glaube ich.«

Sie wimmerte ein letztes Mal in mein Ohr, das inzwischen warm und feucht von ihrem Atem war, dann bäumte sie sich auf und starrte mich hasserfüllt an.

»Du Scheusal!«, schluchzte sie so laut und mit einer solchen Abneigung in der Stimme, dass ich abwehrend die Hände hob.

Doch mit einem Mal war ihr Gewicht von mir verschwunden.

»Ich wünschte, du wärst tot!«, keifte sie über Sokols Schulter hinweg.

Er hatte sie hochgehoben, und sie strampelte wie verrückt, um sich von ihm zu befreien, dennoch gelang es ihm, sie von mir fortzuschaffen. Ein paar Schritte von Marie entfernt ließ er Viola los. Sie plumpste unsanft auf die Wiese, rappelte sich aber sofort wieder auf. Aus düsteren Augen funkelte sie mich an.

»Ich wünschte, du wärst tot, Rahel«, krächzte sie leise. Dann schlug sie die Hände vors Gesicht und ihre schmalen Schultern begannen zu beben.

4

Der Kaffee war lauwarm und schmeckte bitter. Er dachte darüber nach, sich nach dem Frühstück einen anständigen am Vollautomaten unten in der Bar zu ziehen, danach würde er sich auf den Nachhauseweg machen. Aber eins nach dem anderen.

Er schaltete die Heizplatte von Noreens kleiner Kaffeemaschine ab – *schalteten diese verflixten Dinger sich nicht eigentlich nach einer gewissen Zeit von selbst aus?* –, dann kippte er den Inhalt seines Bechers und den der Kanne in den Ausguss. Noreen hatte es offenbar nett gemeint, als sie ihm am frühen Morgen Kaffee aufgesetzt hatte, dabei war sie aber anscheinend nicht auf die Idee gekommen, dass sein Sonntag erst zwei Stunden nach ihrem beginnen würde. Wenn er den Tag irgendwie durchstehen wollte, würde er sich unten einen Kaffee holen *müssen*, ehe er ging.

Bis in die frühen Morgenstunden hatte er auf dem Sofa gelegen und die dunkle Wohnzimmerdecke angestarrt, während ihm das Gluckern einer der Abflüsse im Bad, Noreens seidig glatte Beine und Rahels Absichten abwechselnd den Schlaf raubten. Irgendwann hatte er es schließlich aufgegeben, war aufgestanden und ins Badezimmer getrottet. Er hatte sich mit sich selbst vergnügt, weil er hoffte, dass es ihm endlich die nötige Erleichterung verschaffte – aber weit gefehlt. Wieder hatte er eine ganze Weile auf dem Sofa gelegen und an die Decke gestarrt. Erst, als er ein oder zwei Stunden später glaubte, eine Lösung dafür gefunden zu haben, wie er mit Rahel verfahren würde, falls sie in Burtonport auftauchte, war in seiner Kehle endlich das herbeigesehnte Gähnen aufgestiegen und hatte ihn ruck, zuck in die düsteren Gefilde seines Schlafes katapultiert.

Jetzt war es halb elf und er fühlte sich trotz der paar Stunden Schlaf, die er letztendlich bekommen hatte, so ausgelaugt, als hätte er am Vorabend nicht nur einen knappen Liter Bier getrunken, sondern das Zehnfache davon. Er gähnte und streckte sich, dann las er die Notiz, die Noreen neben dem Herd zurückgelassen hatte.

*Im Kühlschrank sind Eier und
Speck! Lass es dir schmecken! N*

Er schüttelte kurz den Kopf und kratzte sich den nackten Bauch. Weiß der Henker, warum diese Frau es sich jeden Sonntag aufs Neue antat, in die Kirche zu gehen und ihre Zeit damit zu verschwenden, sich von einem pädophilen Greis eintrichtern zu lassen, wie verkommen sie und all die anderen Anwesenden waren.

Wahrscheinlich, dachte er, war es das schlechte Gewissen, das sie in die Kirche trieb. Das schlechte Gewissen, weil sie den Dorfbewohnern das wenige Geld aus der Tasche zog, und dann vielleicht auch die Gesellschaft der anderen. Denn im Gegensatz zu ihm versuchte sie, in der Gemeinschaft Fuß zu fassen.

Er war froh, dass weder Noreen noch Hugh – sein Boss ging ebenfalls jeden Sonntag mit seiner Familie in die Kirche – von ihm erwarteten, auf einer der harten Bänke Platz zu nehmen und sich diese gequirlte Scheiße anzuhören.

Nein, noch erwartet sie es nicht von dir. Aber wenn das so weitergeht ...

Seufzend holte er Butter, Speck und Eier aus dem Kühlschrank, dann machte er den Herd an und stellte die Pfanne darauf. Er wartete einen Moment, bevor er erst den Speck in reichlich Butter anbriet und das Ganze schließlich mit sechs Eiern krönte. Der herrliche Duft ließ ihm das Wasser im Mund zusammenlaufen, doch als er sich zum Essen an den kleinen Küchentisch setzte, war er mit den Gedanken schon wieder ganz woanders.

Wie viel Zeit würde ihm noch bleiben, bis Rahel in Burtonport aufkreuzte? Ein Tag? Vielleicht zwei? Würde sie überhaupt auftauchen?

Er hoffte immer noch, dass ihr niemand unter die Arme griff, dass ihre Hinweise sie in eine Sackgasse führen und sie in den nächsten Tagen geläutert zu ihrem Adoptivvater zurückkehren würde. Oder, dass die Polizei sie schnappte und zurück zu Kusmin brachte. Oder, dass sie vom Erdboden verschluckt würde und nirgendwohin zurückkehrte.

Und wenn sie doch hierherkam ...

Er schnitt durch eines der Eier und das flüssige Eigelb quoll auf den Teller. Der Plan, den er sich gegen sechs Uhr am Morgen zurechtgelegt hatte, war kein wirklicher Plan, denn er beabsichtigte nicht, Rahel gegenüberzutreten, falls sie im Ort eintraf. Nein, sie bekäme ihn überhaupt nicht zu Gesicht. Wohingegen er sie die ganze Zeit über im Auge behalten würde.

Er war zu dem Entschluss gekommen, dass er sie ziehen lassen würde. Und sobald sie auf die Insel übersetzte, um Gabriel zu suchen, würde er exakt dasselbe tun: Hinüberfahren und Gabriel aufspüren, so rasch er konnte. Und er würde ihn finden. Denn der Aufruhr, den Rahel mit ihrem Erscheinen auf der Insel auslöste, war genau das, was er brauchte, um von seinem eigenen Besuch abzulenken.

Das war die Chance, auf die er seit Wochen wartete. Und er würde sie nutzen.

Er aß rasch auf, spülte und trocknete Geschirr und Pfanne ab und öffnete das Küchenfenster, um zu lüften, blieb aber davor stehen. Auch heute würde es nicht allzu kalt werden. Am Himmel hingen ein paar Wolken, die aussahen wie Butterflocken, doch bis zum Mittag würde es aufklaren und die Temperaturen milder werden. Er lehnte sich aus dem Fenster und schaute nach links, wo sich der Hafen und das Fährterminal befanden. Das O'Sullivans befand sich keine sechzig Meter davon entfernt. Noreens Wohnung war der perfekte Ort, um die Personen, die auf die vor der Küste liegenden Inseln übersetzen wollten, zu überwachen. Was bedeutete, dass er Noreen doch noch ein wenig länger bei Laune würde halten müssen.

Auf dem Parkplatz vor dem Hafen standen bloß vier Autos. Allerdings hatte die Fähre nach Arranmore, der beliebten Ferieninsel vor der Küste, auch erst vor wenigen Minuten abgelegt, und viele der Urlauber bevorzugten es, ihr Auto dorthin mitzunehmen. Dennoch würde der Parkplatz sich über den Tag füllen. Jetzt im

August, in der Hauptsaison, setzte die Fähre beinahe stündlich über, und zum Abend hin, wenn das Schiff die Gäste wieder zurückbrachte, die nur einen Tagesausflug nach Arranmore gemacht hatten, würde der Parkplatz sich wieder leeren. So war es zumindest in den letzten Wochen gewesen, und so würde es auch bis zum Wintereinbruch bleiben, hatte man ihm gesagt. Die Leute kamen nicht nach Burtonport, um hierzubleiben; sie kamen, um von hier aus schnellstmöglich weiterzureisen. Nach Arranmore Island oder zum Golfplatz einige Orte weiter, von dem aus man einen beeindruckenden Blick auf den Atlantik hatte, auch wenn der Wind dafür sorgte, dass selbst geübte Spieler ihre Runde selten mit einem vorzeigbaren Handicap beenden konnten.

Zwischen den leicht vernachlässigten Hafengebäuden zu seiner Linken und einem ins Meer ragenden Felsvorsprung zu seiner Rechten hatte er einen hervorragenden Blick auf das Meer und die beiden Inseln Edernish und Inishcoo, hinter denen sich ein paar Kilometer weiter draußen auf dem Meer Arranmore befand. Und zwischen Inishcoo und Arranmore lag Chapel Island.

Die Insel war schroff und felsig und bei Touristen nicht unbedingt beliebt, da sie neben einer Handvoll Steincottages, in denen die wenigen Inselbewohner hausten, bloß einen keltischen Friedhof samt dazugehöriger Kapelle und ein kleines Café zu bieten hatte. Hier in Burtonport war Chapel Island nicht einmal eine Unterhaltung wert, außer es fand sich ein Tourist, der konkret nach der Insel fragte. Dann empfahl man ihm den Besuch von Chapel Island natürlich wärmstens, so wie man auch alles andere empfahl, was sich in der Region befand. Aber aufgrund der mangelnden Nachfrage fuhr bloß einmal am Tag ein Boot mit Touristen raus nach Chapel Island, was David in den kommenden Tagen allerdings in die Hand spielte: Die Überwachung des Hafens würde sich so wesentlich einfacher gestalten.

Nun, heute hatte er seine Chance vertan. Die Chapel Island Ferry hatte sicher wie üblich um halb zehn den Hafen verlassen. Aber er glaubte auch nicht, dass Rahel es so schnell nach Burtonport geschafft hatte. *Niemals.*

Sein Blick war noch immer in die Ferne gerichtet, und er spürte, wie sich die Härchen auf seinen Armen, seiner Brust und in seinem Nacken mit einem Mal aufstellten.

Er konnte die kleine Insel nicht sehen, spürte sie aber in der Ferne lauern wie eine hungrige Katze. Eine kleine dunkle Erhebung im Atlantik. Ein schwarzer Fleck auf der Landkarte, den es auszulöschen galt.

Bald. Bald, mein Lieber.

Er trat einen Schritt zurück, machte das Fenster zu und ging ins Badezimmer, wo er heiß duschte, um die Gänsehaut zu vertreiben, und sich anschließend Jeans und eines seiner karierten Arbeitshemden anzog. Er wollte bei Hugh und Rose aufschlagen, bevor sie aus der Kirche kamen. Hugh hätte zwar schlechte Laune, aber in Roses und Katies Gegenwart würde er sie kaum an ihm auslassen. Er hatte überlegt, ob es eine andere Möglichkeit gab, sich in den nächsten Tagen von der Arbeit zu befreien, aber in der Hochsaison stand ihm kein Urlaub zu. Er hatte also gar keine andere Möglichkeit, als sich für die kommende Woche krankzumelden, und Hugh würde darüber nicht im Mindesten erfreut sein.

Durchfall. Durchfall zog immer. Allein schon wegen der Ansteckungsgefahr. Auch wenn er ahnte, dass Hugh es lieber sehen würde, wenn er trotzdem auf dem Boot half und sich während der Arbeit – den Hintern über die rostige Reling geschoben, die nackte Haut von der eisigen Gischt gepeitscht – die Seele aus dem Leib schiss, als dass er für ein paar Tage auf seinen kräftigsten Mann verzichten müsste.

David ging zurück in die Küche, suchte in den Schubladen nach einem Kugelschreiber und schrieb eine kurze Botschaft auf die Rückseite von Noreens Nachricht, die lautete:

BIN BEI HUGH. D

Er starrte den Zettel einen Moment lang an. Dann zerknüllte er ihn, warf ihn in den Mülleimer und ging runter in den Pub.

Möwen kreischten über seinem Kopf, als er die Küstenstraße entlangging. Bis auf den Lärm, den die Vögel veranstalteten, war es ruhig, und er genoss diese Ruhe, während er das längliche Hafengebäude, das gleichzeitig als Lager und Werkstatt diente, hinter sich ließ. Hugh und Rose besaßen ein kleines, gemütliches Haus direkt am Wasser keine zwanzig Minuten vom Pub entfernt. Er würde rechtzeitig dort sein, bevor sie aus der Kirche kamen.

Wie er vermutet hatte, hatten sich die Wolken verzogen. Über ihm breitete sich ein unendlich weiter, strahlendblauer Himmel aus und er krempelte die Ärmel seines Hemdes hoch. Der salzgeschwängerte Wind prickelte auf seiner Haut und es war so hell, dass er die Augen zusammenkneifen musste, um überhaupt etwas sehen zu können. Es war einer der seltenen schönen Tage. Und er hatte seine Sonnenbrille bei Noreen liegen lassen.

Diese Nachlässigkeit gefiel ihm nicht. Er wurde weich, ein regelrechter Waschlappen. Er schlief bei dieser Frau, bloß um ihr einen Gefallen zu tun; eben erst hatte er ihr eine Nachricht hinterlassen wollen, um sie darüber zu informieren, wo er sich aufhielt. Und jetzt noch seine Sonnenbrille.

Willst du dich nicht gleich häuslich bei ihr einrichten? Sie heiraten? Ihr einen Braten in die Röhre schieben? Ist es das, was du willst, Kumpel?

Er schnaufte. *Nein, sicher nicht.*

Er würde niemanden heiraten und er würde niemals eine eigene Familie gründen. Das stand völlig außer Frage. Und doch spürte er es, spürte ganz deutlich, dass ihn irgendetwas zwickte. *Aber was ... was war es, verdammt noch mal?*

»Ey, Riesenbaby! Was hast'n du hier zu suchen, hä?«

David hatte nicht bemerkt, dass er auch schon die große Lagerhalle passiert hatte, die von verschiedenen Logistikunternehmen genutzt wurde, und inzwischen an den kleineren Grundstücken der Schrotthändler und den Boots- und Autowerkstätten angelangt war. Er schirmte die Augen vor der Sonne ab. »Und was macht ihr hier? Müsstet ihr nicht in der Kirche sein?«

Bobby und Eddie hatten sich auf dem mit alten Autoteilen zugemüllten Hof ihres Vaters ein schattiges Plätzchen gesucht und es sich dort auf ihren Klappstühlen bequem gemacht. Die Werkstatt selbst war ebenso heruntergekommen wie der Vorplatz und er fragte sich, ob die Geschäfte für Fitzpatrick Senior jemals gut gelaufen waren. Bobby stellte seine Bierflasche auf dem Boden ab, dann erhob er sich grinsend von seinem Stuhl und schlenderte auf das offene Tor zu. Eddie zögerte kurz, folgte ihm dann aber doch.

»Kirche? Nee, da gehen wir nicht mehr hin«, näselte Bobby. Er war im Tor stehen geblieben, als wollte er David den Zugang zu ihren Heiligtümern versperren. »Müssen wir auch nicht, wir haben nämlich 'ne Sondergenehmigung.« Er gackerte los wie ein Huhn und stieß seinem Bruder in die Rippen, damit er einstimmte. »Eine Sondergenehmigung, haste gehört? Von Gott persönlich ausgestellt!«

Eddie nickte verunsichert und starrte auf den rissigen Asphalt vor seinen Füßen.

»Apropos Genehmigung ...« Bobby grinste hämisch und entblößte dabei seine vom Rauchen verfärbten tiefgelben Zähne. »Was haste eigentlich in unserer Straße zu suchen? Hast dich etwa verlaufen, Riesenbaby?«

In Davids Fingern begann es mit einem Mal gewaltig zu jucken. Allerdings war eine Prügelei, die sich binnen Stunden bis in den letzten Winkel des Ortes herumgesprochen haben würde, nicht unbedingt von Vorteil, wenn man vorhatte, seinem Boss eine Magen-Darm-Grippe vorzutäuschen. Ohne etwas zu sagen, kehrte er den beiden Brüdern den Rücken zu und setzte seinen Weg fort. Ein kurzer Blick auf die Uhr verriet ihm, dass er immer noch gut in der Zeit lag. Er würde vor Hugh und Rose da sein, sich auf die Veranda setzen und mit schmerzerfülltem Gesicht sein Bäuchlein reiben.

Bobby hatte anscheinend nicht vor, sich so leicht abschütteln zu lassen, denn er folgte ihm mit einigen Metern Abstand. »Hey, Klotz! Lauf doch nicht weg! Hast du Angst vor uns, oder was?«

»L-Lass es, Bobby. K-Komm, lass uns zu-zurückgehen.«

»Maul halten, Eds!«, pflaumte Bobby seinen Bruder an, dann holte er David auch schon ein und versperrte ihm den Weg. »Ganz schön unhöflich, sich einfach so zu verpissen, ohne uns einen schönen Tag zu wünschen.« Er grinste boshaft, und David fiel auf, wie verlebt sein schmales Hyänengesicht bereits wirkte, obwohl der Junge noch nicht einmal Mitte zwanzig war.

»Ich muss zu meinem Boss, es ist wichtig. Wenn du also so freundlich wärst und ...«

»Mein Bruder hat morgen Geburtstag, Klotz«, unterbrach Bobby ihn. »Und weißt du was? Ich muss ihm noch ein Geschenk besorgen. Und weil du nicht nur eben, sondern auch schon gestern Abend ziemlich unhöflich zu Eddie gewesen bist, bin ich der Meinung, dass du auch was zu seinem Geburtstag beisteuern solltest. Was hältst du von der Idee, hm? Irgendeine Kleinigkeit ... zum Beispiel ... deine Uhr. Wie wäre es damit, hä? Ich glaube, die würde Eddie ziemlich gut gefallen.« Bobby drehte sich kurz zu seinem Bruder um. »Is' es nicht so, Eddie?«

Eddie, der ein paar Meter hinter ihm wartete, schüttelte hastig den Kopf. »N-Nein, Bobby, ich b-brauch keine Uhr. W-Wirklich nicht.«

»Was redest du da für ein Scheiß? Ich hab doch genau gesehen, wie heiß du auf seine Uhr bist! Nur weil der Typ hier 'ne halbe Tonne wiegt, musst du dir nicht gleich ins Höschen scheißen, Eds!«

»Du hast ihn gehört. Er will keine Uhr«, ergriff David das Wort und ärgerte sich darüber, dass er sich überhaupt auf einen Wortwechsel mit diesem Dummschwätzer eingelassen hatte. »Sind wir dann fertig?«

»Nein, verdammt! Sind wir nicht!« Bobbys Gesicht begann tiefrot zu glühen. Er streckte die Hand aus. »Los, gib mir die verdammte Uhr! Her damit!«

David schnaubte und ging auf Bobby zu, der sogleich einen Schritt zurücktrat. Am liebsten hätte er diesem miesen Stück Scheiße mit aller Kraft die Faust in den Leib gerammt. Stattdessen aber ging er an Bobby vorbei, als bestünde er aus Luft, und versuchte, sich auf den Weg zu konzentrieren.

Geh! Geh, du Hornochse, bevor du die Beherrschung verlierst! Geh, ehe es zu spät ist!

Bobby, der ihm immer noch an den Fersen haftete, schrie irgendetwas. Doch David war zu sehr damit beschäftigt, seine Aufmerksamkeit auf den Weg zu richten und gleichzeitig dafür zu beten, dass Bobby versuchen würde, sich seine Uhr unter den Nagel zu reißen.

Bitte, lieber Gott im Himmel! *Bitte mach, dass er es versucht!*

Denn dann würde er den Jungen auf der Stelle windelweich prügeln und ihm anschließend vielleicht noch ein oder zwei Knochen brechen. Ja, mit größter Freude würde er diesem verdammten Taugenichts ...

Weiter kam er nicht, denn hinter ihm explodierte plötzlich ein Schuss, und ehe er wieder einen klaren Gedanken fassen konnte, fand er sich in inniger Umarmung mit dem von scharfen kleinen Kieselsteinen übersäten Fahrbahnrand wieder.

Der Knall hallte immer noch in seinen Ohren. Sein Kopf fühlte sich seltsam dumpf an.

Verflucht, was war das gewesen? Hatte der kleine Wichser gerade tatsächlich auf ihn geschossen?

Er wollte aufstehen und Bobby Fitzpatrick mit ein paar gezielten Fausthieben das Gesicht sanieren, allerdings lag ihm nichts ferner, als aufzustehen, geschweige denn sich überhaupt zu bewegen. Er wollte liegen bleiben ... Ja, er würde einfach hier liegen bleiben und ...

Ein glühend heißes Stechen zuckte durch seine Schulter und er stöhnte laut auf. Er würde wohl doch aufstehen müssen.

»Scheiße«, brummte er und hörte im selben Augenblick, wie Eddie irgendwo hinter ihm verzweifelte schrie: »V-Verdammt, w-was hast du getan, B-Bobby?«

David beachtete die beiden nicht weiter und kam mühsam auf die Knie, wobei er sorgsam darauf achtete, seinen linken Arm nicht zu belasten. Die linke Schulter. Genau da lag offenbar sein Problem.

Ihm wurde schummrig vor Augen und er setzte sich auf die Straße, anstatt gleich aufzustehen, so wie er es eigentlich vorgehabt hatte.

In der linken Schulterpartie seines Hemdes klaffte ein Loch. Er konnte die Stelle sehen, an der die Kugel ausgetreten war. Es war eine unförmige Wunde, aus der beängstigend viel Blut sickerte, mit dem sich der Stoff seines Hemdes sogleich vollsog. Vorsichtig betastete er die Rückseite seiner Schulter und fand binnen Sekunden die deutlich kleinere Eintrittswunde. Ihm wurde wieder schwindelig und er ließ die Hand sinken.

Wenigstens hatte dieser hirnverbrannte Affe anständige Munition verwendet und nicht irgendwelchen selbstgegossenen Mist, der ihm den Arm mit großer Wahrscheinlichkeit noch mehr zerfetzt hätte.

Und zum Glück ist es der linke Arm, dachte er und betrachtete das Blut an seinen Fingerspitzen. Mit links konnte er weder gut kämpfen noch schießen. Der rechte Arm war schon immer sein stärkerer gewesen.

Sein Blick schweifte zu den Fingern seiner linken Hand. Trotz der höllischen Schmerzen, die durch seinen ganzen Arm und hinauf in die Schulter jagten, bewegte er nacheinander die Finger, bis er sich sicher war, dass motorisch alles in bester Ordnung war.

Noch.

»D-Dad wird uns zu H-Hackfleisch machen, wenn er h-heimkommt!«, hörte er Eddie jammern, und David warf einen Blick über die Schulter. Himmel noch eins, tat ihm der Arm weh!

Sich die Haare raufend lief der Ältere der beiden Brüder auf der anderen Straßenseite auf und ab. Bobby hingegen rührte sich nicht. Seine Gesichtsfarbe war von dem satten Tiefrot in ein kalkiges Weiß übergegangen, und David vermutete, dass der Bursche sich nicht bewegt hatte, seit er den Schuss abgegeben hatte. Unschlüssig starrte Bobby ihn an, die Waffe, eine Kleinkaliberpistole, hatte er nach wie vor auf ihn gerichtet.

Es war eine GLOCK G43, ein Winzling unter den Faustfeuerwaffen, der wie er meinte, auch Baby-GLOCK genannt wurde. Kein Wunder, dass er das kleine Kraftpaket unter Bobbys schlabbrigem Hemd nicht wahrgenommen hatte. Aber Baby hin oder her, neun Millimeter waren neun Millimeter. Vor allem dann, wenn jemand einem gerade die Schulter damit durchlöchert hatte. Es musste dieselbe Waffe sein, mit der Bobby Noreens Schäferhund erschossen hatte.

Auf einmal kam Bewegung in Bobbys starre Miene.

»Dad wird uns nicht zu Hackfleisch machen«, sagte er mehr als gereizt zu seinem Bruder. »Weil wir dieses beschissene Riesenbaby einfach plattmachen, kapiert. Dann erfährt nämlich niemand, was passiert ist, klar?«

»W-Wie b-bescheuert bist du eigentlich, B-Bobby? S-Sie werden es rausfinden, g-genau wie bei *CSI*!« Eddie war mit einem Mal stehen geblieben, Tränen liefen ihm über die Wangen. »Ich w-will nich' in Knast, B-Bobby! W-Will ich nicht! A-Auf gar k-keinen Fall! Hast du g-gehört?«

Ein Summen in seiner Hosentasche lenkte David von den Brüdern ab, und es dauerte einen Augenblick, bis er begriff, dass sein Handy klingelte. Stöhnend richtete er sich auf, um das Telefon aus der Tasche zu ziehen.

Den Notarzt. Ruf den Notarzt. Und die Polizei.

Aber das konnte er nicht. Sie würden ihn befragen, ihn womöglich überwachen oder für ein paar Stunden oder sogar Tage auf der Wache festhalten ...

Plötzlich stand Bobby vor ihm und fuchtelte mit der Pistole vor seinem Gesicht herum. »Geh da bloß nich' ran, Kumpel, oder dein Kopf zerplatzt wie 'ne beschissene Wassermelone!«

Seufzend ließ David die Hand sinken. Gott, wenn er sich bloß nicht so benebelt fühlen würde.

»Braves Kätzchen«, raunte Bobby und streckte die Hand aus. »Und jetzt gib mir das Handy und deine Uhr! Na los, mach schon!«

Doch das einzige, was David ihm schenkte, war ein breites Lächeln.

»Sag Bobby«, begann er mit krächzender Stimme, »hat Noreens Hund noch gelebt, nachdem du auf ihn geschossen hast? Hat er gewinselt?«

Bobby fuhr mit einem deutlichen Ruck zusammen. Sein Bruder starrte David von der anderen Straßenseite aus an, als hätte ihn soeben der Blitz getroffen.

»Was ... was redest du da für einen Scheiß, Mann?«, keuchte Bobby und wechselte einen nervösen Blick mit seinem Bruder.

David holte tief Luft. »Tja, Bobby, ich musste ziemlich lachen, als du während eures wirklich sehr professionellen Raubzugs über deine eigenen Füße gestolpert bist und dir den Kopf an einem der Regale im Lagerraum angeschlagen hast. So was vergisst man nicht so schnell. Und als du am nächsten Abend dann mit dieser riesigen Beule in den Pub gekommen bist, mussten sich sogar *alle* das Lachen verkneifen ...« Er zuckte mit der unverletzten Schulter und biss die Zähne zusammen, weil die andere trotzdem schmerzte. »Weißt du, nicht nur ich habe das Überwachungsvideo gesehen, das beweist, wie ihr beiden Vollidioten den Pub ausraubt. Das halbe Dorf kennt es. Und *sie alle* lachen über dich, Bobby ... Jedes Mal, wenn du im O'Sullivans auftauchst, tuscheln sie und machen sich über dich lustig. Ist dir das noch nicht aufgefallen?«

Der durchgeknallte Kerl zappelte mit der Waffe vor ihm herum, als hätte er einen epileptischen Anfall. »Du laberst doch totalen Dreck! Pass auf, dass ich dir nicht gleich deine verdammten Eier abschieße, du verdammte Schwuchtel!«

»O ja, mach das nur. Aber denk daran, dass jeder in diesem Ort sofort wissen wird, wer es war. Und was willst du dann machen, Bobby? Willst du sie alle umbringen?« Auch wenn es ihm verdammt schwerfiel, versuchte David, gelassen zu klingen.

»Na los, ich werde dich nicht daran hindern«, fuhr er mit fast sanfter Stimme fort. »Erschieß erst mich, und dann töte sie alle.

Einen nach dem anderen.« Er bemühte sich, die grauenvollen Schmerzen zu ignorieren, die jede noch so winzige Bewegung durch seine Schulter jagte, und musterte Bobby kühl. »Aber bevor du dich ans Werk machst, will ich dir eines sagen, Bobby: Man wird euch finden. Denn wenn wir mal ehrlich sind, seid ihr beide einfach nicht intelligent genug, um euch vor der Polizei zu verstecken.« David schmunzelte. »Man wird euch also einkassieren und dann kommt ihr in den Knast. Und weißt du was? Ich kann wirklich gut verstehen, warum Eddie dort nicht hin will ... Weißt du, der Knast wäre kein guter Ort für euch zwei Hübschen.« Er schüttelte langsam den Kopf. »Mörder von Unschuldigen sind selbst im Knast nicht besonders beliebt, Bobby. Um es deutlich auszudrücken: Man wird euch in den Arsch ficken, Bobby, euch Tag für Tag tanklastwagengroße Gegenstände in den unteren Rücken schieben, bis euer Schließmuskel ausleiert wie ein altes Gummiband. Und Gott bewahre, falls ihr euch weigert oder einem der Wärter davon erzählt, denn dann wird man euch jeden einzelnen Knochen brechen.«

Bobby war weiß um die Nasenspitze geworden, die Mündung der Pistole zeigte nun aber bloß noch auf die Mauer knapp neben seinem Kopf. Auch Eddie war inzwischen näher gekommen, um David besser hören zu können, hielt sich nun jedoch schluchzend die Ohren zu und gaffte ihn aus rotgeränderten Augen an, als sei er der Sensenmann persönlich.

»Und wenn eure Knochen wieder zusammengeheilt sind«, setzte David seine Erläuterung fort, »wird man sie euch wieder brechen. Und wieder. Und wieder ... Aber das ist längst noch nicht alles. Sie werden nämlich Dinge in euer Essen mischen, unschöne Dinge. Und ich sage euch, da gibt es selbst im Knast unglaublich viele Möglichkeiten: Kot, Metallspäne, fein gemahlenes Glas ... An irgendetwas kommen die Jungs immer ran, und einer von ihnen arbeitet immer in der Küche ...«

Das Vibrieren seines Handys riss ihn aus seinen Gedanken, und er warf den Brüdern einen mitleidigen Blick zu.

Bobby starrte ihn zwar mit wutverzerrter Miene an, die Waffe aber hing schlaff in seiner Hand. Eddie heulte wie ein kleines Kind. David wusste, dass er von den beiden Flachpfeifen heute nichts mehr zu erwarten hatte. Seine Ausführungen über das Leben, das ihnen hinter Gittern blühen würde, hatte Bobby in seinem Tatendrang anscheinend ausgebremst. Wenn auch nur vorerst. Das Handy vibrierte immer noch in seiner Hand und er warf einen kurzen Blick auf das Display.

Es war Kusmin. Offenbar gab es Neuigkeiten.

David bedeutete den beiden Jungen mit einer flüchtigen Handbewegung, sich zu verpissen.

»Du laberst doch nur Scheiße, du verdammter Wichser«, knurrte Bobby und begann auf seiner Lippe zu kauen. Er zielte mit der Waffe ein letztes Mal auf David, dann ließ er sie sinken. Als er sah, dass sein Bruder nach wie vor wie ein Mädchen flennte, versetzte er ihm einen Schlag in den Nacken. Dann ging er mit eingezogenem Kopf davon.

Eddie, der kaum verstand, was vor sich ging, hatte das Gleichgewicht verloren und taumelte rückwärts über den Gehweg, bevor er sich wieder fing. »Es t-tut mir s-so leid«, murmelte er. »B-Bitte, schicken Sie uns n-nicht in den Knast. *B-Bitte.*«

»Verzieh dich«, entgegnete David, »oder ich reiß dir den Kopf ab und schiebe ihn dir in deinen Allerwertesten.«

Augenblicklich machte Eddie kehrt und lief seinem jüngeren Bruder, der bereits durch das Tor auf dem Hof ihres Vaters verschwunden war, hinterher. Als auch er nicht mehr zu sehen war, schaute David wieder auf sein Telefon.

Kusmin hatte es inzwischen aufgegeben, das Display war schwarz. Aber gerade als David auf Wahlwiederholung drücken wollte, rief der Professor erneut an.

Gleich drei Anrufe infolge. Die Neuigkeiten mussten von Bedeutung sein. Womöglich hatten sie Rahel in der Zwischenzeit ja aufgespürt ...

Aber selbst wenn das nicht der Fall war – viel schlimmer konnte der Tag jedenfalls nicht werden, dachte er. Dann nahm er das Gespräch entgegen.

5

»Ihr Name ist Viola, richtig? Der Name des Mädchens, das Sie angegriffen hat?«

Sokols Frage klang mehr als beiläufig, aber die Tatsache, dass er sich ihren Namen gemerkt hatte, ließ alle Alarmglocken bei mir schrillen. Dennoch nickte ich.

Ich hatte keine Ahnung, wie ich zum Auto zurückgekommen war. Ich wusste nur, dass ich in dem einen Moment noch auf der Wiese gelegen hatte und schon im nächsten mit feuchten und schmutzigen Klamotten auf dem Beifahrersitz saß und am ganzen Leib zitterte, während Sokol meinen Mietwagen mit angespannter Miene über die holprigen Straßen von Lípa steuerte. Weg von der alten Schuhfabrik. Weg von den Menschen, die darin hausten wie Vagabunden, weil ein machtbesessener Irrer es ihnen so diktierte.

»Was hat sie Ihnen zugeflüstert?« Immer wieder schweifte Sokols Blick zu mir herüber.

Ich rieb mir die Stirn. Mein Kopf fühlte sich an wie eine Seifenblase: leer und wabernd und kurz vorm Zerspringen. Es gab nichts, was ich mir gerade sehnlicher wünschte, als das Pillendöschen aus meinem Rucksack zu ziehen und den kompletten Inhalt in meinen Rachen zu kippen. Besonders das Zittern meiner Hände machte mich wahnsinnig. Ich schob sie, nachdem ich vorsichtig meine Haare geordnet hatte – meine Kopfhaut brannte wie verrückt von Violas Reißattacken – unter meine Oberschenkel, damit Sokol keine dummen Fragen stellte. Eine weitere Tablette war keine Option. Ich würde danach kein Auge zu tun können, und ich brauchte den Schlaf jetzt dringender als alles andere, wenn ich bei klarem Verstand bleiben wollte.

Gabriel ist auf der Insel, hatte Viola mir inmitten ihres Wutausbruches anvertraut, ohne dass irgendeiner der Anwesenden ihre Worte gehört hatte. Ich hegte keinen Zweifel mehr daran, dass das Päckchen von ihr und Sarah stammte. Die Mädchen hatten gewollt, dass ich sie finde. Aber warum? Wollten sie mich etwa auf Gabriels Spur führen?

Er ist auf der Insel, geisterten mir Violas Worte durch den Kopf. *Chapel Island.*

Hatte ich je von einer Insel mit diesem Namen gehört?

Nein, ganz sicher nicht. Für mich klang das eher wie das Hirngespinst eines jungen Mädchens. Wahrscheinlich wollte sie mich damit bloß in die Irre führen.

Und wenn sie die Wahrheit sagt? Wenn sie ihren Wutausbruch nur vorgetäuscht hat, damit sie mir diese Information zukommen lassen konnte?

Falls sie die Wahrheit gesagt hatte, bedeutete das, dass Gabriel sich davongemacht und seine Gefolgsleute hier ans Ende der Welt verbannt hatte. Doch warum hätte er das tun sollen? War es ihm nach seinen Gräueltaten zu risikoreich gewesen, mit all seinen Jüngern auf Reisen zu gehen? Oder verfügte seine neue Bleibe nicht über ausreichend Platz für all seine Schäfchen?

Und wenn es tatsächlich der Fall war, dass er das Weite gesucht hatte, hatte er nicht einmal Halt davor gemacht, sein Mädchen für alles zurückzulassen. Marie.

Ihre Anwesenheit ließ mich stark an Violas Worten zweifeln. Und warum hatte Sarah mich mithilfe ihres Hinweises hierhergelockt, wenn Gabriel gar nicht vor Ort war? – Eine Falle schien es zumindest nicht gewesen zu sein. Schließlich hätten sie dann doch alles daran gesetzt, mich auf dem Gelände festzuhalten, oder? Wollte Sarah vielleicht ... wollten *sie* vielleicht, dass ich sah, wie sie hier lebten? Wie sie hier leben mussten? Wollten sie womöglich, dass ich ihnen half?

Ich hatte nicht den Hauch einer Ahnung. Und solange Sokol in meiner Nähe war, würde ich mich hüten müssen, der Sache auf den Grund zu gehen.

Ich musste ihn schnellstmöglich loswerden.

»Also? Was hat sie gesagt?« Sokol warf mir einen prüfenden Blick zu und ich kam mir mehr als ertappt vor. »Kommen Sie, erzählen Sie's mir. Ich hab doch gesehen, dass sie irgendwas geflüstert hat.«

Er weiß es. Er weiß, was sie gesagt hat, und will sich jetzt bloß vergewissern, ob du ehrlich zu ihm bist.

Nein. Viola hatte so leise gesprochen, dass selbst ich Probleme gehabt hatte, sie zu verstehen, und das, obwohl ihr Mund nur Zentimeter von meinem Ohr entfernt gewesen war. Er konnte sie nicht gehört haben.

»Ich ... ich muss erst in Ruhe darüber nachdenken«, sagte ich.

Sokol seufzte. »Gut, dann denken Sie nach.«

Seinem Tonfall war zu entnehmen, dass er unzufrieden mit meiner Antwort war. Aber im Moment musste ich in erster Linie an mich denken. An mein Ziel.

Ich schaute aus dem Fenster und beobachtete die Scharen von Vögeln, die auf den vorbeiziehenden Wiesen und Feldern herumstaksten. Die Tiere pickten und stocherten in der vom Regen aufgeweichten Erde herum und verschlangen von Zeit zu Zeit einen sich windenden Fund. Ich entdeckte einen riesigen Hasen, der über eines der Felder streifte und immer wieder kurze Pausen einlegte, in denen er sich auf die Hinterläufe aufrichtete und sich umsah, und für einen Augenblick wünschte ich mir, ich wäre er. Frei von Sorgen und Verpflichtungen.

»Ich werde Ihnen so viel Zeit zum Nachdenken geben, wie Sie benötigen«, bemerkte Sokol nun etwas entgegenkommender und ich drehte mich zu ihm um.

Er lächelte, doch es war kein freundliches Lächeln. »Ich gebe Ihnen Zeit, Rahel, aber glauben Sie nicht, dass Sie mich an der Nase herumführen können. Und versuchen Sie bloß nicht, mich mit irgendeiner fadenscheinigen Ausrede abzuwimmeln. Ich rieche es zehn Meter gegen den Wind, wenn Sie lügen. Ach, und übrigens ...« Er tippte sich an die Schläfe. »Für den Fall, dass Sie

Ihren Denkprozess dann irgendwann abschließen, habe ich hier oben noch weitere Fragen abgespeichert, die ich Ihnen gern stellen würde. Eine davon lautet zum Beispiel: Was hatten Sie mit Elias Caplain zu schaffen? – Obwohl ich mir die Antwort auf diese Frage fast schon denken kann ...«, fügte er bitter hinzu.

»Was wissen Sie alles über mich?« Ich musste die Finger in den Jeansstoff über meinen Oberschenkeln graben, bloß um ihm keine zu klatschen. »Haben Sie mich beschattet? Sind Sie mir hierher gefolgt?«

Er prustete und musterte mich abfällig. »Warum sollte ich? Sind Sie so wichtig für den Fall Caplain?«

Rasch wandte ich mein Gesicht ab, weil mir das Blut in die Wangen schoss. Sokol schien es allerdings nicht bemerkt zu haben, denn er redete bereits weiter.

»Obwohl ...«, sagte er, »wenn ich es mir recht überlege, schienen *Marie* und *Viola* nicht gerade erfreut über Ihren Besuch zu sein. Ja, wenn ich mich recht entsinne, erwähnte das Mädchen sogar etwas wie ›Du hast alles kaputtgemacht‹. Nein, mehr noch! Sie hat Ihnen den Tod gewünscht, nicht wahr? – Michal, Michal, heute bist du anscheinend ein bisschen langsam im Kopf«, tadelte er sich und fischte die Zigarettenschachtel aus seiner vorderen Jeanstasche, indem er kurz die Hüfte anhob.

Als er das Päckchen nach einigem Hin und Her aus der Tasche bekommen hatte, riss ich es ihm aus der Hand. »Wagen Sie es ja nicht! Konzentrieren Sie sich gefälligst aufs Fahren, ich will den Wagen nicht in Einzelteilen zurückgeben müssen!«

Seine Augen funkelten wegen der niedrig stehenden Sonne wie zwei Smaragde, als er mich angrinste. »Aber, aber ... Was sind Sie denn so aggressiv, Fräulein Kusmin? Liegt es daran, dass ich der Wahrheit wesentlich nähergekommen bin, als Ihnen lieb ist?«

Ich fuhr die Scheibe vom Beifahrerfenster herunter und schwenkte die Schachtel Zigaretten drohend ins Freie. »Was wissen Sie über mich, Sokol? Sagen Sie es mir! *Jetzt gleich!*«

»Meine Güte, hören Sie auf damit! Sie machen sich ja lächerlich!

Wo sind wir hier? Im Kindergarten?«

Ich zuckte bloß mit den Schultern. »Es scheint ja zu wirken, oder?«

Kopfschüttelnd hielt er den Wagen am Straßenrand.

»Also gut«, seufzte er. »Bisher kenne ich bloß ihren Namen und ihre Adresse. In der Redaktion bemüht man sich allerdings schon, ihre Polizeiakte zu beschaffen. Es wird wohl noch ein Weilchen dauern, aber angesichts unserer hervorragenden Kontakte werde ich wohl spätestens Morgen eine Kopie ihrer Unterlagen in meinem E-Mail-Postfach haben. Falls Sie etwas auf dem Kerbholz haben, sollten Sie es mir also besser sofort sagen. Und jetzt geben Sie mir die Kippen!«

»Sie wurden für diesen Job geboren, was?« Ich warf ihm die Schachtel in den Schoß. Sollte er doch an den Dingern verrecken.

Er ließ das Zigarettenpäckchen im Ablagefach der Fahrertür verschwinden und lächelte mich müde an. »Wir sollten uns wohl beide ein wenig beruhigen, bevor wir entscheiden, wie wir weiter vorgehen.«

»Wie *wir* weiter vorgehen?«, fragte ich.

»Sie haben mich richtig verstanden. Wie *wir* weiter vorgehen. Wir beide. Denn ob Sie es glauben oder nicht, Sie riechen für mich nach saftigem, fettem Speck – nach einer Story, die es in sich hat. Und diese Story werde ich mir nicht einfach so entgehen lassen, klar?«

Ich starrte ihn wütend an und sein Lächeln wurde breiter.

»Sie werden mich nicht mehr los, Rahel. Ich werde bei jedem Ihrer Schritte wie eine Klette an Ihnen haften. Ob Sie das wollen oder nicht. Ich habe Ihnen gesagt, dass sie die Wahl haben: Entweder wir arbeiten zusammen, und ich helfe Ihnen mit all den Mitteln, die mir zur Verfügung stehen, oder ich werde zu Ihrem lästigen Schatten und komme Ihnen das eine oder andere Mal unangenehm in die Quere.« Er zuckte mit den Achseln und sah mich mit gespieltem Mitleid an. »Vielleicht lasse ich Sie sogar auffliegen, sei es aus Versehen oder weil mir Ihre Spielchen zu dumm werden. Wer weiß das schon. Also kommen Sie von Ihrem hohen Ross runter und denken Sie verdammt noch mal daran, dass ich Sie finden werde, wohin auch immer es Sie verschlägt.« Etwas leiser fügte er hinzu: »Ich weiß nicht, vor wem Sie weglaufen, Rahel, aber vor mir können Sie sich nicht verstecken.«

Er hat dich in der Hand, du verdammte Vollidiotin! Und daran bist du selbst schuld!

Tränen stiegen mir in die Augen und ich drehte mich von ihm weg, starrte aus dem Fenster ins verschleierte Nichts.

Als hätte ich nicht ohnehin schon Gott und die Welt gegen mich, kam nun auch noch dieser verdammte Schmock dahergelaufen und rüstete gegen mich auf. Warum um Himmels willen hatte ich überhaupt mit ihm gesprochen? Warum war ich bloß auf sein beschissenes Angebot, mich zu ihnen zu bringen, eingegangen?

Weil du sie allein niemals gefunden hättest.

So eine Scheiße! Mir blieb überhaupt keine andere Wahl, als mit diesem arroganten Arschloch zusammenzuarbeiten!

»Hey ...«, hörte ich Sokol leise neben mir sagen. »Es tut mir leid, okay? Ich wollte Sie nicht so angehen. Aber ich bin fest davon überzeugt, dass alles andere bei Ihnen wirkungslos ist. Sie sind ein ziemlich widerborstiges Ding.«

Ich trocknete mir die Wangen, wich seinem Blick aber aus, als ich mich zu ihm umdrehte. »Und Sie sind ein wirklich, *wirklich* schlechter Mensch, Sokol.«

»Ich weiß«, erwiderte er. »Berufsrisiko.«

Ich holte den Rucksack nach vorn, öffnete die vordere Tasche, suchte einen Moment darin und spürte sofort die Erleichterung, als meine Finger sich um die Kastanie schlossen. Aber auch sie konnte mir keine Antwort auf die Frage geben, was ich nun tun sollte.

Sokol beobachtete mich irritiert. »Was ist? Brauchen Sie noch eine von Ihren Tabletten? Fühlen Sie sich nicht gut?«

Ich schüttelte den Kopf, ließ die Kastanie wieder in die Untiefen des Rucksacks kullern und schloss den Reißverschluss. »Nein, ich ... ich weiß nur nicht, was ich machen soll. Und ob ich Ihnen vertrauen kann. Immerhin erpressen Sie mich.«

Er dachte einen Moment darüber nach.

»Sie können mir vertrauen«, sagte er schließlich, legte den Gang ein und fuhr an. »Entweder ich bin ihr Freund oder ihr Feind, Rahel. In welche der beiden Richtungen wir uns bewegen, entscheiden Sie. Als Ihr Freund würde ich Ihnen jetzt raten, etwas mit mir essen zu gehen. Denn wie ich gehört habe, haben Sie im Laden ausschließlich diese flüssigen Koffeinbomben gekauft ...« Er deutete mit einem Nicken zur Mittelkonsole, in der die ungeöffnete Dose Coca Cola steckte, die ich ihm als Bestechung hatte kaufen müssen. »... und nichts Nahrhaftes, das eine gute Grundlage für wichtige Entscheidungen wäre.« Er hob die Brauen.

»Ich weiß nicht, ob ich heute noch irgendetwas entscheiden kann«, sagte ich. Ich war mittlerweile so müde, dass ich kaum noch klar denken konnte. »Wir sollten morgen über alles ...«

»Auf gar keinen Fall.« Sokol schüttelte den Kopf, nahm die Cola aus dem Getränkehalter und hielt sie mir vor die Brust. »Los, trinken Sie.«

»Ich weiß nicht, ob das jetzt noch hilft«, murmelte ich, öffnete die Dose aber trotzdem und trank. Das süße Getränk war inzwischen warm geworden und schmeckte einfach nur widerlich.

»Das ist mir egal«, entgegnete Sokol harsch. »Mir ist auch egal, was für Tabletten Sie sich eingeworfen haben, solange Sie nicht tot neben mir zusammensacken. Also trinken Sie und setzen Sie die Dose erst wieder ab, wenn sie leer ist. Wir haben heute noch einiges zu besprechen.«

»Wo fahren wir überhaupt hin?«, fragte ich und biss mir fest auf die Lippe, als mir der Gedanke kam, dass ich im Ort nirgends ein Restaurant gesehen hatte, in dem Sokol mit mir hätte essen gehen können.

Alles in dieser Gegend sah für mich gleich aus. In der beginnenden Dämmerung reihte sich ein Hof an den anderen, ein Feld an das nächste, ein kleines Wäldchen an ein weiteres. Ohne das Navigationsgerät war ich völlig aufgeschmissen. Verstohlen tastete ich nach dem Messer in meiner Gesäßtasche, bis ich den Griff zwischen den Fingern spürte. Es war noch da.

»Wir fahren zu meiner Großmutter. Ich schlafe zurzeit bei ihr und zufälligerweise ist sie die beste Köchin weit und breit«, erklärte Sokol mit unverhohlenem Stolz in der Stimme. »Beim Essen werden Sie mir dann hoffentlich erzählen, was Sie wissen, damit wir anschließend überlegen können, wie es weitergehen soll. Klingt das nicht verlockend?«

»Was haben Sie da?«

Sokol stand vor dem Wagen, schirmte seine Augen vor der grellen Morgensonne ab und schaute durch das Fenster, das ich ein Stück heruntergefahren hatte, interessiert auf meine Hand. Obwohl ich glaubte, dass seine Aufmerksamkeit nicht ausschließlich meiner Hand galt.

»Nichts«, murmelte ich und zog die dünne Decke, die er mir am Vorabend gegeben hatte, mit einem Ruck bis zu den Schultern hoch und ließ die Hand, in der ich die Kastanie hatte, darunter gleiten.

Die Nacht hatte kaum Abkühlung gebracht, und ich hatte mich bis auf die Unterwäsche ausgezogen, um nicht in meinem eigenen Schweiß zu ertrinken. Trotz des Angebots seiner Großmutter ihren Enkel auf das Sofa zu verbannen und mir das Gästezimmer zu überlassen, hatte ich es vorgezogen, die Nacht auf der Rückbank des Mietwagens zu verbringen. Eine gute Entscheidung war das allerdings nicht gewesen, wie mein steifer Nacken und mein schmerzender Rücken mir nun allzu deutlich bewusst machten.

»Keine Angst, ich gucke Ihnen schon nichts weg.« Sokol hob belustigt die Brauen. »Viel zu sehen gibt es da sowieso nicht.«

»Das weiß ich selbst, aber vielen Dank für den Hinweis.« Ich setzte mich auf, begann meinen Nacken zu kneten und musterte Sokol von Kopf bis Fuß.

Er ähnelte dem ungepflegten jungen Mann, den ich am Vortag

kennengelernt hatte, nicht im Geringsten. Sein dickes lockiges Haar war mit Gel oder etwas ähnlich Schmierigem zurückgekämmt, er trug schicke Lederschnürschuhe, dunkelblaue Chinos und ein strahlend weißes Hemd, das nicht ganz zugeknöpft war und somit den Blick auf seine braun gebrannte haarige Brust freigab. Was für ein Schmierlappen.

»Und was ist mit Ihnen passiert?«, fragte ich. »Verdienen Sie bei der Zeitung so schlecht, dass Sie nebenbei als Gigolo arbeiten müssen?«

»Eigentlich ist das mein Ein-Bankier-macht-Urlaub-Look.« Er schnaubte. »Schade, dass er einen so negativen Eindruck bei Ihnen hinterlässt. Allerdings scheinen Sie modisch auch nicht unbedingt auf der Höhe zu sein. Aber gut ... Ziehen Sie sich was an und kommen Sie mit, es ist Zeit fürs Frühstück.«

Er wandte sich vom Wagen ab, ging ein paar Schritte voraus und zündete sich eine Zigarette an. Ich warf einen kurzen Blick auf die Mittelkonsole. 09:20 Uhr. Ich hatte fast zehn Stunden geschlafen und fühlte mich trotzdem wie gerädert. Ich klaubte die schmutzstarren Klamotten vom Vortag aus dem Fußraum auf, rümpfte die Nase, als ich kurz daran schnüffelte, und zog sie an. Schweigend folgte ich Sokol zum Haus seiner Großmutter.

Mir wurde flau im Magen, als ich mich daran erinnerte, dass ich ihm – *einem verdammten Journalisten, du Dummkopf!* – gestern Abend eine Kurzfassung über mein Leben und meinen Aufenthalt bei der Garde Gottes gegeben hatte. Er hatte zwar beteuert, er würde meine Geschichte, meinen Namen und mein Gesicht niemals ohne mein Einverständnis abdrucken und niemanden über meinen oder Gabriels derzeitigen Aufenthaltsort informieren, aber ich fühlte mich trotzdem von ihm in die Ecke gedrängt.

Ich weiß nicht, vor wem Sie weglaufen, Rahel, aber vor mir können Sie sich nicht verstecken.

Ich versuchte, die Erinnerung an seine Drohung abzuschütteln. Es gab ohnehin keine Alternative, als mit ihm zusammenzuarbeiten. Außer ich wollte auffliegen. Oder ihn umbringen. Letzteres kam mir allerdings etwas extrem vor. Zumindest jetzt noch.

Sokol drückte seine Zigarette in den Aschenbecher, der auf dem Fenstersims neben dem Eingang stand, dann hielt er mir die Tür auf. Das Häuschen, das von außen wirkte wie alle anderen, war von innen schick hergerichtet, und als wir in die Küche kamen, stand die Dame des Hauses am Herd und stäubte Puderzucker über ein herrlich duftendes Gebäck. Sie drehte sich kurz zu uns um, lächelte und sagte etwas, das wohl einem ›Guten Morgen‹ gleichkam.

Trotz der Sprachbarriere bedankte ich mich für ihre Gastfreundschaft und lächelte zurück, ehe ich mich zu Sokol an den Küchentisch setzte.

Er goss Kaffee in zwei Becher und schob mir einen davon über den Tisch. Ein lautes Hupen vor dem Haus ließ mich zusammenzucken, bevor ich danach greifen konnte. Fragend sah ich Sokol an. Doch er war schon aufgestanden und strebte auf die Küchentür zu, bis seine Großmutter ihn am Arm zu fassen bekam und ihn schimpfend zurück zum Tisch zog. Rasch stellte sie den großen Teller mit dem Gebäck vor uns ab, dann verschwand sie selbst auf dem Flur. Kopfschüttelnd sah Sokol ihr nach, dann zuckte er mit den Schultern und setzte sich wieder hin.

Mir war inzwischen warm geworden. Unerträglich warm. Ich ließ den Kaffeebecher unangerührt stehen und versteckte meine zitternden Hände unter dem Tisch. Noch eine fremde Person, die mir Fragen stellen und mich mit ihren Blicken röntgen würde.

»Sollte ich ... sollte ich nicht besser gehen, wenn Ihre Großmutter Besuch erwartet?«, fragte ich.

»O nein.« Sokol hatte sich eines der Teilchen genommen und schob mir den Teller hin. »Es ist bloß mein Cousin.«

»Cousin?«

Ich merkte erst, dass ich aufgestanden war, als Sokol meine Hand ergriff. »Beruhigen Sie sich. Los, setzen Sie sich wieder hin. Es ist bloß mein Cousin. Er heißt Jan. Und er ist nur hier, um uns zum Flughafen zu fahren.«

Seine Hand war warm, kräftig und einladend, aber ich konnte mich nicht wieder hinsetzen, denn meine Kehle schnürte sich bereits zu und ließ mich hektisch nach Luft schnappen.

»Zum Flughafen?«, keuchte ich und schüttelte den Kopf. »Nein ... ich ... ich glaube, ich muss hier raus.«

Ich zerrte an meiner Hand, aber er ließ mich nicht los. Mit ruhiger Miene sah er mich an.

»Rahel«, sagte er. »Gabriel ist auf Chapel Island. Jedenfalls haben Sie mir das gestern Abend erzählt. Erinnern Sie sich noch daran?«

Ich nickte, unfähig zu sprechen. Ich hatte ihm am Abend vieles erzählt, ehe mir immer wieder die Augen zugefallen waren. Irgendwann hatte er seine Befragung unterbrochen und gesagt, ich solle schlafen gehen und wir würden in der Früh besprechen, wie es weiterginge. Jetzt war es in der Früh, aber im Moment war mir so gar nicht danach, irgendetwas zu besprechen. Ich wollte einfach nur noch weg von hier.

Sokol drückte meine Hand.

»Um nach Chapel Island zu kommen«, erklärte er, »müssen wir nach Dublin fliegen. Und mein Cousin Jan ist so freundlich, uns zum Flughafen zu bringen.«

Wieder nickte ich, biss mir aber so fest auf die Wange, wie ich nur konnte, um gegen die aufsteigenden Tränen anzukämpfen.

Sokol musterte mich einen Moment lang, dann stand er auf, seine Hand immer noch fest um die meine geschlossen. »Kommen Sie.«

Wieder zerrte ich an meinem Arm, konnte die Panik in meiner Stimme kaum unterdrücken. »Wohin? Wohin gehen wir?«

Seufzend drehte Sokol sich zu mir um. »Ich habe Ihnen gestern Abend gesagt, dass Sie mir vertrauen können, Rahel. Also tun Sie es bitte, okay?«

»Kann ich nicht«, wisperte ich und biss mir wieder auf die Wange. Dieses Mal schmeckte ich Blut. »Es tut mir leid, ich kann einfach nicht!«

Sokol sah mich aufmerksam an. »Konzentrieren Sie sich und hören Sie mir zu: Sie wollen Gabriel, oder?«

Ich nickte und spürte, wie die ersten Tränen an meinen Wangen hinunterrollten.

»Wie genau wollen Sie das bewerkstelligen, Rahel? Wie wollen Sie an Gabriel herankommen?«

Ich zuckte mit den Schultern, trocknete mit dem Handrücken meine Wangen.

Sokol hob die Brauen. »Nun, könnte es eventuell im Bereich des Möglichen liegen, dass Sie Ihr Ziel mit meiner Hilfe eher erreichen als allein?«

Ich hatte fest damit gerechnet, Gabriel hier in Lípa anzutreffen. Dass er sich nun auf irgendeine Insel im Ausland verkrochen hatte, kam mir vor wie ein kilometerhohes mit Stacheldraht gespicktes Hindernis.

»Eventuell«, murmelte ich.

Sokol nickte bedächtig.

»Gut. Dann gehen wir beide jetzt raus zu Ihrem Wagen und holen Ihnen eine von Ihren Zaubertabletten, einverstanden? Anschließend sehen wir weiter.«

Mir war bewusst, dass Sokol mir keinen Freundschaftsdienst erwies, als er mich vorbei an seiner überrascht dreinblickenden Großmutter und seinem Cousin über den Hof zu meinem Wagen führte. Sokol wollte bloß, dass ich funktionierte, damit ich ihm seinen heiß ersehnten Artikel lieferte. Und gerade weil ich das wusste, zögerte ich, als ich die Pfefferminzdose aus meinem Rucksack holte. Dieser elende Hund wusste mit Sicherheit, dass das keine Tabletten gegen Kreislaufbeschwerden waren!

Als ich ihn scharf ansah, hob er abwehrend die Hände. »Nein. Das können Sie mir nicht anhängen. Sie haben diese Tabletten mitgebracht, ich habe offenbar nur die richtigen Schlüsse daraus gezogen. Nehmen Sie sie, wenn Sie sich damit besser fühlen, oder lassen Sie es sein. Es ist Ihre Entscheidung.« Er lächelte matt, dann schlenderte er zu seinem Cousin, einem langen Lulatsch mit rundlichem Babygesicht, hinüber und begrüßte ihn mit Handschlag und Umarmung.

Ich hatte mich auf dem kurzen Weg ins Freie etwas beruhigt und war mir sicher, dass ich den restlichen Tag auch ohne Tablette überstehen würde. Dieser Überzeugung war ich aber auch nur so lange, bis mir einfiel, dass ich, so wie es aussah, in wenigen Stunden in einer tonnenschweren Metallröhre über den Himmel schoss. Hastig fummelte ich eine der Tabletten aus der kleinen Dose und schluckte sie trocken runter, dann ließ ich mich in den Fahrersitz sinken und schloss die Augen.

»Rahel?«

Als Sokol nach mir rief und ich die Augen wieder öffnete, standen die beiden Männer vor der Haustür, ihre Großmutter musste bereits im Haus verschwunden sein. Ich verriegelte den Wagen und ging zu ihnen.

»Jan.« Jan reichte mir schüchtern die Hand, und ich konnte nicht anders, als diesem zu groß geratenen Baby ein Lächeln zu schenken.

»Rahel.«

»Er spricht leider kein Deutsch«, entschuldigte Sokol sich für seinen Cousin und schob uns in Richtung Tür. Sein Magen knurrte. »Aber uns bleibt ohnehin nicht viel Zeit für Small Talk.«

Wir frühstückten in einvernehmlichem Schweigen. Die Kolatschen, wie Sokol sie nannte – mit Mohn, Pflaumenmus und Quark gefüllter Hefeteig –, schmeckten wunderbar, und nach der kurzen Dusche, die er mir anschließend genehmigte, und einem Kleiderwechsel fühlte ich mich wieder einigermaßen wohl in meiner Haut. Als ich in die Küche zurückkam, waren die beiden Männer allein und unterhielten sich leise.

Sokol schaute auf und lächelte. »Sie sehen besser aus. Na ja, das ist vielleicht etwas übertrieben, aber Sie wirken jetzt zumindest nicht mehr so, als könnten Sie nachher am Flughafen Amok laufen.«

Ich ignorierte seinen Seitenhieb, wahrscheinlich aber nur deshalb, weil ich wusste, dass sein Cousin nichts von dem Schwachsinn verstand, den Sokol faselte. »Von welchem Flughafen starten wir?«

»Prag.« Er bedeutete mir, Platz zu nehmen. »Wir fliegen von Prag nach Dublin und fahren von dort aus mit dem Mietwagen weiter nach Burtonport. Das ist eine kleine Hafenstadt im Norden Irlands. Wie genau wir von Burtonport nach Chapel Island kommen, müssen wir dann allerdings vor Ort sehen. Im Netz konnte ich keine Fährverbindungen finden.«

»Sie waren gestern wohl noch etwas länger wach, nachdem ich schlafen gegangen bin, was?«, fragte ich und mir fiel auf, wie müde er unter seinem von der Sonne geküssten Teint tatsächlich aussah.

»Etwas.« Er rieb sich grinsend den Nacken.

»Und wieso sind Sie sich so sicher, dass es *unser* Chapel Island ist?«

Er nahm einen Schluck von seinem Kaffee. »Ganz einfach: Es gibt nur drei Inseln mit diesem Namen. Eine in England, eine in Irland, eine in Kanada. Das englische Chapel Island ist derzeit unbewohnt, und die kanadische Insel schließe ich aus.«

»Und wieso, wenn ich fragen darf?«

Er runzelte die Stirn, als wäre meine Frage überflüssig. »Überlegen Sie mal ... Wäre Gabriel damals nach Kanada geflohen, wäre er mindestens fünfzehn Stunden unterwegs gewesen. Die Chance, dass sein Bild innerhalb dieser Zeitspanne weltweit in den Medien auftauchen würde, war, nach dem, was er getan hat, ziemlich groß. Denken Sie doch nur an die Passkontrolle. Wäre er geflogen, wäre er ein ziemlich hohes Risiko eingegangen, direkt bei seiner Ankunft in Kanada festgenommen zu werden. Irland ist zwar kein Mitgliedsstaat des Schengener Abkommens – Sie als deutsche Staatsbürgerin dürfen also nur mit gültigem Ausweis einreisen –, aber ich denke, wenn man mit dem Auto fährt und sich von einem bezahlten Freund von England nach Irland oder gar von Frankreich nach Irland hinüberschippern lässt, kann man die Ausweiskontrolle irgendwie umgehen. – Deshalb Irland«, fügte er achselzuckend hinzu.

»Passkontrolle«, wiederholte ich leise, faltete die Hände und merkte, wie meine Finger sich ineinander verkrampften. Ich schüttelte den Kopf. »Es tut mir leid, aber ich kann durch keine Passkontrolle.«

Zweifelsohne hatte Nikolaj längst die Polizei eingeschaltet. Sobald mein Name auf irgendeiner Liste auftauchen würde ...

»Darum habe ich mich gekümmert.« Sokol lächelte breit und warf seinem Cousin einen raschen Blick zu. »Wir haben einen Ausweis für Sie.«

Mein Gesicht musste Bände sprechen, denn Sokol ließ mir keine Zeit dazu, meine Sorgen zu äußern. »Keine Sorge. Alles wird gut gehen«, versicherte er mir, doch seine Worte hinterließen bei mir nicht den Hauch einer Wirkung. Er sah auf seine Armbanduhr – ein teures Stück, so wie es aussah – und stand auf. »Wir haben sowieso keine Zeit, uns unserer Angst hinzugeben, wir müssen uns auf den Weg machen.«

Keine fünf Minuten später standen wir vor der Haustür. Sokols Großmutter nahm mich fest in den Arm und tätschelte mir den Rücken, als wüsste sie genau, was mir bevorstand. Dann drückte sie Sokol an sich und er beugte sich zu ihr hinab, damit sie ihn auf die Wange küssen konnte.

»Sokol?«, fragte ich leise.

»Hm?«

»Ihre Großmutter weiß nicht, was für ein gerissenes Arschloch Sie sind, oder?«

»Das kann gut sein.« Er sagte etwas zu ihr, was sie mit einem kurzen Nicken und einem Lächeln erwiderte, dann wandte er sich an mich. »Aber sie weiß sehr wohl, was Arschloch bedeutet.«

Hitze stieg mir ins Gesicht und ich blickte rasch zu Boden.

»Tut mir leid«, wisperte ich. »Sagen Sie ihr bitte vielen Dank für alles.«

Sokol übersetzte und die alte Frau nickte lächelnd.

»Wir müssen jetzt wirklich los.« Er reichte seinem Cousin die schwarze gut gepolsterte Tasche, in der sich seine Kamera und allerhand unterschiedliche Objektive befanden, und schulterte anschließend seine Reisetasche. »Soll ich Ihnen tragen helfen?«

»Nein, danke, das geht schon«, erwiderte ich und hob die Sporttasche hoch, in der ich meine Sachen aufbewahrte und die ich zum Duschen ins Haus geholt hatte.

Ich war schon auf halbem Wege bei meinem Mietwagen, da blieb ich stehen und drehte mich um, weil mir auffiel, dass die beiden Männer mir nicht gefolgt waren. Sie waren zum Auto von Sokols Cousin gegangen, einem alten Ford Mondeo, der seiner zerbeulten Motorhaube nach schon den einen oder anderen Auffahrunfall hinter sich hatte, und luden Sokols Taschen in den Kofferraum.

Erst jetzt ging mir ein Licht auf. Wir brauchten niemanden, der uns zum Flughafen fuhr. Ich musste den Mietwagen doch sowieso abgeben.

Als Sokol meinen Gesichtsausdruck sah, runzelte er kurz die Stirn, dann kam er mir entgegen.

»Nein, meine Liebe«, sagte er und schüttelte den Kopf, obwohl ich überhaupt nichts gesagt hatte. »Wir können Ihren Mietwagen nicht am Flughafen abgeben«, erklärte er, als hätte er meine Gedanken gelesen. »Er ist doch auf ihren richtigen Namen angemietet, oder?«

Ich nickte.

»Sie wissen schon, dass zur Ausstattung moderner Flughäfen eine lückenlose Kameraüberwachung gehört?«

Dann dämmerte es mir langsam.

»Wenn ich den Wagen abgebe, können sie nachvollziehen, wohin ich geflogen bin«, sagte ich leise. »Ist es das, worauf Sie hinauswollen?«

Sokol nickte und nahm mir die Tasche ab. »Mein Cousin wird Ihren Mietwagen in ein paar Tagen vor einer deutschen Filiale Ihres Vermieters abstellen. – Keine Angst, ich übernehme die

Kosten«, fügte er noch hinzu, als ich gerade schon begann, mich zu fragen, wie ich das alles bezahlen sollte.

»Danke.« Ich ging zum Mietwagen, um meinen Rucksack zu holen.

»Ihnen ist klar, dass Sie Ihren kleinen Bonbonvorrat nicht mit ins Flugzeug nehmen können?«, hörte ich Sokol hinter mir fragen.

Scheiße. Darüber hatte ich noch gar nicht nachgedacht.

Ich würde mit einem Ausweis reisen, der nicht meiner war, und meine Angst, von der Polizei festgehalten zu werden, war auch so schon groß genug. Wenn man mich schon erwischte, dann nicht auch noch mit verschreibungspflichtigen Medikamenten im Gepäck, die ich ohne Originalverpackung, geschweige denn ohne ärztliche Bescheinigung mit mir führte. Aber wie in Gottes Namen sollte ich die kommenden Tage ohne das Antidepressivum überstehen?

Ganz einfach: Du wirst wie eine Untote herumwandeln, bei jedem Pieps zusammenfahren und schreien wie eine Verrückte und bei jedem auch nur annähernd negativen Wort sofort in Tränen ausbrechen.

Irgendwie würde ich die kommenden Tage schon überstehen. Die Frage war nur, in welchem Zustand. Aber das war jetzt Sokols Problem.

Ich reichte ihm das Döschen mit den Tabletten, denn im Mietwagen konnte es schließlich nicht bleiben. Sokol öffnete es und betrachtete den Inhalt aus der Nähe. »Haben Sie die auf Rezept bekommen?«

»Ja«, sagte ich kleinlaut und machte mich darauf gefasst, dass er mir einen Vortrag darüber hielt, wie dumm ich gewesen war, mit den Tabletten über die Grenze zu kommen und so weiter und so fort ... bla, bla, bla.

Aber er nickte bloß. »Steigen Sie schon in den Wagen, ich komme gleich nach.«

Während ich zum Auto seines Cousins ging, joggte er zu seiner Großmutter hinüber, reichte ihr die kleine Metalldose und wechselte ein paar Worte mit ihr. Sie warf mir einen misstrauischen Blick zu, dann strich sie Sokol zärtlich über die Wange. Keine Minute später saßen Sokol, sein Cousin und ich in dem alten Ford und winkten ihr zu, als wir vom Hof fuhren.

»Warum fliegen wir nicht von Dresden?«, fragte ich Sokol, nachdem sein Cousin uns vor dem Flughafenterminal in Prag abgesetzt hatte und davongefahren war. »Wir hätten bestimmt nur eine Stunde anstatt der zwei fahren müssen, die wir jetzt gebraucht haben.«

Er half mir meinen Rucksack aufzusetzen, drückte mir meine Reisetasche in die Hand und griff dann nach seinen eigenen Taschen. »Ein paar der deutschen Beamten sind vielleicht bestechlich, in Sachen Korruption können Sie aber noch einiges von meinen Landsleuten lernen.«

Wir betraten die riesige Abflughalle und mir wurde mulmig zumute. Kofferrollen surrten über den hell gefliesten Boden, überall wuselten Passagiere und Flughafenmitarbeiter herum. Ein Lachen hier, eine tränenreiche Verabschiedung dort. Sokol ging dicht hinter mir und dirigierte mich zu dem richtigen Check-in-Schalter.

»Bleiben Sie ganz entspannt«, murmelte er. »Und reden Sie nicht. Kein einziges Wort, verstanden?«

»Sollten Sie mir nicht langsam meinen Ausweis geben?«, flüsterte ich, und als ich einen raschen Blick über die Schulter warf, sah ich, dass er verärgert den Kopf schüttelte.

»Hatte ich nicht gerade gesagt, kein einziges Wort?«, zischte er.

Ein Kleeblatt, das Firmenlogo der Fluggesellschaft, zierte die Monitore über den Schaltern, und ich hoffte, dass das ein gutes Omen war. Und anscheinend war es das auch, denn der Check-in verlief reibungslos. Die Mitarbeiterin der Airline nahm unsere Taschen entgegen, nachdem sie unsere Reisepässe kaum eines Blickes gewürdigt hatte, dann händigte sie uns mit einem unnatürlich strahlenden Lächeln die Bordkarten aus und wünschte uns, wie ich annahm, eine gute Reise.

»Sie haben die Tickets schon bezahlt?«, fragte ich leise, nachdem wir uns vom Schalter entfernt hatten.

Sokol nickte knapp, schlang sich den Riemen der Kameratasche um die Schulter und suchte nach dem Gate, von dem unser Flug gehen würde.

»Der Urlaub geht auf mich«, sagte er. »Oder besser gesagt, auf meinen Arbeitgeber. Sie können sich später dafür bedanken.«

»Sicher«, schnaufte ich, weil ich genau wusste, wie mein Dank aussehen würde. Sokol würde mit meiner Geschichte auf die Titelseite kommen, was seiner Karriere einen deutlichen Schubs in Richtung Arschloch-Oberliga versetzen und ihm somit ein höheres Gehalt einfahren würde.

»Kommen Sie«, murmelte er, legte mir lässig den Arm um die Schulter und steuerte mit mir gemächlich auf die Sicherheitskontrolle mit ihren Scannern, Fließbändern und ernst dreinschauenden Mitarbeitern zu.

Trotz meines luftigen Trägertops und der Kühle in der Flughafenhalle begann ich zu schwitzen. Ich versuchte, es zu ignorieren, während wir uns dem angsteinflößenden Bereich vor dem Gate näherten. Locker zwanzig Passagiere wurden dort gerade abgefertigt, und der Gedanke, in der Schlange warten zu müssen, machte mich noch nervöser.

Kurz vor der Absperrung ließ Sokol von mir ab, sortierte die Bordkarten und Ausweise, die er gar nicht erst in seiner Tasche verstaut hatte, und reichte mir meine Dokumente. Er ergriff meine Hand und küsste sie.

»Versauen Sie es nicht«, murmelte er leise gegen meine Fingerknöchel, dann schob er mich vor sich auf den schmalen Gang zur Passkontrolle.

Wahrscheinlich war es mehr als Glück, dass eine Bekannte der Ehefrau von Sokols Cousin klein, zierlich und blond war. So wie ich. Krystina Novotná hatte auf ihrem Ausweisbild zwar langes Haar, aber selbst das schien den Beamten an der Passkontrolle nicht sonderlich zu beeindrucken. Nachdem er auf seiner Tastatur herumgetippt und mich grimmig gemustert hatte, gab er mir den

Ausweis zurück und winkte mich mit einem Nicken weiter.

Nahtlos fügte ich mich in die Reihe der Passagiere ein und folgte meinem Vorgänger zu den Sicherheitskontrollen, wo ich meinen Rucksack auf das Fließband legte. Dann wartete ich, bis man mich durch den Metalldetektor winkte. Als ich das hinter mich gebracht hatte und meinen Rucksack am anderen Ende des Fließbands abholen konnte, ergriff mich ein fast schon berauschendes Gefühl des Triumphes. Gut, ich war zwar bis auf die Unterwäsche nass geschwitzt, aber immerhin hatte ich es geschafft.

Ich verkniff mir ein Lächeln und wartete, bis Sokol die Kontrolle passiert hatte.

»Noch sitzen wir nicht im Flieger«, raunte er, nahm mich an der Hand und führte mich zu einer abgelegenen Sitzreihe im Wartebereich.

Wir aßen eine Kleinigkeit. Als Sokol danach Zeitung las – ich vermutete, dass er bloß so tat, als würde er lesen, denn auch am Hemd unter seinen Achseln zeichnete sich seine Nervosität immer deutlicher ab –, beobachtete ich durch die großen Fenster die startenden und landenden Flugzeuge, während ich mir mit einer Werbebeilage die träge Luft ins Gesicht wedelte.

Etwa eine halbe Stunde später war es endlich so weit und wir durften ins Flugzeug steigen. Als der Airbus A320 pünktlich um vierzehn Uhr abhob, um sich auf den Weg nach Dublin zu machen, blieb mir für den Moment nichts anderes übrig, als die Augen zu schließen und dafür zu beten, dass wir lebend dort ankommen würden.

Am Nachmittag um kurz vor vier Ortszeit landeten wir in Dublin und hatten dank der Zeitverschiebung eine Stunde gewonnen. Sokol hatte den kompletten Flug verschlafen, während ich mit um die Armlehnen gekrallten Fingern dagesessen und im Stillen über die physikalischen Gesetze und ihre Unumstößlichkeit debattiert hatte.

Nach der Landung waren unsere Pässe erneut geprüft worden.

Als ich an der Reihe war, hatte der Beamte meinen Ausweis entgegengenommen und etwas in seinen Computer eingegeben. Dann war er ohne ein weiteres Wort und mit meinem Ausweis in der Hand in einem Hinterzimmer verschwunden. Keine Sekunde später war Sokol neben mir aufgetaucht und hatte sich erkundigt, was für ein Problem es gab, während der Schweiß nur so von seinen Schläfen rann. Ich selbst hatte wie schockgefrostet vor dem Kabuff gestanden, mit der Schulter gezuckt und mit rasendem Herzen darauf gewartet, dass mein unabwendbares Schicksal, in einem irischen Knast zu versauern, sich jeden Moment erfüllen würde. Nur am Rande hatte ich wahrgenommen, wie totenblass Sokol plötzlich unter seiner Bräune wurde.

Doch wie sich einige Sekunden später herausstellte, als der Beamte mit einem Kollegen zurückkam, lag bloß ein technisches Problem vor, das die beiden Männer im Nu gelöst hatten. Entnervt hatte der Beamte schließlich meinen Ausweis inspiziert und mich weitergewinkt.

Als wir jetzt aus dem Flughafen, einem modernen geschwungenen Gebäude aus Glas und Stahl, in die gleißende Sonne und das rege Treiben hinaustraten, sah ich Sokol, der sich nach dem Parkhaus umschaute, in dem wir den Mietwagen abholen sollten, leicht vergnügt an.

»Ihnen ist der Arsch da drinnen gerade ziemlich auf Grundeis gegangen, was?« Ich schlang meine Strickjacke fester um mich, denn der Sonnenschein trog. Es war bei Weitem nicht so warm wie in Tschechien.

Er packte mich am Arm und schob mich an den Unmengen von an- und abreisenden Menschen vorbei. »Halten Sie einfach die Klappe, ja? Oder muss gleich jeder wissen, aus welchem Land Sie kommen?«

Ich hatte in der Ankunftshalle genügend Deutsche gehört und glaubte nicht, dass ich mit den wenigen Worten, die ich bis jetzt von mir gegeben hatte, großes Aufsehen erregt hatte.

»Kriegen Sie sich wieder ein«, brummte ich trotzdem eine Spur leiser, und dann fiel mir ein, dass Sokol sich kurz zuvor mit dem Mitarbeiter der Autovermietung über die neuesten Automodelle unterhalten hatte.

»Warum sprechen Sie eigentlich so gut Englisch?«, fragte ich ihn, obwohl ich inzwischen Mühe hatte, mit seinem Tempo mitzuhalten. »Hatten Sie als Jugendlicher eine hübsche kleine Brieffreundin? Oder müssen Sie bei der Ausübung Ihres Nebenjobs gelegentlich auch ausländische Damen zufriedenstellen? Obwohl für Letzteres ja gar keine Worte notwendig sind, nicht wahr?«

Sokol ignorierte meine Anspielung und dirigierte mich an Unmengen von wartenden Taxis vorbei und schließlich über einen Zebrastreifen, bei dem aufgrund des ständigen Flusses an Passanten kaum ein Auto zum Zuge kam. Erst als wir in den Schatten eines Parkhauses eintauchten und sich das Gedränge um uns herum lichtete, antwortete er mir.

»Ob Sie es glauben oder nicht, ich habe in Oxford studiert«, erklärte er nüchtern. »Es gibt wohl kaum einen besseren Ort, um Englisch zu lernen, als eine urbritische Bildungseinrichtung. Wenngleich meine Englischkenntnisse auch schon vorher hervorragend waren. Und falls Sie es vergessen haben, ich bin Journalist und arbeite für eine britische Zeitung. *Befriedigt* diese Antwort Ihre Neugierde oder soll ich einen weiteren Knopf an meinem Hemd öffnen?«

Nein, natürlich hatte ich das nicht vergessen. Trotzdem war ich das erste Mal, seit ich Sokol kennengelernt hatte, ganz und gar sprachlos.

Zu gern hätte ich ihm so etwas wie ›Sparen Sie sich das mit dem Knopf für Ihre Kundinnen auf. Die sind wenigstens dazu bereit, dafür zu bezahlen‹ an den Kopf geworfen, aber ich war zu verblüfft, als dass meine Stimmbänder mir gehorchen wollten.

Wenngleich ... Himmel, wer redete heute denn noch so?

Ich selbst hatte das Abitur nur mit Ach und Krach geschafft, hatte nie die Ambitionen gehabt zu studieren. Trotzdem wusste ich, dass die *University of Oxford* eine der ältesten und angesehensten Universitäten der Welt ist. Für das Studium an einer solchen Eliteuni brauchte man nicht nur das nötige Kleingeld, sondern musste auch überdurchschnittlich viel Grips und Persönlichkeit mitbringen. Ich war kurz davor, im Erdboden zu versinken, weil ich Sokol so falsch eingeschätzt hatte.

Wir stiegen in der zweiten Etage aus dem Fahrstuhl aus, während ich immer noch versuchte, den ungepflegten jungen Mann vom Vortag und den Mann, mit dem ich heute hierher geflogen war, unter einen Hut zu bringen. – Für welche Zeitung, hatte er gesagt, arbeitete er noch gleich? Ich wusste es nicht mehr.

Als wir durch die Tür des Treppenhauses auf die Parkebene hinaustraten, stieg mir der Duft von Gummi und Putzmitteln in die Nase. Soweit ich sehen konnte, wimmelte es von frisch polierten Wagen und den bunten Wegweisern der verschiedenen Vermietungsfirmen.

»Können Sie mir einen Gefallen tun?« Sokol fischte geistesabwesend den Autoschlüssel aus seiner Hosentasche und drückte auf die Fernbedienung.

»Ja ... sicher«, erwiderte ich zögernd und folgte ihm zu dem BMW X5, dessen Rücklichter aufgeblinkt hatten.

Sokol öffnete die Heckklappe, verstaute seine Tasche im geräumigen Kofferraum des Geländewagens und drehte sich anschließend zu mir um. »Hören Sie auf, in der Öffentlichkeit über Privates zu reden, Rahel. *Nichts* liegt dem menschlichen Gehör näher, als den Gesprächen anderer zu lauschen.«

»Ja, natürlich. – Tut mir leid«, fügte ich kleinlaut hinzu.

Er nickte. »Dankeschön. Und jetzt steigen Sie ein, ich mache das hier schon.« Er nahm mir meine Reisetasche ab, und nachdem ich mich dafür bedankt hatte, ging ich nach vorn zur Beifahrertür.

Ich öffnete sie, blieb aber verwirrt davor stehen.

Irgendetwas stimmte hier nicht. Das Lenkrad. Ja, das Lenkrad! Es befand sich eindeutig auf der falschen Seite!

Linksverkehr! Hier herrscht Linksverkehr, du Hirni! Gott! Schlag dir jetzt bloß nicht die Hand vor die Stirn!

Ehe ich meinen Fehler jedoch unter den Teppich kehren konnte, hatte Sokol die Heckklappe des Wagens geschlossen und kam mit hochgezogenen Brauen auf mich zu.

»Was haben Sie vor?«

»Ich ... ich dachte, ich könnte fahren.« Mein Kopf glühte vor Hitze, noch bevor ich den Satz ausgesprochen hatte. Dabei war das das Letzte, was ich nach den nervenzehrenden Passkontrollen und dem beängstigenden Flug gebrauchen konnte – eine Fahrstunde in einem fremden Land. Mit dem Lenkrad auf der falschen Seite.

»Auf gar keinen Fall.« Sokol warf einen kurzen Blick auf meine Hand – die Hand, die eine dicke Narbe zierte und deren Mittelfinger steif war – und ein flüchtiges Grinsen huschte über seine ansonsten ernste Miene, als er mich wieder ansah. »Sie haben doch nicht ernsthaft damit gerechnet, dass ich mein Leben und den makellosen Lack dieses Wagens einer Quasi-Einarmigen anvertraue, oder? Denken Sie, ich habe vergessen, wie Sie mit Ihrem Mietwagen umgegangen sind?«

Als wir auf den Motorway auffuhren, wusste ich, warum Sokol dieses Kraftpaket von einem Auto ausgesucht hatte. Trotz der gerade einmal 120 Stundenkilometer, die erlaubt waren, beschleunigte er den Wagen innerhalb weniger Sekunden auf über 180. Fahrzeuge, die scheinbar allesamt wie langsame Käfer vor uns herkrochen und die Überholspur besetzten, scheuchte er mit der Lichthupe beiseite. Wir flogen förmlich über die Straße.

»Es ist nur eine Frage der Zeit, bis die Polizei uns anhält«, murmelte ich und zog meinen Sicherheitsgurt fester.

Sokol schüttelte kaum merklich den Kopf.

»Heute ist Sonntag«, sagte er, als würde das auch schon alles erklären: Die Erdanziehungskraft, weshalb Männer Brustwarzen haben und natürlich, warum uns die Polizei heute keinesfalls aus dem Verkehr ziehen würde.

Das Navigationsgerät zeigte an, dass wir rund vier Stunden Fahrt vor uns hatten. Vier Stunden bei dieser Geschwindigkeit. Ich holte tief Luft und versuchte, mich zu entspannen, löste meine feuchten, verkrampften Finger vom Leder des Sitzes. Ich hatte den Flug überstanden, jetzt würde ich auch noch diesen Höllenritt auf der falschen Straßenseite überstehen.

»Gibt es denn keinen Flughafen in der Nähe von Burtonport?«, fragte ich nach einigen Minuten gequält.

Ich wagte es kaum, die Augen zu öffnen. Die Büsche und Bäume, die den Motorway säumten, rauschten wie ein dunkelgrüner Farbstreifen an uns vorbei; es waren aber vor allem die Autos, die uns auf der falschen Seite entgegenkamen, die dafür gesorgt hatten, dass mir ein saurer Schwall Magensäure die Kehle hochschoss.

»Wir hätten von Dublin nach Donegal fliegen können«, brummte Sokol.

»Und? Warum haben wir das nicht getan?«

»Weil man unsere Ausweise wahrscheinlich ein weiteres Mal kontrolliert hätte. Und weil ich der Meinung bin, dass wir unser Glück nicht überstrapazieren sollten.«

»Wenn Sie unser Glück nicht überstrapazieren wollen, wäre es dann nicht klüger sich an die vorgegebene Geschwindigkeit zu halten?«

Er seufzte genervt, ging aber etwas vom Gas.

»Danke«, murmelte ich, legte den Kopf in den Nacken und schwieg, um ihn nicht weiter vom Fahren abzulenken. Auch ich wollte unser Glück nicht überstrapazieren, vor allem aber wollte ich nicht an irgendeinem irischen Autobahnpfeiler enden.

Mein Schädel brummte.

»Na, gut geschlafen?«, hörte ich Sokol vom Kofferraum her fragen und drehte mich zu ihm um, nachdem ich einen kurzen Blick durch die Frontscheibe geworfen hatte. Lediglich einen Steinwurf vom Wagen entfernt befand sich ein mickriger Hafen, und der aufdringliche Geruch von Fisch und Salzwasser schwappte zu mir herüber. Ich begann, mir mit beträchtlichem Druck die Schläfen zu massieren.

»Geht so. Sind wir da?«

»Jap.« Er hatte sich unsere Taschen um die Schultern geschlungen und sah aus wie ein ziemlich vornehmer Packesel. Dann warf er die Heckklappe zu und das dumpfe Krachen hallte schmerzhaft in meinem Kopf wider.

Fluchend befreite ich mich von dem Sicherheitsgurt, da öffnete er bereits die Beifahrertür, wartete, bis ich mir meinen Rucksack geschnappt hatte und ausgestiegen war, und verriegelte anschließend den Wagen.

»Nicht ganz am Ziel unserer Träume, aber fast«, flüsterte er mir zu, und obwohl ich noch müde war und mein Kopf sich anfühlte, als wollte er jeden Moment explodieren, merkte ich, dass seine Laune sich erheblich verbessert hatte.

Auch wenn sein Hemd mittlerweile zerknittert war und sein zurückgekämmtes Haar hier und dort wild von seinem Kopf abstand, hatten sich die Falten, die sich seit dem Morgen immer tiefer in seine Stirn gegraben hatten, nun geglättet. Sein Mund war zu einem leichten Grinsen verzogen und seine grünen Augen funkelten, als hecke er irgendetwas aus.

Er ging mit den Taschen voran auf den Eingang der Kneipe zu, vor der er den Wagen geparkt hatte. Es war gerade erst halb neun am Abend und obwohl es noch hell war, drangen aus dem unteren Stockwerk des zweistöckigen Gebäudes laute Stimmen und Musik.

Ich zögerte kurz, dann ging ich ihm hinterher. Der Laden wirkte zwar nicht wie ein Fünfsternehotel oder wie irgendetwas, das einen Stern verdient hätte, aber mir war es nur recht, wenn unser Tag in einem Pub endete.

»*O'Sullivans*«, las ich auf dem Schild über dem Eingang und folgte Sokol in das viel zu dunkle Innere des Gebäudes.

Als wir den Schankraum betraten, ebbten die Gespräche um uns herum binnen Sekunden ab. Einzig die Musik aus einer Jukebox zu unserer Linken und das Gegacker einiger älterer Frauen, die an einem Tisch in der Ecke Karten spielten, erfüllten den Raum noch.

Bis auf die vielen meist männlichen Augenpaare, die abschätzend auf uns, in erster Linie aber auf mir verharrten, war es sogar eine ziemlich gemütliche Kneipe mit einer langen dunklen Holztheke, über der eine riesige goldene Glocke schwebte, Stühlen und Sitzbänken mit dicker roter Polsterung und gerahmten Fotos und Zeitungsausschnitten aus alten Zeiten, die überall an den Wänden hingen.

»Meine Güte, kriegt euch wieder ein!«

Eine hübsche junge Frau kam hinter der Theke hervor und schüttelte halb belustigt, halb entnervt den Kopf in Richtung ihrer gaffenden Gäste. Sie war groß und schlank und trug ihr welliges rotes Haar zu einem Zopf geflochten. Ich verstand sie problemlos, auch wenn ihr Dialekt verwaschener und irgendwie rauer als der von Sokols gepflegtem Schulenglisch klang.

»Mister Hawk?«, fragte sie und streckte Sokol, nachdem sie mich flüchtig, aber freundlich gemustert hatte, lächelnd die Hand entgegen.

»Ja, genau! Aber bitte nennen Sie mich doch Michael!« Sokol hatte ihre Hand ergriffen und schüttelte sie, dann deutete er mit einem entschuldigenden Lächeln auf mich. »Und das ist meine Assistentin Krystina. Sie müssen sie entschuldigen, sie versteht zwar einiges, spricht aber selbst leider kaum ein Wort Englisch.«

Assistentin? Ich warf ihm einen eisigen Blick zu und biss mir auf die Lippe. *Wer war er denn, verdammt noch mal? Der große Houdini?*

Die junge Frau reichte mir ebenfalls die Hand. »Noreen.«

Ich sparte mir das Nice-to-meet-you-Gequatsche und griff auf das gute alte Nicken-und-Lächeln-Schema zurück.

Noreen winkte uns hinter sich her aus dem Schankraum auf einen engen Flur. »Ich hoffe, Sie haben gut hergefunden?«

»Oh, natürlich, wir hatten keinerlei Probleme«, erwiderte Sokol. »Allerdings ist Krystina die Fahrt nicht sonderlich gut bekommen.«

Ich schnaufte ungehalten, lächelte aber gequält, als Noreen mir einen mitleidigen Blick über die Schulter zuwarf. Sokol trottete ungerührt hinter ihr her.

Dieses kleine Arschloch.

Wir passierten die zum Pub gehörenden Toiletten und betraten weiter hinten im Flur eine schmale Treppe, deren Stufen mit ausgetretenem Teppich bezogen waren. Als Sokol mir eine der Taschen reichen musste, damit er nicht mit dem ganzen Gepäck im Treppenaufgang stecken blieb, funkelte ich ihn wütend an, aber er grinste nur.

Vom Flur in der oberen Etage gingen drei Türen ab. Die Tür am Ende des Flures musste zu den Räumlichkeiten führen, die über dem Schankraum lagen, die beiden anderen Türen zu kleineren Räumen, die sich über den Toiletten des Pubs befinden mussten. Noreen schloss eine dieser beiden Türen auf und ließ uns den Vortritt.

Das Zimmer war klein, aber fein. Ein bequemes Doppelbett, ein Flachbildfernseher, ein eigenes Bad, alter Parkettboden, ein großes Fenster zum Hafen hinaus.

Ich drehte mich zu Sokol um und sah ihn fragend an, weil ich hoffte, dass es mein Zimmer war. Aber der Journalist war damit beschäftigt, sich von den Taschen zu befreien und sie auf dem Bett abzustellen. Unsere Gastgeberin fing meinen Blick jedoch auf und schaltete sich rasch ein.

»Wie ich schon in der Mail geschrieben hatte«, sagte sie, während sie mich entschuldigend anlächelte, »habe ich nur ein Zimmer frei. Das andere Gästezimmer wird derzeit renoviert. Hätte ich früher gewusst, dass Sie kommen, hätte ich die Renovierungsarbeiten natürlich vorangetrieben.«

»Das macht uns gar nichts.« Sokol warf mir einen warnenden Blick zu, als er sah, was ich für ein Gesicht machte. »Wir arbeiten schon so lange zusammen, mittlerweile sind wir schon daran gewöhnt, in einem Zimmer zu schlafen.«

»Na dann muss ich Sie nur noch ...« Noreen verstummte mitten im Satz, zog aus einer der Taschen, die auf ihrer Schürze aufgenäht waren, ein Handy und schaute stirnrunzelnd auf das Display.

»Entschuldigung«, seufzte sie und schob das Telefon zurück in die Tasche. »Tut mir leid, ich dachte bloß, mein Handy hätte geklingelt.« Geistesabwesend schüttelte sie den Kopf, und dann ganz plötzlich, als hätte sie einen geheimen Knopf gedrückt, schenkte sie uns ein strahlendes Lächeln und reichte Sokol den Zimmerschlüssel.

»Der ist für die nächsten Tage Ihrer«, erklärte sie. »Falls Sie ihn verlieren sollten, ich habe ein Duplikat in meiner Wohnung. Sollten Sie einmal nach Ladenschluss heimkehren, klingeln Sie einfach unten an der Tür. – Ach, und was ich eben noch sagen wollte: Sie haben hier im Zimmer leider keinen Telefonanschluss. Falls Sie telefonieren müssen, können Sie das aber gern in meiner Wohnung tun. Ich hoffe, das macht Ihnen keine Umstände.«

»Überhaupt nicht.« Sokol hatte sein Handy aus der Hosentasche gezogen und hielt es wedelnd hoch. »Aber vielen Dank für den Hinweis.«

»Wunderbar. Das habe ich mir schon fast gedacht.« Noreen lächelte. »Jetzt lasse ich Sie aber allein. Falls Sie etwas essen möchten, ich habe noch Eintopf da. Kommen Sie einfach runter, wenn Sie hungrig sind.«

»Danke, sehr gern!«, erwiderte Sokol, und weil von mir keine Reaktion kam – Eintopf, mal ehrlich? –, sah er mich an und bediente sich der internationalen Gebärde für das Wort Essen: Immer wieder führte er seine um eine imaginäre Gabel oder einen imaginären Löffel geballte Hand zum Mund, wobei er schmatzende Geräusche von sich gab und mich wie ein Idiot angrinste.

Ich war kurz davor, ihm zwischen die Beine zu treten. Und das nicht bloß imaginär.

Um alle Anwesenden zufriedenzustimmen, gab ich trotzdem ein überraschtes ›Ah!‹ von mir und nickte willig, denn mein Magen fühlte sich inzwischen an wie eine verschrumpelte Rosine. Nach unserer Ankunft in Dublin hatten wir nicht daran gedacht, uns etwas zu essen zu besorgen, und auf der Fahrt hatte Sokol nicht ein einziges Mal haltgemacht.

»Vielen Dank für das Angebot, Noreen, wir nehmen es gerne an«, sagte Sokol. »Wir packen nur eben aus, dann kommen wir runter.«

»Gern.« Noreen nickte, dann verließ sie das Zimmer und schloss die Tür hinter sich.

Angespannt starrten Sokol und ich uns an, während wir lauschten, wie unsere Gastgeberin den Flur entlang- und anschließend die Treppe hinunterging. Bei dem Gedanken, die Nacht zusammen mit ihm in diesem Zimmer zu verbringen, wurde ich leicht nervös. Nicht dass ich glaubte, er würde Annäherungsversuche starten oder ... Schlimmeres. Es war nur dieses beklemmende Gefühl, das seit der Sache mit Gabriel regelmäßig in mir hochschwappte, sobald ich mit einem Fremden allein war. Ich schüttelte den Kopf, um die düsteren Gedanken zu vertreiben, und funkelte Sokol wütend an.

»Verdammt, fahren Sie einen Gang runter, Sokol!«, zischte ich, als das Ächzen der Treppenstufen verklungen war. Seufzend ließ ich mich aufs Sofa fallen und legte die Füße auf den zierlichen Couchtisch. »Mit Ihrer gestrigen Rolle als schlampiger Rebell konnten Sie mich ja noch einigermaßen überzeugen, aber für mehr hat Ihr Schauspielkurs wohl nicht gereicht, was?«

»Schlampiger Rebell?« Er lachte bitter. »Und das von jemandem, dem offenbar nie gute Manieren beigebracht worden sind.« Mit drei Schritten war er bei mir und fegte meine Füße vom Tisch, dann marschierte er zurück zum Bett und begann mit effizienten Bewegungen, seine Kleidung in den Schrank einzuräumen.

»Wollen Sie nicht auspacken?«, fragte er mit einem schiefen Blick auf meine Tasche.

»Ist denn noch Platz im Schrank?«

»Nein.«

»Gut, dann lasse ich meine Sachen in der Tasche. Ich habe ohnehin nicht vor, lange zu bleiben«, erklärte ich kühl. »Und nur zu Ihrer Information: Der Schrank gehört vielleicht Ihnen, aber das Bett ist meins.«

Er musterte mich ernst. »Das werden wir ja noch sehen.«

»Sie gottverdammter Blödmann!«, fuhr ich ihn an. »Warum haben Sie nicht einfach in irgendeinem Hotel zwei Zimmer gebucht? Genug Geld für dieses Monsterauto da draußen hatten Sie doch schließlich auch!«

»Es ist die einzige Übernachtungsmöglichkeit so nah am Hafen. Glauben Sie mir, ich habe auch nicht vor, lange hierzubleiben. Und genau aus diesem Grund habe ich diese Unterkunft gewählt. Hier werden wir jemanden finden, der uns nach Chapel Island fährt. Falls nicht, leihen wir uns eben ein Boot. Oder wir klauen eins.« Er hängte die letzte Hose auf einen Bügel und schloss die Schranktüren. »Und jetzt lassen Sie uns runtergehen, mir ist schon ganz schlecht vor Hunger.«

»Gehen Sie ruhig schon vor, ich brauche noch ein, zwei Minuten, um mich frisch zu machen«, erklärte ich, ging zu meiner Tasche und kramte den Kulturbeutel heraus, dann verschwand ich im Bad.

Noreen hatte von einem der Tische die Gäste verscheucht, damit wir uns dort breitmachen konnten, und ich fragte mich, ob wir deshalb noch Ärger bekommen würden, denn von hier und dort wurden wir missmutig beäugt. Wahrscheinlich war das auch der Grund dafür, dass Sokol mich weder vor noch nach dem überaus vorzüglichen Lammeintopf allein ließ, um vor der Tür eine zu rauchen, auch wenn ich ihm mehrmals ans Herz gelegt hatte, es würde mich nicht stören. Schließlich hatte er mich doch ein einziges Mal allein gelassen, um sich zu erleichtern. Als er nach nicht einmal zwei Minuten zurückkehrte, fragte er mich sofort, ob irgendetwas passiert sei.

»Man hat mich nicht zerfleischt und zu Lammeintopf verarbeitet, oder?«, erwiderte ich gewohnt bissig und bemühte mich, nicht auf sein halb volles Gingerale zu starren, in das ich soeben den Großteil meines Abführmittels geträufelt hatte.

Ich wusste zwar noch nicht, wie ich in den kommenden Tagen ohne die Tropfen auskommen sollte – ein Antidepressivum zu schlucken hatte eben auch Nachteile, und Verstopfung war nur einer davon –, aber sobald ich Gabriel gefunden hätte, würde mein träger Darm wohl mein kleineres Problem sein.

»*Sláinte*. Lassen Sie ihn sich schmecken, der geht aufs Haus.« Unsere Gastgeberin hatte unsere Teller abgeräumt und jedem von uns ein Glas Whisky gebracht. »Haben Sie sonst noch irgendeinen Wunsch?«

»Hm ...« Sokol überlegte einen Moment. »Vielleicht haben ja Sie eine Idee, wo ich tolle Fotos machen kann? – Wenn's geht, keine Menschenmassen und so naturbelassen wie möglich. Kennen Sie einen geeigneten Ort?«

Noreen starrte an uns vorbei, während sie nachdachte, und für einen kurzen Augenblick beneidete ich die Frau für die Grübchen, die sich selbst in dieser Situation noch auf ihren sommersprossigen Wangen abzeichneten.

»Ja, vielleicht habe ich da wirklich was für Sie.« Ihr Blick hatte sich wieder geklärt und sie lächelte uns an. »Unweit der Küste liegt Goat Island, eine wunderschöne Insel mit schroffen Felshängen und langen Sandstränden, allerdings müsste ich Ihnen einen Privattransport organisieren.« Sie hob die Hand und rieb ihren Daumen über Zeige- und Mittelfinger, um uns mitzuteilen, dass das etwas kostspielig werden würde. »Als Alternative könnten Sie einen Ausflug nach Chapel Island machen. Dort ist es zwar nicht ganz so schön wie auf Goat Island, aber es verirren sich genauso wenig Touristen dorthin und die Fähre fährt täglich hin und auch wieder zurück ...« Die Tür des Pubs wurde geöffnet und Noreen sah hinüber, als erwarte sie einen ganz bestimmten Gast. Als ein älterer Herr eintrat, seinen Hut abnahm und in die Runde grüßte, wirkte sie für eine Millisekunde verärgert, wandte sich aber mit einem Lächeln wieder an uns. »Entschuldigung, wo war ich stehen geblieben? Ach ja, Chapel ... Ich war selbst bestimmt schon zwanzig Mal dort. Es ist eine verträumte kleine Insel wie aus dem Bilderbuch. Eine alte Kapelle, ein wunderschöner keltischer Friedhof und ein malerischer Ausblick auf den Atlantik. Die

Fahrt mit der Fähre dauert etwa zehn bis fünfzehn Minuten, je nachdem wie das Wetter mitspielt. Wäre das was für Sie?«

Sokol nahm meinen Rat, einen Gang runterzuschalten, offensichtlich ernst, denn er lächelte mich etwas verunsichert an. »Ich finde, das hört sich ziemlich gut an, was denkst du?«

Ich nickte. Einerseits war ich unglaublich erleichtert, weil wir es bis hierher geschafft hatten. Andererseits flößte mir der Gedanke, dass ich Gabriel schon morgen wiedersehen würde, eine unheimliche Angst ein.

»Wann legt die Fähre nach Chapel Island ab?« Sokol nippte an seinem Whisky, stellte das Glas wieder ab und trank einen ordentlichen Schluck Wasser hinterher.

»Um zehn Uhr. Seien Sie einfach eine Viertelstunde vorher am Hafen. Sie können das Boot nicht verfehlen. Und nehmen Sie unbedingt eine Jacke mit. Es ist momentan zwar sonnig, aber das Wetter hier kann ziemlich schnell umschlagen.« Sie lächelte und wandte sich zum Gehen, drehte sich aber noch einmal um und kam zurück. »Ach ja, das hätte ich beinahe vergessen: Chapel ist eine Fußgängerinsel, Ihr Auto müssen Sie also hier stehen lassen. Ich hoffe, das macht Ihnen nichts aus?«

»Keineswegs, das klingt sogar ganz wunderbar«, sagte Sokol mit einem breiten Lächeln zu ihr. »Vielen Dank für Ihre Hilfe.«

»Kein Problem, dafür bin ich ja da. Wenn Sie sonst noch irgendetwas haben ...« Ihr Handy klingelte und sie zog es so schnell aus der Tasche, dass es ihr beinahe herunterfiel. Sie warf einen kurzen Blick aufs Display und wandte sich etwas gehetzt wieder an uns. »Entschuldigen Sie vielmals, aber da muss ich rangehen.«

»Kein Problem«, erwiderte Sokol.

Die junge Frau bedankte sich für unser Verständnis, dann lief sie hinter die Theke und verschwand hinter einer Schwingtür.

»Sie scheint besorgt zu sein«, murmelte Sokol und starrte zu der Tür, hinter der sie verschwunden war.

Ich zuckte mit den Schultern, nahm meinen Whisky und leerte ihn in einem Zug. Ich hatte keine große Lust, mich mit dem

Kummer anderer Leute zu beschäftigen. Ich wollte bloß noch austrinken, schlafen gehen und den morgigen Tag so schnell wie möglich hinter mich bringen.

»Verträgt sich der Alkohol überhaupt mit dem Zauberbonbon, den Sie heute Morgen genommen haben?« Sokol betrachtete mich mit gerunzelter Stirn.

»Keine Ahnung«, brummte ich, griff nach seinem Whiskyglas und kippte den Inhalt ebenfalls runter. »Aber alles andere wäre Verschwendung.«

6

Niemand hatte sich auf der Straße blicken lassen. Kein neugieriger Anwohner, kein herbeigerufener Polizist. Es ärgerte ihn, denn hätte ein Teenager oder irgendwer anders statt seiner angeschossen am Straßenrand gelegen, wäre es schlecht um ihn oder sie bestellt. Trotzdem wunderte es ihn nicht, dass niemand kam. Schließlich war in diesem verdammten Kaff weniger los als in der Unterhose des amtierenden Papstes. Die wenigen Leute, die hier lebten, befanden sich gerade alle oder zumindest *fast* alle in der Kirche. Er wusste nicht, wie lange er jetzt schon an diesem gottverlassenen Straßenrand saß. Es konnten Minuten, vielleicht aber auch schon eine Stunde oder mehr vergangen sein, seit er das Telefonat mit Kusmin beendet hatte.

Jedenfalls sitzt du lange genug hier, müsstest längst verblutet sein.

Er war vor langer Zeit schon einmal schwer verletzt worden, *von ihm*, und hätte seine Mutter ihn damals nicht rechtzeitig gefunden ... Aber dieses Mal fühlte es sich anders an. Nicht so endgültig.

Seine Schulter schmerzte zwar, als würde ein glühend heißer Schaschlikspieß darin stecken. Auch sein linker Arm und sein Rücken taten höllisch weh, schmerzten zeitweise sogar so schlimm, dass er sich wünschte, er wäre tatsächlich an diesem schäbigen Straßenrand verblutet. Trotzdem ließen die Schmerzen sich nicht ansatzweise mit denen vergleichen, die er damals gehabt hatte. Damals hatte seine Mutter ihn gerettet, heute stand ihm allerdings niemand zur Seite. Und doch schien das Schicksal heute wie auch damals einen anderen Plan als sein Ende für ihn bereitzuhalten.

Und er wusste auch, welcher Plan das war.

Also los, dachte er mürrisch.

Es dauerte allerdings eine ganze Weile, bis er auf die Beine kam und sich aufrechthalten konnte, ohne dass ihm schwindelig oder übel oder beides zugleich wurde. Er konnte das Blut riechen – sein eigenes Blut, wie er irritiert feststellen musste – und bemühte sich, durch den Mund zu atmen. Langsam und mit fest zusammengebissenen Zähnen machte er sich auf den Weg zum Haus seines Bosses, und er war unglaublich dankbar, dass er vor dem Zwischenfall mit den Gebrüdern *Scheiße-statt-Hirn* schon mehr als die Hälfte der Strecke hinter sich gebracht hatte. Trotzdem würde es kein Sonntagsspaziergang der angenehmen Sorte werden.

Du hättest Noreen in die Kirche begleiten sollen, flüsterte die Stimme in seinem Kopf, und ihm entfuhr ein heiseres Lachen. Das brachte jedoch den glühenden Spieß in seiner Schulter zum Rotieren, und er blieb einen Moment stehen, bis das Schlimmste überstanden war.

Nie und nimmer wäre er in die Kirche gegangen. Lieber hätte er sich ans Kreuz schlagen und von den Seevögeln die Augen auspicken lassen. Und überhaupt: So schlimm war das Ganze doch gar nicht, oder? Er hatte eine Ausrede gebraucht, um in den kommenden Tagen nicht arbeiten zu müssen, und eine durchschossene Schulter war immerhin viel überzeugender als Durchfall, oder?

Natürlich würde die Verletzung ihn einschränken, aber er zweifelte nicht daran, dass sich trotzdem alles so fügen würde, wie er es sich wünschte. Das Glück war ihm bisher zwar nicht sehr zugetan gewesen, aber das würde sich ändern, sobald Rahel auftauchte. Und sie würde auftauchen.

Irgendjemand würde ihr schon sagen, wo sie zu suchen hatte.

Er lehnte sich erschöpft gegen die Gartenpforte und verdeckte das Loch in seinem Hemd mit der Hand. »Hey Prinzessin.«

Katie saß in ihrem Sandkasten und fabrizierte auf dessen breitem Holzrand einen matschigen Sandkuchen nach dem anderen. Ihre blonden Löckchen hatten ein paar braune Spritzer abbekommen. Ihr Kirchenkleid war glücklicherweise schon gegen Jeans und einen dicken Pullover ausgetauscht worden. Lächelnd streckte sie ihm die schmutzigen Hände entgegen. »Spielst du mit mir, Onkel David?«

»Heute nicht, Liebes. Auch wenn dein Gebäck wirklich sehr verführerisch aussieht.«

Als er so aufrecht, wie es ihm möglich war, durch das Gartentor trat und auf die Haustür zuging, wehte ihm durch das geöffnete Küchenfenster der Duft von gebratenem Fleisch entgegen. Er brauchte gar nicht erst anzuklopfen, denn Rose riss die Tür bereits auf und gab einen kurzen Schrei von sich.

Sie presste sich die Hand auf den Mund und sah an ihm vorbei zu Katie, die sie mit großen Augen anstarrte. »Alles gut, Schätzchen, Mama freut sich nur so sehr, Onkel David zu sehen.«

»Um Himmels willen, was ist passiert, David?«, flüsterte sie, während sie ihn durch den dunklen Flur und schließlich auf einen Stuhl im Esszimmer beförderte. Ehe er antworten konnte, lief sie aber schon wieder los, um nach Hugh zu rufen und Katie ins Haus zu holen.

Mit angespannter Miene setzte sie das lautstark nörgelnde Mädchen vor den Fernseher und schaltete einen Zeichentrickfilm ein – eine Hypnosemethode, die bei jedem Kind zu wirken schien. Dann kam sie gefolgt von Hugh, der seinen Kirchenzwirn gegen Jogginghose und T-Shirt gewechselt hatte, zurück ins Esszimmer, und sie beide begannen gleichzeitig auf ihn einzureden.

»Keine Polizei«, brummte er bloß.

Der Schock und die Erschöpfung von der kurzen Strecke, die er hierher zurückgelegt hatte, bewirkten, dass ihm mit einem Mal alles wie ein Traum vorkam, ein Traum mit unscharfen Kanten, den verzerrten Gesichtern seiner Freunde und ihren verwaschenen

Stimmen. Der gerade noch so verführerische Geruch gebratenen Fleisches war plötzlich viel zu intensiv. Ihm wurde übel.

»Keine Polizei, keine Ambulanz«, sagte er jetzt, weil er das Telefon in Hughs Hand entdeckte. Er legte den Kopf in den Nacken und schloss die Augen.

Komm schon! Reiß dich zusammen, David!

Er spürte, dass Rose versuchte, ihm das Hemd auszuziehen. Als er ein lautes Zischen von sich gab, weil sie seinen linken Arm streifte, ließ sie von ihm ab, und er hörte, wie sie in die Küche eilte. Als er die Augen öffnete, kam sie mit einer Schere zurück und machte sich vorsichtig daran, seinen linken Arm vom Hemd zu befreien.

»Verdammt, wer hat dir das angetan?« Hugh hatte sich vor ihn gehockt und sah ihm grimmig in die Augen. »David, antworte mir, damit ich der Polizei einen Namen nennen kann!«

»Sieht schlimm aus«, murmelte Rose und warf ihnen beiden einen sorgenvollen Blick zu. »Ja, es sieht ganz so aus, als hätte jemand auf ihn geschossen. Er muss sofort ins Krankenhaus, Hugh.«

»Nein!« David konnte sich die Wunde nicht ansehen. Er schluckte die Übelkeit hinunter und griff nach dem Telefon in Hughs Hand, langte aber daneben, weil Hugh es rechtzeitig aus seiner Reichweite zog.

»Keine Polizei. Keine Ambulanz. Kein Krankenhaus«, brummte er, denn das alles konnte er jetzt auf keinen Fall gebrauchen. Jetzt, da Rahel womöglich auf dem Weg hierher war und sich nach so vielen Jahren endlich ein Tor für ihn öffnen würde, das sonst wohl für immer geschlossen geblieben wäre. Nein, nicht jetzt.

»Die werden mich dabehalten wollen, Boss.« Er bemühte sich, genügend Entschlossenheit in seinen Blick zu legen. »So kann ich in zwei, vielleicht drei Tagen wieder arbeiten.«

»Bist du noch ganz bei Trost?« Hugh sah ihn fassungslos an. »Jemand hat dich angeschossen und du willst einfach hier sitzen und darauf warten, das die Wunde von allein heilt?«

Wie er selbst zugeben musste, klang das nach einer ziemlich

schlechten Idee. Sie konnten die Wunde vielleicht oberflächlich desinfizieren, aber was war, wenn mit dem Projektil Gewebefasern von seinem Hemd oder Bakterien in die Wunde gekommen waren und sich seine Schulter entzündete? Wenn er sich eine Blutvergiftung einhandelte? Würde er dann immer noch nach Chapel Island fahren können?

Gewiss nicht.

»Lass die Polizei aus dem Spiel«, bat er Hugh und gab sich dabei allergrößte Mühe, Roses stechenden Blick zu ignorieren. »Und bring mich ... bring mich zu Brennan. *Bitte.*«

Brennan, der einzige Arzt im Dorf, war es dank der Hafenarbeiter gewohnt, grobe Wunden zu versorgen. Schon oft hatte David mit angesehen, wie der 82-Jährige seine dicke Hornbrille aufsetzte und sich über die Lippen leckte, bevor er mit völlig ruhigen Händen eine klaffende Schnittwunde nähte, einen abgebrochenen Zahn zog oder einen Finger amputierte.

Hugh dachte einen Moment darüber nach, dann richtete er sich auf und nickte knapp. »Gut, wie du willst. Aber auf der Fahrt zum Doc wirst du mir einiges erklären müssen.«

»Hugh!«, fuhr Rose ihn an. »Machst du Witze? Verflixt, siehst du denn nicht, dass er in ein Krankenhaus gehört?«

»Der Doc wird ihn schon irgendwie zusammenflicken.« Hugh schlang einen Arm um ihre Taille und küsste sie auf die Stirn. »Und sollte Brennan entscheiden, dass David in einem Krankenhaus behandelt werden muss, dann werde ich David dorthin fahren, ob er das will oder nicht. – Und da du Davids Hemd so schön zerstückelt hast, Rose, würdest du jetzt so gut sein und ihm eins von meinen alten holen? Wir müssen auf dem Weg zu Brennan ja nicht für mehr Furore sorgen als notwendig.«

Rose warf ihrem Mann einen scharfen Blick zu, dann verschwand sie auf dem Flur.

Nachdem er Hugh und Rose davon überzeugt hatte, Noreen nicht vor Ladenschluss mit seiner Verletzung zu konfrontieren – der Sonntag war einer der umsatzstärksten Tage im Pub –, ließ er sich behutsam auf den Beifahrersitz von Hughs altem Pick-up gleiten. Sie hatten noch nicht einmal das Ende der Straße erreicht, da hatten ihn die angenehme Wärme im Wagen und das schroffe Tuckern des Motors eingelullt, und ihm fielen die Augen zu.

»Nein, nein, nein, das kommt nicht in Frage, mein Lieber«, brummte Hugh neben ihm und kurbelte sein Fenster ein Stück runter, sodass eine frische Brise durch die Fahrerkabine zog. »Fang schon an zu erzählen oder ich setze dich jetzt gleich vor dem O'Sullivans ab. Und glaub mir, David: Das wird viel unangenehmer für dich werden, als mit mir zu reden.«

Zum Teufel noch mal, Hugh hatte recht. Ihm graute jetzt schon davor, Noreen gegenüberzutreten und ihr eine logische Erklärung für das Loch in seiner Schulter liefern zu müssen. Aber er brauchte sie, brauchte ihre Wohnung, um in den kommenden Tagen den Hafen im Auge behalten zu können.

»Also?« Hugh hatte den Pick-up am Straßenrand angehalten und sah ihn nun seelenruhig an, eine Hand auf dem Lenkrad, die andere auf dem Schaltknüppel.

»Fahr weiter«, seufzte David. »Ich erzähle dir, was passiert ist.«

Und das tat er dann auch. Er erzählte Hugh vom Überfall auf Noreens Laden, davon, dass Bobby ihren Hund erschossen hatte, von den Provokationen der Brüder und ihrem heutigen Aufeinandertreffen.

Als er fertig war, parkten sie bereits vor Doc Brennans Haus. Hugh nickte grübelnd.

»Du möchtest das selbst regeln, oder?«

»Ja.«

»Verstanden.« Sein Boss sah mit angespannter Miene zum Haus des Doktors hinüber. »Dann sag mir, wie ich dir helfen kann, ohne dabei meine Familie in Gefahr zu bringen?«

»Ich brauche dein Boot. Das kleine.«

Stimmen weckten ihn. Es war noch hell draußen, aber die Dämmerung hatte eingesetzt und tauchte das Innere seiner kleinen Behausung in gedämpftes gelbes Licht. Wie spät es wohl war?

Sein Rücken und die Matratze waren schweißnass. Er drehte sich auf die Seite, sog aber sogleich scharf die Luft ein, als in seiner Schulter ein dumpfer, durchdringender Schmerz erwachte. Vorsichtig rollte er sich zurück und starrte an die Decke. Es war also doch kein Traum gewesen.

Bobby Fitzpatrick hatte ihm in die Schulter geschossen. Und Hugh war mit ihm zu Doc Brennan gefahren, der sie beide arrogante kleine Schwanzlutscher genannt und gefragt hatte, ob sie ihn schon für so senil hielten, als sie ihn baten, nicht die Polizei zu verständigen. Brennan hatte die Wunde – bloß ein Hautdurchschuss; Muskeln und Knochen waren, soweit der Arzt es beurteilen konnte, verschont geblieben – ohne Umschweife gereinigt, genäht und ihm einen Druckverband angelegt. Anschließend hatte er ihm noch ein Antibiotikum und eine ordentliche Ladung Schmerzmittel verabreicht und die beiden Männer dann aus seinem Haus geworfen.

Er tastete auf der Kommode neben seiner Pritsche nach den Schmerztabletten, die der Doc ihm mitgegeben hatte, und schluckte gleich zwei mit einem Glas Wasser hinunter, während er auf die Stimmen lauschte, die von der Terrasse zu ihm herüberdrangen.

Das darf doch nicht wahr sein.

Noreen und Rose bearbeiteten Hugh förmlich mit ihren zischenden und fauchenden Stimmen, während er von Zeit zu Zeit bloß ein genervtes Stöhnen von sich gab. Als Noreen seinen Boss aber plötzlich mit »Raus mit der Sprache!« anfuhr, entschied David, dass es an der Zeit war, aufzustehen.

Mit zusammengebissenen Zähnen zog er sich eine von seinen eigenen Trainingsjacken über, dann holte er seine Reisetasche aus dem Schrank, warf ein paar Klamotten und sein Messer hinein und trat schließlich vor die Tür.

Er räusperte sich.

Hugh und Rose sahen in seine Richtung, Noreen hingegen war

schon auf halbem Wege bei ihm. »David! Was ist hier los? Was ist passiert?«

Sie wollte ihm die Tasche abnehmen, doch er schüttelte den Kopf. Er war verletzt, aber nicht schwerbehindert.

Er ging mit ihr zurück zur Terrasse, wechselte einen kurzen Blick mit Hugh, der äußerst erschöpft wirkte, dann wandte er sich an die beiden Frauen, die ihn wie zwei hungrige Löwinnen beäugten.

»Das«, sagte er und deutete auf seine Schulter, »war Bobby Fitzpatrick. Er wollte mir die Waffe seines Vaters zeigen und es hat sich versehentlich ein Schuss gelöst.« Beide Frauen wollten ihm widersprechen, doch er hob die Hand und brachte sie damit augenblicklich zum Schweigen. »Ich möchte nicht, dass die Polizei etwas davon erfährt. Die Fitzpatricks haben momentan genug Probleme.« Er sah erst Rose, dann Noreen unmissverständlich an. »Könntet ihr meinen Wunsch, diesen Zwischenfall für euch zu behalten, also bitte respektieren?«

Rose öffnete den Mund, schloss ihn aber wieder. Hugh legte seinen Arm um sie. Sie wich zurück und es sah für einen kurzen Moment so aus, als wollte sie seinen Arm von ihrer Schulter schieben, sie ließ ihn jedoch, wo er war, und begnügte sich damit, ihren Mann wütend anzufunkeln.

Noreen musterte ihn mit vor der Brust verschränkten Armen.

»Können wir gehen?«, fragte er sie.

Sie nickte, und nachdem sie sich beide bei Hugh und Rose bedankt hatten, gingen sie schweigend ums Haus und zu Noreens altem Mini Cooper.

Er wusste, dass dieses Schweigen nicht von Dauer war. Umso mehr genoss er die angespannte Stille auf der kurzen Fahrt zum Pub.

»Du hättest anrufen sollen.« Noreen hatte den Wagen in der Auffahrt neben dem Pub geparkt und sah ihn nun wütend an, als er seine Tasche aus dem Kofferraum holte.

»Ich weiß.« Er warf die Heckklappe zu, und dank der Schmerztabletten war die Wucht in seiner Schulter nur als dumpfes Dröhnen wahrzunehmen. »Aber ich wollte dich nicht um die Tageseinnahmen bringen.«

Sie verdrehte die Augen. »Stimmt, das viele Geld hatte ich fast vergessen. Wenn man die vielen Millionen im Hinterkopf hat, die ich heute eingenommen habe, ist es natürlich völlig verständlich, dass du auf keinen meiner unzähligen Anrufe und keine meiner Nachrichten reagiert hast. – Ist dir auch nur ein einziges Mal der Gedanke gekommen, dass ich mir Sorgen machen könnte?« Sie machte auf dem Absatz kehrt und verschwand auf dem Weg, der um das Haus herum und zum Hinterhof führte.

Sie hatte seine Antwort nicht einmal abgewartet. Er hatte zwar ohnehin nichts sagen wollen, es ärgerte ihn aber trotzdem, dass sie ihn hier stehen ließ wie einen Vollidioten. Er würde sich in den kommenden Stunden mächtig zusammenreißen müssen, sonst warf sie ihn womöglich noch aus der Wohnung.

Er atmete tief ein, dann folgte er ihr zum Hintereingang.

»Du hast einen Übernachtungsgast im Haus?«

Sobald David die Wohnungstür hinter sich geschlossen hatte, ließ er seinem Ärger freien Lauf. So viel zum Thema Zusammenreißen. Aber hätte diese dumme Ziege ihn nicht vorwarnen können?

Er war um die Ecke des Hauses gebogen, um ihr durch den Hintereingang ins Haus zu folgen, da hatte er sie zusammen mit dem Engländer vor der Hintertür stehen sehen. Noreen wechselte ein paar Worte mit dem Kerl, einem dieser selbstverliebten Großstadt-Flachwichser mit übertrieben gepflegtem Äußerem, und hatte ihm lachend eine Hand auf den Arm gelegt, während er lässig an seiner Zigarette zog.

Noreen hatte sie einander vorgestellt, und der Engländer, *Michael Hawk*, hatte ihn nach ein paar überheblich artikulierten Floskeln abschätzend gemustert, sodass David ihm am liebsten die Fresse poliert hätte. Als Noreen diesem Hänfling augenzwinkernd eine gute Nacht gewünscht hatte, war dieses Bedürfnis noch stärker geworden, und er war ihr brodelnd vor Wut ins Haus gefolgt.

Sie streifte ihre Slipper ab und ging in die Küche. Er stellte seine Tasche auf dem Boden ab und ging ihr hinterher.

»Genau genommen habe ich zwei Übernachtungsgäste im Haus«, erwiderte sie patzig, während sie die Zutaten für ein Sandwich aus dem Kühlschrank holte. »In *meinem* Haus wohlgemerkt.« Sie sah kurz auf, als erwarte sie, dass er Einspruch erheben würde, doch er starrte sie nur an.

»Ist dir das Auto vor dem Pub etwa nicht aufgefallen?« Sie klatschte eine Scheibe Käse auf ihren Toast. »Es ist ein großer schwarzer Geländewagen. So groß, dass man ihn eigentlich nicht übersehen kann, wenn man Augen im Kopf hat.«

Er schnaufte. Nicht, weil sie sich allergrößte Mühe gab, ihn zu provozieren, sondern weil er sich über sich selbst ärgerte. Denn er hatte das Auto tatsächlich nicht gesehen.

War er so in Gedanken gewesen? Oder war seine Unaufmerksamkeit auf die Schmerzmittel zurückzuführen?

Es drängte ihn, zum Fenster hinüberzugehen, aber er blieb in der Tür stehen. Er wollte sie nicht noch misstrauischer machen, als sie es ohnehin schon war.

Sie hatte sich ein Bier aus dem Kühlschrank genommen, setzte sich mit ihrem Abendessen an den kleinen Küchentisch und blätterte in einer Zeitschrift hin und her, nur um ihm zu beweisen, wie überflüssig er war.

Er seufzte und rieb sich die Stirn. »Mit wem ist er hier? Der Engländer?«

Noreen, die gerade von ihrem Sandwich hatte abbeißen wollen, hielt mitten in der Bewegung inne. »Ist das jetzt dein Ernst?«

»Ja, das ist mein Ernst«, erwiderte er grimmig. »Ich möchte wissen, mit wem wir unter einem Dach schlafen. Danach kannst du mich gern weiter ignorieren.«

Noreen sah ihn an, als wollte sie ihm jeden Moment an die Gurgel springen. »Ich glaube, das geht dich einen ...«

»Ist die Geldkassette im Safe?«, unterbrach er sie. »Hast du den Lagerraum abgeschlossen?«

»Ich ... ähm, ja«, erwiderte sie verdutzt.

»Und um wen handelt es sich nun bei deinen Gästen? Wer sind sie? Hast du dir ihre Ausweise zeigen lassen?«

Noreen schüttelte langsam den Kopf. »Nein, ich ... das mache ich doch nie.« Sie nahm einen Schluck von ihrem Bier, und ihm fiel auf, wie rot sie geworden war.

»Wunderbar, du hast dir also wieder einmal nicht die Ausweise angesehen.« Er ging zum Fenster hinüber und warf einen kurzen Blick auf den Parkplatz. »Und dass deine Gäste mit einem Wagen vorfahren, der dich zwei oder drei Jahresgehälter kosten würde, macht dich nicht stutzig? Kein bisschen? Wundert es dich gar nicht, dass jemand, der sich so ein Auto leisten kann, hier bei dir nächtigt, anstatt im *Four Seasons* am Golfplatz?«

»Verdammt, was ist mit dir los? Das ist doch nur ein Mietwagen, okay?« Noreen war von ihrem Stuhl aufgesprungen und funkelte ihn zornig an. »Offenbar muss ich mich morgen bei Doc Brennan beschweren, weil er dir nicht nur die Schulter verarztet, sondern auch gleich dein verdammtes Hirn amputiert hat!«

»Schon gut«, entgegnete er kühl. »Ich hab's kapiert. Das ist dein Laden, dein Haus. Tut mir leid, wenn ich mir Sorgen mache. Bitte, vermiete das Zimmer an wen auch immer, Noreen. Aber wenn du nachher Probleme bekommst, dann heul dich bitte bei wem anders aus, ja?«

Er konnte sehen, dass Noreen bereits mit den Tränen kämpfte, und wartete schweigend ab.

»Er ist Fotograf«, sagte sie leise und trocknete sich die Wangen. »Er kommt aus Reading, einem Vorort von London. Ich habe seine E-Mail-Adresse und seine Telefonnummer, und beides stimmt mit den Angaben auf seiner Internetseite überein. Das Kennzeichen habe ich mir aufgeschrieben, bevor ich dich abgeholt habe.« Sie pulte an einem Salatblatt herum, das aus ihrem Sandwich ragte. »Er ist mit seiner Assistentin hier. Sie ist Osteuropäerin, glaube ich.

Sie spricht kein Englisch, oder zumindest nur ganz wenig. Jedenfalls sind die beiden hier, um Fotos zu machen. Zumindest hat er das gesagt.« In Noreens Augen glitzerten immer noch Tränen.

»Seit wann schläft man mit seiner Assistentin in einem Zimmer?«, fragte David und war erstaunt darüber, dass der Kerl ihm noch unsympathischer werden konnte.

»Keine Ahnung«, schniefte Noreen. »Vielleicht haben sie was miteinander. Geht uns doch nichts an, oder?«

»Nein, das geht uns nichts an«, brummte er. »Glaubst du ihm denn? Dass er Fotograf ist und alles?«

Sie nickte. »Warum?«

»Nur so«, grunzte er, ging zur Küchenzeile hinüber und machte sich ebenfalls ein Sandwich.

Als er aus dem Fenster gesehen hatte, um sich das Kennzeichen des BMWs einzuprägen, hatte er einen kurzen Blick zum Hafen hinübergeworfen. Seit seiner Bestandsaufnahme am Morgen nach dem Frühstück war kein weiteres Fahrzeug auf dem Parkplatz abgestellt worden. Und sie würde mit dem Auto kommen. Bei ihrem letzten Telefonat hatte Kusmin ihm Fabrikat und Kennzeichen des Kleinwagens durchgegeben, aber so wie es aussah, war Rahel Kusmin noch nicht in Burtonport eingetroffen.

»Warum willst du wissen, ob ich ihm glaube?«, fragte Noreen noch einmal, als er sich schließlich zu ihr an den Tisch setzte. Sie hatte ihr Essen nicht angerührt.

»Weil ich den Kerl nicht mag. Ganz einfach.« Er nahm ein paar Schlucke von ihrem Bier. Sie würde es sowieso nicht austrinken. Dann begann er zu essen.

Er würde dem Fotografen und wenn möglich auch seiner Assistentin auf den Zahn fühlen, auch wenn er sich keine großen Hoffnungen machte. Aber die Internetseite und das Kennzeichen zu überprüfen, würde ihn nicht viel Zeit kosten, und anschließend konnte er sich noch ein paar Stunden Ruhe gönnen. Denn in der Nacht würde die Welt für ein paar Stunden stehen bleiben.

7

»Ich habe gerade den Freund unserer Gastgeberin kennengelernt«, brummte Sokol, als er mit einem Hauch von Zigarettenrauch zurück ins Zimmer kam.

Ich hatte mir die Zähne geputzt, das Gesicht gewaschen und meine Schlafsachen angezogen. Nun lag ich im Bett – in *meinem* Bett –, hatte die dünne Decke bis zu den Schultern hochgezogen und kämpfte mit der bleiernen Müdigkeit. Der Tag, die ganze Anspannung und die Angst hatten mich geschafft, das bisschen Whisky nach dem Abendessen aber hatte mir den Rest gegeben.

Trotzdem fiel mir neben Sokols abfälligem Tonfall auch seine düstere Miene auf. Es war offenbar wirklich kein erfreuliches Aufeinandertreffen gewesen.

»Kein wirklich angenehmer Zeitgenosse«, sagte er, wie um meine Vermutung zu bestätigen, ließ sich aufs Sofa plumpsen, zog seinen Laptop zu sich heran und klappte ihn auf. Er tippte etwas ein und starrte konzentriert auf den Bildschirm. »Ich frage mich, wo sie den aufgegriffen hat«, murmelte er mehr zu sich selbst. »Wahrscheinlich im Zoo, irgendwo in der Nähe des Affengeheges.«

»So schlimm? Was hat er Ihnen denn getan?«

»So schlimm.« Er nickte, hatte den Blick aber weiterhin auf den Monitor gerichtet. »Sie hätten ihn sehen sollen«, sagte er grimmig. »Ein Bär von einem Mann. Und dann dieser unfreundliche Ausdruck auf dem Gesicht. Als hätte er vor, mich bei lebendigem Leibe zu häuten, und das, obwohl ich äußerst höflich war.«

Ich konnte mir ziemlich gut vorstellen, wie Sokols gepflegte Umgangsformen und sein etwas zu geschniegeltes Äußere auf den vermutlich ziemlich bodenständigen Freund unserer Gastgeberin gewirkt hatten, behielt das aber für mich. Schließlich würde Sokol in den kommenden Stunden dank meines Abführmittels noch genug zu leiden haben. Mein schlechtes Gewissen und seine Ahnungslosigkeit weckten in mir das starke Bedürfnis, ihn aufzumuntern.

»Hört sich für mich nach einem dieser aufgeblasenen Steroidklötze mit verkümmertem Hirn und mikroskopisch kleinem Geschlechtsorgan an«, sagte ich und drehte mich auf die Seite, um ihn besser beobachten zu können.

Noch schien es ihm gut zu gehen, denn er schnaufte belustigt.

»Kann schon sein«, erwiderte er. »Ganz so sicher bin ich mir da aber nicht. Zumindest was das verkümmerte Hirn angeht. Der Kerl kam mir eher sehr ...«, er rieb sich das Kinn und überlegte einen Moment, »... er kam mir sehr wachsam vor, hat mich von oben bis unten gemustert, als sei ich ein Schwerverbrecher. Und er schien auch nicht wirklich davon begeistert zu sein, dass wir hier übernachten.«

»Schon mal was von Eifersucht gehört, Sokol?«

Es lag auf der Hand, dass Sokol ein gut aussehender junger Mann und unsere Gastgeberin eine hübsche junge Frau war. Es hätte mich nicht sonderlich gewundert, wenn ein anderes Alphamännchen sich durch Sokols selbstsichere und weltmännische Art bedroht fühlte.

Sokol schüttelte aber bloß den Kopf. Er hatte sich zurückgelehnt und starrte zur Zimmertür hinüber. Irgendetwas schien ihn zu beschäftigen, und ich vermutete, dass es nicht ganz so viel mit dem Freund unserer Gastgeberin zu tun hatte, wie er vorzutäuschen versuchte. Ich rappelte mich auf und stützte mich auf den Ellbogen.

»Bedrückt Sie irgendwas, Sokol? Oder haben Sie langsam Zweifel an unserem Vorhaben?«

Überrascht sah er mich an.

»Ich ... ich weiß nicht«, sagte er ungewohnt zögerlich. »Ich hatte bloß darüber nachgedacht ...« Er verstummte und musterte mich nachdenklich. Nach ein paar Sekunden trat ein müdes Lächeln auf sein Gesicht. »Schon gut, vergessen Sie's.«

Im Grunde war es mir egal, welchen Beschluss er für sich fasste. Wie auch immer er sich entschied, ob er noch ein paar Tage warten oder lieber gleich die Heimreise antreten wollte, ich würde hierbleiben und morgen früh nach Chapel Island übersetzen. Mit oder ohne ihn. Wenn allerdings alles so lief, wie ich es mir ausgemalt hatte, und das Abführmittel seine Wirkung zeigte, würde ich die Fähre ohnehin ohne ihn besteigen.

»Über was haben Sie nachgedacht, Sokol?«, hakte ich nach, da ich ihm ansehen konnte, dass das Ergebnis seiner Überlegungen ihn belastete.

Wahrscheinlich hielt er sich jetzt für einen Feigling, weil er einen Rückzieher machen wollte. Zu Unrecht, wie ich fand.

Er seufzte und wich meinem Blick aus, als er zu sprechen begann. »Ich hatte bloß darüber nachgedacht, dass es vielleicht klüger ist, wenn Sie ... wenn Sie morgen hierbleiben würden.« Nun sah er mich an und seine Stimme überschlug sich fast, als er weiterredete. »Verstehen Sie doch, hier sind Sie in Sicherheit! Ihnen kann nichts passieren! Und ich werde Sie alle naselang anrufen und Ihnen ...«

»Auf keinen Fall!«, unterbrach ich ihn schroff. Meine Wangen glühten vor Wut, und ich musste mich zügeln, damit ich ihn nicht anschrie. »Ich werde morgen nach Chapel Island fahren, Sokol. Ich fahre, und diese Entscheidung ist unumstößlich. *Sie* können meinetwegen gern hierbleiben und Däumchen drehen, falls Sie es sich anders überlegt haben. Ich werde das aber nicht tun!«

»Aber Gabriels Leute werden Sie erkennen, Rahel!«, entgegnete Sokol hitzig. »Für meine Wenigkeit hingegen wird sich niemand auf der Insel interessieren! Ich bin bloß irgendein Tourist, der Fotos macht! Verstehen Sie das nicht? Ich könnte mich erst mal auf der Insel umsehen und herausfinden, ob es dort überhaupt sicher für Sie ist!«

Ich schüttelte den Kopf. »Jetzt hör'n Sie schon auf! Haben Sie gestern Abend nicht selbst gesagt, dass jemand Gabriel nach unserem Besuch bei der Gemeinschaft in Lípa gewarnt haben könnte? Dass er vielleicht schon weiß, dass wir ihm auf der Spur sind? Haben *Sie* nicht gesagt, er könnte längst über alle Berge sein?« Ich sah ihn eindringlich an. »Ich habe nur diese eine

Chance, Sokol, und ich muss sie nutzen.«

»Verstanden.« Er nickte, sah mich aber wütend an. »Es tut mir leid. Ich hatte es nur in Betracht gezogen, um Sie ... Gut, lassen wir das sein. Letztlich wissen Sie ja viel besser, worauf Sie sich einlassen.«

»Allerdings«, erwiderte ich knapp, lüpfte die Decke und drehte mich auf die andere Seite, und somit weg von ihm.

Ich hörte, wie er aufstand und ins Badezimmer ging. Als er die Tür hinter sich verriegelt hatte, schloss ich die Augen und atmete tief durch. Wusste ich wirklich, worauf ich mich einließ?

Ich war ja nicht einmal darüber im Bilde, wie viele seiner Leute Gabriel mit nach Chapel Island genommen hatte. Auch wenn ich vermutete, dass er die meisten seiner Anhänger in Lípa zurückgelassen hatte.

Unwillkürlich kam mir der Hinweis in den Sinn, den Sarah mir mit dem Päckchen geschickt hatte, dann Violas hasserfülltes Gesicht, ihre trommelnden Schläge und was sie mir zugeflüstert hatte. Die Mädchen hatten gewollt, dass ich sie finde. Und, zum Teufel noch mal, ich musste ihnen helfen.

Das wirst du. Sobald du Gabriel erledigt hast, wirst du die Polizei über ihren Aufenthaltsort informieren.

Meine Müdigkeit war mit einem Mal wie weggeblasen. Immer wieder dachte ich über Sarah, Viola und über all die anderen nach, die ich meinte, in Lípa gesehen zu haben, und immer wieder kehrten meine Gedanken nach Chapel Island zurück. Ich wälzte mich unruhig auf dem Bett umher, während ich mir den Kopf darüber zermarterte, wer mir auf der Insel alles über den Weg laufen würde. Einige seiner Männer hatte Gabriel sicherlich mitgenommen: Brecht, Eugene ... *Elias.*

Elias. Immer wieder führten meine kleinen grauen Zellen mich zu ihm zurück: War er tatsächlich dort? War er noch am Leben? Und was war mit Helena, dem Mädchen, das er hatte heiraten sollen? Hatten sie in der Zwischenzeit womöglich schon geheiratet?

»Gute Nacht«, hörte ich Sokol vom Sofa aus sagen, dann ging

das Licht aus.

Ich antwortete nicht. Ich war sauer. Nein, ich war *stinksauer* auf ihn.

Ich versuchte, mich auf den Wind zu konzentrieren, der gegen die Fenster drückte, und lauschte eine ganze Weile Sokols Atemzügen, bis er irgendwann anfing, leise zu schnarchen. Ich weiß nicht, wie lange ich noch wach lag, die Finger fest um das Messer unter meinem Kopfkissen geschlossen. Aber es kam mir wie eine Ewigkeit vor, bis die Gedanken aufhörten, durch meinen Kopf zu kreisen, und auch ich endlich einschlief.

Gegen halb sieben am Morgen wurde ich von einem schwachen Stöhnen geweckt. Ich rappelte mich auf und schaute zur geschlossenen Badezimmertür hinüber, unter der ein matter Streifen Licht hervorglomm.

»Sokol? Geht es Ihnen gut?«, fragte ich zögerlich.

Erst war gar nichts zu hören, dann aber regte sich etwas hinter der Tür.

»Nein«, brummte er gequält. »Mir geht es nicht gut. Um ehrlich zu sein, geht es mir sogar ziemlich beschissen. Wortwörtlich beschissen, wenn Sie verstehen, was ich meine. Ich muss mir irgendeinen ...«

Er stöhnte und es folgte eine kurze Pause.

»Wahrscheinlich«, schnaufte er schließlich, »habe ich mir auf dem Flug oder am Flughafen – großer Gott, *irgendwo* – einen verdammten Virus eingefangen.«

Einen Virus, der gar keiner war und den er in spätestens achtundvierzig Stunden überwunden hätte, dachte ich und biss mir auf die Lippe. Ich konnte mir nur allzu gut vorstellen, wie er da drin auf der Toilette hockte, eine Faust oder den Unterarm gegen den krampfenden Unterleib gepresst, das nahende Ende der Welt fest vor Augen.

Aber es ist nicht das Ende der Welt, Sokol.
Es war bloß das Ende seines Artikels.

Ich streckte mich, dann schwang ich die Beine vom Bett. Dafür, dass ich etwa 24 Stunden zuvor das letzte Mal mein Antidepressivum genommen hatte, ging es mir verhältnismäßig gut. Aber ich wollte den Abend nicht vor dem Tag loben. Ich wusste, dass meine Gemütslage sich nur allzu schnell ändern konnte.

Ich trat ans Fenster und öffnete es. Noch sickerte zwar kein strenger Geruch aus dem fensterlosen Bad in den Wohnraum – vermutlich hatte man eine gute Lüftung installiert –, aber ich wollte trotzdem nicht das Risiko eingehen, hier drin zu ersticken. Wie lange er wohl schon auf Toilette saß? Doch nicht etwa schon die halbe Nacht? Normalerweise wirkte das pflanzliche Mittel nur sehr langsam. Jedenfalls tat es das bei normaler Dosierung.

Du hast ihm die ganze Flasche in sein Gingerale gekippt!

»Soll ich einen Arzt rufen?«, fragte ich in Richtung Tür. »Ich könnte Noreen fragen, ob sie ...«

»Nein! Bloß nicht!«, rief Sokol erschrocken. »Ich ... ich denke, in einer Stunde bin ich wieder auf den Beinen. Ich brauche ... bloß ein wenig Zeit. Schlafen Sie ruhig noch ein bisschen. Oder machen Sie besser einen Spaziergang.«

»Okay, wenn Sie meinen.« Ich gab mir keine große Mühe, den Zweifel in meiner Stimme zu verbergen. Ich war äußerst zuversichtlich, dass Sokol das Badezimmer heute nicht mehr verlassen würde. »Kann ich denn sonst etwas für Sie tun? Soll ich Ihnen etwas zu trinken besorgen? Zwieback? Eine Schachtel Zigaretten oder ein paar Windeln?«

Ich musste mir die Hand vor den Mund pressen. *Du Scheusal!*

»Nein danke«, erwiderte Sokol gereizt. »Aber wie wäre es, wenn Sie jetzt einfach mal den Mund halten? In meiner derzeitigen Lage bin ich nämlich nicht wirklich zum Plaudern aufgelegt.«

Ich lächelte, sparte mir aber jeden weiteren Kommentar. In einem anderen Leben, einem Leben, in dem er mich nicht bloß benutzte, um die Story des Jahres schreiben zu können, und in dem ich ihm nicht mein Abführmittel ins Getränk gekippt hatte, um ihn außer Gefecht zu setzen, hätten wir vielleicht sogar Freunde werden können. Vielleicht.

Ich legte mich wieder hin und schaltete den Fernseher ein, den ich gleich etwas lauter stellte, damit Sokol sich im Badezimmer ungeniert austoben konnte. Dann machte ich die Augen zu und döste noch ein wenig vor mich hin.

Als ich in der Wohnung nebenan die ersten Lebenszeichen vernahm, zog ich mich an, dann schlich ich mit meinem Kulturbeutel aus dem Zimmer und die Treppe hinunter. Ich putzte mir in der Damentoilette des Pubs die Zähne und begnügte mich mit einer Katzenwäsche, und gerade, als ich die Treppe wieder hochkam, öffnete sich die Wohnungstür am Ende des Flures.

Noreen schlüpfte heraus, ihre Handtasche in der einen, Autoschlüssel in der anderen Hand. Als sie mich entdeckte, runzelte sie kurz die Stirn.

»Ist alles in Ordnung?« Sie sprach langsam und überdeutlich und erinnerte mich damit wieder daran, wie ich mich in meiner Rolle als Sokols Assistentin zu verhalten hatte.

Ich nickte, setzte dabei aber eine besorgte Miene auf.

»Ist wirklich alles in Ordnung?«, fragte sie skeptisch.

»Michael«, sagte ich bloß, dann rieb ich mir mit schmerzverzerrtem Gesicht den Bauch und steckte mir den Finger in den Hals. Falls es ein Handzeichen für Durchfall gab, dann war ich dessen bedauerlicherweise nicht mächtig. – So oder so, meine Erklärung schien den gewünschten Effekt nicht zu verfehlen.

»O nein!« Noreen hatte sich die Hand vor den Mund geschlagen und sah mich mit großen Augen an. »Das tut mir leid! Soll ich ihm einen Arzt rufen?«

Ich schüttelte den Kopf.

»Sicher?«

Ich nickte.

»Also gut«, sagte Noreen und überlegte einen Moment. »Dann werde ich Ihnen wenigstens noch Ihr Frühstück herrichten, bevor ich gehe. Ich hatte nicht damit gerechnet, dass Sie schon so früh auf sind.« Sie lächelte entschuldigend und wies auf ihre Tasche.

»Ich wollte gerade zum Großmarkt und ein paar Besorgungen machen. Aber das kann warten. Ich vermute, Sie möchten auf dem Zimmer frühstücken?«

Ich nickte.

»Okay, ich brauche nicht lange. Geben Sie mir zwanzig Minuten.« Sie zwinkerte mir zu, dann eilte sie zurück zu ihrer Wohnung.

Es verging keine Viertelstunde, da klopfte es leise. Weil Sokol immer noch auf dem Klo vor sich hin siechte, öffnete ich die Tür.

Noreen reichte mir ein Tablett, auf dem sich eine Thermoskanne und ein tiefer Teller mit hellem, dünnflüssigem Brei befanden.

»Für Ihren Boss«, sagte sie. »Kamillentee und Hafersuppe. Wenn ich nachher zurückkomme, koche ich ihm eine Gemüsebrühe.« Ehe ich mich bedanken konnte, war sie schon wieder auf dem Weg zu ihrer Wohnung. »Einen Augenblick!«, rief sie mir über die Schulter hinweg zu. »Ich hole noch schnell Ihr Frühstück!«

Ich stellte das Tablett für Sokol auf dem Couchtisch ab, ging wieder zur Tür und wartete, bis Noreen mit einem zweiten Tablett über den Flur kam und es mir lächelnd in die Hände drückte.

»Guten Appetit«, sagte sie. »Und sagen Sie Ihrem Boss bitte, dass er viel trinken soll.«

Ich nickte und bedankte mich leise.

»Sehr gern!« Sie war schon auf dem Treppenabsatz angekommen, da drehte sie sich noch einmal zu mir um. »Ach ja! Falls es irgendein Problem gibt oder Sie doch einen Arzt rufen wollen, klingeln Sie einfach an meiner Wohnungstür. Ein Freund von mir ist da. Er wird Ihnen gern behilflich sein.«

Ich nickte und bedankte mich noch einmal, und sie verschwand mit einem kurzen Winken auf der Treppe. Ich ging wieder ins Zimmer, machte die Tür zu und warf einen Blick auf mein Tablett. Toast, Rührei, Käse und Wurst, ein Glas Saft, ein Kännchen Kaffee und ein kleiner Obstsalat. *Gott*, wie hatte die Frau das in der kurzen Zeit nur hinbekommen?

Ich stellte mein königliches Frühstück neben Sokols auf dem

Couchtisch ab, dann trat ich an die Badezimmertür und klopfte.

»Unsere Gastgeberin war so nett, Ihnen ein magenschonendes Frühstück zuzubereiten. Meinen Sie, Sie können Ihre Jauchegrube für ein paar Minuten verlassen? Oder soll ich Ihnen das Tablett vor die Tür stellen?«

Sokol räusperte sich schwach. »Lassen Sie es stehen, wo es ist. Ich glaube, ich bekomme im Moment noch nichts runter.«

»Hm«, seufzte ich, »da wird die liebe Noreen aber enttäuscht sein. Sie hat mir extra aufgetragen, Ihnen auszurichten, dass Sie viel trinken sollen. Sie schien ziemlich besorgt um Sie zu sein.«

Letzteres war vielleicht ein wenig übertrieben, aber auch ich würde beruhigter sein, wenn er etwas mehr Flüssigkeit als das Wasser aus dem Wasserhahn neben sich zu sich nahm. Allerdings schien er ein bisschen Motivation zu brauchen.

»Hören Sie auf sich über mich lustig zu machen«, schnaufte er verärgert. »Ich muss nicht einmal Ihr Gesicht sehen, um zu wissen, dass Sie gerade gelogen haben.«

»Na gut, wie Sie wollen«, seufzte ich. »Wirklich besorgt war sie nicht. Aber wenn Sie eben Ihre Ohren aufgesperrt hätten, werter Herr Sokol, dann hätten Sie selbst gehört, dass sie zu mir sagte, ich solle Ihnen ausrichten, Sie sollen viel trinken. Punkt. Und Sie hätten ebenfalls gehört, dass sie den Kerl, der bei ihr übernachtet hat, als *einen* Freund tituliert hat. Nicht als *ihren* Freund. Sie dürfen sich also noch Hoffnung machen, Sokol.« Ich lächelte in mich hinein.

»Er hat bei ihr geschlafen?«, fragte Sokol nach einigen Sekunden grimmig.

Ich verschränkte die Arme vor der Brust und lehnte mich an die Wand neben der Tür. »Was haben Sie erwartet? Sie waren letzte Nacht schließlich mit Ihrer Assistentin im Gange.«

Er schnaubte. »Ich kenne diese Frau kaum. Hören Sie auf, irgendwelche Schlussfolgerungen aus meinem Verhalten oder meinen Worten zu ziehen, die nicht der Realität entsprechen.«

»Dann haben Sie sich gestern Abend also nur über Noreens Bekannten aufgeregt, weil er unfreundlich zu Ihnen war, und nicht, weil Sie gern an seiner Stelle wären?«

»Ich glaube, Sie haben da was in den falschen Hals bekommen, Kusmin«, entgegnete Sokol harsch. »Sie hätten den Kerl sehen sollen. Er hat mich fixiert wie ein Raubtier. – Wenn Sie sich selbst einen Eindruck verschaffen wollen, dann bitte! Gehen Sie doch einfach mal rüber, um ihm einen guten Morgen zu wünschen!«

»Gute Idee!«, erwiderte ich. »Vielleicht mache ich das ja jetzt!«

»*Gut!*«, herrschte Sokol mich durch die Tür an. »Machen Sie das! Und bestellen Sie schöne Grüße!«

Ich warf einen kurzen Blick zum Nachttisch. Der Wecker zeigte an, dass es bereits kurz nach neun war. Ich ging zum Couchtisch hinüber und blieb davor stehen, sah zur Zimmertür und überlegte. Schließlich setzte ich mich aufs Sofa und begann mein üppiges Frühstück zu vertilgen.

»Ich hatte nichts anderes erwartet«, hörte ich Sokol im Badezimmer murmeln.

»Keine Sorge, ich gehe gleich rüber«, erklärte ich frostig und kam mir dabei vor, als würde ich Selbstgespräche führen. »Ich werde bloß eben das vorzügliche Frühstück verspeisen, das Ihre Angebetete mir zubereitet hat, dann kann es losgehen.«

»Sicher, wenn Sie das sagen.«

Ich stellte den Fernseher lauter, dann frühstückte ich in aller Seelenruhe.

Um halb zehn war ich fertig. Ich packte meinen Rucksack und beäugte einen Moment lang Sokols Handy, das einsam und verlassen auf dem Couchtisch lag, bevor ich es ebenfalls einsteckte. Ich kannte den Code zum Entsperren des Telefons nicht, aber ich würde einen Notruf damit absetzen können, falls ich das zu irgendeinem Zeitpunkt für notwendig hielt.

Ich hängte mir den Rucksack um, nahm das Tablett mit Sokols Schonkost und stellte es neben der Badezimmertür ab.

»Sie sollten versuchen, was von dem Tapetenkleister hier zu essen«, sagte ich, ging zur Zimmertür und warf einen letzten Blick zum Nachttisch. 09:35 Uhr. »Und egal, wie viel Sie schon getrunken haben, trinken Sie *mehr*.«

»Ja, ja«, stöhnte Sokol. »Lassen Sie mich einfach in Ruhe, okay?«

»Schon mal was von Dehydrierung gehört?«, fragte ich, während ich leise den Schlüssel aus dem Schloss zog. »Aber gut, tun Sie, was Sie für richtig halten. Ich für meinen Teil werde jetzt erst mal auf einen netten Plausch zu unserem ach so unterbelichteten Nachbarn rübergehen. Also machen Sie's gut, adieu!«

Sokols finsteres Gemurmel ignorierend lief ich noch einmal zum Couchtisch rüber, um den Fernseher noch ein bisschen lauter zu stellen. Dann hastete ich aus dem Zimmer und schloss die Tür hinter mir ab. Ich warf einen kurzen Blick zum Wohnungseingang am Ende des Flures, dann setzte ich mich in Bewegung. Ich würde jemandem einen guten Morgen wünschen. Allerdings nicht dem Bekannten unserer Gastgeberin.

Seichte Wellen schwappten gegen die Boote, die am Steg vor Anker lagen, ihre Takelage schlug mit hellem Klirren gegen die Masten. Eine Möwe thronte auf dem Metalltor, das den Steg vor dem Zutritt durch Unbefugte sicherte. Sie bohrte ihren Schnabel kurz in ihr Gefieder, als juckte es sie darunter, dann breitete sie die Flügel aus und stieß sich taumelnd himmelwärts.

Ich atmete tief ein, schmeckte das Salz in meiner Kehle. Bis hierher hatte ich es also schon mal geschafft.

»Ey, Süße! Bock auf'n Quickie?«, hörte ich jemanden hinter mir herrufen und drehte mich um.

Im Schatten eines der Hafengebäude standen zwei junge Kerle, einer dünner als der andere, und rauchten. Einer der mageren Hänflinge stieß mir zuckend seine Lenden entgegen – eine ziemlich geistreiche Geste, wie ich fand – und begann wiehernd zu lachen, während der andere, bei dem es sich vermutlich um Don Juans Bruder handelte, hinter vorgehaltener Hand kicherte wie ein kleines Schulmädchen.

»Na klar doch!«, rief ich meinem Verehrer zu. »Wenn du 'nen

ordentlichen Schwanz und 'ne anständige Technik vorzuweisen hast?« Ich reckte ihm den steifen Mittelfinger entgegen und ging weiter, während die beiden Kerle hinter mir in schallendes Gelächter ausbrachen.

Als sie außer Sichtweite waren, setzte ich mir mein Baseballcap auf und zog es mir tief ins Gesicht, bevor ich auf der anderen Seite des Hafengebäudes aus dem Schatten trat und auf die Anlegestelle für die Fährschiffe zusteuerte.

Die Chapel Ferry war, wie Noreen am Vorabend gesagt hatte, nicht zu übersehen, denn sie war das einzige Fährschiff, das zurzeit an der Anlegestelle lag. Obwohl der Begriff Fähre meines Erachtens nach etwas übertrieben war.

Es handelte sich um ein etwas größeres Motorboot, auf dessen rustikalen Holzbänken zehn oder fünfzehn Personen Platz fanden. Ein kräftiger junger Mann mit Sonnenbrille und Schlapphut schaute vom Boot lächelnd zu den auf dem Steg wartenden Passagieren hoch, einem älteren Pärchen und einem Vater samt Tochter im Teenageralter.

»Einen kurzen Augenblick noch!«, rief er gut gelaunt, dann klappte er pfeifend ein mit blauer Plastikplane bespanntes Metallgestell auf, sodass sich über zwei Dritteln des Bootes ein Dach bildete. Mit geübten Handgriffen befestigte er es an einigen Ösen. »Das Wetter zeigt sich heute zwar von seiner schönsten Seite, aber glauben Sie mir, die Sonnenstrahlen sind wirklich gnadenlos, auch wenn Sie das dank der kräftigen Brise nicht spüren!«

Ich zweifelte nicht an seiner Warnung, denn er selbst war trotz seines hellen Teints dermaßen braun gebrannt, als hätte er die letzten beiden Wochen an der Playa de Palma verbracht. Ich gesellte mich zu den übrigen Fahrgästen und nickte ihnen freundlich zu. Das junge Mädchen, ein ziemlich pummeliges Exemplar, hörte auf, für jedermann hörbar, auf seinem Kaugummi zu kauen und glotzte mich entgeistert an. Wahrscheinlich konnte es nicht fassen, dass sich ein junger Mensch freiwillig auf einen dermaßen lahmen Ausflug begab. Ihr Vater warf mir einen entschuldigenden Blick zu und rempelte sie sachte an.

»Was?«, fuhr sie ihn an und begann im gleichen Atemzug wieder auf ihrem Kaugummi herumzuschmatzen.

Ich hätte schwören können, dass ihr Vater einige Zentimeter vor ihr zurückgewichen war, und wunderte mich, wie er es überhaupt geschafft hatte, sie zu diesem Trip zu überreden.

Die ältere Dame, Kurzhaardauerwelle und beigefarbene Weste, musterte das Mädchen pikiert und stieß ihrem Mann den Ellenbogen in die Rippen, um ihn auf sie aufmerksam zu machen. Der jedoch griff bereits nach der Hand des Schiffsführers und stieg hinunter in das leicht schaukelnde Boot.

Ich war als Letzte an der Reihe und der Kapitän, der sich als Leo vorgestellt hatte, half mir mit einem Augenzwinkern hinüber. Ich bedankte mich, setzte mich neben den älteren Herrn und brauchte einen Moment, um mich an das unstete Gefühl zu gewöhnen. Soweit ich mich zurückerinnern konnte, hatte ich noch nie in einem Boot gesessen. Aber ehe ich es mir anders überlegen konnte, rauschten wir auch schon übers Wasser.

Ich hatte mich zur Seite gedreht und spähte durch ein transparentes Plastikfenster aufs Meer hinaus. Abgase und die Ausdünstungen sonnenerhitzten Kunststoffs nebelten mich ein, aber auch das laute Dröhnen des Motors leistete seinen Beitrag zu den Kopfschmerzen, die sich ziehend in meinen Schläfen bemerkbar machten. Jedes Mal, wenn das Boot sich auf einer Welle aufbäumte, nur um kurz darauf wieder auf der Wasseroberfläche aufzuschlagen, krallte ich meine Finger um die Sitzbank. Und dann, wie hätte es auch anders kommen sollen, begann mein Magen zu rebellieren.

Reiß dich zusammen, Kusmin! Denk an das gute Frühstück! Was für eine Verschwendung!, ermahnte ich mich und versuchte, mich voll und ganz auf die Insel zu konzentrieren, auf die wir mit voller Fahrt zuhielten.

Sie war von Burtonport aus bereits zu sehen gewesen, und auf ihren saftig grünen Landerhebungen hinter den steindurchsetzten

Stränden waren kleine Häuschen zu erkennen. Als wir nun näherkamen, erinnerte ich mich daran, dass es sich nicht um eine, sondern um zwei Inseln handelte, die etwas versetzt hintereinanderlagen.

»Links sehen Sie Rutland Island!«, rief Kapitän Leo gegen den Motorenlärm an, als wir Kurs auf den Kanal nahmen, der die Inseln voneinander trennte. »2010 hat man hier dreiunddreißig tote Grindwale gefunden. Einige Leute behaupten, die Sonartechnik der britischen Marine hätte die Tiere in die Irre und somit in den Tod geführt. Wenn Sie mich fragen, war genau das der Fall, auch wenn die Marine das bestritten hat. Aber gut, was geht es mich an, wenn die Welt zugrunde geht! Themenwechsel: Falls ein ambitionierter Taucher unter Ihnen ist, sollten Sie sich das Schiffswrack vor der Südküste der Insel ansehen. Es ist ein gut erhaltenes Kriegsschiff der spanischen Armada.« Er deutete zur anderen Insel hinüber. »Und hier sehen Sie Edernish! Falls Sie auf der Suche nach Erholung sind oder dabei zusehen wollen, wie eine Horde zahmer Füchse Ihnen das Picknick stiehlt, sollten Sie dort unbedingt vorbeischauen. – Wenn Sie jetzt so freundlich wären und einen Blick geradeaus werfen könnten ...«

Wie die anderen reckte ich den Hals, um durch das große Plastikfenster über den Bug sehen zu können.

»... *das*, meine Damen und Herren, ist Chapel Island!«, beendete Kapitän Leo seinen Satz.

»Großer Gott«, murmelte die ältere Dame zwei Plätze weiter entsetzt, und ich konnte nicht anders, als ihr im Stillen beizupflichten.

Chapel Island baute sich vor uns auf, wie ein einziger kolossaler Felsblock, dessen schroffe Hänge und Vorsprünge selbst der Ozean über die vielen, vielen Jahrtausende nicht hatte glätten können. Die rauen dunklen Felswände ragten hoch über uns in den strahlendblauen Himmel. Trotz des guten Wetters erinnerte die Insel mich an ein düsteres Ungeheuer. Ein riesenhaftes Krokodil, das reglos im Wasser lauerte und auf den nächsten Sturm wartete, um kleine Schiffe wie das unsere an seinen schroffen

Flanken zu zermalmen und in das tosende tiefblaue Meer hinabzuziehen.

Als wir uns der Insel weiter näherten, fiel mir eine Sache sofort ins Auge. Der Rücken des Ungeheuers, das Plateau der Insel, ließ sich zumindest von dieser Seite aus nur über einen einzigen Zugang erklimmen: Von dem breiten Holzsteg aus, auf den Kapitän Leo nun zusteuerte, führte ein in den Fels geschlagener Weg, der zum Meer mit einem Geländer gesichert war, nach oben. Gut möglich, dass es an einem anderen Küstenabschnitt der Insel noch einen weiteren Zugang gab. Aber ich befürchtete, dass meine Vermutung sich bestätigen würde. Auf die Insel und von der Insel herunter gelangte man bloß über diesen einen Weg.

Kapitän Leo hatte den Motor abgestellt und das Boot ächzte, als die Wellen es sanft gegen den Steg drückten. Mit einer Leine in der Hand sprang Leo auf den Anleger und vertäute das Boot.

Während die übrigen Passagiere den Steg betraten, beäugte ich die steile Felswand, die zwanzig, vielleicht dreißig Meter über uns endete. Oben am mit Sträuchern bewachsenen Rand des Hanges blitzte etwas auf. Aber so schnell es da gewesen war, war es auch schon wieder verschwunden.

»Wohnen Sie hier?«, fragte ich, als Kapitän Leo mir aus dem Boot half.

»Himmel, nein!« Er lachte. »Die Insel mag Ihnen nachher vielleicht wie das Paradies erscheinen – ja, sie ist wirklich schön anzusehen, wenn man erst einmal oben ist, und sie ist ein schöner Ort zum Entspannen –, aber für jeden Tag ...« Er rieb sich über den Bart, dann schüttelte er den Kopf. »Das wäre mir viel zu langweilig.«

Er löste das Seil vom Pfeiler, stieg zurück ins Boot und warf den Motor an.

»Wenn Sie aber nun schon hier sind, sollten Sie sich unbedingt den Friedhof ansehen! Das gilt übrigens für Sie alle!«, rief er und wendete das Boot. »Und jetzt genießen Sie die Zeit auf Chapel Island! Um fünf bin ich wieder hier, um Sie abzuholen!« Er winkte, dann fuhr er los.

Das ältere Pärchen und das Vater-Tochter-Gespann blieben noch auf dem Steg stehen – sie sortierten ihre Haare, tranken etwas, holten Fotoapparate hervor, kauten Kaugummi – und als ich vielleicht etwas zu zielstrebig auf den Weg zusteuerte, der den Hang hinaufführte, meinte ich ihre Blicke auf meinem Rücken zu spüren.

Du bist bloß eine Touristin, also benimm dich auch so, rief ich mich zur Ordnung und verlangsamte mein Tempo etwas, während ich mich interessiert umsah.

Der Kies knirschte unter meinen Sportschuhen und die Luft, die hier draußen noch intensiver nach Salz roch als in Burtonport, fegte mir in kräftigen Böen entgegen. Meine Kopfschmerzen hatten sich verflüchtigt. Die leichte Übelkeit aber war noch da, und als ich die Hälfte des Aufstiegs hinter mich gebracht hatte und anhielt, um zu verschnaufen, wurde mir nach einem kurzen Blick in die Tiefe schwindelig.

Sieh nicht nach unten, geisterte es durch meinen Kopf, und sofort wurden Erinnerungen in mir wach, die für einen kurzen Moment den Boden unter meinen Füßen schwanken ließen. Das Wimmern meines Bruders. Mein Vater, der mich anlächelte, die Hand fest um die meine geschlossen. Die Hand, von der ich mich nur hatte losreißen können, weil ihr der Daumen fehlte.

Ich beugte mich vor, stütze mich auf den Knien ab und rang nach Luft. *Hör sofort auf damit! Geh einfach weiter, klar?*

Ich atmete ein letztes Mal tief ein, dann richtete ich mich auf und ließ den Blick in die Ferne schweifen.

Burtonport konnte ich nicht sehen, dafür aber die anderen Inseln mit ihren felsigen Stränden und Miniaturhäusern. Das Meer reflektierte die Sonne wie flüssiges Silber. Ich entdeckte das Boot, mit dem wir hergekommen waren – von hier oben wirkte es fast schon lächerlich klein – und hielt den Atem an.

Kapitän Leo musste den Motor abgestellt haben, denn das Boot trieb langsam schaukelnd übers Wasser. Leo stand immer noch am Steuer. Eine Hand verschwand unter seinem Schlapphut, während er mit der anderen zu gestikulieren schien. Es sah fast so aus, als würde er ...

Ich biss mir fest auf die Wange. Ja, es sah tatsächlich so aus, als würde er telefonieren.

Ich weiß nicht warum – es konnte tausend Gründe dafür geben, dass er gerade jetzt telefonieren musste: Ihm war der Sprit ausgegangen, die Geburt seines ersten Kindes, ein blöder gestrandeter Wal –, aber ich hakte die Daumen um die Träger meines Rucksackes und begann bergauf zu rennen.

»Oh, bitte, bitte nicht!«, japste ich leise, während ich mich den Hang hinaufquälte.

Mein Herz schien es mit dem eines Kolibris aufnehmen zu wollen, aber ich konnte keine Pause machen. Nicht jetzt. Nicht, wenn dieser verdammte Kapitän Leo Gabriel gerade über meine Ankunft informiert hatte.

Oben angekommen hatte ich kaum ein Auge für meine Umgebung. Ich rang nach Luft und sah mich hektisch um.

Vor mir erstreckte sich ein sanfter Hügel, auf dem Schafe weideten. Sonst war niemand zu sehen. Ein paar Meter vor mir am Rand eines ins hohe Gras getrampelten Pfades stand ein Wegweiser.

Panoramarundweg rechts wie auch links – Dorf rechts – Café rechts – Toiletten rechts – Kapelle & Friedhof links – Teufelswand links.

Sollte ich es riskieren und direkt ins Dorf laufen? Ich holte noch einmal tief Luft, dann hörte ich auf mein Bauchgefühl und folgte dem schmalen Trampelpfad nach links. Wenn Kapitän Leo schon mit drin steckte, warum dann nicht auch gleich die Dorfbewohner?

Ich taumelte eine kleine Senke hinab, stolperte über meine eigenen Füße, fing mich und rannte die nächste Anhöhe hinauf.

Grün! Überall grün! Schon wieder! Und diesmal waren es keine Ziegen, sondern Schafe! Und sie waren überall!

Ich lief und lief, und mein Herz schien sich in meiner Brust überschlagen zu wollen. Ich fragte mich, wie groß die Wahrscheinlichkeit war, dass ich an einem Herzschlag starb, und das nur, weil Kapitän Leo auf See eine Pinkelpause eingelegt und sich am Ohr gekratzt hatte.

Gott! Du leidest an Verfolgungswahn!

Ich zwang mich, haltzumachen. Meine Beine zitterten wie verrückt und meine Oberschenkel brannten. Langsam ließ ich mich an den Wegrand sinken.

Du bist verrückt! Verrückt! Völlig durchgedreht!

Ich hob den Kopf und sah mich um. Vor mir erstreckte sich das Meer in unendlicher Weite. Der Pfad, der eben noch durch das Inselinnere geführt hatte, verlief hier in kaum anderthalb Metern Entfernung parallel zum Abhang. Letzterer war nun allerdings nicht mehr durch ein Metallgeländer gesichert.

Ich rappelte mich auf, wischte meine verschwitzten Hände an meiner Jeans ab und machte einen Schritt auf den Hang zu.

Die Graslandschaft führte mehrere Meter seicht hinab, ehe sie von schroffem Gestein abgelöst wurde, welches sich dann etwa zwanzig Meter fast senkrecht in die Tiefe stürzte. Eine plötzliche Böe erfasste mich und drängte mich weiter auf den Abgrund zu.

Himmel! Rasch machte ich ein paar Schritte rückwärts und wandte mich vom Hang ab.

Die von Felsen durchzogene Graslandschaft, auf die ich jetzt blickte, zog sich über unzählige kleine und große Hügel; hier und da war sie mit Ansammlungen bunter Wildblumen gespickt, an manchen Stellen wuchsen ein paar Büsche, aber ich sah weit und breit keinen einzigen Baum.

Etwas weiter entfernt hinter einer riesigen Felsformation, die Ähnlichkeit mit einer windschiefen Panflöte hatte, entdeckte ich einen Dachfirst.

Und nun?

Ich hatte die Qual der Wahl. Ich konnte zurückmarschieren, geradewegs am Café vorbei ins Dorf spazieren und riskieren, meinen Widersachern in die Arme zu laufen, oder ich folgte dem Trampelpfad noch ein Stück in Richtung Norden, bis ich den

Friedhof erreichte, von wo ich, wie ich dank Sokols akribischer Onlinerecherche wusste, das hintere Ende des Dorfes erreichen würde, ohne großes Aufsehen zu erregen.

Ich holte den Rucksack von meinem Rücken und trank einen Schluck aus der Wasserflasche, die ich aus dem Zimmer mitgenommen hatte.

Es lag auf der Hand, welchen Weg ich wählen würde. Meine Überlebenschancen waren vermutlich deutlich höher, wenn ich versuchte, von hinten an die Häuser heranzukommen. Und trotzdem wünschte ich mir schlagartig, ich hätte jemanden bei mir, der mir diese Entscheidung abnehmen und mir unter die Arme greifen könnte. Jemanden mit einem hellen Köpfchen.

Mit einem Mal tat es mir unendlich leid, dass ich Sokol so unehrenhaft ins Aus manövriert hatte. Wie es ihm wohl ging? Ob er meine Abwesenheit schon bemerkt hatte?

Ich steckte die Flasche zurück in den Rucksack und holte mein Messer vorn aus der kleinen Tasche. Sollte Gabriel oder einer seiner Männer mich in die Finger bekommen, würden sie mir zuallererst den Rucksack wegnehmen und meine Taschen durchsuchen. Ich überlegte einen Moment. Schließlich lupfte ich den dicken Kapuzenpullover und das T-Shirt von meinem Rücken und fummelte so lange darunter herum, bis das flache Messer sicher hinter dem Rückenbund meines Sport-BHs saß.

Gut so. Weiter geht's.

Ich schwang den Rucksack auf meinen Rücken, nahm die Cap kurz ab, um mir das Haar aus dem Gesicht zu streichen, dann setzte ich mich in Bewegung.

Ich konnte gut verstehen, warum Kapitän Leo den Touristen empfahl, sich den Friedhof anzusehen. Wie wahrscheinlich auch jeder andere Besucher war ich aufgrund des Namens der Insel davon ausgegangen, die Kapelle sei die Hauptsehenswürdigkeit des kleinen Eilands. Doch die Kapelle, einst wahrscheinlich ein Ort der Ruhe und des Friedens, bestand heute nur noch aus einer bröckeligen Mauer, die mir an manchen Stellen zwar noch weit über den Kopf reichte, ansonsten aber bloß noch den Umriss des ehemaligen Gotteshauses dokumentierte.

Die eigentliche Attraktion war der zur Kapelle gehörende Friedhof.

Ich trat durch den Torbogen auf den unebenen Boden, der sanft unter meinen Füßen nachgab. Vor mir ragten gewaltige Steinkreuze aus dem hohen Gras, einige von ihnen mussten an die drei Meter hoch sein. Ich entdeckte etliche, die der rauen Witterung nicht standgehalten hatten und umgestürzt waren. Andächtig wanderte ich zwischen den Kreuzen umher. Das Gestein war von Wind und Wetter dermaßen zersetzt, dass die Inschriften sich nicht mehr entziffern ließen.

Das Faszinierendste an diesem Ort waren aber nicht die Kreuze für sich, sondern der Kontrast zwischen der zerfallenen Kapellenruine, dem massiven Gestein der Grabkreuze und dem leuchtenden Lavendelfeld dahinter. Ich konnte diesen Ort nicht nur bestaunen oder riechen, ich konnte ihn bis in mein Innerstes spüren.

Überwältigt von meinen Gefühlen bahnte ich mir einen Weg durch das Labyrinth aus Kreuzen und ging auf das Feld zu. Jemand musste den Lavendel hier angepflanzt haben. Ich wollte mich gerade ermahnen, dass ich mich nicht auf einem Vergnügungstrip befand, da entdeckte ich das Cottage, dessen Garten nur von einer niedrigen Steinmauer von dem Feld getrennt war. Das Haus selbst war von den Überresten der Kapelle und einer breiten Hecke nahezu verdeckt, und ich näherte mich langsam, um einen genaueren Blick darauf werfen zu können. Ich hatte gehofft, von dieser Seite an die Cottages zu gelangen, aber nicht damit gerechnet, direkten Zugang zu einem der Gärten zu haben.

Weil ich bloß auf eine Hauswand blickte, die beinahe ganz von den grünen Blättern einer Kletterpflanze verhüllt wurde, ging ich weiter, bis ich an der Hecke angelangt war. Das Haus hatte eine überdachte Veranda, wie ich jetzt sehen konnte, und ich wich ein wenig zurück, als ich bemerkte, dass jemand auf der Veranda war.

Der Schaukelstuhl stand in einer sonnigen Ecke. Die Frau, die darin saß, trug eine wärmende Decke um die Schultern und hatte die Augen geschlossen.

Sie sonnt sich, dachte ich und näherte mich der niedrigen Mauer, die die Grundstücksgrenze markierte. Vielleicht kannte ich sie. Vielleicht war ich ihr in Monakam begegnet. Nur noch ein bisschen näher und ich würde einen viel besseren Blick auf ihr ...

Noch bevor ich die Mauer erreichte, blieb ich stehen und hielt den Atem an.

Du bist verrückt geworden, Rahel. Du bist völlig verrückt.

Ich starrte zu ihr hinüber, zögerte einen Moment, dann machte ich einen großen Schritt über die Mauer.

Geh zurück. Du hast den Verstand verloren.

Nein, das hatte ich nicht. Noch nicht.

Keine zehn Meter von mir entfernt saß eine Frau, die ich zu kennen glaubte. Nein, eine Frau, die ich in einem früheren Leben gekannt hatte, die mir jetzt aber so fremd war wie das Geschöpf aus einer anderen Galaxie. Und doch zog es mich zu ihr.

Sie drehte ihr blasses Gesicht in meine Richtung, als hätte sie meine Gedanken laut und deutlich gehört, und ihre blinden Augen huschten suchend durch den Garten.

Ich hatte einen Kloß im Hals und schluckte. Einmal, zweimal.

»Mama?«, flüsterte ich, dann lief ich auch schon los.

8

Ein fleißiger Handwerker hämmerte gegen die Innenseite seines Schädels. Er wollte sich auf die andere Seite drehen, weil er hoffte, das nervige Pochen würde sich durch die Veränderung seiner Liegeposition verziehen, aber Schmerzen durchzuckten seine Schulter und ließen ihn mitten in der Bewegung innehalten.

Langsam ließ er sich zurück auf den Rücken sinken und registrierte dankbar, dass sich wenigstens das Pochen in seinem Kopf verabschiedet hatte. Allmählich legte sich die morgendliche Lahmheit seines Verstandes und mit einem Mal kamen die Erinnerungen an den gestrigen Tag zurück. An den Tag, an dem so verflucht viel schiefgelaufen war.

Er öffnete die Augen und warf einen Blick auf seine Schulter. Der Verband war noch da, wo er sein sollte. Drum herum hatte sich jedoch ein gewaltiges Hämatom gebildet.

Noreen wird sich freuen.

Sie hatte nach dem Abendessen einen vorwurfsvollen Monolog nach dem anderen gehalten, bis er wortlos aufgestanden und ins Wohnzimmer hinübergegangen war. Dort hatte er sich bis auf die Boxershorts ausgezogen und aufs Sofa gelegt. Aber sie war hinter ihm hergekommen, hatte mit verschränkten Armen in der Tür gestanden und geredet und geredet und geredet. Darüber, wie erstaunt sie über die plötzliche Freundschaft zwischen ihm und Bobby Fitzpatrick war, dass die Männer sich schon gegenseitig anschossen und anschließend so umsichtig waren, sich nicht ins Krankenhaus zu fahren.

Heute würde es wahrscheinlich nicht anders laufen. Nur dass Noreen jetzt eine Nacht lang Zeit gehabt hatte, um darüber nachzudenken, was sie ihm noch alles vorwerfen konnte.

Er lauschte einen Moment. Aber in der Wohnung war es still. Entweder sie schlief noch oder sie war bereits unten und schrieb ihre Einkaufsliste für den Großmarkt, so wie sie es jeden Montag in der Früh tat.

»Noreen?«

Er wartete auf eine Antwort, doch es kam keine. Sie musste also schon unterwegs sein. Aber so früh am Morgen? Und warum hatte sie ihn nicht geweckt? Das tat sie doch sonst auch immer, wenn er frei hatte ...

Mit einem Schnaufen kam er auf die Beine, trottete aus dem Wohnzimmer und in Richtung Badezimmer. Wie üblich warf er im Vorbeigehen einen Blick auf die Uhr, die über dem Esstisch in der Küche hing, und blieb sofort stehen.

Er warf einen zweiten und einen dritten Blick auf die Uhr. Sie musste stehen geblieben sein. Anders konnte er sich nicht erklären, dass es schon ...

Er warf einen Blick auf seine Armbanduhr und stand einen Moment lang reglos da.

10:48 Uhr. Wie auf der Küchenuhr.

Verfluchte Scheiße! Die Fähre!

O Himmel! Wenn sie pünktlich gewesen war, hatte die Chapel Ferry den Hafen von Burtonport vor genau achtundvierzig Minuten verlassen! *Wirklich gut gemacht, David! Applaus für diese grandiose Leistung!*

Ihm war danach, auf die Wand einzuprügeln, die verdammte Küchenuhr von der Wand zu reißen und aus dem Fenster zu schleudern, ihm war danach, Noreen den Hals umzudrehen, wenn sie zurückkam, weil sie ihn nicht geweckt hatte. *Diese dumme Gans! Diese verdammte ...*

Mit einem Mal war das nervtötende Hämmern wieder da. Allerdings fand es nicht bloß in seinem Kopf statt, wie er vorhin vermutet hatte. Er blickte zur Wohnungstür, und es kostete ihn keine Sekunde, um zu bestimmen, woher das Klopfen kam.

Himmel, Arsch und Zwirn! Hatte er nicht schon genug Probleme am Hals?

Er lief auf den Flur hinaus und hatte die Tür des vermieteten Gästezimmers, die von Schlägen eben noch gebebt hatte, gerade erreicht, da begann der verdammte Engländer dahinter auch schon zu jammern.

»Gott! *Endlich!* Ich rufe schon seit über einer halben Stunde! Könnten Sie bitte die Tür aufschließen? Ansonsten sehe ich mich dazu gezwungen, die Polizei zu rufen!«

David hob die Brauen. *Was für eine verdammte Heulsuse.*

»Hey! Ich hab Sie doch gehört!«, blaffte es hinter der Tür. »Na los! Machen Sie schon die Tür auf!«

»Schon gut«, brummte David. »Bin gleich wieder da.«

Gemächlich ging er zu Noreens Wohnung zurück. Sollte der feine Lackaffe da drinnen ruhig ein bisschen schmoren.

»Hey! Wo wollen Sie hin, verdammt noch mal?«, hörte er den Engländer schreien, dann hämmerte dieser auch schon wieder mit den Fäusten gegen die Tür.

Als David mit dem Zweitschlüssel zurückkam – wieder in Noreens Wohnung hatte er erst mal in aller Ruhe eine Schmerztablette genommen und anschließend einen Zwischenstopp im Badezimmer eingelegt, um sich zu erleichtern –, hatte Michael Hawk das Hämmern und Schreien aufgegeben.

David steckte den Schlüssel ins Schloss und hörte sogleich, wie Hawk, der offenbar direkt hinter der Tür gewartet hatte, zur Seite krabbelte. Als David die Tür öffnete, kauerte der junge Mann in Jogginghose und T-Shirt auf dem Boden zwischen Zimmer- und Badezimmertür. Fast sofort registrierte er den Geruch von Krankheit, der ihm aus dem Zimmer entgegenströmte.

»Grundgütiger!«, krächzte Hawk und musterte ihn verstohlen. »Was ist mit Ihrem Arm passiert?«

David war vollkommen bewusst, dass er nur mit Boxershorts bekleidet im Zimmer dieses Mannes stand, aber solange der Kerl nicht vorhatte, ihn anzubaggern, war es ihm gleichgültig. »Bloß eine Prellung. Nichts, worum Sie sich Sorgen machen müssten. Und was ist mit Ihnen?«, fragte er, obwohl er schon so eine Vermutung hatte, was dem Engländer fehlte, denn der war kreidebleich und presste sich mit schmerzverzerrter Miene den Unterarm gegen den Bauch.

»Vielen Dank, dass Sie die Tür aufgeschlossen haben«, erwiderte Hawk. »Ich glaube, ich komme jetzt ohne Ihre Unterstützung zurecht.«

David hob die Brauen. »Sicher?«

»Mhm, mir geht's schon viel besser«, versicherte Hawk ihm angestrengt. »Danke der Nachfrage.« Er zögerte kurz, ehe er weitersprach. »Sie ... sie ist nicht zufällig bei Ihnen? Meine Assistentin?«

»Warum sollte Ihre Assistentin bei mir sein? Sind Sie so ein schlechter Liebhaber?«

Hawk schnaufte und schüttelte kaum merklich den Kopf, sah

sich dabei aber nervös im Zimmer um.

Er ist verheiratet. Das muss es sein.

David suchte nach Beweisstück A, aber der Mann trug keinen Ring am Finger. Allerdings ließ ein Ring sich ja auch binnen Sekunden abstreifen. Wie auch immer ... So wie es aussah, hatte seine Assistentin genug von ihm gehabt und war geflüchtet, nachdem sie ihn im Zimmer eingesperrt hatte, was diesen blasierten Kerl David nicht gerade sympathischer machte.

»Brauchen Sie mich noch, Mister Hawk? Oder kann ich gehen?«

Hawk wischte sich mit dem Saum seines T-Shirts den Schweiß vom Gesicht und sah ihn unsicher an. »Ich ... ich muss die Polizei rufen. Könnten Sie mir dafür bitte Ihr Telefon zur Verfügung stellen? Ich glaube, sie hat meins mitgenommen. Ich kann es nirgends finden.«

Die Schmerztablette begann zu wirken, und David spürte, dass sie nicht bloß das Brennen in seiner Schulter dämpfte, sondern zum Teil auch seinen Verstand. »Halten Sie ...« *Verdammt noch mal.* Er räusperte sich und überlegte kurz, was er hatte sagen wollen. »Halten Sie es nicht für ein wenig übertrieben, die Polizei zu verständigen? Wollen Sie nicht wenigstens erst einmal versuchen, Ihre Assistentin zu erreichen?«

»Nein.« Hawk schüttelte den Kopf. »Sie wird meine Anrufe nicht erwidern, das weiß ich. Hör'n Sie, ich *muss* die Polizei verständigen. Könnten Sie mir also bitte einfach ein Telefon geben?«

David seufzte. »Ich werde erst mit Noreen telefonieren. Gut möglich, dass sie Ihre Freundin – Entschuldigung, ich meinte natürlich Ihre *Assistentin* – mit zum Großmarkt genommen hat.« Er wusste zwar nicht, warum Noreen das hätte tun sollen, aber sie war eine Frau und Frauen waren grundsätzlich undurchschaubar.

»Noreen hat sie nicht mitgenommen.« Hawk schüttelte abermals den Kopf. »Sie hat uns noch das Frühstück gebracht und ist dann losgefahren. Das war kurz nach neun. Ra...« Er verstummte mitten im Wort und räusperte sich. »Meine Assistentin hat das Zimmer erst später verlassen. Das war etwa um halb zehn.«

»Und wie hat sie es geschafft, Sie hier einzusperren?«

»Ich war im Badezimmer.« An Hawks Hals kroch eine leichte Röte empor.

David nickte. Dieser verdammte Schnösel ging ihm langsam auf die Nerven. Da er aber sowieso zum Hafen gehen musste, um sich bei Leonard danach zu erkundigen, wer in den beiden letzten Tagen mit ihm nach Chapel Island übergesetzt hatte, würde es wohl kaum einen Mehraufwand darstellen, sich bei den Leuten, die er unterwegs traf, nach der Vermissten zu erkundigen. Am Ende des Tages konnte dieser ritterliche Einsatz sogar dazu beitragen, dass Noreen ihn nicht vor die Tür setzte.

»Wie heißt ihre Assistentin? Wie sieht sie aus?«, fragte er und gab sich dabei allergrößte Mühe, interessiert zu klingen. »Ich kann mich im Ort nach ihr umhören.«

Hawk schien etwas unwohl dabei zu sein, sein Angebot auszuschlagen, denn als er antwortete, wich er Davids Blick geschickt aus. »Bitte ... Ich möchte wirklich lieber mit der Polizei sprechen. Ich bin Ihnen für Ihr Angebot ja dankbar, aber ich glaube nicht, dass Sie ...« Er stöhnte und krümmte sich, presste die Faust gegen seinen Unterbauch. »*Do prdele!*«, fluchte er mit zusammengebissenen Zähnen, dann kam er schwankend auf die Beine, stolperte ins Badezimmer und warf die Tür hinter sich zu.

»Bitte ... Bitte bringen Sie mir ein Telefon, ja?«, murmelte Hawk hinter der Tür, aber David nahm ihn überhaupt nicht mehr wahr.

Alles was auf Hawks Fluch gefolgt war, hatte er schlicht ausgeblendet. Denn war es nicht so, dass man in einer Ausnahmesituation so gut wie immer in seine Muttersprache verfiel? Und befand dieser Mister Michael Hawk sich nicht gerade in einer solchen Ausnahmesituation?

Natürlich ging es für ihn nicht um Leben oder Tod. Aber eine ordentliche Magen-Darm-Verstimmung konnte einen in einem schwachen Moment gewiss von der Rolle abbringen, die man sich selbst auferlegt hatte. So weit abbringen, dass man etwas verriet, was man eigentlich hatte für sich behalten wollen. Dabei war Mister Hawk oder wie auch immer dieser Kerl hieß, denn Hawk war gewiss nicht sein richtiger Name, wahrscheinlich nicht einmal bewusst, dass er aus seiner Rolle gefallen war und sich verraten hatte. David war keineswegs voreilig. Er war nur schon oft genug in Tschechien gewesen, um zu wissen, was ›*Do prdele!*‹ bedeutete, und um eins und eins zusammenzuzählen.

Er ließ seinen Blick durchs Zimmer schweifen.

Eine vermutlich leere Reisetasche auf dem Kleiderschrank, eine weitere, die kaum angerührt zu sein schien, auf dem Schreibtisch in der Ecke. Einer dieser teuren, extrem flachen Laptops, bei dem man hauptsächlich für den Markennamen zahlte und nicht für die verbaute Technik, auf dem Couchtisch. Neben dem Sofa auf dem Boden stand eine dieser kompakten Fototaschen, wie sie auch Hobbyfotografen benutzen. Hatte Hawk nicht vorgegeben ein Profi zu sein? Wo waren dann die ganzen Objektive, Stative, Blitzgeräte und Reflektoren?

Zugegeben, er hatte noch nicht in den Kofferraum des Wagens gesehen. Aber er vermutete, dass man eine Ausrüstung, die sicher mehrere Tausend Euro kostete, nicht einfach im Auto ließ. Vor allem nicht in einem Durchfahrtsort wie Burtonport.

Es juckte ihn in den Fingern, die Tasche auf dem Schreibtisch zu durchsuchen und einen Blick auf den Laptop zu werfen, aber er riss sich zusammen. Noch bestand die geringe Chance, dass der Mann tatsächlich Hawk hieß.

David ging zum Fenster hinüber und öffnete es, und ein kräftiger Luftzug blähte die Gardinen auf. Er lehnte sich hinaus. Am Hafen war nicht viel los. Die wenigen Boote, die vor Anker lagen, würden heute keine Exkursionen mehr unternehmen. Eines davon aber vielleicht schon.

Er wandte sich vom Fenster ab und dachte einen Moment nach. Dann ging er zum ungemachten Bett hinüber, setzte sich auf das Fußende und richtete den Blick auf die Badezimmertür.

Es verging gut und gerne eine Viertelstunde, bis die Toilettenspülung rauschte. Als Hawk die Tür öffnete und aus dem Bad kam, sah er allerdings keinen Deut besser aus als zuvor. Im Gegenteil: Jegliche Farbe war aus seinem Gesicht gewichen und auf seiner Stirn glänzte eine ganze Armada von Schweißperlen.

»Haben Sie das Telefon?«, fragte er mit schwacher Stimme.

»Nein.« David erhob sich vom Bett und ging zur Zimmertür hinüber, um Hawk den Weg zu versperren, obwohl er nicht glaubte, dass der Mann in seinem Zustand daran dachte zu flüchten.

Hawk war in der Badezimmertür stehen geblieben und beobachtete ihn argwöhnisch.

»Nein, ich habe kein Telefon für Sie, Mister *Hawk*. Außer Sie sind dazu bereit, mir eine Frage zu beantworten.« David lächelte kühl. »Sagen Sie ... Wie lautet Ihr richtiger Name?«

Für den Bruchteil einer Sekunde erstarrte Hawk, dann warf er einen flüchtigen Blick zu der Fototasche.

Dort bewahrt er also seine Dokumente auf.

David deutete mit einem Nicken zum Sofa. »Setzen Sie sich.«

Hawk zögerte kurz, ging dann aber hinüber und setzte sich.

»Es tut mir leid«, sagte er ruhig. »Ich wollte Ihnen keine Schwierigkeiten bereiten, Mister ...« Er schüttelte rasch den Kopf, als würde ihm klar werden, dass Davids Name jetzt keine Rolle spielte. »Sie verstehen das nicht. Ich will Sie auf gar keinen Fall in diese Sache hineinziehen, okay? Also lassen Sie mich jetzt bitte die Polizei verständigen.«

David lehnte sich an den Türrahmen und verschränkte die Arme vor der Brust. »Wie heißen Sie, mein Freund?«

Sein Gegenüber sackte ein klein wenig in sich zusammen und seufzte. »Sokol. Michal Sokol. Falls Sie mir nicht glauben, kommen Sie her. Ich zeige Ihnen meine letzte Steuererklärung oder was auch immer Sie sehen wollen. Wenn Sie mir dann nur ...«

»Danke, aber das ist nicht nötig«, fiel David ihm ins Wort. »Erzählen Sie mir lieber, warum Sie hier sind.«

»Ich bin ...« Sokol schwieg einen Augenblick, ehe er von Neuem anfing. »Ich bin Journalist. Und momentan helfe ich einer Freundin, jemanden aufzuspüren. Mehr möchte ich im Moment allerdings nicht dazu sagen«, fügte er etwas leiser hinzu.

Heiß. Ganz heiß, dachte David.

Er rieb sich über die stoppeligen Wangen. »Sie wollen mir erzählen, Ihre kleine Freundin hat sie hier im Zimmer eingesperrt und ist dann abgehauen, um diesen Jemand allein ausfindig zu machen?«

»Eigentlich Sir, will ich Ihnen überhaupt nichts erzählen.« Sokol zupfte trotzig am Stoff seiner Jogginghose. »Wie wäre es also, wenn Sie mir jetzt endlich ein Telefon holen?« Er musterte David abfällig. »Sie könnten die Chance auch gleich nutzen und sich etwas anziehen.«

»Später«, erwiderte David kühl. In seinem Kopf flackerte kurz die Vorstellung auf, dass Rahel mit diesem Kerl die letzten Tage verbracht und in einem Zimmer geschlafen hatte. Womöglich sogar in einem Bett ...

Nein, wohl eher nicht in einem Bett. Über der Sofalehne hinter Sokol hing eine der beiden Decken.

David zeigte auf die Reisetasche auf dem Schreibtisch, und als er sprach, wechselte er bewusst ins Deutsche. »Ist das Rahels Tasche?«

Sokol schnappte hörbar nach Luft. »Woher ... woher wissen Sie das?«, stammelte er nun ebenfalls auf Deutsch, während er sich langsam vom Sofa erhob. Sein Blick glitt nervös in den Flur hinter David und wieder zurück zu David.

»Sie sind ein verflixtes Sprachtalent, was?«, fragte David. »Sie können sich wieder setzen. Ich bin nicht der, vor dem Sie Angst haben müssen.«

Sokol blieb stehen, schwankte jedoch leicht und suchte bei der Rückenlehne des Sofas Halt. »Und wer sind Sie, wenn ich fragen darf?«

»Ich bin ein Bekannter von Rahels Vater«, entgegnete David. »Und falls es Sie interessiert: Professor Kusmin kommt schon fast um vor Sorge um seine Tochter.«

»Oh, Scheiße.« Sokol ließ sich jetzt doch aufs Sofa plumpsen. »Sie wissen also, hinter wem wir her sind?«

David nickte, und Sokol begann sich die Haare zu raufen. »*Gott!*

Was haben wir uns nur dabei gedacht?«

»Offenbar haben Sie überhaupt nicht gedacht«, brummte David und ging zum Schreibtisch hinüber. Es bestand zwar immer noch die Gefahr, dass Sokol aufspringen und aus dem Zimmer rennen würde, aber er zweifelte keine Sekunde daran, dass er den geschwächten Mann eingeholt und überwältigt hätte, noch bevor dieser die Treppe erreichte.

»Hey, was machen Sie da?«, krächzte Sokol empört, machte aber keine Anstalten vom Sofa aufzustehen, auf dem er wie ein nasser Waschlappen hing.

»Sehen Sie das nicht?« David hatte den Reißverschluss von Rahels Reisetasche aufgezogen, drehte sie nun um und schüttete den Inhalt aufs Bett. Zwei Jeans, einige T-Shirts, ein paar Pullover, Unterwäsche, Socken. Ein paar Schuhe in einer Plastiktüte. Sonst nichts.

Oder doch?

Er hatte nach nichts Bestimmtem gesucht. Als er die Sachen aber noch einmal durchwühlte, fiel ihm etwas Hartes zwischen den weichen Kleidungsstücken auf.

»Hier. Das dürfte Sie interessieren.« Er warf Sokol die kleine Arzneimittelverpackung in den Schoss, die er aus einem ineinander gestülpten Paar Socken gezogen hatte.

Sokol studierte das Etikett und seine Miene verdüsterte sich. Dann zog er das braune Glasfläschchen aus der Verpackung und hielt es in die Höhe. Es war leer.

David schmunzelte. »Sie kennen Rahel noch nicht lange, was?«

»Diese hinterhältige ...« Sokol schüttelte den Kopf, die Hand fest um das Fläschchen geschlossen.

»Hinterhältige was?«, fragte David. »Schlampe?«

Sokol hob bestürzt die Brauen. »Der Ausdruck, nach dem ich gesucht hatte, war eher so etwas wie ›hinterhältige Schlange‹. Nichtsdestotrotz vielen Dank für Ihre Bemühungen.«

»Gern geschehen.« David warf einen letzten Blick auf die Sachen, die verstreut auf dem Bett lagen, dann ging er zum Badezimmer hinüber und spähte naserümpfend hinein.

»Was haben Sie vor?«, fragte Sokol. »Wir müssen sofort die Polizei rufen!«

»Müssen wir nicht. Ich werde sie zurückholen.« David warf ihm einen kurzen Blick über die Schulter zu. »Ich vermute, die rosafarbene Kosmetiktasche auf der Ablage gehört nicht Ihnen?«

Sokol schnaufte. »Es ist Rahels«, bestätigte er. »Warum? Denken Sie, Sie finden darin noch mehr leere Fläschchen von dem Abführmittel? – So, wie ich mich fühle, würde es mich jedenfalls nicht wundern ...«, fügte er grimmig hinzu.

»Nicht unbedingt von dem Abführmittel ... Aber wir sollten es wohl besser herausfinden, wenn Rahel Ihnen noch etwas anderes als das Zeug eingeflößt hat, ehe ich Sie zu einem Arzt bringe.« David öffnete das Täschchen und kippte es über dem Waschbecken aus, entdeckte zwischen Zahnbürste, Deodorant und dem ganzen Krimskrams allerdings nichts Außergewöhnliches.

»Wie meinten Sie das?«, hörte er Sokol plötzlich hinter sich fragen, und er zuckte zusammen.

»Wie meinten Sie das ... Sie holen sie zurück?« Sokol klammerte sich am Türrahmen fest. Er zitterte am ganzen Leib, sein Gesicht war schweißüberströmt.

»Grundgütiger!« David packte ihn am Arm, führte ihn ins Wohnzimmer und drückte ihn aufs Sofa. Das Letzte, was er wollte, war, dass der Mann hier unter Noreens Dach das Zeitliche segnete.

»Haben Sie heute schon was getrunken? Wasser? Tee?«, fragte er.

»Ich habe es versucht«, erklärte Sokol beinahe entschuldigend. »Aber es kommt fast sofort ... na ja, es kommt eben gleich wieder raus.«

David nickte und scannte sämtliche Tische und Ablageflächen im Zimmer nach Sokols Autoschlüssel ab, wurde aber nicht fündig. »Wo ist der Schlüssel für Ihren Wagen?«

»Warum? Wo wollen Sie hin?«

»Ich fasse es nicht, dass Sie mich das überhaupt fragen, Mann!«

David schüttelte den Kopf. »Ich will natürlich einen Arzt holen!«

»Oh. Nein, danke«, entgegnete Sokol. »Das ist wirklich nicht nötig.«

»Wissen Sie, was ich denke, Sokol?« David sah ihm fest in die Augen. »Ich denke, dass ihr Gehirn inzwischen unter dem immensen Wasserverlust leidet. Und ich glaube auch, dass es nicht mehr lange dauert, bis Sie unzurechnungsfähig sind. Und genau deshalb hole ich jetzt einen Arzt.« Ohne Umschweife ging er zum Sofa hinüber, hob Sokols Fototasche vom Boden auf und öffnete den Reißverschluss der vorderen Tasche.

Sokol versuchte aufzustehen, während er entgeistert dabei zusah, wie David den Autoschlüssel aus seiner Tasche holte. Erst beim dritten Versuch kam er zitternd auf die Beine. »Sie ... Sie können doch nicht einfach ...«

»Ich habe kein Auto«, schnitt David ihm das Wort ab. »Deshalb brauche ich Ihres, um den Arzt holen. Und Sie werden schön brav hier warten, während ich weg bin. Haben Sie mich verstanden?«

»Verstanden«, brummte Sokol und nickte schwerfällig. Dann sackte er aufs Sofa zurück und stützte den Kopf in die Hände. »Wenn Sie mir versprechen, dass *das* dann aufhört.«

»Wir wollen es hoffen.« David nahm das leere Fläschchen, das Sokol achtlos aufs Sofapolster hatte fallen lassen, und steckte es zurück in die Verpackung. Doc Brennan würde sicherlich wissen wollen, was Rahel diesem armen Kerl eingeflößt hatte.

Er ging zur Tür. »Muss ich abschließen, damit Sie sich nicht aus dem Staub machen?«

»Wie soll ich mich denn ohne Auto aus dem Staub machen, hä?«, murrte Sokol zwischen seinen Fingern hindurch.

»Was weiß ich ...«, erwiderte David und zögerte kurz, ehe er weitersprach. »Sokol? Versprechen Sie mir, dass Sie nicht die Polizei verständigen?«

Sokol hob den Kopf und sah ihn gereizt an.

»Aber sie ist allein dort drüben!«, gab er mit heiserer Stimme von sich. »Sie ist ganz allein! Wahrscheinlich hat dieser verfluchte

Caplain sie schon längst in seiner Gewalt, und Sie verlangen allen Ernstes von mir, dass ich nicht die Polizei einschalte?«

»Was denken Sie, passiert, wenn Sie die Polizei einschalten?« David hatte Mühe, seinen Ärger zurückzuhalten. »Ich kann es Ihnen genau sagen: Die Bullen werden mit einem Großaufgebot hier in Burtonport aufschlagen. Und wenn sie im Ort dann für genügend Unruhe gesorgt haben, werden sie ihre Ärsche in Boote hieven, nach Chapel Island rüberschippern und die verdammte Insel stürmen!« Er sah Sokol eindringlich an. »Hat sie Ihnen erzählt, dass Gabriel sie beim letzten Mal fast getötet hätte?«

Was immer Sokol auch hatte erwidern wollen, es erstarb auf seinen Lippen. Er schüttelte den Kopf. »Ihre Hand«, murmelte er. »Sie hat mir nur das von ihrer Hand erzählt.«

»Aber es ist nicht nur ihre Hand, Sokol. Gabriel hat versucht, ihr den Schädel einzuschlagen. Und beinahe hätte er es auch geschafft. Worauf ich aber eigentlich hinauswill, ist Folgendes: Denken Sie, er hat seinen Groll gegen Rahel mittlerweile abgelegt?«

»Wahrscheinlich nicht«, antwortete Sokol leise.

David nickte. »Und was wird Gabriel demzufolge tun, wenn Hunderte von Einsatzkräften über seine Insel herfallen? Wird er Rahel freilassen? Oder wird er sie als Geisel nehmen und umbringen, sobald sie ihm nicht mehr nützlich ist?« Etwas leiser setzte er hinzu: »Vorausgesetzt, dass er sie nicht schon vorher ins Jenseits befördert hat.«

»In Ordnung«, erwiderte Sokol kaum hörbar. »Ich werde die Füße stillhalten. Aber nur bis Sie wiederkommen. Dann werden Sie mir erzählen, was Sie vorhaben. Wenn ich Ihren Plan für gut erachte, lasse ich Sie machen. Wenn nicht ...« Er verstummte und warf David einen bedeutungsschwangeren Blick zu.

»Damit kann ich leben«, erwiderte David unwirsch. Allmählich strapazierte der Kerl seine Gastfreundschaft über. »Eins noch: Falls Noreen in der Zwischenzeit zurückkommt, halten Sie bitte Ihre Klappe. Sie weiß nichts von Chapel Islands berühmtem Bewohner und ich möchte, dass das so bleibt. Sie hat schon genug Probleme.«

Sokol nickte knapp. »Einverstanden. Allerdings nur, wenn Sie mir ebenfalls einen Gefallen tun ...«

David schnaufte verärgert. Als wäre es nicht schon genug, dass er einen Arzt für ihn herschaffte. »Der da wäre?«, brummte er.

Ein verhaltenes Grinsen trat auf Sokols blasses Gesicht. »Bitte ziehen Sie sich endlich was an.«

»Ich verstehe immer noch nicht, warum wir uns erst jetzt auf den Weg machen«, hörte er Sokol hinter sich murmeln.

Ungerührt setzte David seinen Weg zum Hafen fort. Es war inzwischen kurz nach elf am Abend und die Dunkelheit hatte sich wie ein zarter Schleier über den kleinen Küstenort gelegt. Unablässig trug der Wind ihnen den frischen, würzigen Meeresduft entgegen.

Und doch hasste er diesen Ort. Er hasste Burtonport, hasste den Großteil der Menschen, die hier lebten und hasste die verdammte Insel, zu der sie gleich fahren würden. Und trotzdem hatte er in manchen Momenten das seltsame Gefühl, hier hinzugehören. Wahrscheinlich, weil er auch sich selbst ein wenig hasste. Dafür, dass er bisher versagt hatte. Hinter ihm murmelte Sokol irgendetwas vor sich hin, aber David verstand es nicht.

Er hatte allein fahren wollen, hatte sogar darauf bestanden, dass Sokol im O'Sullivans blieb. Aber dieser Quälgeist von einem Journalisten hatte ihn vor die Wahl gestellt: Entweder nahm David ihn mit nach Chapel Island oder er würde die Polizei alarmieren.

Mittlerweile konnte David ziemlich gut nachempfinden, warum Rahel den Mann im Zimmer eingesperrt hatte.

Er war froh darüber, dass Sokol wegen des Tropfes, an den Brennan ihn gehängt hatte, den gesamten Nachmittag ans Gästezimmer gebunden gewesen war, denn der Mann hatte ihm ununterbrochen Fragen gestellt. *Was ist mit Ihrem Arm? Wo kommen Sie her? Woher kennen Sie Rahel? Ihren Vater? Gabriel Caplain?* Und so weiter und so fort. Aber David hatte auf kaum eine der Fragen geantwortet, und in einem günstigen Moment – Noreen war mit einer Suppe ins Zimmer gekommen – hatte er sich nach nebenan verzogen, um bei einem Nickerchen seine Batterien aufzufüllen. Als er am Abend aufgewacht war, hatte er noch eine Schmerztablette genommen, und jetzt fühlte er sich gut. *Bereit.*

Sokol hingegen war trotz Brennans Bemühungen immer noch etwas wackelig auf den Beinen. Und doch hatte der Journalist um keinen Preis darauf verzichten wollen, David zu begleiten, als er ihn wie versprochen um elf Uhr abgeholt hatte. Sie waren in den Pub runtergegangen, er mit seiner Sporttasche und Sokol mit der Fototasche, die auf Davids Anraten hin leer war. Der Gedanke, dass Sokol auf der Insel Fotos schießen würde, während sie um ihr Leben bangten, war ihm äußerst absurd vorgekommen. Und höchstwahrscheinlich würde die Kamera bei irgendeinem Gefecht kaputtgehen.

Dem Himmel sei Dank war der Laden noch gut gefüllt gewesen. Zwei ganz spezielle Menschen hatte er allerdings auf keinem der Plätze entdecken können.

Noreen hatte hinter der Theke alle Hände voll zu tun gehabt. Irritiert und zugleich höchst misstrauisch hatte sie die beiden Männer gemustert, als er verlauten ließ, sie würden jetzt zum Nachtangeln hinausfahren. Erst nachdem Sokol ihr erklärt hatte, er habe David dafür bezahlt, weil er unbedingt bei Nacht ein paar Aufnahmen auf dem Wasser schießen wolle, hatte sich die Verwirrung auf ihrer Miene gelegt. Das Misstrauen aber war geblieben. Sogar dann noch, als sie ihnen viel Spaß wünschte.

David schaltete die Taschenlampe ein und leuchtete über den Steg und zu Hughs Motorboot, das zwar klein war, aber trotzdem fünf bis sechs Personen Platz bot. David selbst hätte das Licht nicht gebraucht, aber er hatte keine große Lust, dass Sokol über einen der Poller stolperte und sich dabei womöglich noch das Genick brach.

»Hoffentlich lebt sie noch«, sagte Sokol mit gedämpfter Stimme und stieg mit mehr Geschick, als David erwartet hatte, aufs Boot hinüber. »Wenn nicht, werde ich Sie dafür verantwortlich machen.

Das ist Ihnen doch klar, oder?«

David antwortete nicht. Dabei hoffte er selbst, dass Rahel noch am Leben war. Allerdings nur, weil sie auf diese Weise von seinem eigenen Besuch ablenken würde.

Sie ist ein stures Miststück. Sie ist am Leben.

Noch am Vormittag hatte er Leonard angerufen und sich von ihm bestätigen lassen, dass am Morgen eine attraktive junge Frau ohne Begleitung an Bord der Chapel Ferry gewesen war. Erleichtert hatte er Sokol nach dem Telefonat das Handy überlassen, woraufhin der Journalist mit beharrlicher Regelmäßigkeit seine eigene Nummer angewählt hatte. Beim ersten Anruf war das Freizeichen zu hören gewesen, danach war bloß noch die Mailbox angesprungen. Aber Sokol hatte nicht locker gelassen, und als er David das Handy am Abend wiedergab, war der Akku leer gewesen.

Sokol war zwar erst spät am Tag darauf gekommen, aber das musste David dem Journalisten lassen: Er hatte das Handy, das Rahel mitgenommen hatte, über seinen Laptop orten können, und tatsächlich befand sich das Telefon auf Chapel Island. So wie es auf der Karte aussah, lag es ganz in der Nähe der Kapelle. Bewegungen waren allerdings nicht zu verzeichnen gewesen. Demnach hatte sie das Handy entweder zurücklassen müssen oder sie selbst hielt sich seit Stunden dort versteckt.

Er machte die Leine los, ging an Bord und stieß sich dann vom Steg ab, sodass das Boot sich gemächlich aus der Reihe der anderen Wasserfahrzeuge löste. Während es in Richtung Fahrrinne trieb, verstaute er seine Tasche in einer der aufklappbaren Bänke, dann ließ er den Motor an und sie glitten langsam aus dem Hafen, bis das Wasser immer schneller an ihnen vorbeirauschte. Unendlich schwarz und unendlich tief.

Sokol saß ihm schräg gegenüber, umklammerte seine Fototasche und starrte aufs Meer hinaus, während der Fahrtwind ihm das Haar durcheinanderwirbelte. David hatte keine Ahnung, was in dem Mann vorging, vermutete aber, dass er sich Vorwürfe machte.

Als hätte er gespürt, dass Davids Gedanken sich um ihn drehten, sah Sokol ihn mit einem Mal an, das Gesicht im gedämpften Licht der Gestirne noch weißer als ohnehin schon. »Was haben Sie mitgenommen?«, fragte er über das Motorengeräusch hinweg. »In der Tasche, meine ich? Plastiksprengstoff?«

Es hatte offenbar ein Scherz sein sollen, aber keiner von ihnen lachte.

»Gabriels Leute sind bewaffnet. Das sagte ich Ihnen bereits«, erwiderte David. »Wir wären dumm, wenn wir mit leeren Händen aufkreuzten.«

Er hatte zwar keine Schusswaffe auftreiben können – er hatte niemandem genug vertraut, um sich nach einem Schwarzhändler zu erkundigen –, aber er hatte sich anders geholfen: Mit verschiedenen Messern und einem schweren Spalthammer, den er wenige Tage zuvor im Baumarkt besorgt hatte.

Sokol musterte ihn unsicher, fragte aber nicht weiter nach. Er schien zu überlegen.

»Können wir wirklich nicht an einer anderen Stelle anlegen als am Steg?«, fragte er schließlich. »Uns sozusagen von hinten anschleichen?«

David schnaufte. »Wenn das so einfach wäre ...« *Hätte ich die Insel samt ihrer Bewohner längst in die Luft gejagt.*

»Aber das ist es nicht«, fuhr er fort. »Es gibt nur diese eine Anlegestelle. Vom Strand auf der anderen Seite der Insel kommen wir nicht hoch, und alles andere – irgendwo vor den Felsen zu ankern, gerade bei Nacht – wäre glatter Selbstmord.«

Sokol seufzte und blickte zu den beiden Inseln, auf denen hier und dort noch ein Haus erleuchtet war.

Als sie die Meeresgasse zwischen den Inseln erreichten, schaltete David den Motor ab, und sofort drehte Sokol sich zu ihm um.

»Was ist jetzt los? Sagen Sie nicht, der Motor ist kaputt!«

»Das ist er nicht«, erwiderte David. »Aber Gabriels Leute sollen uns doch nicht hören, wenn wir uns der Insel nähern, oder?« Er bückte sich nach den Paddeln und reichte dem verblüfften Journalisten eines nach dem anderen. »Ich würde ja selbst rudern«, erklärte er mit einem schadenfrohen Lächeln auf den Lippen, »aber dann würden wir uns wohl bloß im Kreis drehen.«

Wenn Sokol angefressen war, ließ er es sich nicht anmerken. Ohne Widerrede brachte er sich in Position und begann zu rudern. Davids Meinung nach allerdings ein wenig zu hektisch.

»Überanstrengen Sie sich nicht«, riet er dem Journalisten. »Teilen Sie sich Ihre Kräfte gut ein. Wenn ich mich nicht irre, haben wir heute Nacht noch einiges vor uns.«

»Aye, aye, Kapitän!«

Sokols Bewegungen wurden langsamer. In gleichmäßigem Takt tauchte er die Ruder ins Wasser und brachte sie Schlag für Schlag näher an die Insel heran, die ohne jegliche von ihr ausgehenden Lichtquellen wie ein böses Omen aus schwarzem Felsmassiv aus dem Wasser ragte.

»Ist es normal, dass die Leute hier so spät noch mit dem Boot unterwegs sind?«, keuchte Sokol laut.

Boot?

Der Wind hatte deutlich an Fahrt aufgenommen, und David lauschte einen Moment lang konzentriert, bis er tatsächlich das Röhren eines Bootsmotors in der Ferne vernahm.

»Einige der Männer, die auf den Inseln leben, verdienen sich in den Fischfabriken um Burtonport herum ein Zubrot!«, rief er Sokol zu. »Es ist nicht unüblich, dass sie am Abend nach getaner Arbeit zu ihren Familien zurückkehren!«

Allerdings war es aber auch nicht normal, dass sie so spät am Abend zurückkehrten, dachte er grimmig, sagte aber nichts weiter, weil er Sokol nicht beunruhigen wollte. Er drehte sich um, um nach dem Boot Ausschau zu halten, da waren die Motorengeräusche schon im Tosen des Windes untergegangen. Und auch das Boot war nirgends zu sehen.

Sicherlich jemand von Rutland oder Edernish, sagte er sich und wandte sich wieder nach vorn.

Und doch begann irgendetwas an ihm zu nagen. Nur was?

Du bist unaufmerksam. Das ist es, mein Lieber.

Er war in der Tat nicht ganz bei der Sache gewesen. Und wenn Sokol ihn nicht auf das andere Boot aufmerksam gemacht hätte, hätte er gar keine Notiz davon genommen. Was zur Hölle war mit ihm los? Waren die Schmerztabletten daran schuld? Oder war ihm seine Wachsamkeit in den letzten Wochen einfach abhandengekommen?

»Warum sind Sie eigentlich hier? Sind Sie auch hinter Gabriel her?«

Sokol hatte für einen Moment mit dem Rudern aufgehört, sich den Schweiß von Nacken und Stirn gewischt und drehte sich nun halb zu ihm um.

Doch David schüttelte bloß den Kopf.

»Gut, dann eben nicht. Sie haben es anscheinend nicht so mit Worten, was?« Sokol schien keine Antwort darauf zu erwarten, denn er kehrte ihm bereits den Rücken zu und machte sich wieder an die Arbeit.

David starrte zu dem schwarzen Monstrum hinüber. Nun waren es nicht mehr als zwei- oder dreihundert Meter. Ein Katzensprung.

»Da Sie ohnehin die ganze Zeit schlechte Laune haben und sich Ihre Gemütslage in den nächsten Stunden wohl kaum verbessern wird«, rief Sokol laut über die Schulter, während er angestrengt weiter ruderte, »wird es Ihnen nichts ausmachen, wenn ich Ihnen eine weitere Frage stelle, oder? Sie brennt mir schon die ganze Zeit unter den Nägeln, und Sie werden Sie mir höchstwahrscheinlich nicht beantworten, aber dann bin ich die Frage wenigstens losgeworden, falls ich heute Nacht schon ins Gras beißen muss. – Hat Caplain Ihnen dieses schöne Andenken an Ihrem Hals beschert?«

David schnaufte und ließ schnell die Hand sinken, als er merkte, wie sie an seine Kehle hochwandern wollte. Konnte dieser lästige Kerl nicht endlich sein Maul halten?

»Ziemlich eindeutige Antwort«, hörte er Sokol vor sich hin murmeln.

»Im Moment ist zwar nur einer meiner Arme wirklich brauchbar«, knurrte er, »aber ich denke, das würde mich nicht daran hindern, Sie in dieses verlockend große Schwimmbecken zu werfen.«

Diesmal schnaufte Sokol verärgert, hielt zu Davids Verwunderung aber seinen Mund. Und mit einem Mal tat ihm der Journalist leid. Der Mann hatte überhaupt keine Ahnung, auf was er sich einließ.

David klappte die Bank neben sich hoch, öffnete seine Sporttasche und zog die kleine wasserdichte Tasche heraus, die Rahel ihnen unfreiwillig gespendet hatte. Dann rutschte er ein Stück vor, bis er fast neben Sokol saß, und legte die Tasche neben dem Journalisten auf die Bank.

»Tragen Sie die am Körper. In der Tasche sind ein Messer, ein Handy und eine Signalpistole. Falls wir, warum auch immer, voneinander getrennt werden sollten und Sie bis Sonnenaufgang nichts von mir hören, rufen Sie die Polizei. Sollten Sie Empfangsprobleme haben, benutzen Sie die Pistole. Aber verstecken Sie sich anschließend, ich bin wahrscheinlich nicht der Einzige, der das Signal sieht.«

Sokol warf einen raschen Blick auf die Tasche, dann nickte er knapp, den Blick starr auf die Anlegestelle gerichtet, die vielleicht noch fünfzehn Meter von ihnen entfernt war.

David glaubte nicht recht, dass aufmunternde Worte an dieser Stelle etwas bewirken würden, und er wollte dem Mann keine falschen Versprechungen machen. Denn keiner von ihnen wusste, was in dieser Nacht passieren würde. Aber es würde wohl an ein Wunder grenzen, wenn sie beide heil aus der Sache herauskämen.

Der Steg war leer. Das vom Wind aufgewühlte Wasser klatschte gegen ihr Boot und brach sich ein paar Meter weiter an den zerklüfteten Felsen. Der steile Pfad, der zum Dorf hinaufführte, war in tiefe Schatten getaucht, und David ließ sich Zeit, als er Weg und Überhang mit dem Nachtsichtgerät absuchte. Es war niemand zu sehen. Und trotzdem sah er sich das dichte Gras oben an der überhängenden Felswand noch einmal genauer an. Das letzte Mal, als er der Insel frühmorgens kurz vor Einsetzen der Dämmerung einen Besuch hatte abstatten wollen, hatte man von dort oben aus versucht, ihm den Kopf wegzupusten. Und um ein Haar wäre es dem Schützen gelungen. Eine zweite Kugel hatte sich mit lautem Peitschen hinter ihm in den Kiesweg gebohrt, als er zum Boot zurückgerannt war.

Dieses Mal würde er nicht flüchten. Aber so wie es aussah, war das auch nicht nötig, denn es hielt sich niemand in der Nähe auf. Rahels Besuch hatte anscheinend genau den Effekt gehabt, den er sich gewünscht hatte.

»Ich glaube, ich möchte die Fotos doch lieber am Tag machen«, witzelte Sokol, doch die Nervosität in seiner Stimme war kaum zu überhören.

»Halten Sie den Mund«, flüsterte David kaum hörbar. Er hatte das Boot festgemacht, betrat den Steg und bedeutete dem Journalisten, ihm zu folgen.

Die Holzplanken ächzten leise unter ihrem Gewicht, immer wieder warf David einen Blick durch das Nachtsichtgerät, um sich zu vergewissern, dass sich am Rand des Hanges nichts rührte. Als sie das Ende des Steges erreichten, begann etwas in der Dunkelheit vor ihnen zu surren, und keine zwei Sekunden später wurden sie in gleißend helles Licht getaucht.

»Scheiße!«, keuchte Sokol hinter ihm und traf damit den Nagel auf den Kopf. »Ich kann nichts sehen!«

David ging es nicht anders, doch er kannte den ungefähren Verlauf des Weges, packte Sokol am Arm und riss ihn mit sich.

»Kann ... kann nicht mehr«, schnaufte Sokol und wurde langsamer, als sie aus dem Wirkbereich des Flutlichtes endlich herausgekommen waren. »Mir ... ist nicht gut ...«

Der Wind peitschte ihnen ungestüm entgegen, was den Aufstieg nicht gerade erleichterte. Das Gesicht des Journalisten hatte die helle und fleckige Farbe eines gut gereiften Blauschimmelkäses angenommen, trotzdem zog David ihn gnadenlos weiter. Sie durften nicht stehen bleiben, auf gar keinen Fall. Wenn sie überleben wollten, mussten sie vorerst in Bewegung bleiben.

Als sie oben ankamen, war Sokol völlig außer Atem, und David zog ihn hinter sich her wie einen bockigen jungen Hund, den man das erste Mal an der Leine führte. Es war nichts geschehen. Keine Verwarnung, kein Schuss. Aber noch konnten sie sich nicht ausruhen. Er war sich sicher, dass der Fluter mehr zu bedeuten hatte. Dass er nicht bloß dazu gedacht war, unerwünschte Gäste zu blenden.

Er ist wahrscheinlich mit einer Kamera verbunden, geisterte es ihm durch den Kopf, und ihm wurde sofort klar, dass sein Verdacht sich bestätigen würde, wenn er zurücklief, um sich zu vergewissern. Aber sie konnten nicht zurück.

Der Wind fegte ihnen um die Ohren. Es war unmöglich, irgendwelche Geräusche hinter ihnen auszumachen. Eins war David jedoch klar: Sie mussten dringend Abstand zwischen sich und die Anlegestelle bringen.

»Kommen Sie schon!«, herrschte er Sokol an und zerrte ihn im Laufschritt den Pfad entlang, der im Mondschein gerade so als helle Linie zwischen dem dunklen Gras zu sehen war.

Sokol sträubte sich kurz und rang nach Atem, dann rannte er aber wieder, und das rechnete David ihm hoch an.

Ein Stückchen noch!, trieb David sich an. *Dann verlassen wir den Pfad und suchen Schutz bei einem der Felsen! Bloß ein verflixtes kleines Stück noch!*

Und da hörten sie den Schuss.

9

Ich war vor der Treppe stehen geblieben, die auf die überdachte Veranda hinaufführte, und hörte das Blut laut in meinen Ohren rauschen. Alles in mir schrie mit einem Mal, dass dies eine verdammte Falle war, dass dies nicht meine Mutter war, dass sie es nicht sein *konnte* ...

Aber sie war es. Daran bestand kein Zweifel. Dort drüben im

Schaukelstuhl auf der Veranda saß Murielle. Meine Mutter.

Ich setzte meinen Fuß auf die unterste Treppenstufe und das Holz knarrte leise unter meinem Gewicht.

Sofort lagen ihre milchigen Augen auf mir. »Wer ist da? Bist du das, Nathanael? Erlaubst du dir einen Scherz mit mir?«

Nathanael? Ich war stehen geblieben und umklammerte den Handlauf des Verandageländers. Wer war Nathanael? Etwa ihr neuer Mann?

Schritte drangen aus dem Haus, und ich lief schnell um die Veranda und versteckte mich hinter der Hauswand. Die Hintertür wurde geöffnet und geschlossen. Zaghaft beugte ich mich vor.

In dem Moment, in dem ich den jungen Mann sah, der auf die Veranda herausgekommen war, gab es in meinem Kopf einen Kurzschluss und mein Herz machte einen gewaltigen Satz.

Es ist Elias!, gaukelte mir mein Verstand vor, weil es das war, was ich hören wollte.

Aber er war es nicht.

In der Tat hatte der junge Mann große Ähnlichkeit mit Elias – das wellige dunkle Haar, der schlanke und athletische Körperbau –, aber je länger ich ihn betrachtete, umso deutlicher traten die Unterschiede zwischen den beiden Männern hervor. Die Gesichtszüge dieses Jungen waren nicht ganz so markant wie die von Elias und die Form seiner Augen, ihre Größe und ihre Position ähnelten eher ... Mir entfuhr ein leises Keuchen.

Sie ähnelten eher den meinen.

Auch wenn ich es auf die Entfernung nicht erkennen konnte, hätte ich schwören können, dass in seiner Iris ein dunkles Blaugrün schwamm so wie bei mir. Und meiner Mutter.

Ich presste mir die Hand vor den Mund, um nicht lauthals loszuschreien. *Das kann nicht sein! Gottverdammt, das kann doch nicht wahr sein!*

»Hast du mich gerufen, Mutter?«

Wie versteinert beobachtete ich, wie der junge Mann, der ganz offensichtlich mein Halbbruder war, neben meiner Mutter in die

Hocke ging. Er streckte ihr die Hand entgegen. Als hätte sie es nicht anders erwartet, griff sie danach und lächelte ihn verlegen an.

»Nein, das habe ich nicht.« Sie zögerte einen Moment, ehe sie weitersprach. »Ich dachte nur, ich hätte etwas gehört.«

Er runzelte die Stirn. Trotzdem löste er sich von ihr, überquerte die Veranda, bis er auf dem Treppenabsatz stand und ließ seinen Blick über Wiese und Gebüsche schweifen.

»Hier ist nichts, Mutter«, erklärte er mit fester Stimme. »Bist du dir sicher?«

»Nein.« Sie schüttelte den Kopf. »Vielleicht bin ich auch eingenickt und habe es geträumt, oder es war bloß eins dieser dummen Schafe, das sich mal wieder in unseren Garten verirrt hat.«

Der junge Mann hob belustigt die Brauen und ein Lächeln, das mich schmerzhaft an Elias erinnerte, trat auf seine Lippen.

»Ich sollte dich lieber hineinbringen, Mutter.« Er war wieder zu ihr gegangen. »Die Fähre muss vor ein paar Minuten angelegt haben, und du weißt, dass Vater es nicht gern sieht, wenn wir dann noch ...«

Seine Mutter – *unsere* Mutter – hob die Hand und brachte ihn damit zum Schweigen. »Ist dein Vater im Moment hier?«

»Nein«, antwortete er zögerlich. »Er ist ...«

»Na siehst du«, unterbrach sie ihn abermals. »Wo kein Kläger, da kein Richter. Also lass mich bitte noch ein wenig hier draußen sitzen und die Sonne genießen. Es ist so herrliches Wetter.«

Ich konnte ihm ansehen, dass er mit dieser Entscheidung unzufrieden war. Mit einem raschen Blick inspizierte er noch einmal den Garten, die Hecke und den Friedhof dahinter.

»Wenn du es so wünschst«, erwiderte er schließlich. »Aber ruf bitte nach mir, wenn ich dich hineinbringen soll.«

»Ich kenne den Weg, Nathan.« Auf ihre Lippen trat ein sanftes Lächeln. »Das weißt du. Ach, und Nathan?«

»Ja, Mutter?«

»Würdest du bitte rasch zu den Hayes hinübergehen und fragen, ob Caitlin mich heute Nachmittag beim Nähen unterstützt?«

»Sehr gern.« Er nickte, obwohl sie es nicht hatte sehen können, dann ging er zurück ins Haus.

Und plötzlich wurde mir klar, dass Gabriel hier war. Ich hatte ihn gefunden. Fast zeitgleich begriff ich, warum er vor Monaten während meiner Zeit bei der Garde Gottes ständig abwesend gewesen war und warum er Unmengen an Medikamenten gehortet hatte. Meine Mutter hatte den Krebs, den Gehirntumor oder was auch immer es damals gewesen war, besiegt. Aber die Krankheit war wiedergekommen, und auch diesmal hatte sie deutliche Spuren bei ihr hinterlassen, hatte sie ausgemergelt, ihr Haar dünn werden lassen und ihr die Farbe aus dem Gesicht gezogen.

Doch sie war nicht tot. Die ganze Zeit über, all die Jahre war sie hier gewesen.

»Wer ist da?«, flüsterte sie. »Ich habe dich doch gehört. Ich ...« Sie verstummte und schien sich ganz darauf zu konzentrieren, ihre Umgebung mit dem Gehör wahrzunehmen.

Hin- und hergerissen blieb ich, wo ich war. Am liebsten hätte ich sie angeschrien und ihr eine Ohrfeige verpasst, im selben Moment aber wollte ich sie umarmen und ihre Haut unter meinen Fingern spüren. Ihre lebendige Haut.

»Wer ist da? Wer bist du?«, wisperte sie noch immer so reglos wie eine Statue.

Ich kam hinter der Hauswand hervor und näherte mich langsam der Veranda. Als ich auf ihrer Höhe war, kamen mir schon wieder die Tränen.

»*Je ... je pensais que tu étais mort.* – Ich ... Ich dachte, du seist tot. Gabriel hat uns erzählt, du seist tot.« Nur stockend kamen mir die französischen Worte über die Lippen, es war einfach zu lange her. Ich wischte mir über die Wangen.

Meine Mutter richtete sich auf, ihre Stirn hatte sich in Falten gelegt. »Wer bist du? Kenne ich dich etwa?«

»Ich ...« Ich suchte noch nach den passenden Worten, da begann Sokols Handy hinten in meinem Rucksack in voller Lautstärke zu klingeln.

»*Scheiße*«, fluchte ich leise und riss mir die Tasche vom Rücken. Mit zitternder Hand fischte ich das Telefon heraus und drückte das Gespräch weg, dann schaltete ich das Gerät aus.

Meine Mutter hatte sich von ihrem Stuhl erhoben und war an das Geländer getreten, das die Veranda umgab. »Sag mir, wer du bist«, wisperte sie angestrengt. Die Schatten unter ihren Augen waren tief, ihre Miene voller Argwohn. »Sag es mir. Ich muss es hören.« Sie streckte mir eine schmale, ausgezehrte Hand entgegen, da registrierte ich eine Bewegung hinter ihr und hob den Kopf.

Seine Miene war genauso voller Unglauben wie die ihre. Durch das Fenster hindurch starrte Elias mich an. Kühl und undurchschaubar.

Lauf!, schrie eine Stimme in mir. *Lauf weg! SOFORT!*

Und es war die Kälte in seinem Blick, die mich nach dem ersten Schock aus meiner Trance riss und dazu brachte, mich umzudrehen und mit hämmerndem Herzen loszurennen. Als ich ein paar Meter zwischen mich und das Cottage gebracht hatte, warf ich einen flüchtigen Blick zurück. Aber er war nicht mehr am Fenster. Meine Mutter stand immer noch am Rand der Veranda. Hilflos wandte sie den Kopf hin und her, dann krachte die Verandatür auf.

Ich richtete meinen Blick nach vorn, stürmte über die Wiese und auf die niedrige Mauer zu. *Lauf! Lauf, du verfluchte Idiotin!*

Hinter mir polterten Schritte über die Veranda. Ich hörte ihn hinter mir her preschen, hörte, wie meine Mutter ihm irgendetwas hinterherrief. Verzweifelt hechtete ich über die Mauer und rannte an der Kapelle entlang. Doch Elias war schneller als ich. Viel schneller.

Ich lief an den Grabsteinen und Kreuzen vorbei, stolperte über den unebenen Boden, fing mich aber und rannte weiter, hörte ihn direkt hinter mir. Kurz bevor ich den Torbogen erreichte, schleuderte ich Sokols Handy in einen der Büsche neben der Kapelle. Ich würde es wiederfinden. Ob es dann noch heil war,

war eine andere Frage.

»Stopp! Halt an!«, hörte ich Elias dicht hinter mir keuchen. Dann bekam er mich auch schon am Arm zu fassen und ich landete nach einer halben Pirouette mit den Knien auf der Wiese.

»Fass mich nicht an, du Schwein!« Ich riss mich von ihm los und krabbelte völlig außer Atem davon, kam allerdings nicht weit, weil sich die Rucksackgurte plötzlich um meine Schultern spannten.

Der Dreckskerl hatte mich doch tatsächlich am Rucksack gepackt und hielt mich fest. Ohne lange zu überlegen, drehte ich mich um, um ihm einen Tritt zu verpassen, hielt dann aber inne. In seinem Gesicht war nicht die geringste Spur von Aggression zu finden, bloß das pure Entsetzen.

»Was ... in Gottes Namen hast du hier zu suchen?« Genau wie ich rang auch er nach Luft. Seine Worte klangen wie ein heiseres Bellen. »Hast du ... hast du den Verstand verloren?«

Ich schlüpfte aus dem Rucksack und wollte aufstehen, da warf er den Rucksack ins hohe Gras, packte mich an den Armen und zog mich auf die Beine. Schwankend blieb ich vor ihm stehen. Er ließ mir aber keine Sekunde, um zu verschnaufen, sondern zerrte mich hinter sich her hinter eine der etwas höheren Kapellenmauern, sodass uns die Ruine zur einen Seite und zur anderen die struppige Hecke, die Rundweg und Friedhof voneinander trennte, vor neugierigen Blicken schützten.

»Verdammt, antworte mir!«, zischte er leise und schüttelte mich. Dann riss er mir die Cap vom Kopf, warf sie beiseite und starrte mich finster an. »Was hast du hier zu suchen, Rahel?«

Ich hatte keine Ahnung warum, aber ich konnte ihm nicht in die Augen sehen. Das Gefühlschaos, das in mir tobte, überforderte mich: Einerseits war ich froh, ihn wiederzusehen, zu wissen, dass er am Leben war. Andererseits hasste ich ihn dafür, was er mir vor wenigen Monaten um ein Haar angetan hätte. Noch mehr hasste ich ihn dafür, dass er seinem Vater, der mich wortwörtlich ins Grab hatte bringen wollen, noch immer zur Seite stand. So oder so, ich kämpfte schon wieder mit den Tränen.

Die Hand um meinen Arm packte fester zu und ich wurde abermals durchgerüttelt. »Nun rede schon! Warum bist du hier?«

»Hübsch hast du es hier«, schniefte ich grimmig. »Und direkt neben dem Friedhof. Wie praktisch für deinen Vater.«

»Spar dir deinen Zynismus, okay?, schnaufte er leise. »Denkst du ernsthaft, ich hätte eine Wahl gehabt?«

»Man hat immer eine Wahl«, flüsterte ich. »Du triffst nur die falschen Entscheidungen. Aber egal ... – Was ist mit meiner Mutter? Hast du die ganze Zeit über gewusst, dass sie lebt?«

Natürlich hatte er es gewusst und es mir damals in Monakam verschwiegen. Auch wenn ich mir zu dem Zeitpunkt eingebildet hatte, wir würden so etwas wie eine Beziehung führen, hatten sein Vater und der Schutz seiner Privatsphäre aber offenbar Vorrang gehabt.

»Ich konnte es dir nicht sagen, Rahel.« Der Griff um meinen Arm lockerte sich ein wenig. »Er hätte dich niemals zu ihr gelassen. Und was hätte es da genützt, wenn ich es dir erzählt hätte? Es hätte dir bloß das Herz gebrochen.«

»Und trotzdem hättest du es mir sagen sollen«, wisperte ich und starrte ihn wütend an.

Sein Haar war länger geworden, hing ihm wirr ins Gesicht und verdeckte die Narbe über seiner linken Schläfe. Nur eines der Andenken, das er seinem Vater verdankte. Er war blass, wirkte dünner und kraftloser als noch vor wenigen Monaten. Die dunklen Augen und der unergründliche Blick, mit dem er mich musterte, waren aber noch immer dieselben. Er seufzte und strich mir eine Strähne aus dem Gesicht. Seine Hand verharrte unter meinem Kinn. Ich schlug sie weg.

»Ist das dein Ernst?«, fuhr ich ihn an. »Dein Vater schlägt mir den Schädel ein, weshalb ich tagelang im Koma liege, und du denkst, ich bin hier, um mit dir rumzufummeln?«

Er presste die Zähne zusammen und die Muskulatur seines Kiefers begann zu arbeiten. Oh, wie hatte ich das vermisst.

»Um ehrlich zu sein«, entgegnete er kühl, »denke ich, dass du hier bist, um ihn umzubringen. Und auch wenn ich dieses Vorhaben für völlig wahnsinnig halte ... entschuldige, *dich* für völlig wahnsinnig halte, ändert das nichts an der Tatsache, dass ich dich vermisst habe.«

»Ach«, sagte ich bissig. »Deshalb hast du mich in den letzten Wochen also so oft angerufen, ja?«

Er schnaubte entrüstet. Anstatt aber irgendetwas zu erwidern, zog er mich an sich, beugte sich zu mir herab und küsste mich so heftig, dass ich für einen kurzen Augenblick völlig vergaß, wo ich war.

Seine weichen Lippen, sein Geruch, die Kraft, mit der er mich festhielt – das alles umnebelte meinen Verstand mit rosaroten Wattebausch-Wölkchen. Es war viel zu leicht, mich in ihm zu verlieren, und Schwerstarbeit, ihn zurückzuweisen. Trotzdem versuchte ich, mich von ihm zu befreien, aber er ließ mich nicht los.

»Ich habe sie nicht geheiratet, falls du das denkst«, sagte er so plötzlich und so voller Sorge in seiner angespannten Miene, dass mein Herz einen kleinen Satz machte. Wachsam inspizierte er mein Gesicht. »Und sie ist auch nicht hier, Rahel.«

»Und was erwartest du jetzt von mir? Applaus?« Wollte er jetzt allen Ernstes mit mir über seine Ex-Verlobte plaudern?

Mit aller Kraft versuchte ich, mich aus seiner Umarmung zu winden. »Lass mich gefälligst los, du Mistkerl!«

»Rahel, ich ...«

»*Sympathisch!*«, drang eine Stimme vom Friedhof zu uns herüber und wir beide erstarrten gleichermaßen. »Ja, sie ist wirklich überaus sympathisch, deine kleine Freundin, Elias. Wie sie so an deinen Kleidern zerrt und dich erniedrigt. Das ist sie also, ja?« Nathanael schnaufte leise, sein Gesicht war vom Laufen erhitzt.

Er war vor der Lücke zwischen Kapellenwand und Hecke stehen geblieben, und über seiner Schulter entdeckte ich meinen Rucksack. Noch größeres Missfallen löste bei mir allerdings die rostige Flinte aus, mit der er auf uns zielte.

Nein, das ist nicht ganz korrekt, meine Liebe, ermahnte ich mich.

Denn er richtete die klobige Waffe nicht auf uns, sondern bloß auf mich.

Elias hatte sich zu seinem Halbbruder umgedreht und drängte mich mit der Hand hinter sich. »Woher weißt du, dass sie ...«

»Zurück!«, schrie Nathanael und legte den Finger auf den Abzug der Waffe. »Rührt euch auch nur einen weiteren Zentimeter und ihr seid beide tot!«

Elias hob vorsichtig die Hände. »Nathan ... Bitte bring das Gewehr zurück ins Haus. Auf der Insel befinden sich Gäste. Wenn uns jemand sieht, werden sie uns ...«

»Ich an deiner Stelle«, unterbrach Nathanael ihn mit frostiger Stimme, »würde jetzt lieber den Mund halten, Bruderherz.«

Er löste eine Hand vom Gewehr und zog ein kleines Gerät mit dicker Antenne aus der Gesäßtasche seiner Jeans. Er drückte auf einen der Knöpfe des Walkie-Talkies und musterte mich mit unverhohlener Abneigung, während er hineinsprach. »Ich habe sie. *Beide*. Bin auf dem Weg.«

Das Gerät gab ein kurzes Rauschen von sich. Er schob es zurück in seine Tasche und legte die Hand sofort wieder an die Waffe. »Und jetzt raus da! Wir wollen Vater schließlich nicht warten lassen, oder?«

»Nathan ...«, begann Elias, verstummte aber, als dieser sogleich den Kopf schüttelte. »Na los! Bewegung!«

Du verfluchter kleiner Bastard! Was sollte das werden? Der Auftakt einer langersehnten Familienwiedervereinigung?

Ehe ich noch länger darüber nachdenken konnte, bemerkte ich, dass Elias seine Hand um mein Handgelenk gelegt hatte. Nicht fest, aber auch nicht so entspannt, dass ich mich ihm hätte entziehen können, wenn ich das gewollt hätte.

»Was ... was soll das?«, blaffte ich ihn an und zerrte an meinem Arm. »Lass mich los! Ich gehe verdammt noch mal nirgendwohin! Lieber lasse ich mich von diesem kleinen Wichser da drüben auf der Stelle erschießen! – Hast du gehört, du widerlicher Bastard?«, fauchte ich Nathanael an.

Er hob die Brauen. Dann trat ein kühles Lächeln auf sein Gesicht und er richtete die Waffe auf meinen Kopf. »Wenn das dein Wunsch ist, Schwesterchen, dann will ich ihn dir wohl erfüllen.«

»Nein!« Elias baute sich vor mir auf, meinen Arm hielt er aber nach wie vor fest umklammert. »Hör auf damit, Nathan! Ich ... ich werde sie tragen, okay!«

»Wenn du auch noch ihren Packesel spielen willst, soll mir das nur recht sein.« Nathanael trat zur Seite und bedeutete uns mit dem Lauf des Gewehres, aus unserem Versteck zu kommen. »Dann spute dich, Bruderherz, denn ich bin mit meiner Geduld bald am Ende. Vater würde zwar nicht sonderlich erfreut sein, wenn ich euch tot abliefere, aber du weißt ja, ich gehe eher pragmatisch vor.«

»Niemand wird mich irgendwohin tragen!« Ich hob meinen Arm und biss in Elias' Handgelenk.

Er atmete scharf ein, ließ mich aber nicht los. Pfeilschnell drehte er sich zu mir um, und ehe ich bis zwei zählen konnte, hing ich über seine Schulter und trommelte mit den Fäusten darauf.

»Nun denn, Bruderherz, du solltest vorangehen«, hörte ich Nathanael sagen. »Auf diese Weise kann ich besser auf ihren Kopf zielen.«

Wie befohlen setzte Elias sich in Bewegung und folgte den platten Spuren, die wir im Gras hinterlassen hatten. Ich schlug noch einmal auf seinen Rücken ein, dann ließ ich es sein. Es schien ihn ohnehin nicht davon abzubringen, mich den Löwen zum Fraße vorzuwerfen. Darüber hinaus war es wohl klüger, wenn ich mir meine Kräfte für einen geeigneteren Moment aufsparte.

»Verdammt! Wie blöd bist du eigentlich, hä?«, keifte ich ihn an und schloss kurz die Augen. Das Blut sammelte sich bereits in meinem Kopf und drückte unangenehm gegen meinen Schädel.

Elias schnaufte leise. »Glaubst du, ich könnte es ertragen, wenn er dich erschießt?«

»Ich scheiße auf diesen kleinen Bastard!«, fauchte ich laut – wir waren keine drei Schritte weitergekommen, da spürte ich, wie sich die Waffenmündung gegen meinen Hinterkopf presste.

»Denkst du, er macht Scherze, Rahel?«, murmelte Elias grimmig.

»Glaubst du, er hätte auch nur einen Moment gezögert, wenn du eben davongelaufen wärst?«

»Nein ... er hätte ganz sicher nicht gezögert«, krächzte ich, und sofort verschwand das kühle Metall von meinem Hinterkopf.

Die Warnung war angekommen.

Elias, der von alledem nichts mitbekommen hatte, stapfte durch den blühenden Lavendel und auf die niedrige Grundstücksmauer zu. »Es tut mir leid, aber du hättest nicht herkommen dürfen«, flüsterte er, und als er weitersprach, war seine Stimme so leise, dass ich ihn kaum noch hören konnte. »Das hier ist nicht Monakam, Rahel«, wisperte er. »Das hier ist viel schlimmer.«

Jemand musste meine Mutter ins Haus gebracht haben, denn als Elias mit mir die Verandastufen hochstapfte, war sie verschwunden. Er brachte mich ins Haus, in ein sehr komfortabel eingerichtetes Wohnzimmer mit offener Küche und hohen Bücherregalen aus dunklem Holz auf der gegenüberliegenden Seite. Vor den Bücherregalen standen zwei Sofas und ein Sessel. Es roch nach Kaffee, und auf dem Esstisch in der Ecke entdeckte ich das benutzte Geschirr vom Frühstück.

Als Elias mich absetzen wollte, rammte Nathanael ihm das Gewehr in die Flanke. »Geh weiter!«, knurrte er. »Vater erwartet uns im Arbeitszimmer!«

Elias seufzte, dann trat er mit mir durch die Wohnzimmertür auf den Flur. Ich spürte das kräftige Pochen meines Pulses am Hals. Das Blut, das sich in meinem Kopf staute, sorgte allmählich dafür, dass mir schwarze Flecken vor den Augen herumflirrten, die immer größer zu werden schienen. Wir gingen noch ein Stück über den Flur und betraten ein Zimmer zu unserer Linken, dann endlich ließ Elias mich runter.

Ich musste mich an ihm festhalten, damit ich nicht umkippte, und war, obwohl ich ihn am liebsten in der Luft zerfetzt hätte, dankbar, als er mir einen Arm um die Taille legte, um mich zu stützen.

Das Zimmer war groß und an den Wänden reihten sich wie auch schon im Wohnzimmer etliche Bücherregale aneinander. Das Licht, das durch eines der kleinen Fenster hereinfiel, umgab Gabriel, der hinter dem noblen Schreibtisch in der Mitte des Raumes Platz genommen hatte, wie ein Heiligenschein. Was für ein Auftritt.

Neben dem Tisch hatten sich vier Männer aufgereiht, nur einen davon kannte ich. Wie eine hungrige Hyäne grinste Brecht mich an. Gabriel schien ebenfalls bester Laune zu sein, und ich konnte nicht anders, als seine linke Gesichtshälfte anzustarren. Die Linse seines Auges war getrübt und über Stirn, Augenlid, Wange und Hals verteilten sich feuerrote Male, als wäre die kochend heiße Flüssigkeit gerade erst in seinem Gesicht gelandet. Als mir bewusst wurde, dass das mein Verdienst war, dass ich ihm den brühendheißen Tee vor geraumer Zeit ins Gesicht geschleudert hatte, musste auch ich lächeln.

»Und, hast du gut hergefunden, Liebes?«, fragte Gabriel mich, klang aber nur mäßig interessiert. »Ich war mir nicht ganz sicher, ob du wirklich hier auftauchen würdest.«

»Oh, es war einfacher als gedacht«, erwiderte ich. »Ehrlich gesagt, wundert es mich, dass die Polizei euch noch nicht aufgespürt hat.«

»Tja, das liegt vermutlich daran, dass die Polizei keinen so hilfreichen Informanten hat wie du, mein Kind.« Er klopfte abwechselnd mit Zeige- und Mittelfinger auf den Tisch. »Oder sollte ich besser *Informantin* sagen?«

»Ich habe keine Ahnung, wovon du redest, alter Mann«, erwiderte ich harsch.

Er musterte mich zufrieden. »Oh, dann werde ich dir jetzt wohl ein wenig auf die Sprünge helfen müssen, was? Oder genügt es womöglich schon, wenn ich dir sage, dass Viola mittlerweile zutiefst bereut, was sie getan hat?« Lächelnd beäugte er meine vernarbte Hand. »Nun, Violas Zunge dürfte nun mindestens genauso verkrüppelt sein wie deine Hand. Nur dass ihre Wunde natürlich noch ganz frisch ist und nicht so gut versorgt wird wie deine.«

Für einen Moment war ich sprachlos und plötzlich begriff ich, dass ich für Violas Bestrafung verantwortlich war. Ich war zu egoistisch gewesen, zu sehr auf mein eigenes Ziel fixiert, um Nikolaj über die Menschen in Lípa zu informieren. Mir blieb kurz die Luft weg. Es war meine Schuld, dass Gabriel Viola hatte bestrafen können. Ich konnte nur hoffen, dass er die Wahrheit sagte, und dem Mädchen nicht noch Schlimmeres angetan worden war.

»Wie kannst du nur, du widerliches Monster? Sie ist doch noch ein Kind!« Meine Stimme bebte. Ich versuchte, mich von Elias loszureißen, da rammte Nathanael mir das Gewehr mit voller Wucht in die Rippen. »Wag es ja nicht, noch einmal so mit ihm zu reden, du verdammte Hure!«

»Nathan!« Elias stürzte sich auf ihn, riss das Gewehr am Lauf herum und stieß seinen Halbbruder gegen eines der Bücherregale.

»*Du!*«, keuchte Nathanael und rappelte sich auf. Sein Gesicht war wutverzerrt. »Ich werde dich umbringen! Hast du gehört? Ich werde dich umbringen! Jetzt gleich!« Gerade als er auf Elias losgehen wollte, schaltete Gabriel sich ein.

»Aber, aber«, sagte er amüsiert und erhob sich von seinem Stuhl. »Könnt ihr euch nicht einmal benehmen, wenn eine Dame im Raum ist? – Auch wenn es mir etwas übertrieben scheint, dich als Dame zu bezeichnen«, fügte er mit einem Lächeln an mich gewandt hinzu.

Er war um den Tisch herumgekommen, nahm Nathanael das Gewehr aus der Hand und drückte Elias die Mündung gegen die weiche Haut unter seinem Kinn.

Mein Herz setzte einen Schlag aus.

»Reiß dich zusammen, du eitler Pfau«, raunte Gabriel ihm zu. »Hast du mich verstanden?«

Elias starrte seinen Vater wie gebannt an, dann nickte er knapp.

Gabriel ließ das Gewehr sinken. »Undankbares Gesindel«,

brummte er und reichte es einem seiner Männer.

Er schlenderte zum Tisch hinüber und lehnte sich dagegen.

»Zugegeben, ich hatte dich noch nicht erwartet, Rahel. Nicht schon am heutigen Tag. Andernfalls hätte ich Elias wohl rechtzeitig weggesperrt. Ich hätte es ihm gern erspart, dich so kurz vor deinem ... vor deinem *Abschied* noch einmal zu sehen.«

»Das kannst du nicht tun!« Elias ballte die Fäuste und machte einen Schritt auf ihn zu, aber Brecht und seine Männer stürzten sich sofort auf ihn und drängten ihn gegen eines der Bücherregale.

»Aber nun gut, es läuft nicht immer alles nach Plan, was?«, fuhr Gabriel nach einem kurzen Blick auf seinen Sohn ungerührt fort. »Übrigens, Liebes: Wo ist deine Begleitung? Der freundliche junge Mann, der mit dir in Lípa war?«

Elias' Blick brannte sich wie ein Schüreisen in das Fleisch meiner Wange, aber ich beachtete ihn nicht weiter. Nicht jetzt.

»Ich habe wirklich keine Ahnung, von wem du sprichst, Gabriel«, erwiderte ich bemüht gelassen, bemerkte aber selbst, dass ich das Zittern in meiner Stimme nicht ganz unterdrücken konnte.

Beruhige dich. Sokol ist nicht hier. Ihm wird nichts passieren.

»Oh, das ist wirklich schade … Na dann ist es ja nur gut, dass Marie uns eine detaillierte Beschreibung und sogar ein Foto des Mannes zukommen lassen hat. Denn wie sagt man so schön: Man sieht sich immer zweimal im Leben, nicht wahr?«

O Gott! Wie versteinert starrte ich Gabriel an, während ein Orkan in meinem Inneren alles durcheinanderwirbelte. Ich musste Sokol warnen. Großer Gott, ich musste ihn sofort warnen! *O bitte, lass ihn nicht so dumm sein, hierherzukommen!*

»Nun, es scheint, als hätte ich dir den Tag verdorben, Kindchen. Aber vertrau mir, am Ende wird alles gut. Zumindest für mich.« Er deutete lächelnd auf sein Auge, das mit der trüben Linse. »Denn wenn wir mal ehrlich sind, schuldest du mir noch etwas. Auge um Auge, nicht wahr, Rahel?«

Obwohl ich wie verrückt schwitzte und das Gefühl hatte, mein

Herz könne jede Sekunde implodieren, wandte ich den Blick nicht von ihm ab. Ich wollte ihm keine Macht über mich verleihen, wollte ihm nicht zeigen, wie sehr ich mich vor dem fürchtete, was er mir androhte. Aber ich wollte auch auf gar keinen Fall sterben.

Das Messer. Du hast noch immer das Messer.

Es schmiegte sich unter dem Sport-BH so problemlos an meinen Rücken, dass ich es beinahe schon vergessen hatte. Den Rucksack hatte Nathanael mir wie vermutet abgenommen, aber durchsucht hatte man mich nicht. Mir blieb also noch das Messer. Allerdings würde es wohl nicht die klügste Entscheidung sein, es in Gegenwart von sechs feindlich gesinnten Männern und einem Gewehr hervorzuholen. Bis ich mit der scharfen Klinge in die Nähe von Gabriels Kehle kommen würde, hätten die Männer mich zu Boden gerungen oder mit Schrotkugeln durchsiebt. *Also gedulde dich. Lenk sie ab.*

»Mir ...« Meine Kehle war plötzlich wie ausgetrocknet. »Mir ist gerade etwas in den Sinn gekommen. Weil du gerade sagtest ›Auge um Auge‹ ... Wie genau hast du dir vorgestellt, handhaben wir dann, dass du mich fast umgebracht hast?« Meine Hände verkrampften sich, und ich musste mich räuspern, damit ich überhaupt noch einen weiteren Ton herausbringen konnte. »Und ... wie schaffen wir einen Ausgleich dafür, dass du ... dass du mich vergewaltigt hast?«

Im Arbeitszimmer war es mit einem Mal mucksmäuschenstill. Ich spürte nicht mehr nur Elias' Blick auf mir. Sie alle starrten mich an. Kühl, voller Ungläubigkeit und Abscheu. Rasch verschränkte ich die Arme vor der Brust, damit niemand sehen konnte, wie sehr meine Hände zitterten.

Gabriel hüstelte leise. »Nun, ich weiß, dass ich einen Fehler begangen habe ...«

»Nein! Du verdammter Heuchler!«, keuchte Elias und schnellte vor, aber er kam nicht weit. Brecht und ein untersetzter junger Mann rissen ihn von den Beinen und pinnten ihn auf den Boden.

»*Du!*«, keuchte Elias wutschnaubend. »Du verfluchter Heuchler!«

»Mein Sohn, du solltest mich ausreden lassen, ehe du versuchst, die Hand gegen mich zu erheben.« Bedächtig schaute Gabriel in die Runde, bis sein Blick auf mir verweilte. »Mein einziger Fehler war, *sie* nicht korrekt zu entsorgen«, erklärte er fast schon beiläufig. »Auf diese Weise hat sie nur noch mehr Zeit gehabt, um weitere Lügen zu spinnen. Lügen, mit denen sie mich in ein schlechtes Licht rücken kann, mit denen sie unsere Gemeinschaft in ein schlechtes Licht rückt! Könnt ihr sehen, wie diese Hexe meinen Sohn manipuliert? Wie sie versucht, euch alle um ihren Finger zu wickeln?«

»Du mieses Schwein!« Tränen schossen mir in die Augen, aber ehe ich irgendetwas unternehmen konnte, spürte ich auch schon, wie Nathanael mir die Arme schmerzhaft nach hinten auf den Rücken bog.

»Halt dein verfluchtes Maul, du Hure!« Er riss noch mehr an meinen Armen, und ich jaulte laut auf, als ein blitzartiger Schmerz durch meine Schultern schoss.

»Ich lüge nicht!«, schluchzte ich und funkelte Gabriel hasserfüllt an. »Verdammt, ich habe sogar ein Video davon, wie du mir deinen mickrigen Schwanz zwischen die Beine schiebst! *Du verdammtes Monster!*«

Augenblicklich explodierte in meinem Rücken ein Feuerwerk des Schmerzes. Mein Halbbruder hatte mir einen Nierenschlag verpasst und sofort gaben meine Beine unter mir nach. Weil er noch immer meine Handgelenke aneinanderpresste, hatte ich, als ich mit den Knien auf den Boden krachte, einen Moment lang das Gefühl, er hätte mir beide Arme gleichzeitig ausgekugelt.

Schreiend starrte ich in Gabriels lächelndes Gesicht, bis ich keinen Atem mehr hatte.

»Weiß meine Mutter, dass du mich vergewaltigt hast?« Ich schnappte nach Luft. »*Weiß sie*, dass du mich vergewaltigt hast, Gabriel?«

Aus Angst vor einem erneuten Schlag in die Nieren, hatte ich nicht laut werden wollen, doch die letzten Worte schrie ich geradezu heraus. Ich hoffte, dass meine Mutter noch irgendwo im Haus war. Und ich betete dafür, dass sie es gehört hatte.

Gabriel sah an mir vorbei zu Nathanael. »Lass es Junge. Sie ist den Ärger nicht wert.«

Ich wusste nicht, was mein Halbbruder vorgehabt hatte, doch ich war mir sicher, dass es nichts Gutes war.

»Eine falsche Zunge sondergleichen,« murmelte Gabriel und ging vor mir in die Hocke. Er hob mein Kinn an und zwang mich, ihm in die Augen zu sehen. »Deine Mutter braucht nicht zu wissen, was nicht war«, wisperte er, und ich spürte seinen warmen, nach saurem Kaffee riechenden Atem auf meiner Haut. »Und deine Mutter braucht nicht zu wissen, welche Lügenmärchen dein umnachteter Verstand dir einflüstert.« Seine rauen Finger glitten über meine Wange. »Es ist wirklich bemitleidenswert, deinen geistigen Verfall miterleben zu müssen, Liebes. Aber etwas anderes hatte ich auch nicht von dir erwartet. Bis auf dein Aussehen hast du so gar nichts von deiner Mutter. Weder ihre Stärke noch ihre Willenskraft. Du, mein Kind, bist einfach nur schwach. So schwach wie dein Vater es war.«

»*Ich lüge nicht.*« Verbissen hielt ich seinem herablassenden Blick stand, starrte auf sein zerstörtes Auge und auf seine Wundmale, bis es ihm schließlich zu viel wurde. Mit einem Seufzen erhob er sich.

»Du sollst kein falsch Zeugnis reden wider deinen Nächsten«, zitierte er, während er sich hinter seinen Schreibtisch begab und sich setzte. »Und damit ist in diesem Fall wohl alles gesagt.« Er wandte sich an Brecht, der Elias mit seinem Helfer nach wie vor auf den Boden presste. »Da der Abschied von Rahel noch warten muss, bis unsere hochverehrten Tagesgäste die Insel verlassen haben, schlage ich vor, dass ihr sie so lange runterbringt.«

»Sie beide?«, brummte Brecht.

Gabriel nickte. »Sie beide. Wir wollen ja nicht, dass Elias noch auf dumme Gedanken kommt.«

Ich hatte keine Ahnung, was mich im Keller erwartete – eine

Zelle, ein fensterloser Vorratsraum oder aber vielleicht eine Folterkammer. Aber ich war mir sicher, dass es in den seltensten Fällen etwas Gutes bedeutete, wenn man in die Räumlichkeiten unterhalb der Erde gebracht wurde.

Nathanael zog mich auf die Beine und ich konnte nicht anders als zu schreien, als er mir abermals schmerzhaft die Arme verdrehte. Er schien es zu genießen, mir Schmerzen zu bereiten. Ich warf ihm einen eisigen Blick zu, und er beantwortete ihn mit ebenso frostiger Miene.

Brecht und die übrigen Männer gaben sich größte Mühe, Elias auf die Beine zu bringen. Seine beherzte Gegenwehr – mit einem seiner Tritte, hatte er den untersetzten Kerl am Brustkorb erwischt – und die Anstrengungen der Männer, ihn unter Kontrolle zu bringen, sorgten für einen lautstarken Tumult. Rasch blickte ich über die Schulter zu Nathanael.

»Na«, flüsterte ich, »ist dein Schwanz auch so mickrig, wie der deines Vaters?«

»Halt dein verfluchtes Maul, du Hexe!« Mit hochrotem Kopf riss er meine Handgelenke hoch, sodass der Schmerz in meinen Schultern mich erneut zum Schreien brachte. Dann stieß er mich zu Boden.

Ich schaffte es nicht mehr, meine Hände schützend vor mich zu ziehen, und der Aufprall meiner Schulter auf den harten Dielenbrettern schickte ein so lautes Krachen durch den Raum, dass die übrigen Männer für einen Moment innehielten. Langsam rollte ich mich auf die Seite. Gabriel war von seinem Platz aufgestanden und musterte Nathanael mit hochgezogenen Brauen, jedoch in keiner Weise unfreundlich.

»Nicht, dass sie es nicht verdient hätte«, sagte er zögernd. »Aber ich denke, es ist besser, wenn du jetzt nach deiner Mutter siehst, mein Sohn. – Brecht.« Gabriel nickte seinem ersten Leibwächter zu.

Dieser ließ für einen kurzen Moment von Elias ab, zog einen Schlüssel aus seiner Hosentasche und warf ihn Nathanael zu.

Nathanael fing ihn auf. Seine Augen funkelten vor Wut, als er sich wieder an seinen Vater wandte. »Aber sie hat ...«

Gabriel schüttelte den Kopf und der junge Mann verstummte.

»Geh«, forderte Gabriel ihn auf. »Sofort.«

Nathanael warf mir einen letzten Blick zu, in dem sich so viel Wut und Hass konzentrierten, dass mir davor graute, ihm noch einmal zu begegnen. Mit meinem Rucksack über der Schulter verließ er das Zimmer.

Sie halten sie gefangen, dachte ich und wollte etwas sagen, spürte aber mit einem Mal, wie warmes Blut an meiner Braue herunterlief. Ich wischte es weg, ehe es mir ins Auge laufen konnte. Auch wenn ich überhaupt nicht mitbekommen hatte, dass ich mit dem Kopf auf dem Boden aufgeschlagen war, musste es irgendwie passiert sein.

Langsam rappelte ich mich auf, blieb aber auf dem Boden sitzen. Die Kollision hatte anscheinend nicht nur meine Haut aufplatzen lassen wie eine überreife Banane, sie hatte auch in meinem Kopf irgendetwas ins Wanken gebracht.

Himmel! Die OP ist erst drei Monate her! Willst du gleich wieder ins Krankenhaus?

Keine Angst, niemand wird dich in ein Krankenhaus bringen. Eher verreckst du hier auf dem Boden.

Und mit dieser Annahme hatte ich wohl recht. Mein Ableben würde die Dinge wahrscheinlich sogar vereinfachen.

Aber noch bist du nicht tot.

Und jetzt reiß dich zusammen, sagte ich mir und hob den Kopf.

Die Blicke der Männer verharrten noch immer auf mir. Elias schien die Luft angehalten zu haben, denn als ich ihn ansah, stieß er den Atem aus.

»Brecht ...« Gabriel deutete mit einem Nicken zu mir. »Hilf ihr auf und reich ihr ein Tuch. Wir wollen doch nicht, dass sie den ganzen Boden schmutzig macht, oder?«

Brecht wies seine Helfer an, an Elias heranzutreten und ihn abzutransportieren. Elias, dessen Kräfte trotz der Pause, die ich ihm unabsichtlich verschafft hatte, nachgelassen hatten, wehrte sich kaum noch gegen die Hände, die nach ihm griffen, ihn auf die Beine hievten und zur Tür drängten.

Brecht kam zu mir herüber. »Es ist mir eine Freude.«

Mit einem Ruck zog er mich am Oberarm auf die Beine und drückte mir das Tuch in die Hand, das er zuvor aus seiner Hosentasche gefischt hatte. Der Stoff war steif von getrocknetem Rotz oder anderen unbestimmbaren Flüssigkeiten, und ich ließ das Tuch angewidert fallen. Er lachte, dann schubste er mich in Richtung Tür. »Geh schon!«

Wir folgten dem Tross vor uns zurück zum Wohnzimmer. Vielleicht würde ich es irgendwie zur Hintertür schaffen. Und wenn ich erst einmal draußen war ...

Brecht schien mein kurzes Zögern bemerkt zu haben, denn er schubste mich weiter.

»Ist ja schon gut!«, fauchte ich ihn an und ging weiter. Mir fiel auf, dass er noch immer humpelte und bei dem Gedanken an seinen Stacheldrahtunfall in Monakam musste ich lächeln. »Sag, wie geht es eigentlich deinem Knie, Brecht? Tut es auch ordentlich weh?«

»Halt bloß den Mund, du verlogenes Flittchen«, grunzte er, »oder ich werde dafür sorgen, dass du ...«

Vor uns aus dem Wohnzimmer war ein lautes Poltern zu hören, ein Handgemenge folgte und schließlich ein markerschütterndes Stöhnen. Ich wollte losrennen und mich vergewissern, dass es Elias gut ging, da katapultierte Brecht mich mit einem kräftigen Stoß ins Wohnzimmer und hetzte an mir vorbei. Ich stolperte in die offene Küche und nur die Küchensinsel verhinderte, dass ich schon wieder auf dem Boden landete. Ich hielt mich daran fest, schnappte nach Luft und drehte mich um.

Ein hagerer älterer Kerl, einer der Männer, die Elias hatten abführen sollen, kauerte am Boden neben dem Esstisch. Sein Kinn wie auch sein Hals waren blutverschmiert. Wimmernd hielt er sich die Hand vors Gesicht.

»Geh jetzt. Verschwinde. *Sofort.*« Obwohl Elias Brecht fixierte, der unschlüssig zwischen Küche und Esstisch stehen geblieben war, wusste ich, dass seine Aufforderung an mich gerichtet war. Doch der Anblick des blutigen Messers, das Elias sich offenbar von dem noch nicht abgeräumten Frühstückstisch beschafft hatte und das er dem schlaksigen Jungen, der ebenfalls damit betraut gewesen war, ihn in den Keller zu bringen, nun an die Kehle drückte, ließ mich zögern.

»Lass ihn los«, knurrte der untersetzte Kerl, dem Gabriel das Gewehr in die Hand gedrückt hatte. Er zielte damit zwar auf Elias, allerdings nur halbherzig. Ich begriff schnell, dass er den Jungen nicht verletzen wollte.

Schritte kamen über den Flur und ich erkannte im Halbdunkeln Gabriel und Nathanael. Gabriel blieb in der Tür zum Wohnzimmer stehen. Als er den verwundeten Mann am Boden entdeckte, drängte er Nathanael rasch zurück in den Flur.

»*Lauf, Rahel.*« Elias Blick wanderte nun langsam zu Gabriel und wieder zu Brecht.

Die Anspannung in der Luft verriet, dass es nicht mehr lange dauern würde, bis etwas passierte. Ich sah zur Tür, die hinaus auf die Veranda führte, und wieder zu Elias. Ich konnte ihn doch nicht einfach hier zurücklassen!

Sie werden ihn umbringen. Sie werden ihn mit Sicherheit ...

»*Verdammt!* Nun lauf schon, du stures Ding!«, brüllte er mit einem Mal, und als ich zur Seite blickte, wusste ich auch warum.

Das Gewehr hatte den Besitzer gewechselt. Gabriel drehte sich damit zu mir um – und ich stürzte zur Tür.

Der Wind schlug mir kraftvoll und kühl entgegen, als ich aus dem Cottage stürmte, und ich hatte kurz das Gefühl keine Luft zu bekommen. Ich hörte die lauten Stimmen hinter mir, hörte, wie die Tür hinter mir erneut aufkrachte. Ich rannte. Ich rannte durch den Garten, sprang über die Mauer zum Friedhof und hastete über den weichen Boden. Das Herz schlug mir bis zum Hals hinauf, hämmerte so eindringlich in meinen Ohren wie ein Trommelschlag. *Bumm-bumm. Bumm-bumm. Bumm-bumm.* Es schlug so laut, dass ich nichts anderes mehr hören konnte – *sie* nicht mehr hören konnte. Ich wagte es nicht, zurückzuschauen. Zu groß war die Angst, dass sie mir auf den Fersen waren. *Bumm-bumm. Bumm-bumm. Bumm-bumm.* Erst wollte ich nach links, in Richtung Dorf und Steg laufen, bog dann aber doch nach rechts ab. Sie würden am Steg auf mich warten, da war ich mir sicher. Keuchend folgte ich dem schmalen Pfad, bis ein Gatter vor mir auftauchte und ein Schild, das darauf hinwies, dass an dieser Stelle das Naturschutzgebiet begann.

Ich stoppte, stützte mich auf das Gatter und es dauerte keine fünf Sekunden, da erbrach ich mich ins Gestrüpp neben dem Zaun.

Schwer atmend richtete ich mich auf und sah mich um. Bis jetzt waren keine Verfolger in Sicht. Auf der anderen Seite des Zauns erstreckte sich wie schon auf der bewohnten Seite der Insel ein sanftes Auf und Ab von grasbewachsenen Hügeln, durchzogen von schroffen, teils mannshohen Felsen. Da waren keine Bäume und kaum Büsche. Keine Verstecke. Aber zurück zur Anlegestelle konnte ich auch nicht. Der einzige Weg, der den Hang hinunter zum Steg und somit von der Insel herunterführte, würde nun mit großer Wahrscheinlichkeit überwacht werden. Und was nützte es mir, wenn ich den Steg erreichte, aber kein Boot da war, das mich zurück nach Burtonport bringen konnte?

Und das Dorf? Das Café? Vielleicht konnten sie mir dort ja helfen ...

Nein, auf dieser Insel würde mir niemand helfen.

Ich drehte mich um. Der Pfad verschwand hinter einer Kurve. Hinter einer Anhöhe in der Ferne entdeckte ich eines der höheren Mauerstücke der Kapelle, das Dach des Cottages konnte ich nicht mehr sehen. Ich musste mehr als einen halben Kilometer zwischen mich und das Haus gebracht haben, nicht wirklich viel. Und doch waren sie nicht hinter mir hergekommen.

Das stimmt ... jetzt sind sie vielleicht nicht hier, raunte die Stimme in meinem Kopf, *aber sie werden kommen. Und es wäre klug, nicht mehr hier herumzustehen, wenn es so weit ist!*

Also gut.

Ich trat durch das Gatter und folgte dem Pfad noch etwa fünfzig Meter, bis ich den Weg in einer Senke verließ und durchs hohe Gras landeinwärts wanderte. Nach etwa fünf Minuten konnte ich den Pfad nicht mehr sehen, wenn ich mich umdrehte. Ich hielt auf die Felsmulde zu, die sich mit der leichten Wölbung eines Rückgrats über hunderte von Metern durch die hügelige Landschaft zog. Bei Regen musste sich das Wasser darin sammeln, denn das Grün daneben war saftiger und die Sträucher in der Nähe waren üppiger als die, die ich bisher gesehen hatte. Ich folgte der Mulde eine Zeit lang. Doch meine Muskeln zitterten bereits vor Erschöpfung, und das T-Shirt, das ich unter dem Pullover trug, klebte mir nass am Rücken. Ziemlich bald würde ich Rast machen müssen, und wieder kam in mir die Frage auf, ob es so gut gewesen war, allein auf die Insel zu kommen.

Ob Sokol überhaupt schon aufgefallen war, dass ich mich aus dem Staub gemacht hatte?

Wohl eher nicht. Vermutlich saß er noch immer auf dem Klo und betete, dass das Ganze endlich ein Ende nahm.

»Ist dir eigentlich klar, dass du ziemlich tief in der Scheiße sitzt, Miss Sunshine?« Mein Magen verkrampfte sich zu einem kleinen harten Ball.

Ich machte mir keine Illusionen, dass Sokol mir auf die Insel folgen und mich retten würde. Schließlich hatte ich dafür gesorgt, dass er ans Zimmer gefesselt war. Wenn er aber herausfand, was ich vorhatte, dann würde er doch die Polizei rufen. Oder?

Dämlich, dachte ich. *Du bist einfach nur dämlich. Handelst ohne Sinn und Verstand, denkst nicht weiter, als du spucken kannst. Aber so hast du bisher ja alles in deinem Leben angepackt, nicht wahr, Rahel? Und was ist deine bisherige Bilanz? – Ich kann es dir ganz genau sagen: Du hast durch und durch versagt. Jedes verdammte Mal. Du bist nichts weiter als eine beschissene Versagerin.*

Ich ließ mich ins Gras sinken, stützte die verschränkten Arme auf die Knie und verbarg das Gesicht dazwischen. Irgendwo in meiner Nähe zirpte ein Insekt und ich hatte große Lust, es mit bloßer Hand zu zerquetschen.

Es war mir egal, ob mich jemand sah, ob Nathanael mir gefolgt war, ob er mich erschoss. So oder so: Es war vorbei.

Und mit einem Mal war sie da, eine Erinnerung, die ich seit Monaten erfolgreich verdrängt hatte: der Brunnen in Monakam.

Der Brunnen, der gar keiner gewesen war, und in dem ich weiß Gott wie viele Stunden in völliger Dunkelheit neben einer verwesenden Leiche hatte verbringen müssen. Umringt von hunderten funkelnder Augenpaare, die bloß darauf gewartet hatten, dass ich zu einem Teil ihrer Nahrungskette wurde.

Diese Insel mit ihren von Felsen zerklüfteten Hügel und Wiesen, dem Tageslicht und dem Wind, der mir kräftig um die Nase wehte, war nicht anders als der Brunnen. Denn die Chancen, dass ich Chapel Island jemals wieder verlassen würde ...

Ich schüttelte den Kopf und wischte mir die Tränen von den Wangen. Die gierigen Ratten hatten sich nun in blutrünstige Menschen verwandelt. Menschen, die Schusswaffen bei sich trugen. Unbezwingbare Gegner. Und doch hatte ich das Martyrium damals überlebt.

Aber nur, weil du Hilfe hattest.

Henry war gestorben, weil er mir das Leben gerettet hatte. Wünschte ich mir für Sokol etwa das gleiche Schicksal? Bloß damit ich wieder heil davonkam?

Nein, keinesfalls.

Stur hier sitzenzubleiben und darauf zu warten, dass jemand kam und mich überwältigte, war allerdings auch keine Lösung.

Dann warte, bis es Nacht ist.

Nachts konnte ich mich ungesehen auf der Insel bewegen. Beispielsweise zu Gabriels Cottage, um nachzusehen, ob ich irgendetwas für Elias tun konnte. Oder zu Sokols Handy, das hoffentlich immer noch im Gestrüpp auf dem Friedhof lag. Ich musste es bloß schaffen, mich bis zum Einbruch der Nacht außer Reichweite von Gabriels Männern zu halten.

Ich seufzte, hob den Kopf und sah mich um.

Abermals ertönte das leise Zirpen. Es kam aus einer Reihe saftig grüner Büsche, die sich an einen niedrigen länglichen Felsen schmiegten. Ich rappelte mich auf, ging zu der kleinen Lücke, die ich im Gestrüpp entdeckt hatte und begutachtete sie. Es würde nicht gerade gemütlich werden, aber ich hatte kaum eine andere Wahl.

Ich ging in die Knie, drehte ich mich um und schob mich langsam und mit den Füßen voran in die Lücke zwischen Felsen und Buschwerk. Die widerspenstigen Äste wollten mir keinen Platz machen, stachen in den Stoff meiner Jeans und kratzten über meinen Bauch, als mein Pullover hochrutschte. Ich blieb mehrmals hängen und musste Pausen einlegen, um mich von den spitzen Ästen zu befreien. Irgendwann hatte ich es aber geschafft und griff in das Geäst über meinem Kopf, um die verräterische Lücke zu verschließen.

Die Blätter lagen dicht an dicht, trotzdem schaffte die Sonne es, mir ein wenig Licht in meine beengte Höhle zu schicken. Allerdings war das nicht unbedingt ein Vorteil: Über mir zwischen Ästen und Blättern reihten sich die weiß schimmernden Netze meiner neuen Mitbewohner aneinander. Hier und dort entdeckte ich ein schwarzes Bein oder einen plumpen schwarzen Körper versteckt hinter einem seidigen Kokon.

Denk nicht darüber nach, wies ich mich zurecht, während ich so reglos dalag wie der Felsen, der sich glatt und kühl an meine Seite schmiegte. *Denk lieber darüber nach, ob du nun endgültig den Verstand verloren hast.*

Über meiner Stirn pochte es. Behutsam tastete ich nach der Platzwunde, zog die Finger aber schnell wieder zurück, als ein stechender Schmerz durch die Haut fuhr.

Na wunderbar.

Ich bewegte mich nur, um dann und wann ein Insekt zu vertreiben, das von meinem Schweißgeruch angezogen worden war, und bemühte mich, keine weiteren Gedanken daran zu verschwenden, was für ein Insekt ich gerade von meiner Stirn gewischt hatte. Zu groß war die Verlockung, mich aus meinem Versteck zu winden und wild um mich schlagend und kreischend über die Wiese zu stürmen, während ich mir die Kleider vom Leib riss. Ich schüttelte angewidert den Kopf. *Komm schon, konzentrier dich! Wie lautet dein Plan?*

Beim Gedanken an Gabriel, an die Art, wie er mich vor den anderen denunziert und als Lügnerin dargestellt hatte, und an die Vorstellung, dass mein Vater und mein Bruder nur hatten sterben müssen, weil er meine Mutter sein Eigen nennen wollte, begann es in mir zu brodeln. Dieses aufgeblasene Arschloch hatte mir alles genommen. Und so verrückt das klingen mochte, eins stand für mich fest: Dieses Mal würde er mir nicht davonkommen. Chapel Island würde seine letzte Station sein. Selbst wenn das hieß, dass auch ich hier mein Ende finden würde.

Aber was war mit meiner Mutter? Und mit Elias? Was war, wenn sie ihn nach meinem überstürzten Abgang umgebracht hatten?

Niemand hat ihn umgebracht!, fuhr ich mich im Stillen an. *Er ist immer noch Gabriels Sohn!*

In der Nähe raschelte es und ich erstarrte vor Angst, lauschte nach weiteren Geräuschen. Aber da war nichts. Keine Schritte, keine Stimmen, kein Räuspern oder Husten. Ich warf einen ungeduldigen Blick zu meiner Uhr. Sie war das Ergebnis meines ersten und einzigen Shoppingtrips nach meinem Aufenthalt bei der Garde Gottes in Monakam. Vor allem aber war sie dank ihres beleuchteten Displays das Ergebnis meiner neu erworbenen Angst vor der Dunkelheit, eine Dunkelheit so schwarz und beklemmend, so kalt und unbarmherzig wie die Steine in einem gemauerten Loch.

Hör auf damit!

Ich seufzte und schloss kurz die Augen, verdrängte das schrille

Fiepen, das Scharren der kleinen Pfoten, das Nagen.

Das ist ganz bestimmt nicht der richtige Zeitpunkt für so wundervolle Erinnerungen.

Ich tippte auf das Display der Uhr, um die Uhrzeit abzulesen.

Es war gerade erst kurz nach elf. Nicht einmal Mittag.

Erst um fünf kommt das Boot zurück.

Obwohl das für mich jetzt keine Rolle mehr spielte. Natürlich würde mein Fehlen dem einen oder anderen auffallen. In der Anonymität einer so *kleinen* Masse unterzugehen, erwies sich als recht schwierig. Doch ich war fest davon überzeugt, dass Gabriel misstrauischen Fragen seitens der Inselbesucher zuvorkommen würde, indem er seine Leute nahe der Anlegestelle Stellung beziehen ließ, um mich abzufangen oder um Kapitän Leo darüber zu informieren, dass ich bei Bekannten auf Chapel Island blieb.

Und ich würde bleiben. Bis zum bitteren Ende.

Mit einem Mal begriff ich, dass mir bis zu diesem Ende, das aller Voraussicht nach Gabriels und meinen Tod bedeuten würde, noch ein paar Stunden Aufschub gewährt worden waren.

»Danke«, murmelte ich leise, obwohl mir nur allzu bewusst war, dass dieser Aufschub ein genaues Ablaufdatum – besser einen Ablauf*zeitpunkt* – besaß.

Ja, meine kleine Verschnaufpause würde sich exakt bis um fünf Uhr am Nachmittag hinziehen. Bis Kapitän Leos Fähre am Steg anlegte und die Tagesgäste Chapel Island mit ihm verließen. Dann würde die Hetzjagd beginnen.

Eine Windböe rauschte durch das Gestrüpp über mir. Tote Blätter, kleine Äste, vertrocknete Insekten und sonstiger widerwärtiger Unrat, den ich nicht näher bestimmen konnte und auch nicht näher bestimmen wollte, regneten in Hülle und Fülle auf mich nieder. Angewidert presste ich die Lippen zusammen und wischte mir die undefinierbaren braunen Krümel vom Gesicht. Es war erst kurz vor sechs und ich bezweifelte, dass ich es in meinem Versteck noch viel länger aushalten würde, ohne bald eine Panikattacke zu bekommen.

Das Vogelgezwitscher und das Kreischen der Möwen hatten nachgelassen. Die Sonne stand tiefer. In meiner Höhle war es nicht mehr ganz so hell. Wenn ich mich anstrengte, konnte ich zwischen den Blättern und Spinnenweben aber den blauen Himmel sehen, über den sich lang gezogene Dunstwolken zogen. Die Luft in meinem Versteck hatte sich merklich abgekühlt, und mein T-Shirt klebte wie eine juckende kalte zweite Haut an meinem Rücken. Tatsächlich fror ich sogar, sehnte mich danach, ins Freie zu treten und mich von den Sonnenstrahlen ein bisschen aufwärmen zu lassen. Genauso sehr wie ich mich nach einer deftigen Pizza und einem kalten Bier sehnte. Einen Moment lang gab ich mich den schmackhaften Gelüsten hin, dachte an ein saftig gegrilltes Steak mit Pommes und heiße Waffeln mit Vanilleeis. Ich merkte kaum, wie mein Verstand dahindämmerte und in den Pausenmodus schaltete.

Ich war nur noch erschöpft. Mehrmals hatte ich in den vergangenen Stunden versucht zu schlafen, doch ich hatte keinen Erfolg gehabt. Hatte ich es gerade geschafft, für ein paar Minuten einzudösen, wurde ich kurz darauf von irgendeinem Geräusch aus dem Halbschlaf gerissen, sodass ich mit panisch hämmerndem Herzen danach horchte, ob ich mich in Gefahr befand. Mittlerweile waren meine Synapsen völlig überdreht. Trotzdem war ich froh, dass mein Frühwarnsystem so sensibel justiert war. Schließlich konnte jedes Knacken, jedes Rascheln, jede Bewegung auf der Graslandschaft um mich herum bedeuten, dass sie mir schon auf der Spur waren.

Und dann hörte ich mit einem Mal tatsächlich etwas, das mich kurz die Luft anhalten ließ. Stimmen.

Erst dachte ich, ich würde sie mir einbilden, ein weit entferntes Säuseln, das durch den Wind entstand. Aber zu meinem Unglück war es natürlich nicht bloß der Wind. Die Stimmen wurden immer deutlicher. Die beiden Männer – ich war mir inzwischen sicher, dass es nicht mehr sein konnten, weil ich bloß zwei über die Wiese stapfen hörte – näherten sich langsam meinem Unterschlupf. Es dauerte nicht lange, da konnte ich ihrer Unterhaltung folgen.

»Sie muss doch irgendwo sein«, brummte einer der Männer heiser.

Ich hörte, dass er selbst oder sein Begleiter mit einem Stock oder Ähnlichem in den naheliegenden Sträuchern herumstocherte. *So ein Mist!*

Wie gelähmt starrte ich in die Richtung, aus der sie kamen. Was zur Hölle sollte ich tun, wenn sie bei mir ankamen und ihre Stichprobe machten? Dem Stock rechtzeitig auszuweichen, war in der Enge unmöglich!

»Ich sage dir, sie versteckt sich im alten Leuchtturm«, hörte ich den anderen Mann, einen jüngeren, gereizt antworten. »Es ist Zeitverschwendung, jeden einzelnen Busch und jeden Felsen zu überprüfen. Wer wäre schon so dumm, sich hier zu verstecken? – Ira bitte ... Ich *weiß*, dass sie zum Leuchtturm gelaufen ist! Sie wird denken, dass es dort ein Telefon oder ein Funkgerät gibt. Irgendetwas, womit sie die Polizei verständigen kann!«

Sie waren stehen geblieben, einer von ihnen keine vier oder fünf Meter von meinem Versteck entfernt. Ich konnte seine ausgetretenen Wanderstiefel und ein Stück seiner behaarten Waden sehen.

»Hm«, brummte Ira unschlüssig.

Seine ebenso verschlissenen Stiefel und seine von dunkelblauem Jeansstoff umhüllten Waden kamen ebenfalls in mein Sichtfeld. Er schien der Meister über ihr Suchwerkzeug zu sein, denn ein dünner, aber stabiler Ast bohrte sich neben seinem Stiefel in die Erde.

»Mag sein, dass du recht hast«, schnaufte er. »Aber unser Auftrag lautet, uns auf unserem Abschnitt von Süden nach Norden vorzuarbeiten und dabei keinen Zentimeter auszulassen. Möchtest du es Gabriel erklären, wenn dieses Miststück entwischt, weil wir beide uns nicht an seine Anweisung gehalten haben?«

»Nein ... das möchte ich nicht«, hörte ich den Jüngeren der beiden seufzen. Dann verschwanden seine Beine aus meinem

Blickfeld. »Ich mache hier drüben weiter«, erklärte er lustlos.

»Tu das, mein Freund«, erwiderte Ira, und ich schloss aus dem nachsichtigeren Tonfall, in dem er geantwortet hatte, dass auch ihm die Suche nach mir keinen allzu großen Spaß bereitete.

Er stach den Stock ein paar Mal unschlüssig in den Boden neben sich, dann setzte auch er sich wieder in Bewegung – und kam direkt auf mein Versteck zu.

Ich hatte keine Zeit, mich in irgendeiner Weise vorzubereiten, mich auf die Seite zu drehen oder die Hände schützend vors Gesicht zu ziehen, da rauschte der Stock auch schon durchs Geäst und bohrte sich keine fünf Zentimeter neben meiner Schulter in den Boden.

Ich keuchte lautlos, dann biss ich die Zähne zusammen und wappnete mich für den nächsten Vorstoß. Aller Wahrscheinlichkeit nach würde er meinen Pullover oder meine Jeans durchlöchern und mir den Ast in die Haut rammen. Aber es folgte bloß ein halbherziges Stochern in der Nähe meiner Füße. Bei seiner letzten Stichprobe jedoch erwischte Ira den Saum meiner Jeans. Der Ast verschwand, und ich heftete meinen Blick angespannt auf seine Beine. Bestimmt hatte er die Veränderung des Untergrundes wahrgenommen. Jeden Moment würde er mich an den Haaren aus dem Busch zerren ...

Doch anstatt einen näheren Blick auf das Gestrüpp zu werfen oder seinen Kumpanen herzuordern, damit der ihm half, hörte ich, wie Ira seine Gürtelschnalle öffnete. Es vergingen ein paar stille Sekunden, dann rieselte Iras warmer Urin ins Gebüsch.

Feine Spritzer landeten auf meiner Kleidung und meinen Händen, einfach überall. Angewidert schlug ich die Hände vors Gesicht.

Dieses ekelhafte Schwein! War das etwa seine Art, um mich aus dem Gebüsch zu locken?

Als er endlich fertig war, wartete ich nur darauf, dass er seinen Kumpel herbeirief, damit sie sich gemeinsam das stinkende Häufchen Elend im Gestrüpp ansehen konnten. Aber Ira rief nicht nach seinem Begleiter, und er machte auch keine weiteren Anstalten, mich aus meinem Versteck zu treiben. Grunzend zog er den Reißverschluss seiner Jeans hoch. Dann drehte er sich um und begab sich leise vor sich hin brummend und mit dem Stock im hohen Gras herumstochernd zum nächsten Gestrüpp.

Dem Himmel sei Dank war der Großteil des Urins rasch in der Erde versickert. Allem Anschein nach hatte sich jedoch ein dünnes Rinnsal einen Weg bis zu meiner Hüfte gebahnt, denn der Stoff meiner Jeans saugte die noch warme Flüssigkeit nun langsam auf. Ich musste mir verkneifen, lauthals loszufluchen, zog die Beine ein wenig an und hob mein Becken. Tatsächlich konnte ich nicht mehr tun, als in dieser mehr als unbequemen Lage zu verharren, wenn ich die Aufmerksamkeit der beiden Herren nicht auf mich lenken wollte. Aber nach nicht einmal dreißig Sekunden – die Männer waren ihren Stimmen nach ein gutes Stück vorangekommen – zitterten meine Beine so sehr vor Anstrengung, dass ich kapitulierte und mich zurück in die kleine Lache sinken ließ.

Großartig. Genauso hatte ich mir meinen Abgang vorgestellt: Zerkratzt, uringetränkt und mit vertrockneten Insekten übersät. *Halleluja!*

Als die Männer sich so weit entfernt hatten, dass ich sie nicht mehr hören konnte, haderte ich eine Zeit lang mit mir, ob ich meinen Unterschlupf verlassen und mir ein neues Versteck suchen sollte. Die Feuchtigkeit, vor allem aber der strenge Geruch ...

Ich würgte. So gern ich mein Versteck auch verlassen wollte, es war immer noch hell und ich durfte keinesfalls das Risiko eingehen, gesehen zu werden. Sokol hatte gesagt, wir sollten unser Glück nicht überstrapazieren. Und dass Ira mich nicht entdeckt oder mir einen zweiten Nabel in die Bauchdecke gestochen hatte, konnte ich gewiss als ungeheures Riesenglück bezeichnen. Wenn ich nicht unbedingt sterben wollte, sollte ich es wohl auch nicht herausfordern.

Ich starrte noch eine Weile ins Geäst über mir und dachte über meine Mutter nach. Darüber, ob sie wusste, dass mein Vater sich und meinen kleinen Bruder umgebracht hatte, weil Gabriel ihm ihren Tod vorgetäuscht hatte. Darüber, ob sie wusste, dass ich noch am Leben war. Mit der Zeit verschwammen die Blätter und Äste, und ich merkte erst, dass ich eingeschlafen war, als das Tosen des Windes und ein entferntes Knallen mich aus dem Schlaf rissen.

Nein, kein Knallen. Ein Schuss.

Um mich herum war es schwarz. Panisch richtete ich mich auf, wurde aber sogleich von den Ästen ausgebremst, die sich schmerzhaft in meine Haut bohrten und scharf über meine Stirn und meine Kopfhaut kratzten. Ich wusste nicht, wo ich war, wollte losschreien, aber meine Kehle war wie zugeschnürt. Ungehalten drosch ich auf die Äste ein, bis mein Verstand sich allmählich einschaltete.

Du bist auf Chapel Island! Krieg dich wieder ein, klar!

Aber die Sonne war untergegangen und die Panik, die die Finsternis um mich herum auslöste, breitete sich immer weiter in meinem Nervensystem aus und brachte mich fast um den Verstand. Zum Teufel noch mal, ich musste hier raus!

Ich drehte mich auf den Bauch, dann robbte ich aus meinem Versteck heraus. Erst als ich den frischen Wind auf meiner Haut spürte und die von den Gestirnen in kaltes Licht getauchte schroffe Landschaft sah, kam mir der Gedanke, dass jemand in meiner Nähe sein könnte. Ich rappelte mich schnell auf, stolperte ein paar Meter vorwärts, duckte mich ins hohe Gras neben einem der hünenhaften Felsen und versuchte, mir in der Dunkelheit einen Überblick zu verschaffen.

Wie spät es wohl war?

Ich wagte es nicht, das Display meiner Uhr zu aktivieren. Zu groß war die Gefahr, dass mich jemand entdeckte.

Um mich herum zirpten Grillen, ich vernahm das gierige Summen einer Mücke neben meinem Ohr und schlug sie weg. Aber bis auf die tierischen Störenfriede konnte ich in der Dunkelheit niemanden hören, geschweige denn erkennen.

Und der Schuss? Was ist damit?
Der Schuss, davon war ich fest überzeugt, hatte seinen Ursprung irgendwo im Süden der Insel gehabt. Die Kugel war nicht für mich bestimmt gewesen. *Aber für wen sonst?*
Gänsehaut zog sich über meine Arme. Was war, wenn Elias es ebenfalls geschafft hatte zu fliehen?
Er musste entkommen sein. Er musste es hinausgeschafft haben. Meine Flucht musste für Trubel gesorgt haben und war ohne Frage Ablenkung genug gewesen, damit er sich aus dem Cottage hatte retten können.
Und wenn er sich dann genau wie du versteckt hat, um auf die Dunkelheit zu warten?
Ich spürte, wie das Blut aus meinen Fingern wich. Sie begannen zu kribbeln. Mir wurde von einem Moment zum nächsten unerträglich heiß und wieder kalt. Mir wurde übel. Ich bekam kaum Luft.
Schwer atmend lehnte ich mich an den Felsen an und ließ mich langsam auf die Knie sinken. Elias musste entkommen sein.
Und wie es schien, hatten sie ihn soeben gefunden.

10

Sein erster Instinkt war es, sich Sokol, der wegen des Schusses und der Schreie, die auf den Schuss gefolgt waren, wie ein betäubtes Rind vor der Schlachtbank stand und in die Dunkelheit blinzelte, über die Schulter zu werfen und loszulaufen, um sie beide schleunigst aus der Reichweite des Schützen zu bringen. Stattdessen deutete David aber auf eine Reihe von Felsen, die am seichten Hang einer Anhöhe verstreut lagen.

»Verkriechen Sie sich da drüben und halten Sie den Kopf unten«, wies er Sokol an, dann ging er auf den Pfad zu, über den sie gekommen waren.

»Was? – *Nein!*«, keuchte Sokol und hielt ihn am Arm fest. Er hatte die Augen so panisch aufgerissen, dass David trotz der Dunkelheit das Weiße darin aufblitzen sehen konnte. »Ich bleibe auf keinen Fall allein hier! Ich komme mit Ihnen!«

»Sie könnten sterben«, erwiderte David ruhig. »Ist Ihnen das klar?«

Sokol lachte nervös. »Lieber sterbe ich wie ein Held und nicht wie ein Angsthase, der sich hinter ein paar Steinen verkriecht.«

David überlegte einen Moment. Eigentlich hatte er den Kerl loswerden wollen, vielleicht könnte er ihm aber noch nützlich sein.

»Also gut, kommen Sie«, sagte er und wandte sich wieder dem Pfad zu. »Aber seien Sie leise.«

Sie schlichen den schmalen Weg zurück, bis hinter dem letzten Hügel der Felsüberhang in Sicht kam. Das Flutlicht unten am Steg musste nach wie vor in Betrieb sein, denn der mit Gras bewachsene Rand leuchtete unheimlich. Er ließ sich auf die kahl gefressene Wiese sinken und gab Sokol wortlos zu verstehen, dass sie von nun an weiterkriechen mussten, und Sokol ging neben ihm auf die Knie. Leise und mit der quälenden Langsamkeit von Faultieren krabbelten sie auf den Felsvorsprung zu, während immer wieder Schmerzensblitze durch seine Schulter zuckten.

Der Schuss hatte nicht ihnen gegolten. Aber wem dann? Rahel?

Allerdings hatte der Schrei, der auf den Schuss gefolgt war, sich nicht nach einer Frau angehört. David schlitzte sich die Handkante an einer im Gras verborgenen Steinkante auf und presste die Zähne aufeinander.

Verschwende keine Zeit, beweg dich!

Kurz vor dem Überhang hob er die Hand und signalisierte Sokol dortzubleiben, wo er war. Sein Herz pumpte wie verrückt und jede seiner Muskelfasern war bis aufs Äußerste gespannt, als er sich weiter auf den Rand zuschob. Ihm blieb keine Zeit, das Nachtsichtgerät aus der Tasche zu holen. Flüchtig suchte er mit bloßem Auge den Hang ab, dann schob er sich noch ein Stück weiter vor und wagte einen Blick in die Tiefe.

Das Flutlicht tauchte den Steg in grelles Licht. Aber nicht bloß der Steg war hell erleuchtet. Auch die Leiche, die mit den weit von sich gestreckten Armen auf den breiten Holzplanken lag, wurde angestrahlt wie ein groteskes Kunstwerk auf einer Vernissage.

Aber was zum Himmel hat der hier zu suchen?

Eddie Fitzpatrick lag auf dem Rücken. Das Holz unter seinem leblosen Körper hatte eine satte dunkle Farbe angenommen. Selbst von hier oben konnte David sehen, dass seine Augen weit offen standen. Ein Bauchschuss, vermutete er. Denn Eddies Kopf war ganz geblieben. Natürlich hatte es den Bruder treffen müssen, der noch einen Hauch von Anstand besessen hatte.

Er registrierte das Boot, mit dem Eddie hergekommen sein musste und das neben dem von Hugh am Steg festgebunden war. Es war größer und sehr viel neuer als Hughs und gehörte Doc Brennan, wie er wusste. Und wahrscheinlich war es das Boot, dass Sokol und er auf dem Weg nach Chapel Island gehört hatten. Die beiden Brüder mussten es gestohlen haben und ihnen gefolgt sein.

David rückte noch ein wenig nach vorn, um den Klippenweg in Augenschein zu nehmen. Wenn Eddie hier war, dann sicherlich auch ...

»*O Gott*«, hörte er Sokol plötzlich neben sich wispern, und er warf ihm einen scharfen Blick zu. Warum hörte dieser verfluchte Kerl nicht auf ihn?

»Kein guter Moment, um sich eine Zigarette anzuzünden, was?«, wisperte der Journalist und presste sich die Hand vor den Mund.

David hatte keine Zeit, um sich um Sokols seelische Verfassung zu kümmern. Denn fünfzehn Meter unter ihnen schlurfte jemand den Kiesweg entlang. Und trotz des heftigen Windes vernahm er ein gelegentliches Schluchzen.

Bobby.

David lehnte sich vor, hatte aber immer noch keinen Überblick über den gesamten Klippenpfad. Zu schroff standen die Felsen hier und dort hervor, und auf den Abschnitten, die er überschauen konnte, sah er Bobby nicht. Dafür hörte er ihn nur Sekunden später umso besser.

»Was ... *was* hast du getan?«, schrie Bobby Fitzpatrick wie von Sinnen. Seine schrille, halb krächzende Stimme hallte von den Felswänden wider wie das Gewäsch der Möwen, wenn sie sich um einen Fang stritten. Es folgte ein durchdringender Kehllaut des Kummers, dann »Soll dich der Teufel holen, du beschissenes Arschloch! Ich werde dich töten, du beschissenes Riesenbaby! Ich komme jetzt und töte dich! Hast du das verstanden, Klotz?«

Hervorragend. Das hatte ihm gerade noch gefehlt. Jetzt hatte er nicht nur den Reporter an der Backe, sondern auch noch ...

»David, wir müssen den Mann sofort warnen!«, wisperte Sokol neben ihm beinahe atemlos. Er war ein gutes Stück von der Hangkante zurückgerobbt, vermutlich weil er den Anblick der Leiche nicht länger ertrug, und war gerade im Begriff aufzustehen.

»Sind Sie verrückt, Mann? Wollen Sie etwa das nächste Ziel abgeben?« David hatte sich zu ihm umgedreht. »Runter auf den Boden! Jetzt gleich!«

Sokol gehorchte zögernd, legte sich flach auf den Boden und hob den Kopf. »Wir können doch nicht tatenlos dabei zusehen, wie sie den armen Kerl ...«

»Denken Sie nicht«, blaffte David ihn leise an, »es ist Warnung genug, dass sie gerade vor seinen Augen seinen Kollegen erschossen haben?«

Er hatte sich bei seiner Wortwahl bewusst für den Ausdruck ›Kollege‹ entschieden. Sokol brauchte nicht zu wissen, dass zwischen ihm und den beiden Männern, von denen einer nicht einmal eine Minute auf Chapel Island überlebt hatte, eine Verbindung bestand. Dass sie seinetwegen hier waren.

Die Kugel hatte ihm oder Sokol gegolten, daran hatte er keinen Zweifel. Warum aber hatte der Wachhabende erst so spät geschossen? Hatte das Flutlicht womöglich eine Art Alarm ausgelöst, und Gabriels Männer hatten Zeit gebraucht, um vom Dorf zum Hang zu laufen? – Zeit, in der David und Sokol von der Bildfläche verschwunden und die Gebrüder Fitzpatrick am Steg aufgetaucht waren?

Sokol schwafelte irgendetwas vor sich hin, und David fiel plötzlich auf, dass der Journalist weiter in Richtung der seichten Hügel zurückgekrochen war.

Großer Gott! Allmählich ging der Kerl ihm wirklich auf die Nerven. Er wandte sich zu ihm um, um ihm zu sagen, er solle sich doch lieber irgendwo verstecken. Doch der Journalist blinzelte angestrengt zu den Klippen hinüber und wirkte dabei so nervös, dass David seinem Blick folgte. Aber dort hinten rührte sich nichts. Anscheinend hatte Sokol den Anblick der Leiche und des vielen Blutes noch nicht ganz verkraftet.

»Was haben Sie eben gesagt?«, zischte David ihm zu und hoffte, dass der Mann jetzt nicht auf die Idee kam, ein Gebet für Eddie Fitzpatrick sprechen zu wollen.

Aber Sokol sah bloß stumm und mit schreckgeweiteten Augen zu ihm herüber. Er hatte sich noch weiter zurückgezogen und deutete nun mit dem Finger dorthin, wo der Klippenweg endete, sich gabelte und in zwei Pfaden weiter zum Dorf oder in Richtung Friedhof führte.

David sah in die Richtung, entdeckte aber wieder nichts. Er drehte sich wieder zu Sokol und zuckte fragend mit den Schultern.

»Ich habe gesagt«, flüsterte der Journalist so leise, dass David ihn wegen des Windes kaum verstehen konnte, »dass er bereits hier oben ist. Er kommt auf uns zu. Und ich glaube, er hat eine Waffe.«

David machte rasch kehrt und kroch auf die dichten Büsche zu, hinter denen Sokol inzwischen schon so gut wie verschwunden war. Seine Schulter hämmerte vor Schmerz, aber darauf konnte er jetzt keine Rücksicht nehmen.

Verdammt noch mal, war Bobby etwa Legastheniker? Hatte der Bengel die überdeutlichen weißen Buchstaben, das feine Wörtchen ›Dorf‹ auf dem Wegweiser etwa nicht lesen können? Zumal der Schuss sicher nicht von ihrer Seite des Hanges abgefeuert worden war, sondern von der anderen! Warum also kam Bobby jetzt auf sie zu? Wie dumm war dieser verfluchte kleine ...

David hielt mitten in der Bewegung inne. *Moment mal.*

Die Tabletten! Diese verdammten Schmerzmittel hatten seinen Denkapparat völlig lahmgelegt! Erst jetzt war ihm in den Sinn gekommen, dass er in den vergangenen Minuten einen wesentlichen Punkt völlig außer Acht gelassen hatte: Aus welchem Grund war Bobby überhaupt noch am Leben? Warum hatte der Schütze keinen zweiten Schuss abgefeuert?

»David!«, zischte Sokol aus dem Gebüsch hinter ihm.

Aber da war es schon zu spät.

»Beweg dich einen Millimeter, Klotz, und für die Schafe gibt's morgen Hirn zum Frühstück.«

Bobby stand einige Meter von ihm entfernt da. Nur ein weiterer Schatten, der sich dunkel von der in Mondlicht gehüllten Landschaft abhob. Trotzdem konnte David die Waffe sehen, die der junge Mann auf ihn richtete. Er vermutete, dass es dieselbe Pistole war, mit der dieser kleine Schwanzlutscher ihm bereits die Schulter demoliert hatte. Was ihm aber am allerwenigsten gefiel, war der Umstand, dass er Bobby nicht hatte kommen hören.

Diese verfluchten Tabletten.

»Ich hab gesagt, nicht bewegen!«, brüllte Bobby, dabei war David gar nicht bewusst, dass er sich bewegt hatte, da löste sich aus der Waffe bereits ein Schuss.

Daneben.

Er keuchte. Dann hob er langsam die Hände, um zu zeigen, dass er unbewaffnet war. Er hatte nicht sehen können, wo das Projektil eingeschlagen war, aber er glaubte, dass es sich nicht weit von seinem Kopf entfernt in den Boden gegraben hatte. »Bobby, ich ...«

»Halt deine Fresse, du verdammter Bastard!«, schluchzte Bobby ungehalten und verschluckte sich, sodass er husten musste.

»Bobby ... Ich schwöre beim Grab meiner Mutter, dass ich deinen Bruder nicht erschossen habe.«

Bobby gab ein krächzendes Lachen von sich. »Ich scheiß auf das Grab deiner Mutter! Genauso wie ich auch auf dich scheiße!« Er schniefte und näherte sich ein paar Schritte. »Vielleicht mach ich das ja wirklich, Klotz. *Auf dich scheißen.* Wenn du erst mal tot bist, interessiert's dich ja schließlich nicht mehr, oder?« Bobby gackerte heiser, schluchzte und gackerte wieder, wobei er einen weiteren Schritt auf ihn zu machte.

Bobbys Augen waren geschwollen und glänzten vor Tränen, und sein Gesicht wurde von Wut und Schmerz verunstaltet, wie David jetzt erkennen konnte. Es lagen noch immer ein paar Schritte zwischen ihnen. Und obwohl der Wind über die Insel jagte wie ein Rennpferd mit geblähten Nüstern und schäumendem Maul, konnte er den Mann riechen. Es war ein beißender, durchdringender Geruch. Der Geruch von purer Angst.

»Du dachtest wohl, wir hätten die Hosen gestrichen voll, hä?« Bobby zog mit einem Grunzen Luft und eine stattliche Portion Rotz durch die Nase hoch und spuckte die zähe Masse in Davids Richtung, traf aber nicht. »Dachtest wohl, wir fallen auf deine Knaststorys rein. Denkst, du bist oberschlau ... Aber wir sind nicht blöd, klar! *Ich* bin nicht blöd, hast du kapiert? Und Eddie ...«

Bobby schluckte und strich sich mit dem Handrücken der Hand, in der er die Waffe hielt, das Haar aus der Stirn. Er war mittlerweile so dicht an David herangekommen, dass dieser ihn am Fußgelenk packen konnte.

Ruhig Brauner. Der geeignete Moment wird schon noch kommen.

»Eddie ...«, begann Bobby leise krächzend. »Eddie war auch nicht dumm. Nur weil in seiner Birne nicht alles am richtigen Platz war, weil er gestottert hat, war er *nicht* dumm! Hast du das kapiert, Arschgesicht? Wir wussten, dass du uns mit dem Gelaber vom Knast bloß Angst machen wolltest!«

Bobby ging vor ihm in die Hocke und zielte wie schon am Tag zuvor auf seinen Kopf. Er leckte sich die Lippen und ein gehässiges Grinsen trat auf sein verheultes Gesicht. »Weißt du was, Klotz? Ich habe mich gefragt, warum du uns so eine Scheiße erzählt hast. Warum du uns so schnell loswerden wolltest, obwohl ich dir ein ordentliches Loch verpasst hab.« Er tippte sich an die Schläfe. »Irgendwie wollte hier oben nicht rein, dass du nicht die Bullen oder einen Krankenwagen gerufen hast. Und da bin ich drauf gekommen, dass du vielleicht selbst Angst vor den verdammten Bullen hast.«

David hatte keine Probleme mit der Polizei. Bisher war er den Männern und Frauen in Uniform aber auch immer erfolgreich aus dem Weg gegangen.

»Ich glaube, du steigerst dich da zu sehr rein, Bobby«, brummte er. Er hatte die Hände immer noch erhoben und seine Arme schliefen langsam ein.

Nein, er hatte keine Angst vor der Polizei. Eher einen gesunden Respekt. Angst im entferntesten Sinne empfand er bloß vor Leuten wie Gabriel. Gabriel, der mit seinen Männern, jetzt bestimmt auf der Suche nach ihnen war.

Der Schuss! Oh, verdammt! Sie mussten den Schuss, den Fitzpatrick eben abgegeben hatte und das aufgebrachte Geschrei des jungen Mannes gehört haben! Warum *Himmel, Arsch und Zwirn* arbeitete sein Verstand heute nur so verflucht langsam?

Wie oft soll ich es noch sagen: Es sind die Tabletten, mein Freund.

»Hör mal, Kumpel«, begann er, weil er dem Großmaul sagen wollte, dass es besser sei, von hier zu verschwinden – *jetzt sofort* von hier zu verschwinden –, aber Bobby unterbrach ihn.

»Ich bin *nicht* dein Kumpel, klar!«. Bobby war aufgesprungen, und ein heftiger Schluchzer rüttelte seinen mageren Körper durch. Einen Moment lang sah es so aus, als wollten seine Beine unter ihm nachgeben, so sehr zitterte er. Aber er bekam sich wieder in den Griff, richtete die Waffe auf David und wischte sich mit dem linken Unterarm den Rotz von der Nase. »Irgend... Irgendwelche letzten Worte?«

»Ich habe deinen Bruder nicht erschossen«, sagte David ruhig. »Nicht, dass ich ihm nach deiner gestrigen Aktion nicht gern den Arsch versohlt hätte, so wie ich auch dir gern deinen verfluchten Arsch versohlen möchte. Aber erschossen habe ich ihn nicht.«

»Erzähl das deinem verschissenen Friseur!«

Bobby stand jetzt direkt vor ihm. Die Mündung der kleinen

Handfeuerwaffe schwebte fünfzig, vielleicht sechzig Zentimeter über Davids Kopf wie eine angriffslustige Hornisse.

»Er ... er war es wirklich nicht.« Sokol krabbelte zwischen dem Gestrüpp hervor, richtete sich auf und hob zögernd die Hände. Sein Gesicht war blass wie der Mond selbst. Er sprach schnell weiter. »Ich war die ganze Zeit über bei ihm, auch als wir den Schuss gehört haben. Er war es nicht.«

»Bleib, wo du bist, oder ich mache ihn platt!«, schrie Bobby, richtete die Waffe aber nicht länger auf David, sondern fuhr damit zu Sokol herum.

Blitzschnell stemmte David sich vom Boden hoch und warf sich auf Bobby.

Seine Schulter brannte wie Feuer, und doch schaffte er es, den Mann zu Fall zu bringen und ihn auf den Boden zu pressen. Er packte seine Handgelenke.

Sokol war ebenfalls aufgesprungen. Er stürzte sich auf die Waffe in Bobbys Hand, war aber zum Glück so klug, sich nicht in die Schusslinie zu begeben, denn Bobby feuerte gleich zwei Mal ab. Als er die Waffe aus Bobbys Hand befreit hatte, stolperte er damit aus dessen Reichweite.

»Hab sie!«, keuchte er aus sicherer Entfernung und rieb sich die Ohren. Auch ihn hatte das ohrenbetäubende Krachen offenbar für einige Sekunden taub gemacht.

»Scheiß Schwuchtel, geh runter von mir!«, schluchzte Bobby ins Gras, leistete aber keine Gegenwehr mehr.

David rappelte sich auf, ließ den jungen Mann dabei aber keine Sekunde los. Als er sicher stand, festigte er seinen Griff um eines von Bobbys Handgelenken, verdrehte ihm den Arm und riss ihn in die Höhe. Bobby kreischte wie am Spieß.

»Du brichst mir den Arm, verdammt!« Bobbys Kreischen ging in Heulen über. »Lass mich ... lass mich bitte los! *Bitte!*«

David drehte den dürren Arm noch ein Stück weiter, bis nur noch Millimeter fehlten, um den Knochen aus dem Gelenk zu sprengen.

Bobby heulte auf. Keuchte und heulte.

David ließ ein wenig locker. Bis auf ein leises Stöhnen war von Bobby nichts zu hören.

»Musste das unbedingt sein?«, hörte er Sokols vorwurfsvolle Stimme von den Büschen her zu ihm herüberwehen.

»Halten Sie die Klappe.« David ging neben Bobby in die Hocke und senkte den Kopf. Er wollte nicht, dass Sokol mitbekam, was er Fitzpatrick zu sagen hatte.

»Ich hatte kein Problem mit deinem Bruder«, knurrte David leise. »Wenn du mich fragst, hatte der arme Kerl einfach nur das Pech unter deinem schlechten Einfluss zu stehen. Jedenfalls ... war nicht ich es, der deinen Bruder getötet hat. Es war jemand von dieser verfluchten Insel hier. Jemand von *denen* hat geschossen. Dass ich deinen Bruder nicht erschossen habe, heißt aber nicht, dass ich kein Problem damit hätte, *dir* jetzt gleich eine Kugel in den Kopf zu jagen. Oder dir mit bloßen Händen das Genick zu brechen.« David nickte in Richtung Gebüsch, wo Sokol sich von einem aufs andere Bein tretend nervös umsah, und Bobby folgte seinem Blick mit einem leisen Stöhnen. »Wenn mein Freund da drüben nicht wäre, sähe die Situation für dich wohl ganz anders aus ... Hast du verstanden, was ich dir damit sagen will, *muchacho*?«

Bobby starrte ihn bloß an, das Gesicht tränenüberströmt, verschwitzt und bleich.

»Ich habe gefragt, ob du mich verstanden hast?«, wiederholte David langsam und zog Bobbys Arm wieder an.

Sofort begann der junge Mann zu nicken. »Hab's ... hab's kapiert, ja.«

»Gut«, entgegnete David leise. »Und weil du so ein braver Junge warst, will ich jetzt eines der Rätsel in deinem hohlen Kopf für dich lösen. Du hast nämlich recht, ich mag die Polizei nicht besonders. Das liegt allerdings nur daran, dass sie mir bisher keine große Hilfe war. Hast du dich auch nur ein einziges Mal gefragt, Bobby, warum mein Freund da drüben und ich hier auf dieser Insel sind?«

Bobby schüttelte den Kopf. Seine Augen waren so groß wie Untertassen. »Warum ... warum seid ihr hier?«

»Nun, ich für meinen Teil bin hier, um den Mann zu töten, dem diese Insel gehört. Ein verdammt übler Kerl. Zufällig ist das auch der Kerl, der angeordnet hat, den Steg zu überwachen und zu schießen, sobald unangemeldeter Besuch auftaucht. Verstehst du, was ich dir damit sagen will, Bobby? Dieser Kerl hat seinen Männern befohlen, deinen Bruder zu töten.« David zögerte einen Moment, ehe er weitersprach, versicherte sich, dass Sokol nichts hörte und dann, dass er Bobbys volle Aufmerksamkeit hatte. Und ja, er hatte sie; in den Augen des jungen Mannes glühte bereits das lodernde Feuer der Rachsucht.

»Möchtest du wissen, wie er heißt?«, fragte David leise. »Der Kerl, der deinen Bruder erschießen lassen hat?«

Bobby schniefte, dann nickte er stockend.

»Sein Name ist Gabriel«, sagte David. »Und Gabriel hat schon sehr, sehr viele Menschen getötet, Bobby. Und auch wenn du glaubst, wir beide hätten nichts gemeinsam ... *jetzt* haben wir eine Gemeinsamkeit. Gabriel hat nicht nur dir einen Menschen genommen, den du geliebt hast. Er hat auch mir einen wichtigen Menschen genommen. Meine Mutter. Und wegen ihr bin ich hier, Bobby. Nur wegen ihr. Ich will den Mann töten, der ihr das Leben genommen hat. Und ich schwöre bei allem, was mir heilig ist, er wird den Sonnenaufgang nicht mehr erleben.« Davids Kehle schnürte sich bei den letzten Worten zu und er räusperte sich.

»Aber vielleicht, Bobby«, fuhr er mit heiserer Stimme fort, »vielleicht hast du das Glück und findest Gabriel vor mir. Vielleicht bist du es, der heute Nacht seine Rache bekommt.« Er schwieg einen kurzen Moment und sah Bobby fest in die Augen. »Aber solltest du nicht vorhaben, Gabriel für seine Tat zur Rechenschaft zu ziehen, dann rate ich dir, schleunigst die Beine unter die Arme zu nehmen und dich von dieser Insel zu verpissen. Denn auf Chapel Island wird heute Nacht der Tod umgehen.«

Bobby fixierte ihn wie eine hypnotisierte Ratte, sagte aber kein

Wort.

»Überleg es dir gut«, flüsterte David.

Bobby schluckte, dann nickte er langsam. »Ich ... ich bleibe.«

»Guter Mann«, erwiderte David und winkte den Journalisten zu sich, ohne sich zu ihm umzudrehen. »Sokol, geben Sie mir seine Waffe.«

Sekunden später ging Sokol neben ihm in die Hocke. »Sie wollen ihn doch nicht etwa erschießen, oder? Das können Sie nicht ... *Hey!*«

David hatte den Journalisten am Arm gepackt und nahm ihm die Waffe aus der Hand.

»Hier.« Er drückte sie Bobby, der sich mittlerweile aufgerafft hatte und vor ihm auf dem Boden kauerte, in die Hand und schloss die Finger des jungen Mannes darum.

»Was in aller Welt tun Sie da? Sind Sie jetzt völlig verrückt?« Sokol starrte ihn mit geschockter Miene an. »Falls es Ihnen nicht aufgefallen ist: Der Kerl hat Sie vor ein paar Sekunden noch umbringen wollen!«

David kümmerte sich nicht um ihn. Seine Augen waren auf die von Bobby gerichtet, seine Hand war nach wie vor wie ein Sicherheitsbügel um die klammen Finger des Burschen und um die Waffe gekrümmt. »Egal, wie du dich entscheidest, Junge, du solltest jetzt von hier verschwinden. Sie werden uns gehört haben, und sie werden schon bald hier sein, um nach uns zu suchen.«

Er ließ Bobbys Hand los, erhob sich und wandte sich an Sokol. »Kommen Sie. Wir müssen hier weg, bevor Gabriels Leute auftauchen.«

Zögernd folgte Sokol ihm zurück zum Pfad. Immer wieder schaute der Journalist zu Bobby zurück, der sich nun langsam aufraffte, mit einem leisen Stöhnen auf die Beine kam und ihnen hinterherblickte.

»Was haben Sie zu ihm gesagt?«, flüsterte er David nervös zu. »Was haben Sie ihm ...« Er schüttelte den Kopf. »Halten Sie das für eine gute Idee? Ihm die Waffe wiederzugeben?«

Sie hatten den Pfad erreicht und David fiel in einen zügigen Laufschritt.

»Wäre es Ihnen lieber, ich hätte ihn schutzlos zurückgelassen?«, fragte er Sokol über die Schulter hinweg.

»Nein ... natürlich nicht.«

Dann hörte David ihn nur noch leise keuchen. Es war die ungleichmäßige Atmung eines untrainierten Menschen, der einer Schachtel Zigaretten einem Spaziergang an der frischen Luft bisher immer den Vorrang gegeben hatte. Und es wunderte David, dass selbst dieses laute Schnaufen keinen von Gabriels Männern anlockte. Hätten sie ihnen nicht längst auf den Fersen sein müssen? Spätestens Bobbys Schüsse mussten doch dafür gesorgt haben, dass Gabriel seine Männer ausschwärmen ließ ... Oder waren sie anderweitig beschäftigt? Zum Beispiel mit Rahel?

Als er an der Pforte ankam, die den bewohnten Teil der Insel vom Naturschutzgebiet trennte, wartete er, bis Sokol ihn schwer atmend einholte. Der Mann sah wirklich übel aus, und es wunderte David, dass er überhaupt so lange durchgehalten hatte. Als sie ihren Weg fortsetzten, aus Rücksicht auf Sokols Herz nun etwas langsamer, hatte er Bobby Fitzpatrick schon fast vergessen.

Aber nur fast. Schließlich hätte der Bursche ihn um ein Haar erschossen. Noch einmal würde er es aber bestimmt nicht versuchen. Zumindest nicht bei ihm oder bei Sokol. Aber Fitzpatricks letzter Sohn, da war David sich ganz sicher, würde auf der Insel heute Nacht noch für schwere Unruhen sorgen.

Das hoffte er jedenfalls.

»Verdammt, es muss hier doch irgendwo sein!«, wisperte Sokol. Hektisch suchte er die Büsche an der Kapelle ab und durchkämmte das hohe Gras.

»Suchen Sie weiter«, brummte David. Er hatte das Nachtsichtgerät aus seiner Sporttasche geholt und scannte damit die Umgebung.

Nichts.

Noch waren sie allein. Aber wer wusste schon, wie lange das noch so blieb. Gewiss waren sie schon hinter ihnen her. Er verstaute das Gerät wieder in der Tasche und wandte sich zu Sokol um. »Wie sieht's aus?«

»Nur das.« Sokol hielt ihm eine Schirmmütze entgegen, dann ließ er die Hand sinken und raufte sich verzweifelt die Haare. »Aber die gehört ihr bestimmt nicht einmal. Und wenn doch, ist es auch egal. Genauso wie es inzwischen egal ist, ob wir das Handy finden oder nicht. Es spielt keine Rolle mehr. Sie ist längst tot. Rahel ist tot, und das ist ganz allein meine Schuld.«

»Lassen Sie das«, schnaufte David. »Sie ist nicht tot.«

»Gabriels Leute haben diesen Kerl da unten einfach erschossen!« Sokol warf die Mütze zurück ins Gestrüpp und funkelte ihn wütend an. »Sie haben es doch selbst gesehen! Warum sollten sie mit Rahel anders verfahren, hm?«

Davids Schulter brannte mittlerweile wie die Hölle und Sokols ständiges Gequatsche machte es nicht unbedingt besser. Die Versuchung, ein paar Schmerztabletten einzuwerfen – er hatte sicherheitshalber welche eingesteckt – war verlockend. Die kleinen Pillen würden seine Sinne etwas trüben und ihn vielleicht ein wenig schläfrig machen. Aber das war nun mal der Preis dafür, dass das heiße Pochen in seiner Schulter sich in ein kaum vorhandenes Ziehen verwandeln würde.

Also?

Er schüttelte kaum merklich den Kopf. Er musste bei klarem Verstand bleiben.

»Sehen Sie! Sie können mir keinen einzigen Grund nennen, warum man Rahel hätte verschonen sollen! Hab ich's doch gewusst! Sie ist längst tot! Und wir ... wir werden es auch bald sein!«

»Gott ...« David schloss kurz die Augen und massierte sich die Schläfen. »Halten Sie jetzt endlich den Mund, Sokol, seien Sie verdammt noch mal leise. Oder *wollen* Sie etwa sterben?« David sah ihn eindringlich an. »Rahel lebt, hör'n Sie? Dafür würde ich meine Hand ins Feuer legen.«

Nun, ganz so überzeugt war er davon zwar nicht, aber er wollte, dass der Mann endlich seine verflixte Klappe hielt.

»Sie *hat* einen Wert für Gabriel«, fuhr er leise fort. »Er wird sie nicht einfach so abschlachten und an die Fische verfüttern. Erinnern Sie sich nicht an das Polizei-Geisel-Szenario, von dem ich Ihnen erzählt habe?«

Sokol nickte.

»Dann ist's ja gut. Und jetzt suchen Sie weiter. Vielleicht ist das Handy tatsächlich noch hier und sie hat eine Nachricht oder irgendeinen Hinweis darauf hinterlassen. Ich werde mich währenddessen ein bisschen in der Gegend umsehen.«

»Nein!«, krächzte Sokol. »Lassen Sie mich nicht ...«

»Allein?«, beendete David seinen Satz und hob die Brauen.

Er konnte Sokol sein Unbehagen ansehen. Der Mann wollte keineswegs allein gelassen werden, und David konnte das gut nachvollziehen. Aber die miserable Konstitution des Journalisten ließ es nicht zu, dass er ihn auf seine Expedition mitnahm. Am Ende würde er ihn noch wie ein Packesel über die Insel schleppen müssen. Und diese Behinderung war es keinesfalls Wert, dass Gabriel ihm durch die Finger schlüpfte. Es war der perfekte Zeitpunkt, um den Journalisten loszuwerden, und er musste ihn auskosten, wenn die Nacht so enden sollte, wie er es sich ausgemalt hatte.

»Sokol, bitte konzentrieren Sie sich auf das Handy. Ich bin wirklich nicht weit weg. Okay?«

»Aber ...«, erwiderte Sokol, doch David kam ihm zuvor.

»In Ihrem Zustand ist es besser, wenn Sie hierbleiben. Falls jemand kommen sollte, dann sehen Sie zu, dass Sie sich irgendwo verkriechen. Ich bin gleich wieder da. Versprochen.«

Im Bruchteil einer Sekunde zeichnete sich eine ganze Kaskade von Gefühlsregungen auf Sokols Miene ab. Zum einen war da die Angst, weil David ihn tatsächlich alleinlassen würde und weil es gut möglich war, dass genau dann Gabriels Männer auftauchten. Zum anderen war da aber auch eine Spur der Erleichterung, weil

David ihm das Versprechen gegeben hatte, er würde zurückkommen.

Sokol nickte langsam. »In Ordnung. Bis gleich«, flüsterte er kaum hörbar, dann ging er wieder in die Hocke und durchpflügte mit den Händen das vor ihm liegende Gestrüpp.

»Bis gleich.«

David bewegte sich fast geräuschlos ans andere Ende der Kapellenruine. Langsam umrundete er das Gemäuer. Sie war nicht mehr hier. Sie hätte ihn und Sokol hören müssen und wäre dann vermutlich aus ihrem Versteck gekommen. Aber nein, sie war nicht mehr hier. Hinter dem Feld, auf das er nun blickte und auf dem kniehohe, stark duftende Pflanzen wuchsen, lag eine dichte Hecke, zwischen deren Blattwerk hier und da kleine Lichtpunkte hindurchsickerten. Auf der anderen Seite musste sich eines der Häuser befinden. Geduckt überquerte er das Feld und steuerte auf den Punkt zu, an dem die Hecke endete und in eine niedrige Steinmauer überging. Er zog das Kampfmesser aus der Gürtelhalterung, trat an das hohe Gebüsch und wollte gerade daran vorbei auf das Grundstück spähen, da blieb er an einem der Äste hängen.

Neben ihm im dichten Blattwerk raschelte es hektisch, und er riss sich von der Hecke los, was nur noch mehr Tumult im Geäst auslöste. Doch aus dem Gebüsch löste sich bloß ein Vogel, der entrüstet mit den Flügeln schlug und im Nu in der Dunkelheit verschwunden war.

O Gott, keuchte er lautlos, während sein Herz in seiner Brust wie ein Rammbock gegen seine Rippen krachte. *Du wirst alt, mein Lieber.*

Er trat wieder an die Hecke heran, schob sich Zentimeter für Zentimeter daran entlang, bis er einen guten Blick auf den Garten und das Cottage hatte. Die Fenster des Steinhauses waren allesamt hell erleuchtet, und das gedämpfte Licht wirkte überaus einladend auf David. Wenn Rahel das Handy nahe der Kapelle verloren hatte – er glaubte allerdings nicht, dass sie es verschlampt hatte, sondern nahm an, dass sie oder jemand anderes es weggeworfen hatte –, war sie womöglich noch in der Nähe. Und das Haus lag der Kapelle am nächsten. Was würde es also schaden, wenn er einen kurzen Blick hineinwarf. Denn wo Rahel war, würde sich mit großer Wahrscheinlichkeit auch ...

»Ich hab's!«, hörte er Sokol von der Kapelle aus erregt zischeln. »Ich hab das Handy!«

Und dann schrie der Journalist plötzlich wie am Spieß. Aber der Schrei wurde rasch von einem wilden Durcheinander aus hastigen Schritten und dumpfen Schlägen abgelöst, und mit einem Mal war es still.

»Ich hab ihn! Ich hab ihn erwischt!«, hallte eine raue Stimme über den Friedhof. »Los! Hilf mir ihn zu fesseln!«

Zwei Männer.

David war in die Hocke gegangen und hatte sich tiefer ins Gebüsch gedrängt. Die Äste bohrten sich schmerzhaft in seine verletzte Schulter und in seinen Rücken.

Er musste weiter, musste Gabriel finden. Es war von Anfang an sein Plan gewesen, sich auf der Insel von Sokol zu trennen. Aber konnte er den Journalisten wirklich sich selbst überlassen?

Der Mann lebte noch. Zumindest meinte er, ihn leise stöhnen zu hören.

Konnte er es wirklich mit seinem Gewissen vereinbaren, wenn er ums Leben kam?

Vor wenigen Minuten hätte er den Journalisten am liebsten von einem der Felshänge geworfen, und zuvor hatte er überlegt, ihn über Bord gehen zu lassen. Trotzdem hatte er ihm kein Haar gekrümmt.

Nun war *die* Gelegenheit gekommen, sich dem Cottage unbemerkt zu nähern. Aber er zögerte und lauschte, während der Wind heftig an seinem Pullover zerrte. Der Tumult drüben bei der Kapelle hatte sich gelegt, von dort waren bloß noch leise Stimmen und Sokols gedämpftes Stöhnen zu vernehmen.

Du bist ein Waschlappen geworden, David! Ein verfluchter Waschlappen! So sieht es aus!

Vom Cottage her vernahm er das Klacken einer Tür, und er richtete sich auf.

Jemand hatte die Tür ins Schloss gezogen, und dieser jemand kam nun straffen Schrittes durch den Garten auf die Hecke zu.

Als er neben David über die Mauer trat, griff David nach seinem Arm – es war der kräftige Arm eines ansonsten hageren und nach Zwiebeln stinkenden Mannes –, riss den Kerl zu sich heran.

Er kannte den Mann. Es war einer von Gabriels Handlangern.

David zögerte nicht länger und rammte ihm mit aller Kraft das Messer in den Hals.

Die Klinge des Kampfmessers war so lang und so breit, dass er keinen Moment darüber nachdachte, ob er die Halsschlagader durchtrennt hatte. Er *hatte* sie durchtrennt. Das konnte er auch an dem nassen Gurgeln hören, das der Mann von sich gab, als er auf den Boden hinuntersackte. Der Kerl starrte ihn röchelnd und mit schreckgeweiteten Augen an, hatte beide Hände schützend um seine Kehle gespannt, als könnte er den Blutfluss dadurch noch stoppen.

David holte tief Luft und ließ die Schultern sinken. Dann sah er zur Kapelle hinüber.

Die Männer, die Sokol in ihre Gewalt gebracht hatten, schienen nichts von alldem mitbekommen zu haben, denn sie diskutierten in angespanntem Flüsterton. Ja, es hörte sich fast so an, als würden sie nun, nachdem sie den Journalisten so tapfer erlegt hatten, darüber streiten, was sie mit ihm tun sollten. David war sich jetzt ganz sicher, dass sie zu zweit waren.

Er wischte die Messerklinge am Gras ab, steckte das Messer zurück in die Scheide und holte die Tasche von seinem Rücken. Er wusste nicht, wie nah er an sie herankommen würde, ohne dass sie ihn bemerkten. Und im Messerwerfen war er nie besonders gut gewesen. Er hängte sich die Tasche wieder um und tarierte den Hammer in seiner Hand aus, bis das Gewicht sich optimal verteilte und seine Finger sich perfekt um den Griff schmiegten. Dann ging er leise zurück zur Kapelle.

11

Mein Herz raste und mir war speiübel. Ein Schweißausbruch nach dem anderen überkam mich, das T-Shirt unter meinem Pullover klebte wie ein nasskalter Lappen an meinem Rücken. Mein Kreislauf spielte völlig verrückt. Trotzdem hatte ich es nach einigen kurzen Zwischenstopps, die ich hatte einlegen müssen, weil stattliche schwarze Flecken vor meinen Augen tanzten, zurück zum Friedhof geschafft.

Mehr als dreizehn Stunden waren vergangen, seit ich diese verfluchte Insel betreten hatte. Mehr als dreizehn Stunden war es her, dass ich etwas gegessen hatte.

Ich dachte kurz an die Wasserflasche in meinem Rucksack, den mein hitzköpfiger Halbbruder mir freundlicherweise abgenommen hatte, und meine Kehle fühlte sich noch trockener an als zuvor. Ich schluckte und presste meine Wange auf den kühlen Boden.

Wieder hatte ich mich in die Geborgenheit einer Hecke zurückgezogen, hatte mich unter die dichten Blätter vor das dicke Wurzelwerk geschoben, den Blick starr auf die grellen Fenster gerichtet. Mehr als eine halbe Stunde lag ich jetzt so da, und trotzdem war niemand hinter den Fenstern aufgetaucht oder auf die Veranda herausgekommen.

Er wird auch nicht ans Fenster kommen. Elias ist tot.

Wieder kämpfte ich gegen die Tränen an, versuchte meine Gefühle – Wut, Trauer und Hass – zu bündeln und mich auf die Person zu konzentrieren, die an allem schuld war.

Worauf wartest du noch? Vielleicht ist er ja allein im Haus?

Ein Vogel landete mit lautem Geraschel über mir im Gebüsch und ich fuhr vor Schreck zusammen. Als ich hochblickte, konnte ich ihn im dunklen Geäst nirgends entdecken.

Wehe, du kleines Aas ...

Ich hob die Hand, um an einem der Äste zu rütteln und den Vogel zu verscheuchen, ließ es jedoch bleiben, als ich vom Friedhof her leise Stimmen vernahm. Aber selbst als ich den Kopf hob, um zu lauschen, konnte ich nicht einen Wortfetzen der Unterhaltung aufschnappen. Den tiefen Stimmen nach mussten es Männer sein. Wie viele es waren, konnte ich nicht sagen, dafür waren sie noch zu weit weg.

Mein Kopf wurde mir zu schwer und ich ließ ihn wieder auf den Boden sinken. Mein Herz pochte so schnell und so laut in meinen Ohren, dass ich beinahe Angst hatte, einer der Männer könnte es hören. Oder die Schwingungen über den Boden aufnehmen.

Beruhige dich. Solange du dich nicht rührst, wird dich niemand entdecken.

Das alles kam mir wie ein seltsamer Traum vor, auch wenn ich wusste, dass es keiner war. Und trotzdem hatte ich das eigenartige Gefühl, nicht ganz wach und nicht wirklich hier zu sein. Aber auch das würde enden. Spätestens dann, wenn sie mich lynchten und der Schmerz einsetzte.

Hoffentlich ging es schnell.

Ich schloss kurz die Augen, wollte versuchen, mich zu beruhigen, da hörte ich die Schritte. Sie waren leise und vorsichtig, dennoch registrierte ich umgehend, dass sie auf die Hecke zukamen.

Ich presste die Zähne fest zusammen. *Nein, bitte nicht! Nicht jetzt!*

Der Mann blieb vor dem Gebüsch stehen, und ich stöhnte bereits innerlich, weil ich schon ahnte, was passieren würde. Angespannt wartete ich darauf, dass er seinen Reißverschluss öffnen würde, um sich zu erleichtern.

Heute war einfach nicht mein Tag.

Anstatt des gewohnten *Zipp* der sich öffnenden Reißverschluss-Zähnchen hörte ich jedoch, wie der Dummkopf sich an einem der Äste verfing. Unvermittelt schwang sich über meinem Kopf der Vogel in die Luft, und ich musste mich beherrschen, nicht lauthals loszuschreien. *Verfluchtes Mistvieh!*

Meine Hände zitterten wie verrückt und mein Herz schlug mir bis zum Hals. Ich grub meine Finger in den Jeansstoff über meinen Oberschenkeln und starrte hoch in die Blätter. *Komm runter, ver-*

dammt noch mal.

»Ich hab's gefunden!«, hörte ich jemanden von der anderen Seite des Friedhofes zischen, und schlagartig schoss mein Puls wieder in die Höhe.

Großer Gott! War das etwa Sokol gewesen?

»Ich hab das Handy!«, rief er jetzt etwas lauter, und ich riss erschrocken die Augen auf.

Das konnte nicht wahr sein. War dieser bescheuerte Vollidiot mir tatsächlich nach Chapel Island gefolgt?

Nein, ich musste mich verhört haben. Das Abführmittel, das ich ihm am Abend zuvor verabreicht hatte, hätte ihn doch viel länger schachmatt setzen müssen. Es war einfach unmöglich, dass er hier war!

Aber ... falls er es doch ist, mit wem in Gottes Namen ist er ...

Ein gellender Schrei ließ mich zusammenfahren, und mir gefror augenblicklich das Blut in den Adern. Verdammt noch mal! Es war wirklich Sokol!

Irgendjemand prügelte sich in der Nähe der Kapelle, selbst über den stürmischen Wind hinweg konnte ich sie schnaufen und aufstampfen hören wie wilde Stiere. Aber dann mit einem Mal war es leise, und mir rutschte das Herz in die Hose.

»Ich hab ihn! Ich hab ihn erwischt!«, bellte jemand, und ich meinte, die raue Stimme von Ira, dem Mann, der so freundlich gewesen war, mich am Nachmittag anzupinkeln, wiederzuerkennen.

»Los! Hilf mir, ihn zu fesseln!«, wies er seinen Begleiter schroff an, und meine Innereien verkrampften sich.

O Gott! Sie haben Sokol!

Was war, wenn sie ihn schwer verletzt hatten?

Ich hielt den Atem an und bemühte mich, die Geräusche um mich herum – die kräftigen Windböen, die über die Wiesen und durch die Büsche rauschten, die ruhigen Atemzüge des Mannes, der sich noch immer vor der Hecke aufhielt, und die flüsternden Stimmen der Männer, die Sokol überwältigt hatten – auszublenden.

Und da war es. Sokols leises Stöhnen.

Er lebte. Die Frage war nur, wie lange noch.

Was zur Hölle sollte ich jetzt tun? Ich konnte mein Versteck nicht verlassen, ohne dass der Kerl, der es sich auf der anderen Seite der Hecke bequem gemacht hatte, es bemerkte. Allem Anschein nach hatte er auch nicht vor, seinen Posten zu räumen, und ich brauchte einen Moment, bis ich begriff, warum das so war. Er war keiner von Gabriels Männern. Der Kerl vor der Hecke war mit Sokol hier. Natürlich! Ich hatte schließlich selbst gehört, wie die beiden Männer sich unterhalten hatten. Sie mussten zusammen hergekommen sein. Ich überlegte kurz und kam zu dem Ergebnis, dass es sich bei Sokols Begleiter um den Bekannten unserer Gastgeberin handeln musste. Wen sonst hätte Sokol einspannen sollen, wenn er nicht die Polizei informiert hatte?

Aber warum um Himmels willen half dieser verfluchte Mistkerl Sokol nicht?

Du hast Sokol an diesen verfluchten Ort gebracht, also wirst du *ihn jetzt auch aus seiner misslichen Lage befreien, meine Liebe*, befahl ich mir, da hörte ich, wie jemand schnellen Schrittes die Veranda heruntergepoltert kam.

Ich wandte den Kopf und schaute zum Cottage hinüber, betete, dass der Neuankömmling mich zwischen den blattschweren Ästen des Gebüschs nicht entdecken mochte. Ich hielt den Atem an, als ich erkannte, wer es war.

Mit finsterer Miene kam Brecht über die Wiese gestapft. Im Halbdunkeln wirkte er so ungelenk und bösartig wie der Zyklop aus einem der alten Sindbad-Filme, nur, dass Brecht über zwei Sehorgane verfügte, mit denen er jetzt gerade konzentriert die Umgebung absuchte.

Bevor ich einen warnenden Laut von mir geben konnte, war er schon an mir vorbeigerauscht und stieg über die flache Mauer.

Es ist zu spät, dachte ich. Aber dann kam alles ganz anders.

Ich konnte nicht wirklich sehen, was sich hinter der Hecke abspielte, doch ich konnte es hören. Ich hörte, wie einer der Männer den anderen packte, und bei Gott, ich *hörte*, wie eine Messerklinge auf Haut und Fleisch und Widerstand traf.

Ich vernahm den kurzen, verblüfften Laut, den Brecht von sich gab, als die Schneide sich in seinen Körper bohrte, und mir wurde übel, als ich hörte, wie er nach Luft schnappte. Es war ein hastiges, gluckerndes Keuchen. Sekunden später ging er zu Boden.

Er landete im hohen Gras vor der Mauer und sein Kopf kullerte zur Seite, während er die Hände fest auf seinen Hals presste. Das Licht, das vom Cottage her über die niedrige Steinmauer fiel, erhellte ihn nur bis zum Hosenbund. Sein Oberkörper und sein Gesicht lagen im Schatten der Mauer. Trotzdem funkelte er mich zwischen den Grashalmen, Ästen und Blättern hindurch an, seine Augen lagen starr und flehend auf den meinen.

Ich wusste, dass er mich nicht sah, dass er mich nicht sehen *konnte*. Nicht nur, weil ich im Schutz des Dickichts lag, sondern weil Brecht sich bereits in einer anderen Welt befand. Er atmete vielleicht noch, gab ein ersticktes Röcheln von sich, aber er war längst fernab von Chapel Island und der Welt, auf der ich lebte.

Er kann dich nicht sehen. Auf gar keinen Fall. Er ist ... so gut wie tot.

Und doch hatte ich das Gefühl, dass er mich fixierte, versuchte, einen letzten Hilfeschrei von sich zu geben.

Ich war zu geschockt, um den Blick abzuwenden, bis seine Gesichtszüge mit einem Mal erschlafften und das Leben aus seinen Augen wich. Da ertrug ich die Endgültigkeit seines Anblicks nicht länger.

Es machte einen großen Unterschied, ob man jemandem bloß den Tod wünschte – und oh ja, ich hatte Brecht den Tod gewünscht, *wie sehr* hatte ich mir in den vergangenen Monaten gewünscht, dass ihm genau so etwas zustoßen würde – oder ob der Wunsch sich tatsächlich erfüllte und man dabei zusehen musste, wie dem Leben eines anderen Menschen gewaltsam ein Ende gesetzt wurde. Ich hatte mich überschätzt. Hatte mich für ein gefühlloses Miststück gehalten und gedacht, ich würde in einem solchen Moment nicht einmal mit der Wimper zucken. Und doch spürte ich, wie die Tränen warm an meinen Wangen hinunterliefen.

Ich hatte Brecht gehasst, kein Zweifel. Nun war ich jedoch der Grund, weshalb er hatte sterben müssen. Auch wenn ich die Tat nicht begangen hatte, klebte doch Blut an meinen Händen. Denn er war gestorben, weil ich die Insel betreten hatte.

Auf der anderen Seite der Hecke raschelte es leise. Sokols Begleiter hatte sich aus dem Schatten des Gebüsches gelöst und bewegte sich leise auf die Kapelle zu. Zu gern hätte ich ihn für das, was er getan hatte, beschimpft, aber ich sagte kein Wort. Genau wie Sokol war er hergekommen, um mir aus der Klemme zu helfen. Die einzige Person, der ich Vorwürfe machen konnte, war ich selbst.

Unvermittelt riss mich ein lautes »*Was ist hier los?*« von der Kapelle her aus den Gedanken, und mit einem Mal zerbarst die wieder eingekehrte Ruhe auf dem Friedhof, als ein heiseres und durchdringendes Brüllen folgte. Überwältigt von der brutalen Angst, die in der Stimme des Mannes lag, schlug ich die Hände vors Gesicht.

Als der Schrei abrupt verstummte, blickte ich schwer atmend zur Kapelle hinüber. Aber ich konnte vor dem zerbröckelten Gemäuer des ehemaligen Gotteshauses niemanden sehen. Sie mussten hinter der Kapelle sein, in der Nähe des Torbogens, durch den man auf den Rundweg gelangte. Hoffentlich war Sokol noch am Leben.

Ich wischte mir Tränen und Schweiß vom Gesicht, dann wandte ich den Kopf zum Cottage.

Meine Mutter sah aus dem Fenster der Verandatür. In ihrem Gesicht lag der Ausdruck abgrundtiefen Horrors. Dann plötzlich wirbelte sie herum und war verschwunden.

Sie war nicht nur völlig verängstigt gewesen, sie hatte Todesangst gehabt. So wie es aussah, hatte sie an der Hintertür auf Brechts Rückkehr gewartet. Er musste zu ihrem Schutz abgestellt worden sein. Doch Brecht war tot. Vermutlich hatte sie den Schrei für seinen gehalten. Aber wenn Brecht auf sie hatte aufpassen sollen und er seinem Job nun nicht mehr nachkommen konnte, ...

... hieß das nicht vielleicht sogar, dass sie allein im Haus war?

Adrenalin flutete meinen Körper und verlieh mir neue Kraft. Brecht war tot, ich hatte gesehen, wie er gestorben war, seine Leiche lag keine zwei Meter von mir entfernt. Elias war wahrscheinlich auch nicht mehr am Leben, und nun vielleicht auch Sokol und sein Begleiter. Vier Tote an nur einem Tag, und dieses schreckliche Ergebnis ging ganz allein zu meinen Lasten. Ich konnte nicht länger warten, nicht noch mehr Menschen sterben lassen.

Außer Gabriel.

Von plötzlicher Entschlossenheit erfüllt, kroch ich aus meinem Versteck, kam wackelig auf die Beine und lief etwas unbeholfen zur Veranda. Es war an der Zeit dem Ganzen ein Ende zu setzen.

Ich sprang die wenigen Stufen hinauf, riss die Fliegengittertür auf und ruckte am Knauf der Hintertür. Sie war verriegelt. Wenn die Hintertür abgeschlossen war, würde es sich bei der Vordertür sicher nicht anders verhalten.

Und jetzt? Was machst du jetzt?

Motten schwirrten vor den Fenstern umher, ihr Navigationsgerät vom künstlichen Licht außer Betrieb gesetzt. Ich schaute mich um, suchte Veranda und Garten nach Steinen oder Ästen ab, nach irgendetwas, womit sich eine Scheibe einschlagen ließ, wurde auf den ersten Blick aber nicht fündig.

Ich lief zum Schaukelstuhl hinüber und versuchte ihn hochzustemmen.

Gott! Wie viel mochte das verfluchte Teil wiegen? Zwanzig Kilo?

Keuchend ließ ich den Stuhl zurück auf die Dielen krachen. Bevor ich das aus massivem Holz gefertigte Stück auch nur in die Nähe einer der Scheiben gehoben hätte, würde ich mir mit Sicherheit ein oder zwei Wirbel ausgerenkt haben. Verzweifelt ließ ich den Blick über die Veranda schweifen, da erloschen mit einem Mal sämtliche Lichter im Haus.

Was zur Hölle ... Blinzelnd hielt ich mich am Verandageländer fest und starrte in die plötzliche Dunkelheit. Es dauerte einen Moment, bis meine Augen sich wieder an das düstere Licht gewöhnten, dann ging ich mit klopfendem Herzen zurück zur Hintertür. *Sie* musste das gewesen sein.

Meine Mutter hatte den Strom abgestellt. Spätestens bei dem letzten Schrei oder weil Brecht noch nicht ins Haus zurückgekehrt war, musste auch ihr klar geworden sein, dass auf der Insel etwas mächtig außer Kontrolle geraten war. Sie schien sich nun auf ihren Sinnesvorteil berufen zu wollen: In der ihr gewohnten Umgebung, dem Cottage, nahm Sie auch allen anderen das Sehvermögen, indem sie die Lichter löschte.

Ich rief mir ihr panisches Gesicht ins Gedächtnis, wusste aber nicht recht, ob ich Mitleid für sie empfand. Es war immer noch möglich, dass sie wusste, was ihr Lebensgefährte in seiner Freizeit trieb oder dass sie sogar selbst in seine Morde verstrickt war. Wahrscheinlicher war wohl aber, dass sie nicht die geringste Ahnung hatte, was gerade auf Chapel Island vor sich ging. Ich bemühte mich, die aufwallenden Sorgen um meine Mutter beiseitezuschieben, auch weil sie mir gegenüber nie wirklich eine liebende Mutter gewesen war und es überhaupt nicht verdiente, dass ich mich um sie sorgte. Unschlüssig blieb ich vor der Tür stehen. Meine Hand lag auf dem Knauf, obwohl mir nur allzu bewusst war, dass die Tür sich nicht plötzlich wie von Zauberhand öffnen würde.

Komm schon! Überleg dir was! Lauf zur Kapelle und hol einen Stein!

Aber ich wollte nicht zur Kapelle zurück. Nicht, wenn die Möglichkeit bestand, dort über Sokols leblosen Körper zu stolpern. Ich lehnte die Stirn an die kühle Scheibe und versuchte, nicht länger über Sokol nachzudenken.

Meine Mutter war dort drin. Und wenn sie im Haus war, war Gabriel nicht weit, auch wenn er sie für den Moment in Brechts Obhut zurückgelassen hatte. Aber wo war er? Wo war dieser Mistkerl, wenn nicht hier?

Wie, um meine Frage zu beantworten, konnte ich sie plötzlich in der Ferne hören. Sie waren ein gutes Stück entfernt. Schweres Schuhwerk knirschte auf Kies, jemand – nein, nicht jemand, sondern Gabriel – erteilte Befehle, drängte immer wieder zur Eile.

Meine Hand krampfte sich um den Türknauf. Ich hatte Angst. Große Angst. Aber ich konnte nicht schon wieder weglaufen und mich verstecken. Ich war mit einer bestimmten Absicht von zuhause aus aufgebrochen, und ich wollte nicht aufgeben, ohne es wenigstens versucht zu haben.

Ich hob den linken Arm schützend vors Gesicht und holte mit dem rechten aus, um mit dem Ellenbogen die Scheibe der Verandatür einzuschlagen – da schloss sich eine kräftige Hand um meinen Arm, während eine andere sich fest auf meinen Mund presste.

12

»Sie ...« Sokol schluckte und sah ihn mit großen Augen an. »Sie haben die Männer umgebracht.«

Schweigend befreite David den Journalisten von seinen Fesseln und half ihm auf die Beine.

»Sie haben die beiden Männer umgebracht. Einfach so.« Sokol rieb sich die Handgelenke. Er sah mitgenommen aus.

»Ja und?«, erwiderte David gereizt. »Was ist Ihr Problem? Wollten Sie die beiden noch auf einen Cappuccino einladen?«

Sokol fuhr sich nervös durch die Haare und verfolgte, wie David im hohen Gras nach dem Handy suchte. »Sie brauchen nicht danach zu suchen. Rahel hat keine Nachricht darauf hinterlassen. Wie hätte sie das auch tun sollen, sie kennt meinen PIN-Code ja gar nicht ... Sie ...« Er schüttelte den Kopf. »David ... Sie werden dafür ins Gefängnis kommen, ist Ihnen das klar?«

Seufzend hob David den Kopf. »Nehmen wir einmal an, ich hätte es nicht getan, und erinnern wir uns kurz daran, dass vor ... hm, vor etwa einer halben Stunde unten auf dem Steg ein Mann gestorben ist, weil man ihn erschossen hat. Was denken Sie, hätten diese Leute früher oder später mit Ihnen gemacht, hm?«

Sokol antwortete nicht und starrte scheinbar gedankenverloren vor sich hin.

»Sehen Sie ...« David wandte sich von ihm ab und suchte weiter. Warum nur hatte er keine verflixte Taschenlampe mitgebracht?

Als er Sokols Smartphone endlich fand, drückte er es dem Journalisten in die Hand. »Hat das Ding eine Leuchte?«

Sokol nickte geistesabwesend. Mit zitterndem Finger tippte er auf dem Display herum und keine zwei Sekunden später leuchtete das Handy auf sein schmutziges Hosenbein. Er reichte es David, dann drehte er sich um und hob seine Jacke und den Pullover hoch. »Es muss irgendwo auf der rechten Seite sein«, sagte er ohne jeglichen Ausdruck in der Stimme.

Die Wunde war unübersehbar. Sie befand sich kurz unterhalb des rechten Schulterblattes und ähnelte einem großen blutigen Knopfschlitz. Einer der Männer hatte Sokol eine Art Speer, einen angespitzten Ast oder Stock in den Rücken gerammt. Er richtete das Licht auf die Stelle und tastete behutsam das Gewebe um das klaffende Loch ab.

Sokol rührte sich keinen Millimeter, zog aber scharf die Luft ein.

Soweit David es beurteilen konnte, hatten die Rippen des Journalisten dem Angriff standgehalten und den Mann vor schlimmeren Verletzungen bewahrt. Sie würden ohne Verbandsmaterial klarkommen müssen, er hatte keines mitgenommen. Er half Sokol, den Pullover vorsichtig wieder herunterzuziehen. Anschließend klopfte er ihm auf die Schulter.

»Stellen Sie sich nicht so an, Mann. Es ist bloß ein Kratzer.«

Sokol prustete leise, drehte sich zu ihm um und nahm sein Handy entgegen. »Komisch, dass es sich nicht anfühlt wie ein Kratzer.« Er strich sich das verschwitzte Haar aus der Stirn. »Wollen Sie damit sagen, meine Verletzung wird keine so schicke Narbe hergeben wie die an Ihrem Hals? Nichts, womit ich Frauen beeindrucken könnte?«

David schnaufte. »Es sieht aus wie ein aufgeplatztes Geschwür. Ich befürchte, damit beeindrucken Sie niemanden.« Er griff Sokol unter den Arm und drängte ihn auf den steinernen Torbogen zu. »Kommen Sie. Sie müssen hier weg.«

Sokol weigerte sich jedoch weiterzugehen und schüttelte den Kopf. »Ich rufe jetzt die Polizei. Es reicht.« Er hob das Handy, aber seine Hände zitterten so sehr, dass es ihm entglitt und ins Gras fiel. Er bückte sich danach, schwankte jedoch gefährlich und richtete sich schnell wieder auf, um sich an einem der Steinkreuze festzuhalten.

David beugte sich nach unten und hob das Telefon auf.

»Bitte warten Sie noch mit dem Anruf, Sokol. Rahel ist noch irgendwo auf dieser Insel. Wir müssen sie zuerst finden.« Er sprach mit so leiser und eindringlicher Stimme, dass er sich vorkam wie ein Priester im Beichtstuhl. Er griff dem Journalisten unter den Arm und führte ihn über den Friedhof und durch den Torbogen hindurch auf den Rundweg.

Dieses Mal weigerte Sokol sich nicht und ging mit ihm mit. »Mag sein, dass sie noch irgendwo auf der Insel ist, aber mit ziemlich großer Wahrscheinlichkeit ist sie tot«, sagte er in bitterem Tonfall und warf David einen kurzen Blick von der Seite zu. »Und das bloß meinetwegen. – Und jetzt verraten Sie mir, wo in Himmels willen Sie mich hinbringen.«

»Ich werde Sie nirgends hinbringen. Sie werden allein gehen.« David hatte ihn in Richtung Norden dirigiert, von wo der Pfad weiter zum Naturschutzgebiet führte, war nun aber nach wenigen Metern stehen geblieben. Der Wind drängte sie auf den Abgrund zu. Links unter Ihnen zeichnete sich das Meer ab, das in düsteren Wogen gegen die Felsen rauschte und sich wieder zurückzog. Rechts von ihnen erhob sich die fast genauso finstere und schroffe Gras- und Hügellandschaft.

Sokol schnaufte unzufrieden. »Ich soll allein gehen? Wohin?«

»Wenn Sie diesem Pfad folgen, kommen Sie nach etwa einem halben Kilometer am Naturschutzgebiet an. Folgen Sie weiterhin dem Weg, bis Sie den Leuchtturm erreichen. Es sind vielleicht zwei oder drei Kilometer. Dort warten Sie bis zum Morgengrauen.«

David zögerte einen Moment. »Wenn ich ... wenn *wir* bis dahin nicht bei Ihnen sind, können Sie anrufen, wen auch immer Sie wollen.« Er reichte dem Reporter das Handy. Ihm war bewusst, dass er es auch hätte einkassieren können, aber er wollte dem Mann eine Chance geben. Eine Chance, sich und Rahel im Notfall damit retten zu können.

Sokol steckte es ein und blickte aufs Meer hinaus. »Was hat das alles noch für einen Sinn ...«

»Wissen Sie«, begann David leise, »ich denke, Sie kennen Rahel einfach noch nicht gut genug. Sie ist sehr, sehr *hartnäckig*, sobald sie sich etwas in den Kopf gesetzt hat.«

»Ach ja?«, erwiderte Sokol hinter ihm gereizt. »Und Sie glauben wirklich, dass ich das noch nicht weiß? Tja, falls Sie es nicht mitbekommen haben: Ich habe den halben Tag auf der Toilette verbracht und dafür gebetet, dass ich nicht gerade meine verdammten Gedärme ausscheiße! Und glauben Sie's oder lassen Sie's sein, aber ich vermute, *das* sagt schon einiges über Rahels Wesen aus.«

David schmunzelte und die Zornesfalte, die sich tief in die Stirn des Journalisten gegraben hatte, verschwand für einen kurzen Augenblick.

»Mir ist bewusst, dass ich diese Frau erst seit zwei Tagen kenne«, fuhr Sokol fort, »und ich zweifle kein bisschen an ihrer Sturheit. Aber Sie haben den Toten unten auf dem Steg selbst gesehen ...« Er schüttelte bedächtig den Kopf, und David war sich nur allzu bewusst, welche Bilder sich gerade vor dem inneren Auge des Journalisten abspielten.

»Der Mann ...«, setzte Sokol mit belegter Stimme an, »war kaum auf der Insel angekommen und schon hat man ihn abgeschlachtet wie ein wertloses ... wie ein wertloses ...« Er verstummte, schüttelte abermals den Kopf.

»Sie wissen, was ich meine«, sagte er etwas leiser. »Und trotzdem denken Sie, dass Rahel noch am Leben ist.«

»Sie ist am helllichten Tag zusammen mit einer Handvoll Touristen auf die Insel gekommen«, erwiderte David ruhig. »Gabriel hätte Sie niemals vor Zeugen abführen oder erschießen lassen. So dumm ist der Mann nicht. Und er konnte wohl kaum alle Besucher aus dem Weg räumen, oder? So ein Massaker ließe sich nicht wirklich gut vertuschen. Denken Sie nur an die Hinterbliebenen, die herkommen würden, um Nachforschungen anzustellen ...«

Sokol atmete tief durch, sagte aber nichts.

»Gehen Sie jetzt«, sagte David. »Und passen Sie auf sich auf.«

Sokol nickte ihm zu. »Viel Glück.« Dann ging er, ohne sich noch einmal umzudrehen.

David lief zurück auf den Friedhof. Er hatte keine Zeit zu verlieren, musste so schnell wie möglich zu dem Cottage, aus dem Gabriels Bluthund gekommen war – der Mann, der nun tot neben der Hecke lag. Als er um die Ecke der Kapellenruine kam, verlangsamte er aber sein Tempo.

Das Licht, das dem Haus wenige Minuten zuvor noch einen warm glimmenden Schein verliehen hatte, war jetzt aus, und das Haus mit seinen dunkel glänzenden Scheiben lag vor ihm, als sei es verlassen. Kam er zu spät? War Gabriel schon wieder entkommen? Oder erwarteten er und seine Leute ihn irgendwo in der Dunkelheit?

Er verharrte im Schatten neben dem alten Gemäuer und bemühte sich, seine schweren Atemzüge unter Kontrolle zu bringen. Er konnte den Toten vor der Mauer liegen sehen. Sein Kopf war seltsam zur Seite verdreht, seine Augen standen offen und starrten ins Nichts. Vielleicht sollte er den Leichnam zu den anderen in die Ruine schaffen, damit niemand ...

Er hob den Kopf und sah zum Cottage hinüber. Es war zwar halb von der Hecke verdeckt, trotzdem glaubte er, im Schatten auf der Veranda eine Bewegung registriert zu haben.

Leise bewegte er sich auf das Ende der Hecke zu, um einen genaueren Blick auf das Cottage zu werfen.

Rahel stand auf der Veranda.

Er hatte überhaupt keine Schwierigkeiten, sie in dem trüben

Licht des Mondes ausfindig zu machen, obwohl sie jetzt einfach nur dastand und die Hintertür anstarrte, so reglos wie eine Statue.

Was zur Hölle hat sie vor?

Sie schien nicht zu hören, als er den Rasen überquerte, und selbst als die zweite Verandastufe leise unter seinem Gewicht ächzte, drehte sie sich nicht um. Sie schien auf etwas zu lauschen, auf die Stimmen in ihrem Kopf vielleicht oder auf ...

Da hörte er die Männer auch.

Grundgütiger, sie kommen.

Ehe er diese Information verarbeiten, geschweige denn sich einen Plan zurechtlegen konnte, trat Rahel einen Schritt zurück, und um ein Haar wäre sie dabei gegen ihn gestoßen, doch er wich geschickt zurück. Da holte sie auch schon aus, als wollte sie ... – er sprang vor und bekam ihren Arm gerade noch so zu fassen. Rasch presste er ihr die andere Hand auf den Mund.

Ein kurzer Schrei verließ ihre Kehle, wurde von seiner Hand aber soweit gedämpft, dass er kaum zu hören war. Sie versuchte, sich seinem Griff zu entwinden, schlug nach ihm und gab sich die allergrößte Mühe, ihm in die Hand zu beißen. Es gab kaum etwas, was in diesem Moment unpassender gewesen wäre, trotzdem musste er schmunzeln.

David senkte den Kopf, sodass sein Mund sich dicht an ihrem Ohr befand. »Ich lasse Sie jetzt los, Rahel«, flüsterte er. »Könnten Sie mir also bitte den Gefallen tun und sich zusammenreißen?«

Prompt hörte sie auf sich zu wehren und versteifte sich in seiner nicht gerade liebevollen Halbumarmung. Es folgte ein wütendes, aber recht würdevolles Schnaufen unter seiner Hand. Dann nickte sie.

Trotzdem zögerte David einen Augenblick, bevor er seine Hand von ihrem Mund nahm. Weil sie nicht sofort losschrie wie eine Furie, ließ er auch ihren Arm los.

Sie drehte sich zu ihm um, und die Überraschung stand ihr ins Gesicht geschrieben, meißelte sich in den Schwung ihrer dunklen Augenbrauen und ihres leicht geöffneten Mundes. Sie wirkte zerbrechlich wie eine Porzellanfigur. Auch wenn sie jetzt gerade so dreckig war wie ein Bauer, der seine Felder mit den Händen umgepflügt hatte: Überall auf ihrer Jeans und ihrem Shirt zeichneten sich dunkle Flecken ab, ihre Knie waren vollkommen schwarz. Selbst auf ihrem Gesicht lagen dunkle Schatten des Schmutzes. Und da war noch etwas auf ihrer Stirn ... *getrocknetes Blut?*

Noch nie hatte er eine Frau dermaßen begehrt. Und noch nie hatte eine Frau, die ein so starkes Verlangen in ihm auslöste, gleichzeitig das zehrende Bedürfnis in ihm geweckt, sie zu lynchen. Denn mit einem Schlag hatte sie vor Monaten seine ganze Arbeit zunichtegemacht.

»Wagner?«, wisperte sie ungläubig und rieb sich den Arm, an dem er sie eben noch festgehalten hatte. Sie rückte ein wenig von ihm ab. »Was ... was machen Sie hier? *O Gott!* Bitte sagen Sie, dass Sie nicht zu denen gehören!«

»Ich bin mit Sokol hier«, schnaufte David. »Er ist verletzt und wartet am Leuchtturm auf uns.«

Ihre Sprechgeschwindigkeit hatte sich deutlich verbessert, seit er sie vor Monaten im Krankenhaus besucht hatte. Trotzdem konnte er hören, dass in ihrem Kopf irgendetwas noch nicht ganz rund lief. Trotzdem blieb er wachsam. Sie wirkte vielleicht zerbrechlich, aber er wusste, dass dieser Eindruck täuschte. Noch hatte sie ihm zwar kein Messer in die Brust gerammt oder ihn mit einem Elektroschocker außer Gefecht gesetzt, aber er vermutete, dass sie längst irgendwelche Pläne schmiedete, die in diese Richtung gingen. Umso mehr kam er aus dem Konzept, als sie plötzlich auf ihn zutrat und ihn umarmte.

»Mit Sokol? Wie schwer verletzt?« Sie hatte den Kopf gehoben und sah ihn erschrocken an.

»Er hat eine Schnittwunde am Rücken, einer von Gabriels Männern hat ihn quasi mit einer Lanze aufgespießt. – Es ist nur eine oberflächliche Wunde«, fügte er rasch hinzu, weil ihr Gesichtsausdruck immer ängstlicher geworden war.

»Nur oberflächlich? Sind Sie sicher?«

Er nickte, und sie schmiegte ihren Kopf fest an seine Brust. »In meinem Leben gibt es eindeutig zu viele Männer«, murmelte sie leise, dann ließ sie von ihm ab. »Sie können sich nicht vorstellen, wie verdammt froh ich bin, Sie zu sehen. Aber was ... was haben Sie hier überhaupt zu suchen? Hat Nikolaj Sie geschickt? Woher weiß er ...«

»Sie riechen seltsam«, unterbrach David sie mit gerümpfter Nase und schob sie von sich. »Was ist das? Doch nicht etwa Urin, oder?«

»Ich weiß, dass ich eine Dusche gebrauchen könnte«, entgegnete sie trotzig. »Denken Sie, Sie riechen besser? Und warum weichen Sie meiner Frage aus?«

»Zumindest rieche ich nicht, als hätte ich in einer Bahnhofstoilette übernachtet«, knurrte er leise und griff nach ihrer Hand. »Über alles andere können wir uns später unterhalten. Wir müssen hier sofort weg.«

Die Männer waren ein gutes Stück näher gekommen. Und einer von ihnen hatte vielleicht das Gewehr bei sich, mit dem Eddie Fitzpatrick erschossen worden war. Wenn er Rahel in Sicherheit bringen wollte – und ja verdammt, das wollte er –, mussten sie jetzt sofort das Weite suchen. Es hätte ihn wahrscheinlich aus dem Konzept bringen müssen, dass seine Prioritäten sich mit ihrem Wiedersehen verschoben hatten. Aber er war keineswegs überrascht. Vielmehr fühlte es sich so an, als täte er das Richtige. Als wäre er bloß aus diesem einzigen Grund auf diese Insel gekommen: um Rahel nach Hause zu bringen.

Die junge Frau schien allerdings etwas anderes vorzuhaben, denn sie entzog ihm ihre Hand.

»Wir müssen gehen.« Er hatte sie am Arm gepackt und drängte sie nun zur Treppe der Veranda, doch sie stemmte sich ihm entschlossen entgegen.

»Nein!«, keuchte sie und schaffte es schließlich, sich von ihm zu befreien. »Ich kann nicht mitkommen! Ich muss Gabriel ...« Sie schüttelte vehement den Kopf und machte einen Schritt zurück, als er auf sie zutrat. »Sie verstehen das nicht, Wagner«, fuhr sie leise fort. »*Sie* ist im Haus! Meine Mutter! Und sie ist allein!«

»*Ihre Mutter?*«, hörte David sich ihre Worte wiederholen. Jetzt musste sie endgültig den Verstand verloren haben.

»Sehen Sie mich nicht so an!«, zischte sie. »Warum um Himmels willen sollte ich mir so etwas ausdenken?« Sie griff nach seinem Arm und zog ihn zur Verandatür. »Sie ist es wirklich, Wagner! Und sie ist allein! *Allein!* Kapieren Sie das nicht? Meine Mutter ist das Einzige, was *ihm* wirklich wichtig ist! Und sie ist da drin!« Sie deutete entnervt auf die Tür, und plötzlich verstand David, was sie ihm sagen wollte.

»Sie wollen ihre Mutter ...«, begann er, da unterbrach sie ihn bereits.

»Als Geisel nehmen! Ja, verdammt!« Ihr Griff um sein Handgelenk wurde fester. Sie sah ihn eindringlich an. »Und jetzt geben Sie mir Ihren verflixten Stiefel oder Ihre Gürtelschnalle oder werfen Sie *mich* durch das verfluchte Fenster! Aber ich muss unbedingt da rein, bevor Gabriel zurückkommt!«

»Verstehe.« David nickte und musterte die Tür. Glücklicherweise ging sie nach innen auf. »Dann gehen Sie mal zur Seite.«

Zu seiner Überraschung leistete Rahel seiner Aufforderung Folge und trat ohne Umschweife beiseite. Er positionierte sich vor der Tür, holte Schwung und trat dann mit aller Kraft darauf ein.

Das dünne Holz des Türblattes splitterte um das Schloss herum mit einem lauten Krachen und nach einem zweiten gezielten Tritt schwang die Tür auf. Durch seine Schulter bohrte sich ein glühender Draht aus Schmerz. Aber der leise Aufschrei oben im Haus und die Schritte der Männer, die von der anderen Seite auf das Cottage zusteuerten und nun schon viel besser zu hören waren, lenkten ihn schnell davon ab. Um seine Gesundheit würde er sich später kümmern können.

Rahel drängte an ihm vorbei ins düstere Innere des Cottages, und er folgte ihr hinein. Sie befanden sich im Wohnzimmer, an das in der hinteren rechten Ecke eine offene Küche anschloss. Anstatt jedoch nach der Treppe zu suchen, stürzte Rahel in die Küche, drehte den Wasserhahn auf und trank wie eine Verdurstende. Sie war inzwischen etwa vierzehn Stunden auf der Insel, und David fragte sich, wie und vor allem wo sie den ganzen Tag verbracht hatte. Ob Gabriels Männer sie gejagt hatten? Hatte sie sich vor ihnen versteckt?

Das musste sie wohl, denn anders konnte er sich nicht erklären, dass sie überhaupt noch am Leben war.

»Kommen Sie!« Sie wischte sich hastig den Mund ab und hinterließ dabei weiße Schlieren auf ihrem schmutzigen Gesicht. Dann steuerte sie auf eine Tür zu, die sie beide in den noch dunkleren Flur führte, und er lief hinterher.

Sie muss heute schon einmal hier gewesen sein.

Ihm fiel das getrocknete Blut an ihrer Stirn wieder ein, doch er hatte keine Zeit, länger darüber nachzudenken. Die Männer schienen sich genau in diesem Augenblick vor der Haustür zusammenzurotten. Schwer atmend preschte er hinter Rahel die Treppe hoch. Ihnen blieben bloß noch Sekunden.

Der fensterlose Flur war eng und dunkel, die Decke war kaum einen Kopf höher, als er maß. Wie von Sinnen schlug Rahel gegen eine der vier Türen, die vom Flur abgingen, rüttelte an der Klinke. Erst als er neben Rahel stand, vernahm er das leise Wimmern aus dem Zimmer.

»Sie ist hier drin! Sie hat sich eingeschlossen!« In Rahels Stimme schwang eindeutig Panik mit.

»Los, zur Seite!« Seine Schulter schmerzte noch immer von der Wucht, mit der er die Verandatür eingetreten hatte, aber so wie es aussah, hatte er keine andere Wahl.

Rahel war kaum beiseitegesprungen, da krachte sein Stiefel schon gegen die Tür. Die Tür flog auf, als wäre sie aus Pappmaschee und knallte gegen irgendeinen Widerstand dahinter, eine Kommode, vielleicht aber auch ein Schrank. Auf das, was dann geschah, war David allerdings nicht vorbereitet: Mit einem durch Mark und Bein gehenden Kreischen stürzte eine Frau aus dem dunklen Zimmer auf ihn zu, da spürte er auch schon den Schmerz in seiner Flanke.

»Scheiße!«, keuchte er und versuchte, sie zu fassen zu bekommen, doch sie hatte sich längst an ihm vorbeigedrängt und preschte nun schreiend auf Rahel zu.

Letztere wartete auf dem Treppenabsatz und spähte nach unten zur Haustür, hob jetzt aber erschrocken den Kopf und starrte an, was da aus der Dunkelheit auf sie zugeschossen kam.

»Rahel! Aus dem Weg, verdammt!«, brüllte David, presste die Hand gegen die brennende Wunde an seinem Bauch und stürmte hinter Rahels Mutter her, da blieb sie abrupt stehen.

»*Rahel?*« Sie schnappte nach Luft wie ein Fisch auf dem Trockenen.

Aber Rahel rührte sich keinen Millimeter, stand bloß da und starrte ihre Mutter an. Unten wurde die Haustür aufgestoßen, Leute drängten sich ins Haus und jemand brüllte etwas, das David nicht verstand. Da reagierte Rahel endlich.

»Hallo Mutter«, wisperte Rahel. »Wie schön, dich wiederzusehen. So überaus lebendig.« Sie ergriff das Handgelenk ihrer Mutter und versuchte, ihr die Schere zu entreißen, mit der sie auf David eingestochen hatte. Mit lautem Klirren fiel das Schneidwerkzeug die Treppe hinab, fast zeitgleich drang von unten eine wütende Stimme zu ihnen herauf. »Lass sie sofort los!«

David konnte Gabriel von seiner Position aus nicht sehen. Doch er wusste, dass es der große Prophet selbst war, der die Treppenstufen nun mit seinen langsamen Schritten zum Ächzen brachte, während unten im Flur leises Gemurmel ausbrach.

»Haltet die Klappe!«, herrschte Gabriel seine Männer an, und sofort wurde es leise im Haus.

Eine weitere Stufe knarzte, und David starrte wie gebannt zum Treppenabsatz, wartete darauf, dass der Mann, den er so abgöttisch hasste, endlich dort auftauchen würde. Die Haut unter seiner Hand war warm und glitschig vom Blut, seine Kehle hingegen war wie ausgetrocknet. Wie lange hatte er auf diesen Moment gewartet, wie oft hatte er sich ausgemalt, diesen verfluchten Bastard endlich in die Finger zu bekommen ... Doch Gabriel musste auf der Treppe stehen geblieben sein, und als Davids Blick vom Treppenabsatz zu Rahel schweifte, verstand er auch warum.

Rahel hatte ihre Mutter wie einen Schutzschild vor sich gezogen und presste ihr die Klinge eines kleinen, aber offenbar sehr scharfen Messers an die Kehle. David hatte keine Ahnung, woher sie das Messer so plötzlich genommen hatte, aber ja, es war wirklich sehr scharf. Selbst in dem wenigen Licht, das von unten heraufkam und den Flur vor der Treppe erhellte, konnte er sehen, dass sich am Hals von Rahels Mutter bereits eine zarte dunkle Linie gebildet hatte, von der ein einzelner Tropfen herunterlief.

»Keinen Schritt weiter.« Rahels Stimme klang heiser.

»Wir beide wissen genau, dass du nicht den Mumm dazu hast.« Gabriel war um einen besonnenen Tonfall bemüht, trotzdem war ihm sein Unbehagen deutlich anzuhören. »Also lass sie frei, und anschließend können wir uns über alles ...«

»Stimmt es, Gabriel? Ist es Rahel?«

Die Worte zischten so unerwartet zwischen den Lippen von Rahels Mutter hervor, dass David kurz befürchtete, Rahel könnte ihr die Klinge vor Schreck noch fester gegen den Hals drücken und damit einen riesigen Fehler begehen.

Doch Rahels Hand blieb ruhig. Über ihre Miene aber fegte ein Sturm der widersprüchlichsten Gefühle.

Als wollte Gabriel diesen Moment ihrer Unsicherheit ausnutzen, knarzte eine der Stufen. Rahel hatte den Blick fest auf Gabriel gerichtet und schüttelte nun langsam den Kopf. »Wag es ja nicht«, sagte sie mit heiserer Stimme.

Von der Treppe her war kein Geräusch mehr zu vernehmen. Gabriel musste tatsächlich etwas an Rahels Mutter liegen.

»Ist es Rahel?«, krächzte ihre Mutter wieder.

»Murielle ...« Gabriel zögerte einen Moment, und dann brach es aus ihm heraus. »Sie ist eine verfluchte Lügnerin, Murielle! Aus dem Mund dieser Frau kommen unentwegt Lügen! In ihr wütet der Leibhaftige, kannst du das denn nicht spüren?«

»*Es reicht!* Halt dein Maul, du scheinheiliges Arschloch!« Rahels Stimme bebte vor Zorn, ihre Augen glitzerten so unheilvoll wie schwarze Edelsteine. »Denkst du, es interessiert mich, für wen sie mich hält? Denkst du ernsthaft, sie könnte mir so wichtig sein, dass ich es nicht übers Herz bringe, sie umzubringen? Sie ist bloß ein mieses Stück Scheiße! Genau wie du! Warum sonst wäre sie mit dir fortgegangen und hätte ihren Mann und ihre beiden Kinder zurückgelassen? Warum sonst hätte sie sich einen Teufel darum geschert, was mit uns passiert?«

»O Gott!«, schluchzte ihre Mutter leise. »Willst du mir damit sagen, dass dein Vater und dein Bruder noch leben?«

»Mach dir keine Hoffnungen, sie sind tot«, erwiderte Rahel kühl. »Vater hat sich einige Wochen, nachdem Gabriel ihm mitgeteilt hat, du seist verstorben, mit Benjamin von einer Brücke gestürzt.«

»*O Gott!*« Das Einzige, was Rahels Mutter noch auf den Beinen hielt, war das Messer an ihrer Kehle.

»Sie lügt!«, brüllte Gabriel. »Murielle, hörst du denn nicht, wie schleppend diese Frau spricht? Grundgütiger, sie ist nicht deine Tochter!«

»Halt's Maul!«, schrie Rahel und das Zittern in ihrer Stimme war kaum noch zu überhören. »An deinen Händen klebt so viel Blut! Nicht einmal vor Elias hast du haltgemacht! Vor deinem eigenen Sohn!«

Leise machte David einen Schritt auf sie zu. Und noch einen. Gleich, ahnte er, würde auch sie in Tränen ausbrechen. Und Gabriel würde sich diesen unachtsamen Moment auf jeden Fall zunutze machen. Dann wäre alles vorbei.

»Rahel«, raunte er so leise, dass Gabriel es unmöglich hören konnte. »Überlassen Sie sie mir.« Er rückte noch ein Stück näher, aber Rahel schüttelte kaum merklich den Kopf, ohne den Blick dabei von Gabriel zu nehmen.

David schnaufte leise. Gleich würden Gabriels Männer die Treppe hochstürmen und sie beide überwältigen. Er konnte das leise Wispern unten hören, die Anspannung in der Luft förmlich spüren.

»Ich ... ich habe keine Ahnung, wovon diese Verrückte da spricht!«, erwiderte Gabriel erbost. »Was sie sich herausnimmt, hier herzukommen und solche Lügengeschichten zu ...«

»Ich möchte mit ihr sprechen«, unterbrach Rahels Mutter ihn schroff, und alle Anwesenden schienen für einige Sekunden die Luft anzuhalten. »Allein.«

»Aber Murielle!«, rief Gabriel entrüstet. »Du glaubst ihren Worten doch nicht mehr als den meinen? *Himmel!* Für so was haben wir jetzt keine Zeit, Murielle! Wir müssen von hier verschwinden!«

»Keine Sorge, ich will ohnehin nicht mit ihr sprechen.« Rahel fixierte Gabriel nach wie vor, auf ihren Lippen lag ein kaltes Lächeln. »Was ich will, ist dein Tod. Dein Leben für das ihre. Hast du das kapiert, alter Mann?«

Ihre Mutter gab ein ersticktes Keuchen von sich. »Nein«, wisperte sie. »Tu das ... tu das nicht. *Bitte.*«

Es dauerte einen Moment, bis David klar wurde, dass ihre Worte nicht an Rahel, sondern an Gabriel gerichtet waren. Auch Rahel schien das erst zu begreifen, als Gabriel sich räusperte und das Wort ergriff.

»Es tut mir leid, Murielle«, begann er zögerlich. »Aber ich ...«

Schlagartig war Gabriel nicht mehr zu hören. Nicht, dass er verstummt war. Seine Lippen bewegten sich noch ein oder zwei Sekunden weiter, um den begonnenen Satz zu vollenden, doch seine Worte gingen allesamt in der gewaltigen Explosion unter, die ganz in der Nähe ausgelöst worden sein musste.

Und mit einem Mal brach im Haus das Chaos aus.

13

Ich nahm kaum wahr, dass der Boden unter meinen Füßen vibrierte. Und auch das Bersten der Fenster, die Schreie im Haus und das Kreischen außerhalb der Mauern sowie die Schüsse, die draußen fielen, registrierte ich nur am Rande. Immer wieder schlug etwas auf dem Dach des Cottages auf und ließ Putz von der Decke auf uns herabrieseln wie Puderzucker. Ich hörte jedes Geräusch, spürte jede Schwingung und sah jede Bewegung, und doch ging das alles irgendwie an mir vorbei. Mich beschlich abermals das eigenartige Gefühl, nicht wirklich hier zu sein, denn mein Körper war wie gelähmt und mein Verstand seltsam benebelt. Mein Kopf schien unter der Last an Informationen die Arbeit verweigern zu wollen.

Gott! Meine Mutter lebte! Ich hielt sie jetzt gerade im Arm und war drauf und dran, sie umzubringen! Ich hatte einen mehr als gestörten Halbbruder, von dem ich bis heute nichts gewusst hatte! Elias war tot! Sokol war mit Wagner auf dieser verfluchten Insel aufgetaucht! Und Nikolaj hatte Wagner geschickt, um mich zurückzuholen!

Ich fühlte mich wie ein Aktenvernichter, in dessen scharfen Schlund unaufhörlich viel zu dicke Papierstapel geschoben wurden. Nicht mehr lange und mein Motor würde den Geist aufgeben.

Ich rang nach Luft, um den Nebel in meinem Kopf aufzulösen, und konzentrierte mich auf das Messer in meiner Hand. *Weniger Druck, Rahel. Du tust ihr weh.* Dann versuchte ich, meine Aufmerksamkeit wieder voll und ganz auf Gabriel zu richten.

Er war auf halber Höhe der Treppe stehen geblieben, hatte sich nun aber zu den Männern unten vor der Treppe umgewandt und gab irgendwelche Anweisungen. Ein kleiner Mann mit Halbglatze und Brille stolperte zur Haustür herein.

»Bins, mein Junge! Was ist da draußen los?«, rief Gabriel ihm zu.

»Der Gastank hinter Simeons Haus ist explodiert!«, schluchzte Bins und wischte sich über die Augen. »Das Cottage ... es ist zur

Hälfte eingestürzt und ...«

»Großer Gott!«, fuhr Gabriel ihm aufgebracht ins Wort. »Wo ist Brecht? Jemand muss ihn auf der Stelle herholen! Bins, lauf zurück zu Simeons Haus! Nimm ein paar der Männer mit, ihr müsst das Feuer eindämmen!« Gabriel rieb sich aufgebracht die Stirn, da schien ihm noch etwas einzufallen. »Warte! Funkt zuallererst Burtonport, Craignish und Edernish an! Macht denen klar, dass wir alles im Griff haben und keine Hilfe benötigen!«

»Aber wir brauchen Hilfe, Gabriel!«, rief Bins entsetzt. »Simeons Familie ist doch noch in dem Haus! Wir ... wir müssen sie da rausholen! Und dann hat Paul auch noch Angus' Leiche am Hang gefunden! Jemand hat ihn umgebracht! Und sein Gewehr ... es ist weg!«

»Das ist nicht gut«, murmelte Gabriel.

Er dachte einen Moment lang nach, dann wandte er sich wieder an den Mann. »Bins ...« Der Lärm und die Schreie draußen hatten nachgelassen, und Gabriel senkte seine Stimme zu einem gefährlich klingenden Raunen. »Wenn dir etwas an unserer Gemeinschaft liegt, wenn du deine Leute schützen willst, dann solltest du jetzt genau so handeln, wie ich es dir aufgetragen habe. Oder zweifelst du an meiner Fähigkeit, Entscheidungen fürs Gemeinwohl zu treffen?«

Ich konnte Gabriels Gesicht nicht sehen, aber sein Nacken glühte rot vor Wut. Die Männer vor der Treppe beäugten Bins grimmig, und der kleine Mann schüttelte rasch den Kopf. Mir blieb die Spucke weg. Sie alle würden ihrem Anführer ins Verderben folgen, blind wie die Maulwürfe.

»Gut«, sagte Gabriel. »Dann sieh zu, dass du dich an die Arbeit machst!«

Bins nickte und drängte sich hastig an den Männern vorbei zur Haustür.

»Schafft die Leichen fort, sobald ihr das Feuer unter Kontrolle habt!«, rief Gabriel ihm hinterher. »Und vergesst nicht den Toten unten auf dem Steg! Werft sie alle ins Wasser! Und sollten Fremde auftauchen, dann wimmelt sie gefälligst ab!«

Bins nickte bloß und verschwand geduckt wie ein geprügelter Hund zur Tür hinaus. Gabriel wandte sich an einen seiner Männer.

»Lauf und bereite das Boot vor! Wir erwarten dich am Leuchtturm! – *Sofort!*«, brüllte Gabriel, weil der junge Mann anscheinend eine Sekunde zu lang gezögert hatte. Der Kerl nickte erschrocken und war schon verschwunden.

Der Leuchtturm.

Hatte Wagner nicht gesagt, dass Sokol dort auf uns warten sollte?

Ich warf Wagner einen kurzen Blick zu. Er stand immer noch im dunklen Teil des Flures, keine zwei Meter von mir entfernt. Bisher hatte Gabriel ihn nicht zu Gesicht bekommen. Ich meinte, in Wagners Miene denselben Gedanken und dieselben Sorgen zu lesen, die auch mir gerade durch den Kopf gingen. Wenn er das Cottage jetzt verließ, konnte er Sokol noch retten. Wagner schien allerdings nicht ganz so entschlossen zu sein wie ich, denn ich registrierte sein Zögern.

Gabriel hatte sich nach wie vor halb von mir abgewandt und erteilte Befehle. Meine Mutter am Leben zu halten, hatte für ihn allem Anschein nach doch nicht oberste Priorität. Ich sah rasch wieder zu Wagner und bedeutete ihm mit einem kaum merklichen Nicken, sich zu verziehen.

Er schüttelte leicht den Kopf.

»Los, verdammt!«, zischte ich leise.

Er zögerte, dann bewegte er sich aber endlich mit leisen Schritten auf eine der Türen zu und verschwand aus meinem Blickfeld.

»Wo ist Nathan?«, fragte Gabriel gerade und wandte sich damit an den Mann, der ihm am nächsten stand – ein gedrungener Kerl mit dem Haarwuchs eines Schimpansen. »Geh und such ihn, Richard! Danach holt ihr Elias aus dem Loch, aber fesselt ihn! Und schick Brecht umgehend her, wenn er euch über den Weg läuft! Er und Ira sollen uns zum Leuchtturm geleiten!«

Für einen Moment hielt ich den Atem an. Elias war am Leben? Aber auf wen hatten sie dann geschossen?

Richard nickte eifrig und trabte davon. Gabriel drehte sich um und starrte mich angewidert an. »Was hast du nur angerichtet, du widerwärtiges Ding? Wer hat den Gastank in die Luft gejagt, hm? War's der Journalist?«

»Ich hoffe es doch!«, fauchte ich, aber Gabriel hörte mir gar nicht mehr zu.

Er hatte uns wieder den Rücken zugekehrt und stieg die Treppe hinab.

»Hey! Wo willst du hin, du verdammter Scheißkerl?«, rief ich ihm nach.

Unten angekommen, drehte Gabriel sich um. Er schmunzelte. »Du hast sie in den letzten zehn Minuten nicht getötet«, erklärte er. »Und so wie ich das sehe, wirst du es auch nicht mehr tun.«

Er nickte den beiden verbliebenen Männern zu. »Sie kommt mit uns zum Leuchtturm. Oder zumindest wird sie uns einen Teil der Strecke begleiten.« Er lächelte mich vielsagend an. »Sag Rahel, Kindchen, was hältst du von einer Seebestattung?«

»Nein.« Ich schüttelte den Kopf. »Das kannst du vergessen.«

»Wir werden sehen.« Er wandte sich wieder an die Männer. »Was steht ihr noch herum? Fesselt sie und sperrt sie solange in die Abstellkammer, bis wir aufbrechen!«

Die beiden Männer sahen sich unschlüssig an, dann kamen sie einer nach dem anderen langsam die Treppe hoch. Gabriel verschwand mit entnervter Miene auf dem Flur.

»Kommt mir nicht zu nahe!« Ich fuchtelte wild mit dem Messer herum.

Ich hatte kapiert, dass es keinen Sinn machte, die Haut am Hals meiner Mutter mit weiteren Schnitten zu verunzieren, denn Gabriel hatte recht: Ich würde sie nicht umbringen. Auch wenn der Begriff Rabenmutter noch zu gut für sie war und sie mich, meinen Vater und meinen Bruder damals im Stich gelassen hatte, würde ich nicht diejenige sein, die ihr Leben beendete. Ich packte sie am

Arm und stieß sie zur Seite. Sie stürzte auf den Boden und stöhnte leise.

Der größere der beiden Männer war nur noch vier oder fünf Stufen unter mir. Nun hatte ich aber wenigstens die Hände frei, um mich gegen ihn zur Wehr zu setzen. Als er noch näherkam, machte ich einen Ausfallschritt und versuchte, ihm die Arme aufzuschlitzen, doch er wich der Klinge geschickt aus und hielt sich am Treppengeländer fest. Schon im nächsten Moment ging das Licht im Haus wieder an. Gerade noch so sah ich, dass mein zweiter Widersacher wie eine kleine fette Kanonenkugel an ihm vorbeistürzte und sich auf meine Beine warf.

Ich schrie, da ich das Gleichgewicht verlor, und stürzte, weil er sich so gnadenlos wie eine Python um meine Beine schlang, dem großen Kerl entgegen. Aus Angst vor dem Messer, mit dem ich nach wie vor auf ihn zielte, machte dieser allerdings einen Satz zurück, verpasste eine der Stufen und polterte die Treppe in einer ungelenken Rückwärtsrolle hinab. Ich hörte meine Mutter erschrocken keuchen, und in der nächsten Sekunde stürzte ich selbst auf die Treppe. Der Kerl an meinen Beinen versuchte, mich an der Jeans, dann an den Fußknöcheln und zuletzt an den Schuhen festzuhalten. Aber ich entglitt ihm, verlor dabei einen meiner Sportschuhe, krachte mit den Unterarmen auf eine der Stufen und rutschte anschließend drei oder vier weitere Stufen bäuchlings hinunter, ehe ich mich stoppen konnte.

Zu irgendeinem Zeitpunkt während meines unbequemen Abgangs hatte ich das Messer verloren. Ich hatte es Scheppern hören, als es über die Stufen nach unten geflogen war. Ich rappelte mich auf, registrierte kurz, dass ich keinen größeren Schaden davongetragen hatte, und sah mich um. Doch es war zu spät, um nach dem Messer Ausschau zu halten. Der kleine untersetzte Mann, der überhaupt erst für meinen Sturz gesorgt hatte, war hinter mir her gehechtet, zog mich nun auf die Beine und drängte mich die letzten Stufen hinab. Schnaufend holte er ein dünnes Seil aus seiner Hosentasche und schnürte meine Hände damit fest hinter meinem Rücken zusammen.

Sein Kollege hatte den Sturz von der Treppe nicht ganz so gut überstanden wie ich. Er hatte sich ans andere Ende des Flures zurückgezogen. Sein Gesicht war schmerzverzerrt und er hielt den linken Arm – offensichtlich die Wurzel allen Übels – vor sich hin, als würde er nicht länger zu ihm gehören. Ich vermutete, dass er sich den Unterarmknochen gebrochen oder zumindest angeknackst hatte, und lächelte ihm zu, während der andere Mann das Seil um meine Handgelenke noch ein wenig strammer zog.

»Wäre schön, wenn Sie jetzt einen Arzt besuchen dürften, was?«, sagte ich so höhnisch, wie es mir in meinem gebrochenen Englisch möglich war.

Doch der Schmerz schien ihn so in Trance zu versetzen, dass er mich überhaupt nicht beachtete.

»Halt den Mund.« Der Kerl hinter mir packte mich an der Fessel und schob mich vorwärts.

»Rahel! *C'est vraiment toi?* – Bist du es wirklich?«, hörte ich meine Mutter wispern, und ich hob den Kopf.

Sie stand am oberen Treppenabsatz und klammerte sich mit beiden Händen am Geländer fest. Ihr Hals war blutverschmiert, ihre blinden Augen schwebten unruhig über den Flur. »Sag, bist du es?«

Ich schnaufte, wollte etwas Verletzendes erwidern und biss mir auf die Zunge, als der Kerl hinter mir mich plötzlich vorwärts schubste. »Geh«, knurrte er bloß.

Wahrscheinlich hatte er keines ihrer Worte verstanden und wollte mich so schnell wie möglich aus ihrer Hörweite bringen. Mit seinem nächsten Stoß stolperte ich an dem Mann mit dem gebrochenen Arm vorbei und in den Wohnbereich des Cottages, wo ich ungebremst gegen Richard prallte.

Der klobige behaarte Mann, den Gabriel auf die Suche nach Nathanael geschickt hatte, war offenbar gerade zur Verandatür hereingehetzt und schüttelte nun verärgert den Kopf, sah mich dabei aber nicht wirklich an. Er schwitzte wie verrückt und von ihm ging ein widerlicher, stechender Geruch aus.

»Passen Sie doch auf!«, fauchte er und stürmte an uns vorbei in den Flur, ohne wirklich Notiz von uns zu nehmen.

Ich hatte so eine Ahnung, auf wen er gestoßen war, während er draußen nach meinem Halbbruder gesucht hatte. – Was keine wirkliche Herausforderung war, denn Brechts Leichnam hätte kaum schlechter versteckt sein können.

Mein Aufpasser griff wieder nach meiner Fessel und schubste mich zu einem der beiden Sofas. »Hinsetzen!«

Ich leistete seinem Befehl Folge und beobachtete, wie er sich an die Wand neben eins der Bücherregale lehnte und mit grimmiger Miene den Dreck unter seinen Fingernägeln hervorpulte, während er mir einen finsteren Blick nach dem anderen zuwarf. Sein Kollege war uns gefolgt, hatte sich aber hinter dem Küchentresen postiert und konnte sich, wie es schien, nicht entscheiden, ob er mich ansehen oder den Blick lieber abwenden sollte. Er musste mich für das Böse in Person halten, und ich wunderte mich, was Gabriel seinen Leuten wohl über mich erzählt hatte.

»Ja, Sir. Brecht ist tot«, hörten wir Richard im Flur nervös sagen, wahrscheinlich stand er in der Tür zu Gabriels Büro. »Er liegt mit aufgeschlitzter Kehle in der Nähe der Hecke.«

Der schlaksige Kerl in der Küche starrte mich mit merklich geweiteten Augen an, und auch mein anderer Bewacher sah von seinen Fingernägeln auf, um mir einen bestürzten Blick zuzuwerfen. Ich hatte mit Brechts Tod zwar nichts zu tun, zumindest nicht direkt, aber ich ließ den Männern trotzdem ein maliziöses Lächeln zukommen. Prompt sahen sie beide weg.

»Was ist mit Nathanael?«, hörten wir Gabriel fragen. »Hast du ihn gefunden?«

Es schien ihn nicht im Geringsten zu berühren, dass Brecht, der Mann, der ihm jahrzehntelang zur Seite gestanden und ihm den Rücken gedeckt hatte, nun nicht mehr am Leben war. Zumindest klang es nicht danach, als sei er den Tränen auch nur ansatzweise nahe.

»Keine ... keine Ahnung, Sir«, stammelte Richard. »Ich hab die anderen Männer nach ihm gefragt und habe nach ihm gesucht – ich ... ich habe wirklich keine Ahnung, wo er ist, Sir.«

Gabriel schnaufte aufgebracht. »Dann geh und such weiter!«

»Ja ... ja, Sir.« Die Tür zum Büro wurde geschlossen und wir vernahmen Richards gedämpfte Schritte auf dem Flur, dann ging die Haustür auf und wieder zu.

Der Kerl hinter dem Küchentresen schluckte und starrte auf seinen verletzten Arm. Er machte mich wohl auch für Nathanaels Abwesenheit verantwortlich. Als er sprach, war seine Stimme kaum zu hören. »Sollten wir ... sollten wir sie nicht eigentlich in der Abstellkammer einsperren?«

»Mir gefällt es hier auf dem Sofa eigentlich ganz gut«, sagte ich schnell, aber die Männer ignorierten mich.

Der dickliche Kerl an der Wand schüttelte den Kopf. »Wir sollten auf sie aufpassen, bis sie aufbrechen.«

»Aber hat Gabriel ... hat er uns nicht aufgetragen *sie* ...«, der junge Mann in der Küche deutete mit einem Nicken auf mich, »... in die Abstellkammer zu sperren? Oder ... oder irre ich mich da?«

Der Blick meines Aufpassers verweilte einen kurzen Moment auf mir. Dann stieß er sich mit einem Seufzer von der Wand ab und kam zu mir herüber.

In der Abstellkammer, einem kleinen Raum, der direkt von der Küche abging und nicht im Entferntesten die Bezeich-nung ›Kammer‹ verdiente, war es dank des hohen Wandregals und der Unmengen an Putzutensilien dermaßen eng, dass ich mich kaum bewegen konnte, ohne irgendwo anzustoßen oder irgendetwas umzukippen.

Darüber hinaus war es stockdunkel.

Ich fand, dass ich angesichts dieser Tatsache sogar ziemlich gelassen blieb. Und das, obwohl ich schwitzte wie ein Ackergaul in der prallen Sonne. Und obwohl pausenlos grelle Sternschnuppen vor meinen Augen entlangblitzten.

Hatte ich anfangs noch leise Stimmen vor der Tür, Schritte aus dem oberen Stockwerk und das eine oder andere Krachen einer Tür vernommen, hörte ich jetzt überhaupt nichts mehr.

Wenigstens gibt es hier keine Ratten, dachte ich grimmig. Trotzdem war mir nur allzu bewusst, dass meine aktuelle Lage mehr als beschissen war.

Die Regale nach etwas Brauchbarem – einem Teppichmesser oder Gartenmesser, irgendetwas, womit ich die Fessel würde lösen können – abzusuchen, hatte ich schon vor Minuten von meiner To-do-Liste gestrichen. Höchst gewissenhaft hatte mein Bewacher jeden Gegenstand, der mir auch nur irgend hätte nützlich sein können, aus der Kammer entfernt, bevor er mich hineingestoßen hatte. Immerhin hatte er mir noch den Schuh hineingeworfen, den ich auf der Treppe verloren hatte, ehe er die Tür zugeworfen und abgeschlossen hatte. Und irgendwie war es mir auch ohne Hände gelungen, wieder in den Sportschuh hineinzuschlüpfen.

Immer wieder hatte ich versucht, die Arme hinter meinem Rücken auseinanderzuziehen, um die viel zu enge Fessel zu weiten. Aber keine Chance. Meine Handgelenke schmerzten mittlerweile so sehr, dass ich das Gefühl hatte, sie würden nicht von einem einfachen Seil, sondern von einem heißen Draht zusammengehalten werden; meine Finger spürte ich kaum noch.

Ich hatte mich meinem Schicksal ergeben, mich vor die Tür gehockt und die Stirn gegen die glatte Oberfläche geschmiegt. Nun gab ich mir die allergrößte Mühe, mich auf den muffigen Geruch meiner Umgebung zu konzentrieren, anstatt auf das widerliche Bouquet, das von mir selbst ausging. Denn wenn mir erst übel wurde ...

Du kannst doch nicht aufgeben, verdammt! Ist das dein Ernst?

Ich schnaufte verärgert, legte den Kopf in den Nacken und atmete tief durch. Was konnte ich schon tun? Es war zu spät, meine Lage aussichtslos.

Gerade als ich mir vornahm, den Boden und das Regal doch noch einmal nach etwas Nützlichem abzusuchen – mir war bewusst, dass ich aus dem Henkel eines Eimers kein halb automatisches Maschinengewehr würde zaubern können, schließlich hieß ich nicht MacGyver, aber irgendetwas in den tauben Fingern zu halten, war besser als die Kammer unbewaffnet zu verlassen –, wurde die Tür geöffnet.

Ich presste die Augen zu, blinzelte aber nach einem kurzen Moment angestrengt ins Licht.

»Aufstehen.« Das Gesicht meines Babysitters war wenig mitteilsam.

Ich fragte mich, was es in der Zwischenzeit für neue Entwicklungen gegeben hatte. Wie viele von Gabriels Leuten bei der Explosion zu Schaden gekommen waren und ob inzwischen jemand von der Küstenwache, der Polizei oder der Feuerwehr die Insel betreten hatte.

Selbst wenn, es wird dir nichts nützen.

Und das entsprach aller Voraussicht nach der Wahrheit. Denn während die Beamten sich im Zuge ihrer Ermittlungen – falls es überhaupt zu Ermittlungen kommen würde und sie die Explosion nicht sofort als Unfall abstempelten – am Ursprung der Detonation zu schaffen machen würden, würde ich mit Gabriel und seinen engsten Vertrauten längst auf dem Weg ans andere Ende der Insel sein.

Im Wohnbereich hielt sich bis auf meinen Aufpasser und mich niemand mehr auf. Trotzdem blieb mir keine Zeit, um den vor mir liegenden Spaziergang irgendwie hinauszuzögern, denn mein Begleiter schob mich bereits an der Küche vorbei und durch die Verandatür ins Freie. Abermals mussten meine Augen sich an die Dunkelheit gewöhnen. *Das*, die aufgebrachten Stimmen, die vom Dorf zu uns herüberwehten, und der Geruch von verbranntem Holz und angesengtem Plastik sorgten dafür, dass meine Sinne sich für einen Moment völlig überfordert fühlten. Kurz war ich sogar froh darüber, gestützt zu werden.

Das alles ist dein Verdienst. Ganz allein deiner. Und so wie es aussieht, wirst du gleich dafür bezahlen.

Mutlos und erschöpft wie ich war, ließ ich mich durch den Garten, über die Mauer – inzwischen hatte jemand Brechts Leichnam fortgeschafft – und am Lavendelfeld entlangführen. Der kühle Wind, den ich, als wir auf die Veranda hinausgetreten waren, noch als angenehm empfunden hatte, brachte mich jetzt zum Zittern. Mir wurde schnell bewusst, dass es nicht bloß ein frisches Lüftchen war, das an meinen Haaren und Kleidern zerrte und uns auf die Kapelle zutrieb. Obwohl es nicht regnete und auch kein Gewitter aufzog, peitschte der Wind ungestüm über die kleine Insel, fegte über die Wiesen und Hügel und sorgte dafür, dass ein stetiges Rauschen vom Blattwerk der Büsche und Sträucher ausging, das das Wogen und Schäumen des Meeres beinahe übertönte. Das T-Shirt unter meinem Pullover war immer noch klamm, und auf meinen Armen prickelte Gänsehaut, die sich langsam auf meinem gesamten Oberkörper ausdehnte. Nicht bloß, weil ich fror. Der Sturm, der Geruch von Feuer und Zerstörung und die Überreste der Kapelle samt der Gräber, die ihre romantische Wirkung vom Nachmittag mit dem Eintritt der Dunkelheit gänzlich verloren hatten, stimmten mich unweigerlich auf das Ende dieses düsteren Märchens ein.

Auf mein Ende.

Sie warteten am Ende des Friedhofes auf uns. Acht, vielleicht aber auch zwölf Personen, die in dunkle Mäntel und Umhänge gehüllt waren und im Schatten des Kapellengemäuers standen. Wir waren noch nicht ganz bei ihnen angelangt, da setzte die kleine Karawane sich schon in Bewegung, verließ den Friedhof durch den Torbogen und folgte dem Rundweg in Richtung Naturschutzgebiet. Zum Leuchtturm.

Niemand schaltete eine Taschenlampe ein, denn es war nicht notwendig. Der Mond leuchtete so hell, dass der Pfad, die schroffen Felshänge und Hügel in silbernes Licht getaucht waren. Nach einigen Anläufen gelang es mir, acht Gestalten vor und eine, meinen Babysitter, hinter mir zu zählen. In einigem Abstand vor uns lief eine weitere Geisel.

Sein Aufpasser hatte ganz offenkundig Probleme damit, ihn – den erstickten Lauten nach, die unter dem schwarzen Sack, den man der Geisel über den Kopf gestülpt hatte, hervordrangen, handelte es sich um einen Mann – im Zaum zu halten. Unentwegt warf der Kerl sich von einer Seite zur anderen, oder trat nach hinten aus. Meist verfehlte er seinen Wärter. Von Zeit zu Zeit gelang es ihm aber, seinem Aufpasser einen schmerzhaften Tritt zu verpassen, sodass dieser laut aufstöhnte, dem Gefangenen dann aber jedes Mal ohne Umschweife in den Bauch boxte oder gegen den verhüllten Kopf schlug. Hätte der Kerl, der Gefangene, auch nur die geringste Ahnung gehabt, wo man ihn gerade entlangführte und wie dicht der schmale Pfad neben dem Abgrund lag, hätte er sich wohl nicht ganz so widerspenstig verhalten. Um ehrlich zu sein, wunderte es mich, dass man ihm wegen seiner renitenten Art nicht längst einen leichten Schubs in Richtung Hang versetzt hatte.

Ich hatte keinen blassen Schimmer, wer der Mann war, der wenige Meter vor uns so nahe am Abhang und wohl eher unwissentlich seinen todesmutigen Tanz vollführte. Doch ich war mir ganz sicher, dass es sich weder um Wagner noch um Sokol oder Elias handelte. Wagner hatte eine ganz andere Statur, Sokol musste längst am Leuchtturm angekommen sein und Elias ... Ich war fest davon überzeugt, dass er, ebenfalls gefesselt und in Begleitung eines Aufpassers, vor den beiden Männern herlief, die sich vor mir und meinem Bewacher befanden. Immer wieder verlangsamte er seinen Schritt und drehte sich um, doch sein Begleiter zerrte ihn jedes Mal sofort weiter, sodass ich keinen Blick auf sein Gesicht erhaschen konnte. Trotzdem glaubte ich, dass er es war. Er *musste* es einfach sein.

Aber nach einiger Zeit war ich zu müde, um weiterhin auf meine Wegbegleiter zu achten. Wir hatten das Dorf weit hinter uns gelassen, ließen uns vom Trampelpfad über sanfte Hügel und seichte Täler führen, bis ich nicht einmal mehr meine brennenden Handgelenke wahrnahm, weil der eisige Wind meine Haut betäubt hatte. Gleichermaßen betäubt war mein Verstand durch den Anblick der schwarzen Wellen, die tief unter uns wüteten und schäumten.

Ich wusste, was mir bevorstand. Trotzdem leistete ich keinen Widerstand. Teilweise lief ich sogar mit geschlossenen Augen, um sie vor den heftigen Böen zu schützen, und ließ mich von dem Mann hinter mir den Pfad entlang dirigieren. Meine Beine funktionierten noch gerade so, und nach einiger Zeit, in der ich ohne nachzudenken der monotonen Schrittfolge nachgekommen war, fühlte ich mich wie eine auf Notstrom laufende Maschine. Leer und abgestumpft.

Und auch als wir irgendwann anhielten, hatte ich das Gefühl, noch immer weiterzulaufen, mein Geist war gefangen in dem sich ständig wiederholenden Bewegungsablauf.

»Geht voraus«, hörte ich jemanden vor uns murmeln.

Ich öffnete die Augen und blinzelte gegen den schneidenden Wind an. Zwei Personen, auch bei ihnen hatte eine den Arm der anderen ergriffen, allerdings eher auf eine Weise, die einer Hilfestellung gleichkam, entfernten sich langsam von dem Schauplatz, an dem wir uns eingefunden hatten, in Richtung Leuchtturm. Ich konnte nicht erkennen, wer es war, aber ich glaubte zu wissen, dass es sich bei den beiden um meine Mutter und diesen verfluchten kleinen Bastard von einem Halbbruder handelte.

Erst jetzt hatte ich ein Auge für meine Umgebung, und sofort wollte ich einen Schritt vom Abhang zurücktreten, doch mein freundlicher Begleiter hielt mich an Ort und Stelle fest. Mein Herz legte einen Gang zu, als ich nach unten sah.

Vor uns stürzte sich eine rund dreißig Meter tiefe fast senkrechte Felswand ins tosende Meer.

Das verstand Gabriel also unter einer Seebestattung, dachte ich grimmig.

Eine der anderen Gestalten trat vor und nahm die Kapuze ab. Gabriel richtete sein Gesicht dem Meer entgegen und atmete tief ein, dann wandte er sich uns zu und bedachte mich mit dem Lächeln eines besorgten Vaters. Als er sprach, war seine Stimme unter dem stetigen Rauschen und dem lauten Klatschen, mit dem die Wellen sich weit unter uns gegen das jahrtausendealte Gestein warfen, gerade so zu hören.

»Nun«, begann er, »wir sind da, mein Kind. Dies ist ...«

Ein heftiger Windstoß drängte ihn auf die Klippe zu und er wich einen Schritt zurück. »Dies ist die Teufelswand«, fuhr er fort und ließ seinen Blick stolz über die schroffe Felswand schweifen, aus der hier und dort Vorsprünge herausragten wie die Zähne einer Säge. »Wie ich finde, ein wirklich angemessener Ort für deinen Abschied. Denkst du nicht auch?«

Ich sagte nichts. Mein Blick war nach wie vor auf die schwarzen Wassermassen gerichtet, die am Fuße des Steilhanges tobten.

Es ging nicht mehr nur darum, sich über Wasser zu halten und den Kampf gegen das Ertrinken zu gewinnen. Nun kam es zusätzlich darauf an, einen Sturz hinab über die spitzen Felsvorsprünge zu überleben. Und hatte man tatsächlich das Glück, sich auf dem Weg nach unten nicht sämtliche Knochen zu brechen und als zerfledderter, blutiger Lumpen auf dem Wasser aufzuprallen, dann hatte man anschließend das große Vergnügen, sich gegen die hohen Wellen behaupten zu müssen, die einen wieder und wieder unter Wasser drücken und zurück gegen die Felsen schleudern würden.

Es war aussichtslos.

»Möchtest du vielleicht eine Vorstellung davon bekommen, was dir gleich bevorsteht, mein Kind?«

Ich hob den Kopf und sah gerade noch, wie Gabriel dem Mann, der den Unbekannten bewachte, das Zeichen gab, mit seinem Gefangenen vorzutreten.

»Nein!«, kreischte ich und wollte vorstürmen, aber mein Bewacher hielt mich an der Fessel fest und zerrte mich zurück. Mein Schreien ging im plötzlichen Gebrüll des Unbekannten unter.

Mit aller Kraft sträubte er sich, in die Richtung zu gehen, in die sein Aufpasser ihn drängte. Trotz des schwarzen Sackes über seinem Gesicht musste er gehört haben, wo wir uns befanden. Unvermittelt fuhr er zu seinem Bewacher herum, rammte ihm die Schulter in den Bauch und riss ihn mit sich zu Boden. Gefährlich nah am Abgrund wälzten die Männer sich auf dem Boden herum.

»Ich will es nicht sehen!«, schrie ich. »Bitte hört auf! Lasst mich die Erste sein, die geht! Bitte!«

Wieder und wieder versuchte ich, mich meinem Aufpasser zu entziehen, bis er ein Taschenmesser – *mein* Messer – aus seiner Hosentasche zog und es aufschnappen ließ. »Halt sofort still«, knurrte er und bohrte mir die Spitze der Klinge in den Rücken. Ich kreischte auf, mein Pullover war zwar nicht aus dünnem Stoff, dennoch konnte ich spüren, wie das Messer sich durch die schützende Schicht presste.

Hilflos starrte ich zu den beiden Männern am Boden hinüber. Es war ein mehr als unfairer Kampf, denn Gabriels Mann verpasste dem Gefesselten, der sich unter ihm wandte wie ein Aal, einen kräftigen Fausthieb nach dem anderen. Gegen die Rippen, in den Bauch und ins Gesicht.

»Hmpf!«

Der wütende Laut übertönte das Tosen um uns herum nur schwach, trotzdem hielten alle einen Moment inne und sahen zu dem Mann, aus dessen Kehle sich das Geräusch gelöst hatte.

Auch Elias hatte man gefesselt und geknebelt. Trotzdem bäumte er sich mit einem Mal auf und versuchte, Richard, seinem Aufpasser, eine Kopfnuss zu verpassen. Dieser sah den Angriff jedoch kommen, wich zurück, stolperte rückwärts über das Felsgeröll am Boden und landete mit einem überraschten Aufschrei im niedrigen Gestrüpp am Wegesrand. Allerdings nicht, ohne Elias mit sich zu reißen.

Es dauerte einen Augenblick, bis der kleine, plumpe Richard sich aus dem Gewächs aufgerappelt hatte. Verärgert schüttelte er den Kopf, während er seine Sachen zurechtzupfte und sich den Dreck vom Mantel klopfte. Als er Elias unter den Arm greifen wollte, um ihm aufzuhelfen, entriss dieser sich ihm mit einem entrüsteten Schnaufen. Aber auch er schaffte es, trotz der gefesselten

Hände wieder auf die Beine zu kommen.

Zornig funkelte er Gabriel an, doch der lächelte ihn von seinem Platz in sicherer Entfernung zum Abhang bloß an.

»Was ist los, mein Sohn?«, fragte er schließlich. »Denkst du, es genügt jetzt? Ist es das, was dich so empört? Wir sollen dem armen Kerl dort drüben nicht länger zusetzen?«

Elias nickte schnaufend und riss seinen Arm weg, als Richard danach griff.

Gabriel musterte seinen Sohn einen Moment lang, dann nickte er. »Also gut, wenn das dein Wunsch ist.«

Er wandte sich an den Kerl, der den Unbekannten mit aller Kraft am Boden festhielt, wenigstens aber nicht mehr auf ihn eindrosch, seit Richard und Elias im Gestrüpp gelandet waren. »Vielen Dank, Travis. Ich weiß deine Bemühungen wirklich zu schätzen. Aber wie du soeben gehört hast, wünscht mein Sohn, dass wir uns nicht länger mit diesem Mann befassen. Wenn du also so gütig wärst und ihm diesen grässlichen Sack vom Kopf nimmst? Wir wollen ihm und Rahel schließlich die Möglichkeit geben, sich voneinander zu verabschieden, ehe wir sie beide von ihrem sündhaften Leben erlösen.«

Durch meine Brust fuhr ein schmerzhaftes Stechen. Das war unmöglich! Es konnte weder Wagner noch Sokol sein! Sokol war zum Leuchtturm vorgelaufen, und Wagner hatte eine ganz andere Statur, als der Kerl dort drüben. Es konnte keiner der beiden sein. Auf gar keinen Fall.

Travis machte sich nicht die Mühe, dem Fremden auf die Beine zu helfen, sondern ließ ihn am Boden liegen. Er bückte sich, löste ein paar Schnüre und zog dem Mann den schwarzen Stoffbeutel vom Kopf.

Das Gesicht, das darunter zum Vorschein kam, war ein einziges Massaker. Es war blutverschmiert, beide Augen waren so stark zugeschwollen, dass ich bezweifelte, der Mann konnte überhaupt noch etwas sehen. Seine Unterlippe war nicht nur aufgeplatzt, ein tiefer Schnitt klaffte darin. Und überall, wirklich überall war Blut.

Und doch waren da diese kleinen Hinweise, Ähnlichkeiten, die mir auf den ersten Blick nicht aufgefallen waren: Das dicke wellige Haar, die feinen und doch männlichen Gesichtszüge. Die Wangen, auf die ich in den letzten beiden Tagen einige Male Grübchen hatte treten sehen ...

Tränen schossen mir in die Augen. Schlagartig hatte ich das Gefühl, keine Luft mehr zu bekommen und rang nach Atem. *Großer Gott!* Warum? Warum war dieser dumme, dumme Kerl mir nur hinterhergekommen?

Sokol hatte das Gesicht nur kurz zu mir gedreht, wandte es nun aber dem düsteren Horizont entgegen. Er wusste, was ihm bevorstand. Er wusste, dass weder ich noch Wagner ihm jetzt noch helfen konnten.

Sein Schicksal war besiegelt. Ebenso wie meines.

»Das ist also der Mann, der *Reporter*.« Letzteres betonte Gabriel, als sei es eine Schande, diesem Berufsstand anzugehören, »der meine geliebten Kinder in Lípa belästigt hat?«

Ich begriff erst, dass Gabriel mit mir gesprochen hatte, als keiner der anderen antwortete. Widerwillig löste ich meinen verschleierten Blick von Sokol. Von dem grausam zugerichteten Häufchen Elend, das von ihm übrig war.

Gabriel sah mich an und deutete mit der Hand zu Sokol. »Ist er das etwa nicht, Rahel? Der übereifrige Journalist?«

»Nein!« Ich schüttelte hastig den Kopf. »Nein, das ist er nicht! Ich habe keine Ahnung, wer dieser Mann ist!«

Gabriel hob die Brauen. »Bist du dir sicher, meine Liebe? Vielleicht solltest du ihn dir einmal aus nächster Nähe ansehen. Zumal sein Gesicht ja ein wenig ... ein wenig mitgenommen aussieht.« Er nickte meinem Bewacher zu, und dieser zögerte keine Sekunde, ehe er mich zu Sokol an den Rand des Abhanges zerrte.

»Auf die Knie«, raunte er und drückte mir das Messer erneut zwischen die Rippen.

Schluchzend kniete ich mich neben Sokol auf den Boden.

»Gönnt den beiden ein paar Sekunden der Zweisamkeit«,

ordnete Gabriel selbstzufrieden an. »Rahel soll ruhig wissen, für was sie verantwortlich ist.«

Während unsere Aufpasser sich tatsächlich einige Schritte von uns entfernten, funkelte ich Gabriel wütend an. Ich wusste nur allzu gut, was ich getan hatte.

Dann blickte ich auf Sokol herab, ignorierte die aufgebrachten Laute, die Elias von sich gab, und konzentrierte mich voll und ganz auf den Mann vor mir. Sokol hatte den Kopf nach wie vor zur Seite gedreht und blickte zum Horizont.

»So, wie du diesen Mann ansiehst, Rahel, scheinst du ihn sehr wohl zu kennen. Oder irre ich mich etwa?«

Oh wie gern hätte ich Gabriel diesen selbstgefälligen Ton aus dem Gesicht geschlagen. Stattdessen drehte ich mich aber nur kurz zu ihm um. »Spielt das jetzt wirklich noch eine Rolle?«

Ich musste seine Antwort nicht hören und kehrte ihm wieder den Rücken zu. Und ich wusste, dass auch meine Antwort nicht von Bedeutung war. Ob der Mann vor mir Sokol war oder nicht, machte keinen Unterschied mehr. So oder so würden wir beide sterben müssen.

»Es ... es tut mir leid«, wisperte ich Sokol zu.

Weil ich keine Hand frei hatte, um über seine geschundenen Wangen zu streichen oder sie ihm tröstend auf den Arm zu legen, ließ ich mich langsam neben ihm auf den Boden sinken, robbte an ihn heran und legte meinen Kopf auf seine Brust. »Es tut mir so unendlich leid, Sokol.«

Er rührte sich nicht und schwieg beharrlich. Doch sein Herz polterte wie verrückt unter meinem Kopf, und es ging eine Hitze von ihm aus, die sich schon nach wenigen Sekunden unangenehm auf meiner von der Kälte betäubten Haut anfühlte. Unangenehm, weil sie mir zeigte, dass er aus Fleisch und Blut war. Er war ein Mensch, ein lebendiges Wesen. Mit Gefühlen, Gedanken und Zukunftsplänen. Und es war meine Schuld, dass er das in vielleicht nicht einmal einer Minute nicht mehr war.

Ich presste mich enger an ihn, kniff die Augen zu und wartete darauf, dass man mich von ihm wegzerrte, dass sie mich zwangen, dabei zuzusehen, wie sie ihn über den Rand stießen. Mich zwangen, seinen verzweifelten Schreien zu lauschen, denn er würde schreien. Ein grausames, herzzerreißendes Schreien, in das ich einstimmen würde, während ich mir wünschte, taub und blind zu sein – vor allem aber tot.

Demütig sah ich zu Gabriel. Ich wollte ihm sagen, dass ich liebend gern sterben würde, wenn er Sokol nur in Ruhe ließe. Ich wollte ihn anflehen, dass er Sokol verschone. Sokol, der nichts weiter getan hatte, als ein wenig herumzuschnüffeln und mir dabei fatalerweise über den Weg gelaufen war. Ich verfluchte Lípa, Sarah und das Päckchen, das sie mir geschickt hatte, verdammte Viola und den Hinweis, den sie mir gegeben hatte, verwünschte mich für die Arroganz, mit der ich damals nach Monakam gegangen war. Wie hatte ich nur so überheblich sein können? Wie hatte ich nur davon ausgehen können, dass ich Gabriel jemals dafür würde büßen lassen, was er meinem Vater und meinem kleinen Bruder angetan hatte?

Und dann mit einem Mal fiel mir auf, dass die Szene vor meinen Augen sich verändert hatte. Ich blinzelte die Tränen weg und als ich sah, was vor sich ging, stockte mir für einen kurzen Moment der Atem.

Sokol, Elias und ich schienen nicht länger von Bedeutung zu sein, denn unsere Wächter hatten sich schützend vor Gabriel aufgebaut. Vor ihnen stand ein dürrer Kerl, der wie wild mit einer kleinen Pistole herumfuchtelte. Dieser Kerl ... Ich war mir ganz sicher, ihn irgendwo schon mal gesehen zu haben. Es gelang mir gerade so, seine Worte aus dem satten Rauschen des Windes herauszufiltern.

»Du bist also der berühmte Gabriel«, sagte er bloß und augenblicklich wusste ich, wo ich ihm begegnet war.

Am Hafen. Heute Morgen, bevor ich die Fähre bestiegen hatte. Er war der kleine Schwachmat, der mich gefragt hatte, ob ich an einem Quickie interessiert sei.

Er ging einen Schritt auf die menschliche Mauer vor sich zu. Die Mündung seiner Waffe schwankte auf Kopfhöhe zwischen den Männern hin und her.

Elias stand etwas abseits. Als unsere Blicke sich trafen, bedeutete er mir mit einem knappen Nicken zu verschwinden, und ich achtete nicht länger auf Gabriel und seine Bedrohung, auf den gedämpften Wortwechsel zwischen ihnen. Es war die letzte Chance, die Sokol und ich bekommen würden. Ich rutschte ein wenig vor und beugte meinen Kopf zu Sokol herunter, der immer noch aufs Meer hinaus sah.

»Wir müssen sofort von hier verschwinden«, wisperte ich ihm zu. »Denken Sie, dass Sie aufstehen können?«

Widerstrebend drehte er mir das Gesicht zu. Sein Blick glitt an mir vorbei zu den Männern, die keine drei Meter von uns entfernt waren.

»... doch hier muss ein Irrtum vorliegen«, hörte ich Gabriel gerade noch zu dem dürren Kerl sagen. »Es tut mir überaus leid, Sie enttäuschen zu müssen, Sir. Aber Sie scheinen mich mit dem Mann zu verwechseln, der dort drüben am Boden liegt.« Um seinen Worten Nachdruck zu verleihen, deutete er mit einem Kopfnicken zu uns. Zu Sokol.

»Das ist der Mann, den Sie suchen«, erklärte Gabriel seelenruhig. »Das ist Gabriel.«

14

Er war ihnen gefolgt, war parallel zum Panoramaweg über die Wiesen und Hügel, vorbei an Sträuchern und Felsen gelaufen. Schon als der Tross sich vom Friedhof aus auf den Weg gemacht hatte, hatte er eine Vermutung gehabt, wo der nächtliche Spaziergang für Rahel und Sokol enden würde. Und diese Vermutung hatte sich bestätigt.

Die Teufelswand war schon auf den wenigen Bildern, die er im

Internet gefunden hatte, beeindruckend und zugleich beängstigend gewesen. Er lag flach auf dem Hügel, der am Pfad entlang verlief, und konnte bloß sehen, wo der Geröllhang plötzlich abknickte, und trotzdem sträubten sich ihm die Nackenhaare. Von dem, was etwa fünf oder sechs Meter unter ihm gesprochen wurde, konnte er dank des Windes kein einziges Wort verstehen. Aber eigentlich war das auch nicht nötig, denn was sich dort unten abspielte, brauchte keinerlei Wortuntermalung.

Er ahnte, worauf die kleine Versammlung vor der Teufelswand hinauslaufen sollte. Nur wann? Wann war der richtige Augenblick, um einzugreifen? Und hatten Gabriels Männer Waffen bei sich?

Das Scharfschützengewehr, mit dem Eddie erschossen worden sein musste, entdeckte er jedenfalls bei keinem von ihnen. Und der kleine Pisser war mit Rahels Mutter davongehumpelt. Er hatte ein Gewehr bei sich gehabt. Das Gewehr, mit dem David im Cottage schon Bekanntschaft hatte machen dürfen.

Als die Detonation etliche Fenster im Haus implodieren ließ, irgendwelche Teile auf das Dach des Cottages krachten, Schreie durchs Haus hallten und sich über die Insel erstreckten wie außer Kontrolle geratene Sirenen – schlichtweg, als das Chaos perfekt war –, hatte Rahel ihm signalisiert, dass für ihn der richtige Moment gekommen war, um zu verschwinden.

Mit einem raschen Nicken hatte David ihr zugestimmt. Denn hätte man sie beide überwältigt, wäre es für keinen von ihnen von Nutzen gewesen.

Er hatte schon so einen Verdacht, wer den Gastank als übergroßes Streichholz verwendet hatte. Und auch wenn bei der Explosion einige von Gabriels Anhängern ums Leben gekommen waren, dankte er Bobby Fitzpatrick für diesen grandiosen Einfall. Denn das Durcheinander und der Lärm hatten ihm die perfekte Möglichkeit geboten, um durch eines der Zimmer im oberen Stockwerk zu flüchten.

Also war er in einen der Räume gelaufen, das elterliche Schlafzimmer, soweit er das in der Dunkelheit erkennen konnte, und hatte sich unerfreulicherweise diesem kleinen Hurensohn gegenüber gesehen.

Der Junge musste durchs Fenster hereingeklettert sein, um Rahel hinterrücks zu überrumpeln, stand nun vor ihm und richtete sein Gewehr auf David.

»Hab ich dich«, hatte er geflüstert.

Dann hatte er abgedrückt.

Noch in derselben Sekunde hatte David sich zur Seite geworfen, trotzdem spürte er etwas Heißes seinen Arm streifen. Doch der Bursche konnte kein geübter Schütze sein: Der Großteil der kleinen Schrotkugeln schlug etwa einen Meter neben David mit lautem Prasseln in die Wand ein, sodass der Putz und kleine Gesteinsbrocken nur so umherflogen.

Der Junge war einen Schritt nach hinten getaumelt. Er hatte wohl nicht oft mit der Flinte geschossen, um zu wissen, wie sich ein so bockiges altes Ding verhielt und welchen Rückstoß es auslöste.

David hatte sich auf ihn gestürzt und versucht, ihm das Gewehr zu entreißen. Weil ihm das aber nicht gelang, holte er aus und schlug dem Jungen mit der Faust ins Gesicht.

Unter seinen Fingerknöcheln hatte es laut geknackt. Er wusste nicht, ob er die Nase oder das Jochbein des Jungen erwischt hatte. Irgendetwas musste aber zu Bruch gegangen sein, denn der Junge schrie wie am Spieß. Glücklicherweise ging sein Geschrei im Lärm unter, den die Explosion ausgelöst hatte.

Er war zur Tür gehastet, hatte sie zugeworfen, abgeschlossen und den Schlüssel eingesteckt. Dann hatte er sich neben den schluchzenden Jungen gekniet. Als er ihm kurz ins Gesicht gesehen hatte, war ihm nicht die frappierende Ähnlichkeit zu Rahel und ihrer Mutter entgangen. Trotzdem musste er dem Burschen die Waffe wegnehmen, doch der umklammerte das Gewehr so hartnäckig, dass ihm nichts anderes übrig blieb, als sie zu entladen, wenn er nicht noch mehr Zeit verstreichen lassen wollte. Als er damit fertig war, hatte er die Taschen des Jungen nach weiteren Patronen abgesucht und seinem Wimmern und seinen leisen Beschimpfungen dabei möglichst keine Beachtung geschenkt. – Diesem Kerl gebührte kein Mitleid. Er war vielleicht noch ein halbes Kind, hatte ihn aber trotzdem gerade töten wollen. David hatte die wenigen Patronen, die er bei ihm gefunden hatte, in seine eigene Hosentasche geschoben, dann war er zum offenen Fenster hinübergelaufen und hinausgeklettert.

Die Teufelswand lag ein gutes Stück vom Dorf entfernt. Dennoch wehte der Wind ihm einen Hauch von verschmortem Holz in die Nase und rief ihn damit zurück ins Hier und Jetzt.

Konzentrier dich, ermahnte er sich. *Konzentrier dich, du verdammter Idiot.*

Er hatte gesehen, wie der Junge und Rahels Mutter sich kurz zuvor von der Gruppe um Gabriel getrennt hatten. Sie waren dem Weg weiter gefolgt. Der Junge war also vorerst fort und mit ihm das entladene Gewehr. Wenn er nun aber doch noch irgendwo Munition aufgetrieben hatte?

Er hoffte es nicht, aber falls es so war, würde er es ohnehin nicht ändern können.

Seine Schulter und die Stichverletzung unter seinem Rippenbogen schmerzten, als er ein Stück weiter nach vorn robbte, um einen besseren Blick auf Rahel und Sokol zu bekommen.

Rahel war neben dem Journalisten auf den Boden gesunken, und sein Herz begann wie verrückt zu pumpen, weil die beiden vielleicht zwei Fuß vor dem Abhang lagen. Rahel bettete ihren Kopf auf Sokols Brust, und David wandte den Blick rasch von ihnen ab, ehe er es sich noch anders überlegte und sang- und klanglos von hier verschwand.

Er sah zu Gabriel und seinen Männer hinüber. Sie hatten sich auf dem Pfad zusammengerottet und schienen irgendetwas zu besprechen. Doch er nahm eine Bewegung aus dem Augenwinkel wahr und wandte das Gesicht in die Richtung, aus der sie vor wenigen Minuten gekommen waren.

Bobby Fitzpatrick kam über den Rundweg heranmarschiert. Er hatte beide Hände fest um den Griff seiner Pistole gekrümmt und versuchte nicht einmal, vor Gabriels Männern in Deckung zu gehen. Im Gegenteil: Er hielt entschlossen auf sie zu. Sein blasses Gesicht leuchtete im Licht der Gestirne wie das eines Wahnsinnigen.

Es dauerte nicht lange, bis Gabriel und sein Gefolge ebenfalls auf die schmale Gestalt aufmerksam wurden, die sich aus der Dunkelheit auf sie zubewegte. Und obwohl die Männer die Waffe in Bobbys Händen genauso gut sehen mussten wie er, postierten sie sich, ohne zu zögern, vor Gabriel. Einer von ihnen zückte ein Messer, dessen Klinge kurz im fahlen Licht der Nacht aufblitzte. Da die anderen beiden Männer bloß ihre Fäuste kampfbereit vorstreckten, schloss er daraus, dass sie tatsächlich unbewaffnet waren.

Ganz anders, als er es erwartet hatte, brüllten sie Bobby keine Drohungen entgegen und warnten ihn auch nicht, dass er stehen bleiben solle. Sie warteten einfach, und David fragte sich kurz, ob nicht irgendein Hinterhalt dahinter steckte.

Bobbys Gesicht war hassverzerrt, als er keine drei Meter vor den Männern anhielt. Keine Sekunde ließ er sie aus den Augen, während er mit der Waffe auf sie zielte. Dann sagte er etwas.

David verstand nicht, was, aber das Lächeln, das auf Gabriels Lippen trat, als er Bobby antwortete, ließ Wut in ihm aufbrodeln wie heiße Lava.

Gabriel nickte zu Rahel und Sokol, und Bobby folgte seinem Blick, hielt die Waffe aber weiterhin auf Gabriel gerichtet.

»Er lügt!«

Rahels Geschrei war so deutlich zu hören, dass David das Herz in die Hose rutschte.

»Er ist es!«, schrie sie und wandte den Kopf in Gabriels Richtung. »*Er* ist Gabriel!«

Sie versuchte sich aufzurichten, landete aber mit der Schulter auf dem felsigen Untergrund, und ihr Gesicht verzog sich vor

Schmerz.

Aber es war sowieso schon zu spät. Denn während Bobby von den beiden Gefesselten zu Gabriel und seinen Leibwächtern und wieder zurücksah, löste sich der Kerl mit dem Messer aus dem Schutzwall vor Gabriel und stürzte sich auf den jungen Mann.

Und dann war es bloß noch ein einziger Gedanke, der David durch den Kopf schoss: Was würde geschehen, wenn Gabriels Mann die Pistole in die Hände bekäme ...

Sein Herz pumpte schwer, als er auf die Beine sprang, und für einen kurzen Moment hatte er das Gefühl, ihm würde schwarz vor Augen werden. Doch er konnte alles sehen. Sah sogar sehr scharf für die schlechten Lichtverhältnisse, sah, wie das Messer funkelte, als der Mann die Hand hob, um Bobby die Klinge in den Oberkörper zu stoßen. Schwarze Flecken huschten am Rand seines Sichtfeldes entlang. Seine Beine fühlten sich merkwürdig taub an. Und doch trugen sie ihn problemlos, als er wie ein Berserker den Hügel hinunterpreschte.

15

»Er lügt!« Verzweifelt ließ ich meinen Blick von dem Kerl mit der Waffe zu Gabriel schweifen. »Er ist es! *Er* ist Gabriel!«

Ich wollte mich aufsetzen, konnte aber nicht genügend Kraft und Schwung aufbringen und krachte zurück auf den steindurchsetzten Boden. Ein scharfer Schmerz schoss durch meine Schulter und ich biss die Zähne zusammen, kämpfte gegen die Tränen an. Letzteres allerdings nicht wegen des Schmerzes, sondern aus Angst um Sokol.

Der dürre Kerl musterte mich eine Sekunde, dann fiel sein Blick wieder auf Sokol, wo er etwas länger verharrte. Auf seiner Miene zeichneten sich Spuren des Zweifels ab. Nachdenklich kaute er auf seiner Lippe. Gerade als er sich wieder Gabriel und seinem Geleitschutz zuwenden wollte, stürzte sich mein Aufpasser auf ihn.

Sokol neben mir schnappte hörbar nach Luft, zeitgleich entfuhr mir ein Schrei – wir beide hatten das Messer in seiner Hand gesehen.

Es gelang mir, mich auf die Seite zu drehen und ein Bein nach dem anderen unter mich zu ziehen, sodass ich mich langsam aufrichten konnte. Doch als ich zu den Männern hinübersah, ergriff mich ein lähmendes Gefühl der Angst. Hinter ihnen oben auf dem Hügel hatte sich eine schwarze Masse aus dem hohen Gras gelöst und kam nun in rasender Geschwindigkeit die Böschung heruntergeschossen.

Wagner! Erleichterung wollte sich in mir breitmachen, aber ich wusste, dass das Schlimmste noch nicht überstanden war.

Wagner stürzte auf die miteinander ringenden Männer zu, riss meinen Aufpasser von dem dürren Kerl weg und verpasste ihm einen Hieb gegen die Kehle. Augenblicklich ließ der das Messer fallen. Seine Hand glitt zu seinem Hals hinauf. Mit einem Ausdruck der Überraschung auf dem Gesicht fiel er auf die Knie. Röchelnd kämpfte er um jeden Atemzug. Er schien gar nicht mehr wahrzunehmen, was um ihn herum geschah.

Wagner hatte sich den dürren Kerl geschnappt und presste die Hand, in der dieser die Waffe hielt, auf den harten Untergrund. Mit aller Kraft versuchte er, die Finger des jungen Mannes von der Pistole zu lösen. »Lass schon los, du verfluchter Hornochse!«

Erst jetzt bemerkte ich, dass Elias hinter den beiden irgendwelche undeutlichen Worte unter seinem Knebel brüllte. Gabriel und die verbliebenen beiden Männer seiner Leibgarde entfernten sich im Laufschritt. Meter für Meter verschwammen sie mehr mit den dunklen Hügeln.

»Scheiße!« Wagner hatte es auch gesehen. Mit einem Ruck entriss er dem dürren Kerl die Pistole, sprang auf und schleuderte sie über den Hang.

»*Fuck!* Was soll das, Mann?« Der junge Mann setzte sich auf, schien für Wagner aber nicht länger eine Gefahr darzustellen, denn er ließ ihn los. Als der Kerl sich allerdings vorbeugte, um sich mein

Taschenmesser zu greifen, packte Wagner ihn am Schlafittchen, riss ihn zurück und nahm das Messer rasch an sich.

Der junge Mann rappelte sich auf und warf ihm einen wütenden Blick zu. »War er das? Der feige Dreckskerl, der sich hinter den Männern versteckt hat?«

Wagner nickte. »Ja, das war Gabriel. Tut mir leid, aber du hast deine Chance verpasst, Bruder.«

»Wir werden ja sehen«, knurrte sein Gegenüber. Dann stand er auf, zog seine locker sitzenden Jeans hoch, rotzte auf den Boden und lief los.

Entgeistert sah ich ihm nach.

»Wer zur Hölle war das?«, wisperte ich.

»Unwichtig.« Wagner ging neben Sokol in die Knie und machte sich daran, seine Fesseln zu lösen.

»*Gott!* Warum haben Sie die Waffe weggeworfen, Sie Vollidiot?«, blaffte ich ihn an. »Warum haben Sie das getan? Die haben ein verfluchtes Gewehr!«

»Vielleicht haben sie ein Gewehr, aber es ist kein besonders gutes«, brummte er, während er mit dem Messer vorsichtig Sokols Knebel aufsäbelte. »Das Magazin war sowieso leer. Sonst hätte er auf den hier geschossen, als der ihn angegriffen hat.« Er deutete auf den Mann, dessen Kehlkopf er zerschmettert haben musste und der nun leise röchelnd am Boden lag und uns anstarrte.

Ich schluckte und schaute schnell wieder zu Wagner. »Geht es ... geht es Ihnen gut?«

Ich hatte mitbekommen, dass meine Mutter ihn im Cottage angegriffen hatte, als er die Tür aufgebrochen hatte. Bisher hatte ich aber keinen weiteren Gedanken daran verschwendet. Ich war davon ausgegangen, dass es ihm gut ging. Jetzt war mir allerdings ein großer schwarzer Fleck auf seinem Pullover aufgefallen. Zweifellos war es Blut.

»Wie schlimm ist es? Ich meine ... Ihre Verletzung?«

Doch Wagner ging auf meine Fragen nicht ein, zog das Messer ein letztes Mal an Sokols Knebel entlang und endlich gab der Stoff nach.

»Ich danke Ihnen, David ...« Sokols Stimme klang rau. Der Journalist öffnete und schloss ein paar Mal den Mund, als müsste er überprüfen, ob seine Zähne noch aufeinander passten. »Was ist mit Ihnen passiert? Hat einer dieser Kerle Sie etwa auch mit einem Spanferkel verwechselt?«

»Meine Mutter hat ihm das angetan«, sagte ich leise. »Sie ist hier auf der Insel.«

Sokol warf mir einen erstaunten Blick zu, soweit ich das seinem ramponierten Gesicht entnehmen konnte. Seine Miene verfinsterte sich jedoch schon im nächsten Moment wieder. Er wandte sich an Wagner. »Also, was ist passiert?«

Wagner winkte ab, stand auf und half ihm auf die Beine. »Alles halb so schlimm.«

Es war okay, wenn sie mich nicht beachten wollten, sagte ich mir. Ja, es war vollkommen in Ordnung. Auch wenn ich mich trotz der drei anwesenden Männer – vier, wenn man den Halbtoten mitzählte, der nach wie vor nach Luft ringend am Boden lag – mit einem Mal schrecklich allein fühlte, war mir nur allzu bewusst, dass ich für alles, was man ihnen heute angetan hatte, für ihre Verletzungen und den seelischen Schaden, den sie möglicherweise davontrugen, verantwortlich war. Es war mehr als nachvollziehbar, wenn sie nun genug von mir hatten.

Wagner packte mich wenig herzlich an den Armen, zog mich ebenfalls auf die Beine und durchtrennte mit einem raschen Schnitt meine Fessel.

»Danke«, wisperte ich, versuchte, die Taubheit aus meinen Fingern zu schütteln, und rieb mir die schmerzenden Handgelenke.

Elias hatte sich uns bis auf ein paar Schritte genähert. Er schnaufte und bedeutete Wagner, ihm ebenfalls die Fesseln zu lösen, indem er sich zur Seite drehte und ihm seine zusammengebundenen Hände hinhielt.

»Nope. Keine Chance, Schätzchen«, sagte Wagner kühl und gab

Sokol das Messer. »Hier, nehmen Sie das. Aber versuchen Sie bitte, sich damit nicht selbst zu skalpieren, klar?«

»Was ist mit ihm? Warum wollen Sie ihn nicht losmachen?« Sokol blickte zu Elias, der die beiden wütend anfunkelte und hinter seinem Knebel irgendwelche unverständlichen, aber unheilvollen Worte von sich gab.

»Das ist Gabriels Sohn. Deshalb werde ich den Teufel tun und ihm helfen. Wenn er will, kann er hier warten.« Wagner schenkte Elias ein hartes Lächeln. »Ich schätze, solange er nicht an seiner eigenen Sabber erstickt oder sich freiwillig die Teufelswand hinunterstürzt, wird ihm nichts geschehen. Wichtiger ist, dass er uns jetzt nicht in die Quere kommt.«

»Das Gleiche gilt übrigens auch für Sie«, brummte er und drehte sich zu mir. »Wenn Sie nicht wollen, dass noch mehr Leute Ihretwegen verwundet werden oder ums Leben kommen, sollten Sie besser hierbleiben.« Er sagte das mit einer Kälte, die mir tief unter die Haut fuhr und die mehr als verdeutlichte, dass ich hier unerwünscht war, dann wandte er sich wieder an Sokol. »Alles okay mit Ihnen? Sind Sie bereit?«

Sokol nickte und vermied es dabei entschieden, in meine Richtung zu sehen.

»Na dann los.« Wagner klopfte ihm auf die Schulter. »Wir sollten uns beeilen, wenn wir sie noch einholen wollen.« Er lief voraus, und dann setzte auch Sokol sich in Bewegung, um ihm zu folgen.

»Es tut mir leid«, rief ich Sokol noch hinterher, doch er schien mich nicht mehr zu hören – oder mich nicht hören zu wollen.

Es vergingen keine zwanzig Sekunden, da konnte ich auch ihre Umrisse nicht länger von der Nacht unterscheiden.

Scheiße. Verdammte Scheiße.

Elias sah mich an, die Augen zu engen Schlitzen zusammengekniffen, die Nasenflügel gebläht von den mühsamen Atemzügen. Der Wind zerrte an seinen dunklen Locken, flippte einzelne Strähnen von einer Schädelseite auf die andere und wieder zurück.

»Ich ...« Ich zögerte. Ich konnte meine Finger nach wie vor kaum spüren. Sie kribbelten mittlerweile zwar, als würde mir jemand dünne Nadeln in die Haut piksen, aber sie waren noch immer unbrauchbar. Ich hob sie Elias entgegen. »Ich kann dich nicht von deinen Fesseln befreien. Meine Finger sind taub und ich habe kein Messer ...«

Ich wusste nicht recht, ob das wirklich alles war, was mich davon abhielt, ihn loszumachen. Womöglich spielte auch ein wenig mit hinein, dass er mich Monate zuvor beinahe umgebracht hätte. Und dass er mich heute seinem Vater ausgeliefert hatte. Selbst wenn er das nicht freiwillig getan hatte.

Ich seufzte und schüttelte den Kopf. »Es tut mir leid. Aber ich kann dir jetzt nicht helfen. Ich ... ich *muss* ihnen hinterher.«

Er schnaufte aufgebracht und machte einen Schritt auf mich zu, aber ich wich ihm geschickt aus und schlüpfte an ihm vorbei auf den Pfad.

»Es tut mir leid«, versicherte ich ihm noch einmal, dann rannte ich los.

Zu meiner großen Verwunderung bereitete mir das Laufen keine großen Schwierigkeiten. Der schmale Weg hob sich hell und deutlich von den umliegenden Wiesen und Sträuchern ab, und selbst mein Kreislauf erwies sich als recht stabil, nachdem ich die ersten Meter hinter mich gebracht hatte. Keine Übelkeit, kein Zittern, keine Kopfschmerzen. Trotzdem war mir bewusst, dass ich es nicht übertreiben durfte. Mein gesamter Organismus lief schon viel zu lange auf Reserve. Also joggte ich mal schneller und mal langsamer, meistens aber langsamer, und versuchte dabei den Wind, der mich hin und her schubste, und die unwirtliche Umgebung, die sich in dem düsteren Licht kaum zu verändern schien, auszublenden. Obwohl ich mir Zeit ließ, dauerte es nicht lange, bis ich auf Sokol traf. Einige Meter vor ihm blieb ich stehen.

Er stand vornübergebeugt am Wegesrand. Seine dünne Fleecejacke flatterte um seinen schmalen Oberkörper wie eine Fahne am Fahnenmast.

»Haben Sie was verloren?«, fragte ich, auch wenn offensichtlich war, dass ihm bloß die Puste ausgegangen war.

Erschrocken fuhr er zu mir herum, in der einen Hand mein Messer, in der anderen, wie konnte es anders sein, eine Zigarette.

»Ist alles in Ordnung?«, fragte ich und näherte mich ihm langsam, als ich mir sicher war, dass er mich erkannt hatte. Trotz des Windes, der den Rauch in alle Richtungen peitschte, konnte ich riechen, dass er sich übergeben hatte. Aber ich sagte nichts. Zu sehr schockierte mich der Anblick seines malträtierten Gesichts.

»Ich bin verletzt«, raunte er schwer atmend, zog an der Zigarette und sah mich herausfordernd an. »Ich ... kann nicht so schnell.«

»Sie haben eine Schnittwunde am Rücken, keine inneren Verletzungen«, wiederholte ich, was Wagner mir über Sokols Zustand mitgeteilt hatte. Dann griff ich nach dem Arm des Journalisten und zog ihn mit mir.

»Was soll das?«, beschwerte er sich, folgte mir aber widerstrebend.

»Sie kommen mit«, sagte ich. »Ich werde Sie keine Sekunde mehr aus den Augen lassen. Und jetzt werfen Sie die verdammte Kippe weg! Vergiften können Sie sich auch später noch!«

Sokol schnaubte genervt, schnippte die Kippe aber vor sich auf den Weg und trat sie aus. Plötzlich entriss er mir jedoch seinen Arm und blieb stehen. Als ich mich zu ihm umdrehte, funkelte er mich wütend an.

»Sie ... Sie verdammtes stures und eigensinniges Miststück! Ist Ihnen eigentlich klar, dass ich mir wahnsinnige Sorgen um Sie gemacht habe?« Er schnaufte abermals, schüttelte den Kopf, fasste sich an die Stirn und wandte sich von mir ab. Blitzschnell fuhr er jedoch wieder zu mir herum. »*Verdammt noch mal!* Ich habe Ihnen geholfen, habe Sie hierhergebracht ... Und Sie? Sie flößen mir irgendwelche Tropfen ein, damit ich mir stundenlang die Seele aus dem Leib scheiße, und dann schleichen Sie sich davon wie ein feiges ...« Er presste die Lippen zusammen und drehte sich von mir weg.

»Es tut mir leid, Sokol«, sagte ich gerade so laut, dass er es über den Wind hören musste, und ich meinte es auch so. »Es tut mir unendlich leid. Ich habe keine Ahnung, wie ich das jemals wiedergutmachen soll. Aber ich verspreche Ihnen, ich werde es wiedergutmachen. Nur nicht jetzt. Weil wir ... Wir müssen jetzt weiter, um Wagner zu helfen, verstehen Sie?«

Er fuhr zu mir herum und betrachtete mich einen Moment lang kühl. Sein Gesicht war so schlimm zugerichtet, so geschwollen und aus seiner natürlichen Form gebracht, dass ich es kaum ertragen konnte, ihn anzusehen.

Er seufzte und schüttelte den Kopf. Dann griff er nach meiner Hand, und diesmal zog er mich hinter sich her.

Ich fühlte mich, als seien wir Hänsel und Gretel. Auf dem Weg in das noch unbekannte Verderben. Nur dass wir keine Brotkrumen hinterließen.

Und am Ende vielleicht auch nicht zurückkehrten.

Sokol und ich sprachen nicht viel. Ich vermutete, ihm ging dasselbe durch den Kopf wie mir: Dass Wagner längst tot sein konnte, wenn wir endlich am Leuchtturm eintrafen. Doch diese Befürchtung, die immense Angst, die bleischwer auf meinem Brustkorb lastete und mir das Atmen erschwerte, hatte uns beiden scheinbar nicht nur unsere Stimmen geraubt, sondern uns für den Moment zusammengeschweißt, als wäre sie der Kraftstoff, der uns nun vorantrieb. Wir hasteten über den Trampelpfad wie ein Pärchen, das es eilig hatte, den Zug noch rechtzeitig zu erreichen.

Sokol hatte seine Hand fest um meine kalten Finger geschlungen und ließ mich keine einzige Sekunde lang los. Und auch ich spürte nicht das geringste Verlangen, mich von ihm zu lösen. Seine Anwesenheit und die Wärme, die er ausstrahlte, gaben mir Sicherheit und nahmen mir wenigstens ein bisschen der Furcht, und ich glaubte, dass es ihm ähnlich erging.

Als wir schließlich einen ersten Blick auf den Leuchtturm erhaschten, eine letzte Anhöhe trennte uns noch davon, stellten sich die feinen Härchen auf meinen Armen auf.

Das typisch runde Gebäude, das mit seinem lang gezogenen Anbau hoch oben auf einem gewaltigen Felsvorsprung thronte, war unbeleuchtet. In den Fenstern spiegelte sich das kalte Licht der Sterne, und weder im Gebäude selbst noch auf der kurz geschorenen Wiese davor war ein Lebenszeichen zu vernehmen.

»Wo ... wo sind sie?«, keuchte Sokol.

Ich konnte das Zögern und die Beunruhigung in seiner Stimme hören. Trotzdem blieb er nicht stehen und hielt weiter auf den alten Leuchtturm zu. Ich hatte keine hilfreiche Antwort parat, weshalb ich bloß kurz mit der Schulter zuckte und ihm zu dem Pfad folgte, der vom Rundweg abging und hinauf zum Turm führte.

Mein Herz pochte vor Anstrengung und aufwallender Panik. Weit und breit war keine Menschenseele zu sehen. Mit jedem weiteren anstrengenden Schritt nach oben schien der Wind stärker zu werden, bis unsere Schritte, unser schweres Atmen und das Tosen der Wellen in ihm untergingen. Als Sokol sich zu mir umdrehte und etwas sagte, wandte ich rasch den Blick vom Steilhang ab, der hinter dem Leuchtturm abzufallen schien. Noch konnte ich den Hang nicht sehen, aber die gestutzte Wiese endete an einer gewissen Linie ganz plötzlich und ließ mich erahnen, was sich dahinter befand. Ich trat einen Schritt näher zu Sokol, um ihn verstehen zu können.

»Ich sagte«, rief er, eine Hand an den Mund gelegt, um den Schall seiner Worte zu kanalisieren, »wir sollten um den Leuchtturm herumgehen! Vielleicht sind sie auf der anderen Seite!«

Ich nickte, setzte die Kapuze meines Pullovers auf, zog sie fest und war froh, als ich meine eisige Hand anschließend wieder in Sokols legen konnte. Sie schien nach unserer kurzen Trennung zu glühen wie ein heißer Backstein. Er schenkte mir ein mattes Lächeln, was aufgrund seines zugeschwollenen Auges und des getrockneten Blutes überall in seinem Gesicht eher grotesk wirkte, und drückte kurz meine Hand. Dann folgten wir dem Pfad aus ausgedünntem Gras, der sich in seichten Kurven zum Leuchtturm hinaufschlängelte.

Wir hatten gerade zwar gut anderthalb Kilometer hinter uns gebracht und die Muskeln in meinen Beinen schmerzten vom vielen Auf und Ab, trotzdem war ich aber für jeden weiteren Schritt dankbar. Bewegung schien mir im Augenblick die einzige Möglichkeit zu sein, mit der ich mich einigermaßen warmhalten konnte.

Oben angekommen blieben wir vor dem Eingang des Turms stehen. Sokol rüttelte an der Tür. Aber wie erwartet, war sie verschlossen. Er ließ die Schultern sinken und drehte sich zu mir um. Als er bemerkte, wie sehr ich zitterte, zog er seine Fleecejacke aus und wollte mir hineinhelfen.

Ich schüttelte den Kopf. Er trug zwar noch einen dünnen Wollpullover darunter, aber er würde sich den Tod holen, wenn er bei diesen Temperaturen halb nackt hier draußen herumrannte.

»Hören Sie auf unsere Zeit zu verschwenden und ziehen Sie die Jacke an! Ich komme sowieso fast um vor Hitze!« Er legte mir die Jacke um die Schultern.

Mir wurde klar, dass er sie nicht mehr zurücknehmen würde, und ich schlüpfte schnell in den Stoff, in dem noch ein Rest seiner Körperwärme gespeichert war. Sokol nickte zufrieden, dann ergriff er meine Hand und wir gingen los.

Wir starteten unsere Erkundungstour um den Leuchtturm auf der Seite, die der Küste zugewandt war. Ich konnte Sokols Anspannung über seine Hand spüren – das abwechselnde Zucken und dann wieder fest Zugreifen war wie eine Standleitung zu seinen Gefühlen –, aber auch ich erwartete mit klopfendem Herzen, dass sich jeden Moment jemand auf uns stürzte.

Mit der Rundung des Turmes wurde der Grasstreifen zwischen Gebäude und Steilküste immer schmaler, bis wir an einem Punkt nicht mehr darum herumkamen, einen Blick nach unten zu werfen. Tief unter uns brach sich das Meer in hohen dunklen Wellen auf dem breiten Strand, der von großen schwarzen Felsblöcken durchzogen war, als hätte ein Riese dort mit seinen Bauklötzen gespielt.

Mein Magen verkrampfte sich, und ich zog Sokol unwillkürlich in Richtung Gebäude. Die Mauern des Leuchtturmes und sein unbekanntes Innere kamen mir im Moment sehr viel einladender vor als unser Spaziergang hier draußen.

Der Ausblick auf den Strand hinunter war nichts im Vergleich zur Teufelswand, zumindest nicht, was die Brutalität des von Mutter Natur geformten Steins anging. Dieser Abgrund, die Aussicht auf den von dunklen Felsen umsäumten, weiß schimmernden Sandstrand war viel touristenfreundlicher und musste bei Tag einen einmaligen Anblick bieten. Trotz dieses Idylls zweifelte ich aber keine Sekunde daran, dass dieser Ort genauso todbringend wie die Teufelswand war. Schon des Öfteren hatte ich gelesen, dass sich ganze Hangabschnitte, die derartigen Witterungen ausgesetzt sind, lösten und mitsamt der darauf verweilenden Urlaubsgäste in die Tiefe stürzten. Und wenn man sich nicht zu diesen Unglücklichen zählen konnte, reichte genauso gut ein falscher Schritt oder ein Stoß in Richtung Hang, und es war vorbei.

»Haben Sie das gehört?« Sokol hatte sich zu mir umgedreht und sah mich fragend an.

Meine Finger krampften sich fester um seine, und er hob die Brauen.

Ich schüttelte den Kopf. Obwohl ich wusste, dass mich über den ohrenbetäubenden Lärm des Windes niemand hören konnte, der nicht direkt neben uns stand, hatte ich mich zum Schweigen verdammt. Das ungute Gefühl, dass sich irgendjemand in unserer Nähe befand und uns womöglich sogar beobachtete, beschlich mich, seit wir zum Leuchtturm hinaufgekommen waren.

»Ich bin mir nicht sicher«, brüllte er über den Wind hinweg. »Vielleicht habe ich es mir auch bloß eingebildet. Aber es hat sich angehört wie ein Motor.«

Und da ging mir ein Licht auf.

»Das Boot!«, rief ich und schlug mir die Hand vor die Stirn. »Sie haben ein verdammtes Boot!«

Ungeachtet der Tatsache, dass ich eine Heidenangst vor dem Abgrund hatte, löste ich mich von Sokol, schoss zum Rand des Hanges vor und ließ mich auf die Knie fallen. Ich krallte meine Finger tief ins Gras und begann fieberhaft den Strand abzusuchen. Wie hatte ich nur das verflixte Boot vergessen können!

Sokol war neben mich gekrabbelt, und genau wie ich krallte er seine Finger tief in den Boden, um sich den nötigen Halt zu verschaffen.

»Dahinten!«, rief er schon nach wenigen Sekunden und zeigte zum Ende des Strandes, das ein paar hundert Meter von uns entfernt lag.

Und tatsächlich schwankte dort unten ein Boot in den hohen Wellen, ein schwarzer Fleck auf dem dunklen Wasser.

Ob sich jemand auf dem Boot befand, konnte ich nicht erkennen. Doch ich stellte mit wachsender Panik fest, dass sich mehrere Personen auf dem Strandabschnitt davor befanden. Kleine dunkle Punkte auf dem leuchtend weißen Sand.

Nein, noch waren sie nicht auf dem Boot. Sie warteten darauf, dass es anlegte.

»Wie in Gottes Namen sind die da runtergekommen?«

Soweit ich es erkennen konnte, gab es keinen in den Fels geschlagenen Weg und auch keine Treppe, die nach unten zum Strand führte.

Sokol war bereits aufgestanden und streckte mir die Hand entgegen, um mir aufzuhelfen. Sein Blick glitt am Rand des Hanges entlang, als könnte dort plötzlich eine magische Treppe zum Vorschein kommen. Dann schien er zu sehen, was auch ich in genau derselben Sekunde entdeckte, denn seine Finger schlossen sich so fest um meinen Arm, dass es wehtat.

»O Gott!«, entfuhr es mir, und mit einem Mal brannten alle Sicherungen in mir durch. Das Nächste, was ich wahrnahm, war, dass ich rannte. Der Wind fuhr mir schneidend kalt unter Jacke und Pullover, doch ich rannte weiter.

Aber es war schon zu spät.

Eine der beiden Personen, die eben noch gefährlich nah am Abgrund miteinander gekämpft hatten, verlor den Halt, taumelte rückwärts auf den Hang zu ... und stürzte in die Tiefe.

Der Wind zerriss den Schrei des Mannes in kleine Fetzen, zerriss ihn und warf ihn weg, und das Letzte, was ich wollte, war stehen zu bleiben. Trotzdem tat ich es. Weil mich ein so heftiges Schluchzen ergriff, dass ich selber zu straucheln begann, und weil ich so unglaublich wütend war. Auf mich selbst.

Ich würgte, rang nach Luft und würgte wieder. Dann war Sokol auch schon bei mir und nahm mich tröstend in den Arm.

»Alles ist gut ...«, keuchte er, während er mir kräftig über den Rücken rieb. »Er war es nicht! Haben Sie gehört? Es war *nicht* David!«

Woher zum Teufel wollte er das wissen?

Meine Beine zitterten. Ich wollte mich auf den Boden sinken lassen und die Augen schließen, wollte nur noch daliegen und sterben.

Aber Sokol ließ mich nicht.

Er packte mich an den Schultern und schüttelte mich, sodass mein Kopf vor und zurückruckte. »Reißen Sie sich zusammen! *Verdammt noch mal*, er war es nicht, okay!«

Ich schüttelte den Kopf und wischte mir die Tränen aus den Augen. Und am liebsten hätte ich Sokol eine geklatscht.

Es *musste* Wagner gewesen sein.

Schließlich waren er und Sokol gemeinsam von der Teufelswand aus aufgebrochen, um Gabriel aufzuhalten. Dementsprechend war Wagner auch die Person, die direkt vor uns hier am Leuchtturm eingetroffen sein musste. Und wie ich Gabriel kannte, hatte er keinen unbewaffneten Wachtposten an der Strickleiter, der geheimen Treppe oder was auch immer dahinten war, postiert.

Sokol lag falsch, und dieser verdammte Idiot wollte es einfach nicht wahrhaben.

Mit einem Mal brannte meine Wange wie Feuer. Ich keuchte und fuhr mit den Fingern zu der Stelle, an der Sokols Hand auf meine

Wange getroffen war. Erschrocken sah ich ihn an.

»Es tut mir wirklich sehr leid, aber ich wusste nicht, wie ich Sie sonst zur Vernunft bringen sollte«, erklärte er schlicht und packte mich am Unterarm. »Und jetzt kommen Sie. David braucht unsere Hilfe.«

Jemand hatte mit außerordentlicher Sorgfalt Eisentritte in den Fels gearbeitet, die in regelmäßigen Abständen aus dem Gestein ragten wie übergroße Heftklammern. Auch wenn der erste Tritt, der offenbar dazu gedacht war, sich daran festzuhalten, während man sich mit den Füßen voran über die Hangkante zur nächsten Stufe hinabgleiten ließ, robust wirkte – jedenfalls tat er das, als Sokol kräftig daran rüttelte –, hatte ich ein mehr als flaues Gefühl im Magen, als der Journalist mir so zuversichtlich, wie es mit seinem misshandelten Gesicht möglich war, zulächelte.

»Wenn ich das schaffe, dann schaffen Sie es erst recht!« Während er sich mit den Händen fest an den Eisenbügel klammerte, schob er sich mit den Beinen voran langsam über den Rand.

»Ich glaube nicht, dass ich das packe«, wisperte ich.

Mein Herz rumpelte in meinem Brustkorb wie eine Kutsche über tiefe Schlaglöcher. Ich ließ Sokol keine Sekunde aus den Augen. Nicht nur, weil ich mir Sorgen machte, er könne abrutschen oder einer der Tritte würde unter ihm nachgeben. Ich konnte meinen Blick einfach nicht von seinem Gesicht lösen, weil die Angst, dass ich mich auf den bedrohlichen Abgrund unter ihm fokussierte und auf den Toten, der dort unten lag, schlichtweg zu groß war. Alles in mir strebte danach, mich vom Rand des Hanges zurückzuziehen. Ins Inselinnere. An einen Ort, von dem ich nicht in den sicheren Tod stürzen konnte. Weg von dieser beklemmenden Tiefe.

Sokol ließ den Bügel mit einer Hand los und ich quiekte vor Schreck. Doch meine Furcht schien unbegründet zu sein.

Er war offenbar mit den Füßen auf der ersten wirklichen Stufe angelangt, denn auch der Griff seiner anderen Hand um den

Eisenbügel lockerte und verlagerte sich ein wenig.

Er lächelte und tätschelte mir den Arm. »Sie schaffen das, Rahel! Denken Sie daran, warum Sie hergekommen sind!«

Ich schnaufte. »Nicht um nach dem Sturz von einer dreißig Meter hohen Felswand an inneren Blutungen oder gebrochenem Genick zu sterben.«

Er lachte zynisch. »Glauben Sie mir, wenn ich Ihnen sage, dass ich auch nicht vorhabe, so zu enden? Obwohl ich heute Mittag noch befürchtet habe, mein Nachruf würde ›*Tschechischer Journalist verstirbt an starker Diarrhö*‹ lauten, klingt ›*Tschechischer Journalist verstirbt während waghalsiger Klettertour*‹ nicht wirklich besser ... Wenn es Ihnen hilft, dann denken Sie daran, dass Ihre Mutter es auch irgendwie runter geschafft hat. Falls Ihre Angst zu groß wird, machen Sie einfach die Augen zu und stellen Sie sich vor, Sie wären auf einem Spielplatz!«

Ich schenkte ihm ein mattes Lächeln, nahm seine Hand von meinem Arm und legte sie zurück auf den Bügel. »Halten Sie sich bitte gut fest, ja? Ich ... ich bin direkt hinter Ihnen.«

Er nickte, dann verschwanden erst sein Oberkörper und anschließend auch sein Kopf aus meinem Blickfeld.

Als ich mich kurz darauf umdrehte und meine Beine über den Hang gleiten ließ, versuchte ich mir einzureden, dass das alles nur ein Traum sei. Aber dann fuhr der Wind plötzlich so heftig gegen meine Seite, dass ich nicht anders konnte, als einen kurzen Schrei von mir zu geben. Verbissen klammerte ich mich am Bügel fest.

»Alles okay?«, hörte ich Sokol unter mir rufen, wagte es aber nicht, zu ihm nach unten zu sehen.

»O-Okay«, stammelte ich und wartete darauf, dass mein Puls sich ein wenig beruhigte. »Alles okay.«

»Es ist gar nicht mehr so schlimm, wenn man erst mal ein paar Stufen hinter sich hat!«, rief Sokol.

Ja, ja, knurrte ich in Gedanken und nickte, auch wenn er das wahrscheinlich nicht sehen konnte.

Ich holte tief Luft und biss die Zähne zusammen. Dann begann ich mich mit dem Fuß vorsichtig zum nächsten Tritt vorzutasten.

Selbstredend benötigte ich mehr Zeit als Sokol, bis ich endlich wieder festen Boden unter den Füßen hatte. Als ich mich zum Strand umdrehte, war er bereits vorausgelaufen, um nachzusehen, um wen es sich bei dem Absturzopfer handelte.

Vorsichtig machte ich mich daran, von dem schroffen Felsen zu klettern, über dem der Eisenstieg endete, da kam Sokol auch schon zurück und half mir hinunter.

»Er ... er ist es nicht«, sagte er atemlos. »Gott sei Dank, ist er es nicht.«

Als ich neben ihm im Sand landete, ließ er mich los, beugte sich vornüber und stützte sich am Felsen ab. Er würgte ein paar Mal, übergab sich aber nicht.

»Wer ist es dann?«, flüsterte ich und legte meine Hand zögernd auf seinen Rücken.

Mir war klar, dass ihm diese Geste keine Erleichterung verschaffen würde, doch er sollte wissen, dass ich für ihn da war.

Sokol hatte die Augen geschlossen und schüttelte langsam den Kopf.

»Keine Ahnung«, stöhnte er schließlich. »Es ist zu dunkel und von ... von seinem Kopf ist nicht viel übrig. Er muss auf einem der Felsblöcke aufgeschlagen sein.«

Alarmiert richtete ich mich auf. Wenn Sokol die Leiche nicht hatte identifizieren können, konnte es also doch ...

»Nein!«, krächzte Sokol, obwohl ich gar nichts gesagt hatte. Er schaute kurz zu mir auf und schüttelte abermals den Kopf. »Er ist es nicht, Rahel. Löschen Sie diesen verfluchten Gedanken endlich von Ihrer Festplatte.«

»*Er ist es nicht!*«, wiederholte er überdeutlich. »Der Mann, der dort drüben liegt, ist dünn wie eine Bohnenstange. Und außerdem ...« Sokol richtete sich jetzt wieder ganz auf und schnappte nach Luft. »Außerdem trägt David eine andere Hose und andere Schuhe. Da bin ich mir ganz sicher. Aber wenn Sie sich selbst überzeugen möchten, *bitte.*« Er deutete zu einem der Felsen, der sich etwa zehn Meter von uns entfernt befand.

Ich meinte, oben am Rand des Gesteins einen dunklen Schatten zu erahnen, der einem im seltsamen Winkel herabhängenden Arm ähnelte.

»Schon gut«, erwiderte ich schnell. »Ich glaube Ihnen. Können wir uns jetzt auf die Suche nach ihm machen? Nach Wagner? Ich muss ihn sehen!« Ich räusperte mich. »Ich meinte, ich muss sehen, dass er wirklich am Leben ist.«

Sokol nickte, dann marschierte er voran in Richtung Westen. »Ich habe sie von oben gesehen. Sie müssen ganz in der Nähe sein«, hörte ich ihn über das laute Tosen der Wellen hinweg sagen.

Der Wind blies hier unten nicht ganz so kräftig wie oben am Leuchtturm, drängte uns aber trotzdem mit seinen kräftigen Böen über den Strand und an den riesigen Felsblöcken vorbei. Ich stapfte, so schnell ich konnte, hinter Sokol her und hoffte, dass wir nicht die einzigen Gäste waren, die ohne Geschenke bei der Strandparty auftauchten.

Nicht ganz ohne Geschenke, dachte ich, als ich registrierte, wie Sokol mein Messer aus seiner Hosentasche zog und die Klinge aufschnappen ließ.

Ich sputete mich und holte ihn ein.

»Geben Sie mir das Messer, Sokol! Es ist meins!«, zischte ich ihm zu, doch er schüttelte bloß den Kopf und bedeutete mir, hinter ihm zu bleiben.

Nach ein paar Metern, wir hatten einen weiteren der kolossalen Felsquader so gut wie umrundet, wurde Sokol langsamer und blieb schließlich stehen. Als ich dicht hinter ihm stoppte, konnte auch ich die Stimmen und das auf- und abschwellende Dröhnen des Bootsmotors hören.

»Was machen wir jetzt?«, flüsterte ich gerade so laut, dass er mich hören konnte.

»Ich kann sie sehen ...«, murmelte er, den Blick gebannt auf das gerichtet, was sich gerade vor seinen Augen abspielte. »Wir sollten jetzt besser ...«

Irgendwo vor uns hatte jemand zu brüllen begonnen und ich begriff schnell, dass es Gabriel war, der da schrie. Als ich nach vorn schnellen wollte, um zu sehen, was passiert war, hielt Sokol mich aber hinter sich fest. Keine fünf Sekunden später krachte ein Schuss über den Strand und hallte von den Felsen wider.

O Gott!

Jetzt war ich es, die nach Sokols Arm griff, um ihn zurück hinter den Felsen zu ziehen. Doch ich hatte nicht genug Kraft, um ihn festzuhalten, als er sich von mir riss und losrannte.

16

Seine Beine und seine Lunge brannten. Der Schmerz in seiner verletzten Schulter war nach der kurzen Rauferei oben am Hang und dem anschließenden Abstieg zum Strand so stark aufgeblüht, dass er sich den Arm am liebsten ganz abgerissen hätte. Schwer atmend schleppte er sich den Strand hinunter und folgte dabei dem Geräusch des Bootsmotors, der gegen die Wellen und die starke Strömung ankämpfte.

Er entdeckte Gabriel und Rahels Mutter, ihren halbwüchsigen Bastard und den letzten ihrer Leibwächter vorn am Strand. Sie starrten gebannt zum Boot hinüber, während die Wellen fast an ihre Schuhe heranschwappten. Mit lautem Gebrüll und hektischen Handzeichen forderte Gabriel den Steuermann auf, den Kahn näher heranzusteuern. Doch dieser schüttelte immer wieder den Kopf.

Augenblicklich erfasste David die äußerst unangenehme Lage, in der die Leute sich befanden: Das Boot konnte bei dem heftigen Wellengang nicht nahe genug an den Strand kommen, ohne dass der Bootsführer riskierte, auf Grund zu laufen und dabei die Schiffsschraube oder das Boot selbst zu beschädigen. Und zum Boot zu schwimmen war mit einer Blinden und einem jungen Mann mit frischem Nasen- oder Jochbeinbruch im Schlepptau wohl eher keine Option.

Er schmunzelte, wurde aber sogleich wieder ernst, weil er bemerkte, dass der Junge das Gewehr immer noch bei sich trug. Hatte er in der Zwischenzeit neue Munition dafür aufgetrieben?

Er selbst hatte sich seiner Waffen auf dem Weg zum Leuchtturm entledigt, hatte eine nach der anderen weit auf den Ozean hinausgeschleudert. Zuletzt hatte er ein paar Steine in seine Tasche geschmissen und diese hinterhergeworfen. Ihm war bewusst, was er getan hatte. Aber er würde dafür nicht in den Knast gehen. Nicht freiwillig.

Er zweifelte daran, dass der Bursche zwischenzeitlich Munition aufgetrieben hatte. Hätten sie das Gewehr dann nicht bei dem Mann oben am Hang gelassen, damit dieser sich besser gegen unerwünschte Nachzügler hätte behaupten können? Aber sie hatten es nicht bei ihm zurückgelassen.

Eigentlich hatte er sich einen Plan zurechtlegen wollen, bei dem er sich selbst nicht so angreifbar machte, aber er war hinter dem Felsen hervorgetreten und auf sie zugegangen, ehe sein Verstand sich wieder einschaltete.

»Was hast du meiner Mutter angetan, Gabriel?«

Rahels Mutter stieß einen leisen Schrei aus und war die Erste, die sich zu ihm umdrehte. Doch die Männer folgten ihrem Beispiel mit mehr oder minder erschrockenen Mienen. Der Junge, den er für Rahels Bruder hielt und dem David, wie er nun sah, doch die Nase gebrochen hatte, hob das Gewehr.

»David ... wie nett ... Warum wundert es mich nur nicht, dich gerade heute hier zu sehen?« Gabriels Stimme war ganz sanft, aber in seinen Augen loderten Hass und Hohn zu gleichen Teilen. »Du steckst mit ihr unter einer Decke, was? Mit dieser kleinen Hure?«

»Warum sprichst du ihren Namen nicht aus, Gabriel? Hast du Angst, deine neue Frau könnte es dir übel nehmen, dass du ihre Familie zerstört hast?«

Gabriels Miene verfinsterte sich und er wandte sich an seinen Sohn. »Schieß!«, befahl er ihm schroff. »Erschieß diesen Mann, mein Junge!«

Das ließ sich Rahels Bruder nicht zweimal sagen. Mit einem Grinsen, das sich über sein ramponiertes Gesicht zog, hatte er nur auf diesen Befehl gewartet. Er drückte ab und David hörte trotz des lauten Rauschens der Brandung, wie der Schlagbolzen ins Leere traf.

Auch wenn er nichts anderes als das Klicken erwartet hatte, trommelte sein Herzschlag rasend schnell in seinen Ohren.

»Hast du etwa Angst, sie könnte dich verlassen?«, zwang David sich weiterzusprechen, während er angespannt beobachtete, wie der kleine Bastard die Waffe nachlud. *So ein verdammter Mist.* Er musste die Munition übersehen haben, als er seine Taschen durchsucht hatte. »Wenn sie erfährt, dass du für den Tod ihres Mannes und ihres kleinen Sohnes verantwortlich bist? Wenn sie erfährt, dass meine Mutter sterben musste, weil du dein Leben lieber mit ihr verbringen wolltest?«

»Wovon redet dieser Mann?«, wisperte Rahels Mutter, dann lauter: »Wovon redet er da, Gabriel? – Und wage es ja nicht, auf ihn zu schießen, Nathanael!«

Nathanael wollte gerade etwas erwidern, da kam Gabriel ihm schon zuvor.

»Ich weiß wirklich nicht, wovon er da spricht, mein Herz. Glaub mir, ich bin über seine Anschuldigungen ebenso bestürzt wie du«, versicherte er ihr. »Er ... er muss unter Drogen stehen oder zumindest betrunken sein.« Sachte berührte er ihren Arm, doch sie wischte seine Hand weg und machte einen Schritt zurück.

»Wer sind Sie? Sagen Sie mir sofort, wer Sie sind!«, forderte sie David auf.

»Aber Murielle ...« Gabriel näherte sich ihr langsam. »Er lügt. Merkst du denn nicht ...«

»Reden Sie schon! Ich möchte wissen, wer Sie sind!« Rahels Mutter fuhr ihn mit einer solchen Vehemenz an, dass David für einen kurzen Moment sprachlos war.

»Mein Name ist David«, erklärte er schließlich mit heiserer

Stimme.

Äußerlich war er ruhig, das wusste er. Doch in ihm traf die rohe Gewalt der Gefühle aufeinander und drohte ihm fast den Brustkorb zu zerbersten.

»Cynthia, Gabriels erste Frau, war meine Mutter«, fuhr er fort. »Genauso wie sie Elias' Mutter war, nur dass ich das Glück hatte, einen anderen Mann meinen Vater nennen zu können. Gabriel ...« David räusperte sich, denn seine Kehle schien sich immer mehr zusammenzuschnüren. »*Dein Mann*, hat sie beide getötet. Meinen Vater und meine Mutter. Ich muss ...« Er rang nach Atem. Warum verdammt noch mal bekam er nur so schlecht Luft?

»Ich muss wissen, wo er sie vergraben hat«, sagte er, als er sich wieder einigermaßen im Griff hatte. »Ich ... will sie nach Hause holen.«

»Er lügt!« Selbst in dem dämmrigen Licht konnte David sehen, wie Gabriel der Speichel über die Lippen flog. »Schenke diesem Schwindler keinen Glauben! Kein einziges seiner schmutzigen Worte ist wahr!« Er hastete zu seinem Sohn hinüber, um ihm das Gewehr abzunehmen. Doch der Junge umklammerte die Waffe mit festem Griff und wich unschlüssig vor ihm zurück.

Der Junge schüttelte kaum wahrnehmbar den Kopf. »Mutter hat gesagt ...«

»Was fällt dir ein?«, fuhr Gabriel ihm ins Wort und starrte ihn voller Zorn an.

David richtete sich mit hämmerndem Herzen wieder an Rahels Mutter. Die Waffe war jetzt geladen. Aber so wie es schien, hatte die Frau Einfluss auf ihren Sohn. Vielleicht hatte sie auch die Macht, Gabriel zum Sprechen zu bringen.

»Dein Mann hat unzählige Menschen auf dem Gewissen«, sagte er. »Er hat Unschuldige dafür hingerichtet, dass sie sich dem Alkohol oder der Lust hingaben. Hat er dir nicht erzählt, dass sein Gesicht monatelang in allen Zeitungen war? Und dass ein internationaler Haftbefehl gegen ihn vorliegt?«

Die ganze Zeit über hatte Rahels Mutter sich nicht gerührt. Nun schien sie aber allmählich aus ihrer Schockstarre zu erwachen. Unsicher wanderte ihr Kopf hin und her, fast so, als suchte sie in einer großen Menschenmenge nach einer ganz bestimmten Person. Ihr weißes Gesicht glühte förmlich im Licht der Gestirne, ihre dunklen Haare ließen sie nur noch blasser erscheinen. Sie sah aus, als bestünde sie bloß aus Haut und Knochen.

»Hältst du mich deshalb seit so vielen Jahren auf dieser Insel fest, Gabriel?« Ihre Stimme klang wie das Raunen eines verletzten Tieres. »Damit ich nicht mitbekomme, was du treibst? Wer du wirklich bist?«

»Murielle, hör nicht auf ihn!« Gabriel ging zu ihr und wollte ihre Hand in die seine nehmen, doch sie entriss sie ihm sofort.

»Fass mich nicht an!«, fauchte sie und wandte sich von ihm ab.

Mit dem, was dann geschah, hatte selbst David nicht gerechnet.

Rahels Mutter raffte ihren langen Rock, lief ins Wasser und stakste mit wackeligen Schritten den wild schäumenden, düsteren Wellen entgegen.

Im ersten Augenblick begriff David überhaupt nicht, was sie da tat. Bis ihm nach einigen Sekunden schlagartig klar wurde, dass sie ganz gewiss nicht vorhatte, zum Boot zu schwimmen.

Sie wollte ihrem Leben ein Ende setzen.

Wie auch die anderen Männer sah er ihr völlig perplex und wie erstarrt nach, bis er am Rande eine Bewegung wahrnahm.

Gerade noch so sah er, wie Bobby Fitzpatrick einen großen Stein in die Luft hob. Dann schmetterte er ihn Rahels Bruder mit aller Kraft gegen den Kopf. Ein dumpfer Schlag ertönte und der Junge sackte augenblicklich in sich zusammen.

Bobby zögerte keine Sekunde, schleuderte den Stein beiseite und riss dem Jungen das Gewehr aus der leblosen Hand. Dann rannte er hinter Gabriel her, der inzwischen bis zur Hüfte im Wasser stand und lauthals den Namen seiner Frau rufend gegen die hohen Wellen ankämpfte, die ihn wieder und wieder in weiße Gischt tauchten.

»Nein! Tu das nicht!«, brüllte David, und jetzt war auch er in Bewegung.

Aber Bobby war bereits bis zu den Knien im Wasser und blieb erst stehen, als er sich Gabriel bis auf vier oder fünf Meter genähert hatte. Er wischte sich das feuchte Haar aus der Stirn. Dann legte er das Gewehr an und feuerte.

17

Ohne lange nachzudenken, sprintete ich hinter Sokol her. Als ich um den letzten Vorsprung des Felsens herum auf den offenen Strand laufen wollte, knallte aber eine Schulter hart gegen die meine. Sternchen sehend landete ich im Sand.

Ich fluchte leise und sah der Gestalt, die mich umgerannt hatte, hinterher.

Es war das miese Arschloch, das Sokols Gesicht an der Teufelswand mit so viel Leidenschaft verunstaltet hatte. Und der Kerl hatte es offenbar ziemlich eilig, dieses idyllische Plätzchen zu verlassen. Ohne zurückzublicken, hetzte er zum Aufstieg davon, dass der Sand hinter ihm nur so hoch spritzte.

Der Bootsmotor heulte auf. Ich krabbelte erst auf allen vieren vorwärts, ehe ich mich wieder auf die Beine zwang, den Vorsprung umlief und dann abrupt stehen blieb.

Das Boot, das Sokol und ich von oben gesehen hatten, hatte gedreht, nahm nun an Fahrt auf und entfernte sich Welle für Welle weiter vom Strand. Im aufgewühlten Wasser entdeckte ich mehr als zwei Köpfe, die wie unkontrollierte Korken auf- und abtauchen.

Himmel!

Mein Herz begann wie wild zu schlagen, und als ich registrierte, wer mit mir am Strand zurückgeblieben war – mein furchtbarer Halbbruder, der bewusstlos am Boden lag und in dessen Gesicht die blutigen Spuren eines Kampfes zu sehen waren, und der dürre Kerl, der wie wir hinter Gabriel her war –, verkrampfte es sich schmerzhaft. Sokol und Wagner waren doch nicht etwa da draußen im Wasser?

O bitte, nein! Ein kurzes Wimmern verließ meine Kehle und ich lief weiter nach vorn, um besser erkennen zu können, was dort vor sich ging.

Der dürre Kerl stand ein paar Meter vor mir im Wasser. Die Wellen rauschten um seine Beine herum und ließen ihn leicht wanken. Er starrte aufs Meer hinaus, in der Rechten hielt er entspannt ein Gewehr, wie ich erst jetzt bemerkte. Vermutlich das meines Halbbruders.

Er musste Notiz von mir genommen haben, denn er drehte sich zu mir um und nickte mir zu.

»Hab den verdammten Hundesohn nicht getroffen«, krächzte er und hob die Waffe kurz an. »Dafür aber seine Alte. Und trotzdem is' sie weitergeschwommen, als hätte sie neun Leben oder so.«

Seine Lippen begannen zu beben und seine Gesichtszüge entglitten ihm. »Der Typ hat meinen Bruder umgebracht. Einfach so. Ich hoffe, er ersäuft jetzt gerade da draußen.«

Dafür aber seine Alte.

Ich schluckte, weil es sich plötzlich so anfühlte, als hätte mir jemand Schmirgelpapier in die Kehle geschoben. Dieser Kerl ... dieser dünne Kerl hatte auf meine Mutter geschossen. Er hatte sie getroffen, und es war gut möglich, dass sie tot war.

Der Gedanke löste bei mir nicht den Gefühlsausbruch aus, den ich eigentlich erwartet hatte. Meine Augen blieben trocken, mein Herz schlug genauso rasch weiter wie zuvor und mein Verstand war zumindest einigermaßen klar. Es war zu viel Zeit vergangen. Zu viele Jahre waren wir voneinander getrennt gewesen. Sie spielte keine Rolle mehr in meinem Leben, war ein Fremdkörper darin. Sie war mir nicht einmal ansatzweise so wichtig wie ...

Ich lief ein paar Schritte ins Wasser, genau so weit, bis die Strömung auf meine Beine traf, mich zunächst zurück an den Strand schubste, aber schon im nächsten Moment mit sich hinaus aufs Meer ziehen wollte. Da ich nie eine gute Schwimmerin gewesen war, blieb ich stehen, wo ich war, und suchte im ständigen Auf und Ab der dunklen Wogen nach ihren Köpfen.

»Sokol! Wagner!«, schrie ich, aber meine Stimme ging in dem unerbittlichen Rauschen der Wellen unter, als wäre sie nie da gewesen.

Doch dann meinte ich, Wagner zu sehen. Hastig lief ich zu der Stelle, an der er, wie ich vermutete, aus dem Wasser kommen würde. Und tatsächlich schwamm er in Rückenlage auf den Strand zu. Als er sich näherte, hörte ich, wie er nach jedem Beinschlag angestrengt die Luft ausstieß. Mit vor Kälte schlotternden Beinen watete ich ihm entgegen, um ihm beim Tragen seiner Last zu helfen, zögerte aber, als ich erkannte, wen er da bei sich hatte.

Schlaff wie eine übergroße Stoffpuppe hing Gabriel in Wagners Armen.

Alles in mir sträubte sich, diesen Mann anzufassen. Trotzdem wollte ich Wagner zur Hand gehen. Als der begriff, was ich vorhatte, schüttelte er den Kopf.

»G-Gehen Sie schon«, stotterte er vor Kälte. »Gehen ... gehen Sie! Es ist z-zu gefährlich im Wasser.«

Er zitterte am ganzen Leib und musste mehrere kurze Pausen einlegen, während er Gabriel außer Reichweite der hungrigen Wellen zog. Schließlich ließ er ihn achtlos auf den Sand fallen und setzte sich nach Luft ringend daneben.

Es waren keine fünf Sekunden vergangen, da tauchte der dürre Kerl bei uns auf und richtete das Gewehr auf Gabriels Kopf.

Instinktiv drehte ich mich weg und kniff die Augen zu.

»Die ...«, hörte ich Wagner mit heiserer Stimme keuchen. »Die M-Munition kannst du dir sparen, B-Bobby.« Wieder schnappte er nach Luft. »Er ist t-tot.«

Ein heftiger Ruck durchfuhr mich, und trotzdem glaubte ich im ersten Moment, mich verhört zu haben. Das konnte nicht sein! Es konnte doch nicht so plötzlich vorbei sein, oder? Ich schlang die Arme um mich und drehte mich zu den Männern um. Aber mein Blick war so von Tränen getrübt, dass ich so gut wie gar nichts sehen konnte. Ich trocknete mir die Augen, vermied es aber, zu Gabriel zu sehen.

»Und jetzt s-sieh zu«, raunte Wagner dem dürren Kerl zu, »dass du das Gewehr loswirst. Wir bekommen B-Besuch.« Er deutete mit dem Kopf hoch zum Leuchtturm, wo ich trotz meines verschwommenen Blickes, etliche Lichter durch die Dunkelheit schwirren sehen konnte. Einige davon huschten über den Hang, aber noch drang keines zu uns auf den Strand herunter.

»Sind das etwa ...«, begann der dürre Kerl, da unterbrach Wagner ihn bereits mit einem Nicken.

»Polizisten«, erwiderte er. »Ich sch-schätze, in weniger als zehn Minuten w-werden die ersten von ihnen hier unten sein. Spätestens d-dann solltest du deine Hände also in Unschuld baden, Bobby.«

Bobby fackelte nicht lange und verschwand mit dem Gewehr in der Dunkelheit zwischen den Felsen.

»Denken Sie wirklich, dass das die Polizei ist?«, fragte ich Wagner und starrte unruhig auf das Wasser hinaus. Sokol hätte längst wieder an Land sein sollen. Und wenn es wirklich noch zehn Minuten dauerte, bis die ersten Einsatzkräfte hier eintrafen, konnte es für den Journalisten schon längst zu spät sein.

»Es sind P-Polizisten. Gabriels L-Leute müssten wohl nicht erst n-nach dem Abstieg suchen, oder?«, bemerkte Wagner. »W-Warum fragen Sie?«

»Sokol ...«, sagte ich und biss mir auf die Lippe, weil mir schon wieder die Tränen kamen. Rasch wischte ich sie fort. »Ich glaube, er ist noch da draußen.«

»Er ... er ist hier unten? *Im Wasser?*« Wagner sah mich mit weit aufgerissen Augen an. »Verflucht! W-Warum haben Sie das nicht g-gleich gesagt?«

Er kam schwerfällig auf die Beine. Seine Kleidung klebte an ihm wie eine zweite Haut. Wie ein eingerostetes Aufziehspielzeug stakste er zurück ins Wasser.

»Was haben Sie vor, Sie Idiot?«, schimpfte ich ihm hinterher.

»Bleiben Sie gefälligst hier! Sie müssen niemandem etwas beweisen, klar!«

Er lächelte matt. »Ich weiß. T-Trotzdem muss ich ihn suchen.« Er ging tiefer ins Wasser, drehte sich aber noch einmal um. »Rahel? Damals, als ich Sie im Krankenhaus b-besucht habe, sagten Sie, Sie schulden mir etwas! Erinnern Sie sich daran? – Ich möchte Ihr V-Versprechen jetzt in Anspruch nehmen!«

Ich nickte benommen. Den Tag, an dem er mir einen Besuch im Krankenhaus abgestattet hatte, um mir vorzuhalten, wie dumm ich gewesen war, nach Monakam zu gehen, hatte ich bestimmt nicht vergessen. Trotzdem hatte er mir indirekt das Leben gerettet, und ich würde meine Schulden bezahlen. »Was ... was soll ich tun?«

»Sie sollen überhaupt nichts tun! Das ist es ja! *Tun Sie es nicht!* Haben Sie gehört? Er hat es nicht verdient zu leben!«

Auch wenn ich nicht ganz verstand, worauf er hinauswollte, nickte ich, und schon kehrte er mir den Rücken zu und verschwand in den dunklen Fluten.

Als ich mich zu Gabriel drehte und in sein regloses Gesicht blickte, in die Miene, die vor Kurzem noch mit so viel Arroganz gefüllt gewesen, jetzt aber völlig ausdruckslos war, fiel es mir wie Schuppen von den Augen.

Tun Sie es nicht!

Versuchen Sie *nicht*, ihn wiederzubeleben.

Meine Gedanken rasten und die Platzwunde an meinem Kopf pochte wie verrückt. Bestand tatsächlich noch die Chance, dass ich Gabriel ins Leben zurückholen konnte? – Aber würde das nicht gleichzeitig auch bedeuten, dass er erst kurz bevor Wagner ihn an den Strand geschleppt hatte, ertrunken war?

Oder ertränkt wurde, geisterte es durch meinen Kopf und es lief mir kalt den Rücken hinunter.

Ich betrachtete den Mann, der fast drei Jahrzehnte lang mein Leben bestimmt hatte. Der nicht nur mich, sondern auch das Denken und Handeln so vieler anderer Menschen geprägt hatte. Den

Mann, der mir meine Familie genommen und mir damit so viele schlaflose Nächte beschert hatte, den Mann, der einen großen Teil dazu beigetragen hatte, dass ich bin, wer ich bin – mit all meinen Macken und Kanten.

Spielte es überhaupt eine Rolle, ob er ertrunken war oder ob Wagner nachgeholfen hatte? Nur ... Wenn Letzteres der Fall war, warum hatte Wagner ihn dann überhaupt mit an Land gebracht?

Es ist vorbei, flüsterte die leise Stimme in meinem Kopf.

Doch ich verspürte keine wirkliche Erleichterung. Ich hörte, wie sie mit schweren Stiefeln die Eisenklammern heruntersteigen und sich irgendetwas zuriefen, und hielt noch einen Moment inne, den Blick suchend aufs Wasser gerichtet. *Nichts.* Dann lief ich zu meinem Halbbruder hinüber, hockte mich neben ihn und tastete nach seinem Puls. Sein Gesicht war unterhalb der Nase blutverschmiert, die Nase selbst schien gebrochen zu sein.

Selbst schuld, Großmaul.

Die Haut an seinem Hals war warm und unter meinen Fingern klopfte es kräftig. Rasch nahm ich die Hand wieder weg und zog ihm, ohne ihn dabei großartig zu bewegen oder gar zu berühren, meinen Rucksack vom Rücken.

Mir fiel gleich auf, dass die Tasche schwerer war als zuvor. Als ich unser Zimmer am Morgen verlassen hatte, hatte ich bloß eine kleine Wasserflasche, meine Geldbörse und Sokols Handy eingesteckt. Nun aber hatte der Rucksack deutlich an Gewicht zugelegt.

Ich zog den Reißverschluss der hinteren Tasche auf, und nachdem ich ein paar zusammengeknäulte Kleidungsstücke – es mussten Nathanaels sein, denn mir gehörte es nicht – herausgeholt hatte, stockte mir der Atem.

Wagner.

Er hat sie die ganze Zeit über gehabt.

Ich zog die kleine wasserfeste Tasche, eine der beiden Taschen, die ich Monate zuvor in Monakam versteckt hatte, aus dem Rucksack und zögerte kurz.

Es ist deine Tasche, verdammt! Mach sie auf!

Also öffnete ich sie.

Die Dinge, auf die ich damals Wert gelegt hatte, wie die Kamera, das Handy, meine Ausweiskopien und Bargeld, waren verschwunden. Viel befand sich nicht in der Tasche, aber so wie es aussah, hatte Wagner sich sein eigenes Notfallset zusammengestellt: eine Signalpistole, eine zusätzliche Handfackel und ein Handy.

Ich holte die Handfackel aus der Tasche, und nach einigem Hin und Her gelang es mir schließlich, sie zu entzünden. Ich sprang auf und wandte den Blick vom gleißend roten Licht ab, das aus der Fackel sprühte. Wie wahnsinnig schwenkte ich sie hin und her, auch wenn ich keine Sekunde daran zweifelte, dass sie mich selbst dann sehen würden, wenn ich es nicht täte. Als das Signal erlosch, steckte ich die Fackel in den Sand und fischte schnell das Handy aus der Tasche.

Ich drückte auf irgendeine Taste und die Beleuchtung schaltete sich ein. Es war an. Oh, dem Himmel sei Dank, es war tatsächlich an! Und Wagner hatte es nicht mit einem Sperrcode gesichert!

Ich wählte, vertippte mich und musste die Ziffern von Neuem eingeben. Aber meine Hände zitterten so stark, dass ich noch ein zweites Mal von vorn anfangen musste.

Dann hielt ich mir schützend die Hände vor die Ohren, und als endlich ein ganz leises Freizeichen ertönte, schloss ich erleichtert die Augen.

Geh ran. Bitte geh ran.

Es waren kaum fünf Sekunden vergangen, da wurde auf der anderen Seite abgehoben. »Ja?«

Es war bloß ein gehetztes, kurzes Wort, das dank der schlechten Verbindung kaum hörbar durch die Leitung geknistert war. Aber selbst dieses eine Wort genügte, um zum Ausdruck zu bringen, wie groß und belastend die Angst sein musste, die mein Adoptivvater in den letzten Tagen ausgestanden hatte.

Und wieder war da das Schmirgelpapier, das sich an das Innere meiner Kehle heftete und mir das Sprechen unmöglich machte.

Ich schloss die Augen und schluckte.

»Er ist ...«, wisperte ich und musste abermals schlucken. »Er ist tot, Nikolaj.«

Dann begann ich zu weinen.

18

Ein paar der Polizisten, die es in der Zwischenzeit zum Strand heruntergeschafft hatten, kamen ihnen entgegengelaufen. David war überaus dankbar, als sie ihm Sokol, der zwar bei Bewusstsein war, sich aber kaum noch aufrecht halten konnte, abnahmen, sich dessen Arme über die Schultern schwangen und den Journalisten die verbliebenen Meter aus dem Wasser schleiften.

Mühsam schleppte er sich an den Strand. Er versuchte seinen Blick scharf zu stellen, um sich zu vergewissern, dass Gabriel noch immer tot war, um den Strand nach Rahel abzusuchen. Doch er konnte in dem Wirrwarr aus dunklen Schatten niemanden erkennen.

Zwei Schritte noch.

Seine Beine, nein, sein ganzer Körper zitterte so heftig, dass ihn das Gefühl überkam, die Kontrolle über jeden noch so kleinen Muskel verloren zu haben, und nicht bloß seine Schulter, sondern verdammt noch mal *alles* tat ihm dermaßen weh, dass er sich fast sofort auf den halbwegs trockenen Sand fallen ließ, als er ihn erreichte. Er verbarg das taube Gesicht zwischen den Armen, schloss die Augen und rührte sich nicht mehr.

Du bist unterkühlt, sagte ihm sein Verstand – scheinbar das Einzige, was jetzt noch an ihm funktionierte, denn auch seine Stimme schien zu versagen.

Gott! Was würde er für eine verfluchte Decke geben!

Und obwohl er gedacht hatte, dass das eisige Wasser sämtliche seiner Nervenenden für immer hatte verkümmern lassen, spürte er mit einem Mal Hände auf sich. Hände, die an ihm zerrten, ihm unter die Arme griffen und ihn auf die Seite drehten, glühend heiße Finger an seinem Hals und seinem Handgelenk, die nach seinem Puls suchten.

Was zum Teufel ...?

Er wollte die Augen aufreißen und sie anschreien, dass sie ihre verdammten Griffel von ihm nehmen sollten. Aber seine Zunge lag schwer am Grund seines Mundes. Und dann war da noch diese bleierne Müdigkeit, die ganz plötzlich an ihm zog, ihn mit in die schwarze Tiefe zerren wollte wie kurz zuvor die gnadenlose Strömung im Meer. Die Augen aufzuschlagen kam ihm auf einmal vor wie eine unlösbare Aufgabe.

Hände an seinen Armen, an seiner Schulter – *Himmel,* dieser verfluchte Schmerz! –, an seinen Beinen. Er hörte sie miteinander reden. Jemand gab kurze, abgehackte Befehle. Dann nahm er die kalte Luft auf seiner nackten Haut wahr, doch es schien kaum einen Unterschied zu machen. Es vergingen einige Sekunden, dann spürte er trockenen Stoff auf seinen Beinen und seinem Oberkörper. Sie hatten ihn mit irgendetwas zugedeckt, hatten ihn in etwas Warmes, aber Schweres eingewickelt, das ihn nun irgendwie zu erdrücken schien. Er wollte sich beschweren, seinem Ärger Luft machen, da spürte er Finger auf seinem Gesicht, heiße Finger. Daumen, die sanft über seine Wangen strichen.

»Alles ist gut«, hörte er sie dicht an seinem Ohr schluchzen, obwohl sie darum bemüht war, ihr Schluchzen zu unterdrücken. »Sokol geht es gut. Sie ... sie kümmern sich um ihn. Alles wird gut, hören Sie, Wagner?«

Gut. Alles wird gut.

Und dann war er weg.

19

Knapp anderthalb Stunden hatten wir am Strand warten müssen, bis die Sanitäter und die Beamten, die zur Verstärkung herbeigerufen worden waren, mit geeigneter Kletterausrüstung, Tragen für den Transport der Verletzten und Bahren für die Verstorbenen auf der Insel eintrafen. Ein Tiefdruckgebiet, wie man mir auf dem Weg zurück zum Dorf erklärte, hatte für den Orkan gesorgt, der das Beschiffen des gesamten Küstengebietes so gut wie unmöglich machte. Wie unmöglich der Orkan das Beschiffen machte, wurde uns bewusst, als wir uns auch einige Stunden später noch auf Chapel Island befanden, weil eine Überfahrt der Verletzten und Gefangenen von den Zuständigen schlichtweg als zu gefährlich erachtet wurde. Folglich hatte man das Inselcafé, einen recht gemütlichen Laden mit Blümchentapeten, Kamin und einem wundervollen Blick aufs Meer, als provisorische Krankenstation auserkoren, bis der Wellengang sich wieder legte.

Ich war zu müde, um mich über die Tatsache zu beschweren, dass wir hier festsaßen. Und weil wir mittlerweile im Warmen saßen, verarztet worden waren, etwas zu essen und etwas Warmes zu trinken bekommen hatten und man uns ein wenig hatte schlafen lassen, konnte ich durchaus darüber hinwegsehen, noch ein wenig länger auf dieser verfluchten Insel bleiben zu müssen. Im Klartext: Ich war dermaßen erschöpft, dass mir einfach alles gleichgültig war. Wie lange ich hierbleiben musste, ob ich ins irische Gefängnis kam oder ob mich ein Bus überfuhr – es war mir egal.

Vorerst hatte ich genug. Vor allem von mir.

Wagner, dessen Verfassung weitaus besser war als die von Sokol, war direkt nach mir auf ein Gespräch ins Büro des Cafés gerufen worden, um Superintendent Rutherford, der sich seit dem frühen Morgen nach einer offenbar nicht ganz so erfreulichen Überfahrt mit grauweißem und mürrischem Gesicht dort breitgemacht hatte, Rede und Antwort zu stehen.

Bevor Wagner unsere gemütliche Kaminrunde verlassen musste,

hatte er uns mit wenigen Worten berichtet, dass die Polizisten zwei Leichen aus dem Cottage geborgen hatten, hinter dem der Gastank in der Nacht explodiert war, dass die Arbeit der Beamten dort aber noch längst nicht abgeschlossen war. Darüber hinaus erzählte er Sokol und mir, dass die beiden Boote – das, mit dem er und Sokol gekommen waren, und das des dürren Kerls aus Burtonport, den seit den Geschehnissen am Strand keiner von uns mehr gesehen hatte – verschwunden waren. Und mit ihnen ein Teil der Inselbevölkerung.

Ich wusste nicht, wie viele von Gabriels Anhängern auf der Insel gelebt hatten. Oder wie viele von ihnen mit den Booten entkommen waren. Aber ich fragte mich immer wieder, ob die, die geflohen waren, es bei dem starken Wellengang wieder an Land geschafft hatten. Und falls ja, wohin es sie verschlagen hatte.

Der klägliche Rest von Gabriels Leuten, eine Handvoll Jünger, unter denen auch Elias und Nathanael waren, soweit Wagner wusste, war in einem anderen Gebäude auf der Insel in Gewahrsam genommen worden, bis die Witterungsverhältnisse sich besserten. Woher Wagner diese Informationen hatte, war mir schleierhaft. Genau wie Sokol und ich hatte er das Café in den letzten Stunden nicht verlassen dürfen. Ich nahm mir vor ihn zu fragen, sobald er zurückkam, auch wenn er dann sicherlich nicht bester Laune sein würde. Ob es nun an der holprigen Überfahrt lag oder daran, dass wir Ausländer waren, der Superintendent war ein ziemlich unfreundliches Arschloch.

Ich selbst hatte dem Mann bis auf zwei kleine Ausnahmen alles erzählt. Brechts Ableben und meine Vermutung über Gabriels Tod hatte ich für mich behalten. Zu groß war meine Loyalität gegenüber Wagner, zu gewaltig war meine Abneigung gegen Rutherford, der mich während meines Berichts immer wieder unterbrach, indem er missbilligend schnalzte oder die Augen verdrehte, und das bloß, weil ihn meine rudimentären Englischkenntnisse zu nerven schienen.

Trotzdem hatte ich ihm wie auch Nikolaj bei meinem ersten Anruf von Lípa erzählt und versucht, ihm klarzumachen, wie sehr ich mich um die Kinder und Jugendlichen dort sorgte. Weil er meiner Aussprache nicht vertraute, hatte ich ihm den Ortsnamen aufgeschrieben.

Schließlich hatte Rutherford mir einen Anruf gewährt, da man uns vorerst all unsere Besitztümer abgenommen hatte. Als ich Nikolajs Stimme hörte und er sagte, er säße am Flughafen und warte darauf, dass sein Flug zum Boarding aufgerufen würde, fiel mir ein tonnenschwerer Stein vom Herzen. Auf meine Bitte hin hatte er sich noch in der Nacht mit Kriminalhauptkommissarin Winter in Verbindung gesetzt, um ihr von Lípa und Chapel Island zu erzählen. Nun gab er mir ihre Kontaktdaten durch, und ich reichte den Zettel umgehend an Superintendent Rutherford weiter. Er schien darüber nicht ganz so begeistert zu sein. Vermutlich sah er schon jede Menge Papierkram auf sich zukommen. Nachdem ich mich noch kurz bei Nikolaj erkundigt hatte, ob es etwas Neues aus Lípa gab – nein, das gab es nicht –, hatte ich das Gespräch beendet.

Und trotzdem kreisten meine Gedanken seitdem immer wieder um den kleinen tschechischen Ort. Wann verflucht noch mal trafen die Einsatzkräfte endlich dort ein?

»Rahel, es ... es tut mir so unendlich leid«, krächzte Sokol neben mir zum gefühlt tausendsten Mal und riss mich damit von Viola, Sarah und all den anderen in Lípa fort.

Niedergeschlagen starrte er auf seine Hände, auf die Nägel, unter denen die Haut trotz der vielen Stunden, die mittlerweile vergangen waren, immer noch einen leicht bläulichen Ton hatte. »Ich weiß nicht, was ich sonst sagen soll. Aber ...« Er schnaufte und zuckte mit den Schultern.

Es dämmerte bereits und die ersten glühenden Fäden zogen sich über den Horizont. Sie versprachen, dass der Tag genauso angenehm mild werden würde wie der vorige, auch wenn der Wind jetzt noch unerbittlich über die Insel und das Wasser jagte. Das Licht verlieh dem jungen Journalisten, der mir gegenüber auf einem bequemen Sessel saß und in mehrere dicke Decken gehüllt war, das nicht gerade beneidenswerte Aussehen eines Untoten. Kräftige Hämatome und dunkle Schatten der Übernächtigung kämpften miteinander um den begrenzten Platz um seine zugeschwollenen Augen herum. An den wenigen Stellen, an denen sein Gesicht nicht grün, blau oder lila verfärbt war, hatte sein Teint sich mit jeder weiteren Tasse warmem Tee von ›aschfahl‹ auf ›etwas blass‹ gesteigert. Bis zu dem sonnengebräunten Karamellton, der sein Antlitz zwei Tage zuvor geziert hatte, war es allerdings noch ein weiter Weg.

»Ich weiß, dass es Ihnen leidtut.« Ich schenkte ihm ein müdes Lächeln. »Das sagten Sie bereits ein paarmal. Aber es ist in Ordnung, wirklich. Es geht mir gut.«

Er hatte vorsichtig an seinem Teebecher genippt – nicht weil der Tee noch heiß war, sondern weil seine aufgeplatzte Lippe ihm offenbar ziemliche Schmerzen bereitete – und öffnete nun den Mund, wahrscheinlich um sich ein weiteres Mal bei mir zu entschuldigen. Ich kam ihm zuvor.

»*Großer Gott, Sokol!* Es ist nicht Ihre Schuld! Bitte verstehen Sie das doch endlich!« Ich hob kurz die Schultern, als wäre mir gleichgültig, was geschehen war. Ganz so sicher war ich mir da allerdings noch nicht. »Sie wollte sterben! Okay? *Sie* hat es sich so ausgesucht! Niemand hat meine Mutter gezwungen, sich zu ertränken!«

Während Wagner vor wenigen Stunden ins Wasser gestürzt war, um sich Gabriel vorzuknöpfen, hatte Sokol, wie er mir erzählt hatte, als er wieder ansprechbar gewesen war, den Versuch gestartet, meine Mutter aus dem aufgewühlten Wasser zu fischen. Er hatte sein Leben riskiert, um das meiner Mutter zu retten. Murielle hatte allerdings andere Pläne gehabt, hatte mit den Fäusten auf ihn eingedroschen und sich immer wieder seinem Griff entwunden, bis eine hohe Welle sie aus seiner Reichweite und schließlich auch aus seinem Blickfeld gerissen hatte.

Trotzdem war Sokol ihr hinterhergeschwommen. Hartnäckig

wie er war, hatte er nicht aufgeben wollen und dabei kaum gemerkt, wie seine eigenen Kräfte schwanden. Wäre Wagner ihm nicht zu Hilfe gekommen ...

Ein Kloß machte sich in meinem Hals bemerkbar. Vielmehr war es ein scharfkantiger Felsbrocken, der in meiner Kehle festhing und mir das Schlucken und Atmen erschwerte. Mir kamen die Tränen.

Sokol lehnte sich vor und griff nach meiner Hand.

»Rahel«, raunte er gequält. »Ich weiß, dass ich es nicht wiedergutmachen kann, und ich kann gar nicht sagen wie ...«

»Jetzt halten Sie schon den Mund, Sie völlig verblödeter Idiot!«, platzte es aus mir heraus. Ich entriss ihm meine Hand und funkelte ihn wütend an. »Hören Sie auf damit! Denken Sie etwa, ich heule wegen ihr? Wegen einer Frau, die ich zwanzig Jahre lang nicht gesehen habe? Wegen einer Frau, die mich, als ich noch ein Kind war, fast täglich misshandelt oder meinen Vater mit dieser ehrenvollen Aufgabe betraut hat? *Gott, Sokol!* Sie hat sich in die Fluten gestürzt, um ihrem Leben ein Ende zu setzen, und das, *obwohl* sie Kinder hat! Was sagt Ihnen das über sie?«

Sokol schüttelte bloß den Kopf und starrte ins vor sich hin knisternde Feuer im Kamin.

Er hatte meiner Mutter das Leben retten wollen. Auch wenn er nicht erfolgreich gewesen war, so war er doch trotzdem dafür verantwortlich, dass ich nun hier saß und ihn in altbekannter Manier beleidigen konnte. Wären Wagner und er nicht gekommen, wer weiß, wie mein Besuch auf Chapel Island geendet hätte.

Ich konnte mir durchaus vorstellen, was Gabriels Leute mir angetan hätten, wenn Wagner und Sokol nicht aufgetaucht wären. Bloß darüber nachzudenken, ließ meine Schuldgefühle schlagartig ins Unermessliche wachsen. Was mich aus irgendeinem unerklärlichen Grund nur noch wütender machte.

»Verdammt, ich heule wegen Ihnen, Sokol! Kapieren Sie das nicht?« Ich fegte die Tränen von meinen glühenden Wangen. »Sie hätten da draußen ertrinken können!«

Nachdenklich sah er mich an. Es kam mir vor, als ginge ihm jetzt zum ersten Mal durch den Kopf, was für ein Risiko er eingegangen war.

»Ich bereue es kein bisschen, mit Ihnen hierhergekommen zu sein«, sagte er leise und ließ die Finger behutsam über sein grün und blau gesprenkeltes, geschwollenes Gesicht wandern. »Trotz der ganzen Blessuren.«

Ein mattes Lächeln zeichnete sich auf seinen Lippen ab. »Aber ich muss gestehen: Ich bin heilfroh, dass es endlich vorüber ist.« Er schnaufte belustigt. »Jetzt muss ich mir wenigstens keine Gedanken mehr über meinen Nachruf machen.«

Ich lächelte, nahm seine Hand in meine und drückte sie sanft. »Freuen Sie sich nicht zu früh, Sokol. Ich bin mir nicht sicher, ob das Fläschchen mit dem Abführmittel schon ganz leer war.«

20

»Und, werden Sie uns irgendwann erzählen, wer Sie sind? Werden wir erfahren, wen Sie verkörpern, wenn Sie nicht gerade Förster spielen oder auf einem Fischkutter angeheuert haben?«

David schnaufte genervt. Es war nicht das erste Mal, dass Sokol ihn ins Kreuzverhör nahm, seit sie Chapel Island vor drei Tagen verlassen hatten, und er vermutete, dass der Journalist längst jemanden auf ihn angesetzt hatte. Aber sie würden nichts finden. Höchstens, dass die Zeugnisse, die er für seinen letzten Job in Deutschland vorlegen musste, gefälscht gewesen waren. Und dann was? Was wollte Sokol mit dieser lächerlichen Information anfangen?

Er glaubte nicht, dass der Mann ihn an den Pranger stellen würde. Schließlich hatte Sokol, soweit David wusste, bis jetzt auch mit niemandem darüber geredet, was an der Kapelle vorgefallen war. Was David getan hatte. Sokol hätte ihn direkt ans Messer liefern können. Aber das hatte er nicht getan. Und wegen einer

Lappalie wie einem gefälschten Zeugnis würde der Journalist sich ganz sicher nicht die Hände schmutzig machen. Trotzdem hatte er offensichtlich nicht vor, so schnell aufzugeben, denn er drehte sich schon wieder zu ihm um.

»Ich gehe jetzt einfach mal davon aus, dass Noreen nicht weiß, was Sie hier zu suchen hatten?«

Auf dem Rücken von Sokols Baumwollshirt zeichnete sich ein dunkler Schweißstreifen ab, der wahrscheinlich nicht so sehr von der Anstrengung oder der Hitze herrührte. Es war zwar einigermaßen warm, aber der Wind wehte ihnen eine ziemlich frische Brise entgegen. David vermutete, dass dem Journalisten nicht ganz so wohl bei diesem Ausflug war, wie er es vorgab.

Es war ein Wunder, dass man sie noch einmal nach Chapel Island kommen lassen hatte. Er fragte sich, wie Professor Kusmin den Polizeichef von der Notwendigkeit dieses letzten Besuches überzeugt hatte. Wahrscheinlich hatte er es mit irgendwelchem Psychogeschwafel gerechtfertigt.

Als Rutherford am Vortag angekündigt hatte, man würde sie am nächsten Morgen vor dem Hotel im rund zehn Minuten von Burtonport entfernten Dungloe abholen, in dem man sie samt einiger Beamten einquartiert hatte, war Sokol der Einzige gewesen, der vehement seinen Kopf geschüttelt hatte. Über Nacht schien er seine Meinung aber geändert zu haben. Denn als der Streifenwagen pünktlich um neun Uhr vor dem Eingang des Hotels wartete, war er da. Und mit ihm seine Kamera.

David hatte keine Ahnung, was Sokol für eine Abmachung mit Rutherford geschlossen hatte. Aber seit die Insel auf der Überfahrt vor gut einer Stunde in Sicht gekommen war, hatte der Journalist etwa alle zehn Sekunden seine gewaltige Kamera gezückt, um eine Aufnahme zu machen. Das Eiland war vorerst von der Öffentlichkeit abgeriegelt worden, selbst ein Überflugverbot war von den Behörden erteilt worden, was bedeutete, das Sokol die Aufnahmen seines Lebens machte. Exklusive Aufnahmen, die ihm wahrscheinlich ein kleines Vermögen einbringen würden. Und so fröhlich wie

Sokol ihn jetzt gerade trotz der schmerzhaften Hämatome und Schwellungen in seinem Gesicht angrinste, musste er mit dieser Vermutung völlig richtig liegen.

»Ich habe Ihnen schon gesagt, dass Noreen mit all dem nichts zu tun hat«, erwiderte er grimmig. »Und jetzt ersparen Sie mir bitte, mich ständig auf sie anzusprechen. Ich weiß, dass Sie in den letzten Tagen sehr viel öfter mit ihr telefoniert haben als ich. Also fragen Sie sie doch einfach selbst, wenn Ihnen irgendwas auf dem Herzen liegt.«

Sofort regte sich das schlechte Gewissen in ihm. Sein erster Anruf hatte Hugh gegolten. Er hatte seinem Boss erzählt, dass das Boot gestohlen worden war, und ihm Brief und Siegel darauf gegeben, dass er den Schaden begleichen würde, falls die Versicherung nicht dafür aufkam. Nachdem er ihm versprochen hatte, sobald wie möglich vorbeizukommen und ihm alles zu erklären, war Hugh ganz ruhig geblieben und hatte keine weiteren Fragen gestellt.

Ganz im Gegensatz dazu hatte sich Noreen bei ihrem einzigen Telefonat verhalten. Nein, es war kein sehr erquickliches Gespräch gewesen. Er hatte ihr nicht viel mitzuteilen gehabt, außer, dass es ihm gut ging und er voraussichtlich in einigen Tagen bei ihr vorbeischauen würde. Doch sie hatte immer wieder gebohrt und gebohrt, ihn mit Fragen durchsiebt, die er allesamt nicht hatte beantworten dürfen, zum einem Großteil aber nicht hatte beantworten wollen. Noreen hatte sich durch sein Schweigen anscheinend so angegriffen gefühlt, dass sie anfing, ihn lauthals zu beschimpfen. Schließlich war ein tränenreicher Wutausbruch auf den nächsten gefolgt, sodass er das Handy von seinem Ohr weggehalten hatte. Irgendwann, während einer weiteren Schimpftirade auf ihn, hatte David dann einfach aufgelegt.

»Ich habe Noreen bereits ein paar Fragen über Sie gestellt, das gebe ich gern zu.« Sokol sah ihn noch immer an und ließ ihm nun ein äußerst merkwürdiges Lächeln zukommen. »Aber die Ärmste scheint selber nicht recht zu wissen, an wen sie da geraten ist ...«

Er hob belustigt die Brauen.

»Schauen Sie lieber wieder nach vorn, Sokol«, brummte David ihm zu. »Sonst enden Sie noch als Fischfutter.«

»Wenn ich es nachts heil über diesen verflixten Weg geschafft habe, dann werde ich es wohl auch am helllichten Tag fertigbringen, David, oder meinen Sie etwa nicht?« Sokol musterte ihn scharf. David entging jedoch nicht, dass sein Blick dabei flüchtig zu dem Beamten hinter ihm glitt, den Rutherford dazu abgestellt hatte, sie zu begleiten. Sokol schnaufte kurz, wandte den Blick dann aber endlich wieder auf den schmalen Trampelpfad vor sich.

Trotzdem schien das Gespräch noch nicht beendet zu sein.

»Und Rutherford? Was ist mit ihm?«, hakte Sokol nach, ohne sich umzudrehen. »Haben Sie ihm gesagt, warum Sie hier sind?«

»Er weiß alles, was er wissen muss. War's das jetzt?«

Er hatte Rutherford gesagt, wer er war und in welchem Verhältnis er zu Gabriel stand und dass er versucht hatte, ihm auf den Fersen zu bleiben. Aber er hatte dem Superintendenten weisgemacht, er sei sich vorher eher unsicher gewesen, ob Gabriel sich auf der Insel befinde, weil er ihn selbst nie zu Augen bekommen hatte. Rutherford hatte das alles höchst verärgert zur Kenntnis genommen, ihm daraus bisher aber keinen Strick gedreht. Trotzdem hatte der Superintendent ihn dazu angehalten, das Land vorerst nicht zu verlassen, wenn David nicht auf einer Fahndungsliste auftauchen wolle.

Hoffentlich fanden sie keine Spuren. Spuren, die ihn selbst belasten könnten. – Bisher gingen die Beamten davon aus, dass Rahels Besuch einen sekteninternen Disput auf der Insel ausgelöst und so für die tragischen Morde wie auch die Explosion gesorgt hatte.

»David ...«, begann Sokol wieder. »Mir ist klar, dass es irgendeine Verbindung zwischen Ihnen und Gabriel geben muss, sonst wären Sie schließlich nicht hier ... Können Sie nicht einfach damit rausrücken? Für meinen inneren Frieden?«

»Grundgütiger, Sokol! Ich verpasse Ihnen gleich einen Arschtritt, wenn Sie nicht endlich die Klappe halten! Für *meinen* inneren

Frieden!«

Der Beamte hinter ihm räusperte sich.

Als David sich zu ihm umdrehte, war er etwas abseits stehen geblieben und hielt das Maschinengewehr entspannt vor sich. Mit einem Nicken deutete er nach vorn.

Sie waren am Friedhof angekommen.

Rahel und ihr Vater, sie waren Sokol und ihm die ganze Zeit vorausgegangen, waren nun stehen geblieben. Sie unterhielten sich kurz, dann trat Rahel allein durch den steinernen Torbogen und verschwand hinter der dichten Hecke des Friedhofes. Kusmin folgte dem Rundweg noch ein kurzes Stück, blieb dann aber wieder stehen und schaute aufs ruhige Meer hinaus.

Sokol wandte sich zu ihm um und sah ihn fragend an.

David zuckte bloß mit den Schultern. Er hoffte, dass sie in diesem Augenblick nicht ihre Blase auf dem geweihten Boden entleerte. Nicht, dass es ihn kümmerte, ob sie die Gebeine irgendwelcher längst verstorbenen Kelten bewässerte. – Dem Beamten, der mit ihnen hier war, würde es wohl aber weniger gefallen, dass sie auf die Gräber seiner Vorfahren pinkelte.

Ein rascher Blick zurück verriet David jedoch, dass es den Kerl nicht im Mindesten interessierte, was Rahel auf dem Friedhof trieb. Er hatte sich eine Zigarette angezündet und beobachtete die leise an die Felsen klatschenden Wellen.

Sokol, sensationsgeil wie immer, steuerte bereits auf den Torbogen zu, und David stapfte langsam hinter ihm her. Es war nicht sein Problem, wenn der Journalist sie mit heruntergelassener Hose ablichtete. Auch wenn er es wohl zu seinem Problem machen würde ...

Sie hatte ihn in den letzten beiden Tagen beobachtet, sobald sie sich im Hotel zum Frühstück, Mittag- oder Abendessen getroffen hatten. Erst hatte in der Art, wie sie ihn angesehen hatte, bloß eine Frage gelegen. *Die* Frage, die er ihr niemals beantworten würde. Das hatte sie anscheinend begriffen, denn die Frage in ihrem Blick war schnell der Wachsamkeit einer Raubkatze gewichen.

Ich weiß es, flüsterten ihre Augen seitdem. *Ich weiß, dass du es getan hast.*

Er hatte Gabriel für sie mit an Land gebracht.

Nur für sie.

David hatte gewollt, dass sie ihn sah. Damit sie realisierte, dass er keine Gefahr mehr für sie darstellen würde. Damit sie endlich abschließen konnte.

Mehr konnte er ihr für den Augenblick nicht geben.

»Was ... macht sie da?« Mit der Kamera in der gesenkten Hand war Sokol vor dem Torbogen stehen geblieben und sah ihn irritiert an.

Er trat neben den Journalisten und folgte dessen Blick über den Friedhof.

»Keine Ahnung«, erwiderte er, obwohl ihm beinahe sofort klar war, was Kusmin mit dem Ausflug hatte bezwecken wollen. Auch er schien zu hoffen, dass Rahel endlich mit ihrer Vergangenheit abschloss.

Sie kniete inmitten des blühenden Lavendels. Der Wind hatte ihre Haare zerzaust, ihre Wangen und ihr Nasenrücken waren von der Sonne leicht gerötet. Sie buddelte, grub mit den Händen ein Loch in die Erde, und David fiel auf, dass sie dabei leise mit sich selbst redete. Es wunderte ihn ein wenig, dass der Journalist nicht längst seine Kamera gehoben und ein Foto von ihr geschossen hatte. Aber vielleicht war sogar Sokol bewusst, dass diese Szene viel zu intim und nicht für ein Foto gedacht war. Denn der Journalist hatte sich nach kurzem Zögern umgedreht und ging nun gemächlichen Schrittes auf den Hang zu, um dort einige Aufnahmen zu machen.

David hielt noch einen Moment inne.

Er wusste nicht, wann er sie wiedersehen würde, wenn das alles hier vorbei war, und versuchte, sich ihren Anblick einzuprägen. Wie sie auf den Knien saß, umgeben von tausenden leuchtenden Blumen, das Gesicht hoch konzentriert, doch mit den Gedanken so weit weg.

Selbst mit den erdverschmierten Händen sah sie für ihn immer noch wie eine Göttin aus.

Letzten Endes wandte auch er sich vom Friedhof ab, ging ein paar Schritte in Richtung Hang und blickte auf die unendliche Weite des Ozeans hinaus.

Jetzt war nicht die Zeit, um Trübsal zu blasen.

Schließlich hatte er bekommen, was er wollte.

21

Mein Nacken brannte inzwischen von der Sonne, die ich in den letzten Stunden und Tagen abbekommen hatte, und ich wünschte mir, ich hätte daran gedacht, Sunblocker zu kaufen.

Ja genau, und am besten auch gleich einen Strohhut, Trottel.

Unter meinen Nägeln zeichnete sich ein schwarzer Streifen Erde ab, meine Hände waren schmutzig und zerkratzt von den scharfkantigen Steinen, die sich darin versteckten. Noch hatte ich aber nicht tief genug gegraben.

Ich hob den Kopf und warf einen kurzen Blick zur Veranda, zur Hintertür, die von der Polizei versiegelt worden war, und dann zu dem leeren Schaukelstuhl, in dem wahrscheinlich nie wieder jemand Platz nehmen würde.

»Sie hat es so gewollt«, wisperte ich, wischte mir mit dem Unterarm Haare und Schweiß von der Stirn und machte mich wieder an die Arbeit.

Dies war ein guter Platz. Auch dass Gabriel nur einen Steinwurf entfernt gelebt hatte und so viele Menschen auf dieser Insel gestorben waren, konnte dem Zauber dieses verträumten Fleckchens, der Schönheit und der Ruhe, die diesen Ort umgaben, nichts anhaben. Dies war ein Platz für die Ewigkeit.

Ich wischte die Finger an meiner Jeans ab, als das Loch tief genug war, holte die Kastanie aus meiner Hosentasche und legte sie behutsam auf den Boden der Grube.

Fast zwanzig Jahre lang hatte sie mich begleitet, mich *geleitet*. Nun war es an der Zeit, mich von ihr zu trennen.

Ich nahm ein wenig von der ausgehobenen Erde und warf sie auf die Kastanie, wartete auf die Erleichterung, auf das Gefühl von Befreiung, auf die Trauer.

Aber da war nichts. Nichts als Leere.

Ich füllte das Loch mit der restlichen Erde, dann stand ich auf. Ich ließ meinen Blick über dieses so unberührte Stückchen Erde schweifen und wünschte mir, dass es die Jahrtausende überdauern würde.

Ja, dies war ein Platz für die Ewigkeit. Für *seine* Ewigkeit.

Ganz allmählich legte sich ein Gefühl des Friedens über mich. So sanft wie der Wind, der die Blätter zum Wispern brachte, so hell und warm wie die Sonne auf meinem Gesicht. Dies war ein guter Ort. Und vielleicht, ja, vielleicht würde sich genau an dieser Stelle eines Tages der erste Baum über die Insel erheben und jedem Schatten spenden, der ihn brauchte.

Epilog

Der Atlantik hatte meine Mutter verschluckt. Auf Nimmerwiedersehen.

Fast eine Woche lang hatten die Suchmannschaften das Küstengebiet vor Chapel Island, seine ins Wasser ragenden Felsvorsprünge und Höhlen durchkämmt. Doch meine Mutter, besser gesagt, ihr Leichnam, war unauffindbar.

Ihr Verschwinden wie auch ihr Tod berührten mich kaum, was in mir zeitweise den Gedanken aufkommen ließ, dass ich vielleicht gar nicht mehr imstande war, irgendwelche Gefühle zu empfinden. Wenn ich dann aber von Neuem realisierte, dass Gabriel von einer Minute auf die nächste aus meinem Leben herausgeschnitten worden war, spürte ich Zorn in mir aufflackern. Und das *war* immerhin ein Gefühl.

Gabriel war tot. Ich hatte seine sterbliche Hülle gesehen, hatte gesehen, dass sein Brustkorb sich nicht weiter gehoben und gesenkt hatte. Und trotzdem hatte es mir nicht die Befriedigung verschafft, auf die ich all die Jahre gehofft hatte.

Er war für immer fort. Nie wieder würde ich die Chance bekommen, ihm den Hass und die Wut entgegenzuschleudern, die er über die Jahre in mir geschürt hatte. Nie würde ich ihm vorhalten können, dass er meine Kindheit zerstört und mir meine Familie genommen hatte.

Es ist vorbei, ermahnte ich mich, griff nach der Fernbedienung und schaltete den vor sich hin plärrenden Fernseher aus.

Ich wusste sowieso nicht, was sich in der letzten halben Stunde auf der Mattscheibe abgespielt hatte. Trotzdem sah ich mich etwas ratlos in meinem Zimmer um, während ich überlegte, was ich als Nächstes tun sollte. Als Arbeitslose, der man aufgrund eines ärztlichen Attests die Geschäftsfähigkeit abgesprochen hatte, kam jedenfalls keine Weltreise in Frage. Ohne Nikolaj, der nebenbei bemerkt der Aussteller des genannten Attests war, kam ich ja nicht einmal mehr an meine Bankkonten. Ein Ausflug nach Tschechien, um nach den Mädchen zu suchen, war also nicht drin. Vorerst.

Ich starrte zum Sekretär hinüber. Um genauer zu sein, zu der Schublade des schmalen Tisches, in der ich Elias' Briefe aufbewahrte.

Schreib doch einen weiteren floskelreichen, aber vollkommen nichtssagenden Brief an deinen Freund. Frag ihn zum hundertsten Mal, wo sie sich aufhalten.

Aber er würde meine Fragen nach Chapel Island, nach Lípa und den verschollenen Jüngern nicht beantworten, würde sie ignorieren und sich wie bei meinen Besuchen in Schweigen hüllen.

Elias schrieb lieber darüber, an welchem Werkstück er gerade arbeitete – Vogelhäuser, Schränke oder Bürotische, je nachdem, was die Kunden bestellten oder was gerade repariert werden musste –, wie schrecklich das Essen war, welches Buch er gerade las – Sachbücher zu allen möglichen Themen –, dass er mich vermisste und wie sehr er sich auf meinen nächsten Besuch freute.

Nathanael hatte es in eine Psychiatrie geschafft. Elias hingegen musste die Wartezeit bis zu seiner Gerichtsverhandlung wegen Fluchtgefahr in Untersuchungshaft verbringen. Und er wusste, dass seine Chancen, straffrei davonzukommen, gleich null standen.

Dennoch klangen die Briefe, die er mir dank eines Auslieferungsabkommens aus der Justizvollzugsanstalt Herrenberg schicken konnte, trotz der kleinen Beschwerden, die er einbaute, immer recht positiv. – Und doch musste ich mir eingestehen, dass er sich bei meinen letzten Besuchen immer mehr in sich zurückgezogen hatte.

Von Mal zu Mal hatte er blasser ausgesehen, von Besuch zu Besuch waren die Schatten um seine Augen finsterer geworden.

Vermutlich war es die Last, die er mit sich herumtrug. Das Wissen darüber, was Gabriel getan hatte, und dass er – Elias – nun für einen Teil der Taten zur Rechenschaft gezogen werden würde. Und trotzdem redete er nicht.

Ich wollte ihm helfen, motivierte ihn immer wieder, sich, wenn schon nicht mir, dann wenigstens irgendjemand anderem anzuvertrauen. Vergebens.

Selbst nach seinem Tod hatte Gabriel seinen Sohn noch im Griff.

Mein Blick wanderte auf den Tisch zu meinem Laptop. Eine dünne Staubschicht hatte sich darauf ausgebreitet, doch das war mir egal. Auf dem Gerät befand sich ohnehin keine einzige Datei mehr. Ich hatte die Festplatte mehrmals formatiert, in der Hoffnung, dass ich mit dem Entfernen des Videos ungeschehen machen könnte, was Gabriel mir angetan hatte.

Natürlich konnte ich es nicht.

Trotzdem wollte ich das Gerät verkaufen, sobald Nikolaj mir das Passwort für den WLAN-Zugang gab.

»Rahel?« Ein zaghaftes Klopfen an der Tür.

Ich verdrehte die Augen.

Lucas, der auf dem Läufer vor meinem Bett lag, hatte den Kopf gehoben. Müde blickte der Rottweiler von der Tür zu mir, als wüsste er genau, was für ein Theater sich hier gleich wieder abspielen würde.

»Moment noch«, brummte ich, klaubte den Teller neben mir vom Bett und stellte ihn auf den Nachttisch.

Schwerfällig rappelte ich mich auf die Beine, trottete zum Fenster hinüber, schob die Gardine zur Seite und öffnete es weit.

»Kannst reinkommen. Auch wenn ich nicht verstehe, warum du überhaupt klopfst. Ist ja schließlich deine Wohnung, oder?«

Neben meiner EC-Karte und meinen Kreditkarten hatte Nikolaj mir auch den Schlüssel zu meiner Wohnung abgenommen und mich gezwungen, in sein Gästezimmer zu ziehen. Er überprüfte meine Internetaktivitäten, hatte an den Fenstern Sicherheitsschlösser und im Flur eine Überwachungskamera anbringen lassen.

Nach den ersten Wochen, in denen es mir noch gleichgültig gewesen war, hasste ich ihn mittlerweile dafür.

Als wollte er unser ohnehin schon angespanntes Verhältnis noch ein bisschen mehr auf die Probe stellen, begutachtete er mit gerunzelter Stirn meine Wäsche, die überall auf dem Fußboden verteilt lag. »Weißt du, Rahel, es gibt da so ein Gerät ...«

»... das Waschmaschine heißt?«, beendete ich seinen Satz, ließ mich auf den Stuhl vor dem Sekretär fallen und drehte mich mit vor der Brust verschränkten Armen zu ihm um. »Ich weiß, Nikolaj. Gibt's sonst noch was?«

Er seufzte, seine Miene erhellte sich aber ein wenig. »Eigentlich bin ich nur gekommen, um dir zu sagen, dass Michal uns in zwei Wochen besuchen wird. Er kommt übers Wochenende.«

Michal.

Dass Nikolaj nun auch Sokol beim Vornamen nannte, sollte mich nach seiner Begeisterung für Wagner, von dem wir, seit wir aus dem Hotel in Dungloe ausgecheckt hatten, nichts mehr gehört hatten, wohl nicht weiter wundern.

»Schön für *Michal*«, erwiderte ich und breitete die Arme aus, um Nikolaj auf unser aktuelles Wohnverhältnis aufmerksam zu machen. »Aber wir haben hier leider keinen Platz für Besucher.«

Er hob die Brauen. »Er schläft selbstverständlich unten. In deiner Wohnung.«

»Oh na bravo! Dann ist ja alles geritzt!« Ich wandte mich von ihm ab und starrte entnervt auf die weiß verputzte Wand hinter dem Tisch. Warum um Himmels willen mussten sich nur alle Männer mit Nikolaj verschwören?

»Rahel ...« Er war hinter mich getreten und im nächsten Moment lag seine Hand auf meiner Schulter.

Am liebsten hätte ich sie weggeschlagen. Konnte er nicht einfach aus dem verfluchten Zimmer gehen?

»Du weißt, dass wir ihm überaus dankbar sein können«, sagte er leise.

Natürlich wusste ich das. Nach unserem gemeinsamen Abenteuer hatten alle Zeitungen vom Selbstmord Gabriels und seiner Lebensgefährtin und von dem tragischen Tod acht weiterer Personen berichtet. Letztere, so vermutete man, hatten zu Gabriels Anhängern gehört. Hier und dort wurden Tatsachen verdreht oder völlig überspitzt dargestellt – mit ziemlicher Sicherheit, um die Auflage zu steigern. Und obwohl Sokol über so viel Insiderwissen verfügte, hatte er sich dazu entschieden, keinen Artikel über die Garde Gottes zu veröffentlichen. Er hatte seine Bilder einem Kollegen überlassen, welcher mit denselben Informationen, die zu diesem Zeitpunkt auch all den anderen Medien zur Verfügung standen, einen Artikel verfasst hatte. Über mich und Wagner hatte Sokol seinem Kollegen gegenüber kein Wort verloren. Und auch über Lípa hatte er mit ihm anscheinend nicht gesprochen. – Aber was würde das auch nützen ... Von Nikolaj wusste ich, dass man dort keinen von Gabriels Anhängern mehr angetroffen hatte. Sie alle waren wie vom Erdboden verschluckt. Und die wenigen Leute, die man auf Chapel Island festgenommen hatte, gaben keine Auskunft über ihren Verbleib oder den der Personen, die von Chapel geflohen waren.

Selbstverständlich hatte man nach ihnen gefahndet. Aber wie spürte man jemanden auf, von dem man keinen vollständigen Namen und keine Fotos besaß?

»Ich bin ihm dankbar, Nikolaj«, erwiderte ich grimmig. »Das heißt aber nicht, dass ich auch zu dir freundlich sein muss, oder?«

Ein Nachtrag

Ich hatte es kommen sehen. Und doch hatte ich nicht das Geringste dagegen tun können.

Als Nikolaj ins Wohnzimmer kam – ich hatte ihn in seinem Büro telefonieren gehört, war aber zu abgelenkt gewesen, um zu lauschen, weil ich im Internet nach einem passenden Restaurant für den Abend suchte –, brauchte ich bloß sein Gesicht zu sehen, die ernsten Fältchen, die sich um seine Augen gebildet hatten, die Art wie die Muskulatur seines Kiefergelenks bei geschlossenem Mund arbeitete, sein etwas distanzierter Blick, und ich wusste, was los war.

»Liebes, ich muss mit dir reden.« Er setzte sich neben mich aufs Sofa, rückte das Kissen hinter seinem Rücken zurecht, ergriff meine Hand und holte tief Luft.

»Er ist tot«, kam ich ihm zuvor, »nicht wahr? Er ... Elias?«

Ich wusste nicht recht, wo die Worte hergekommen waren. Mein Kopf fühlte sich plötzlich so an, als würde ein immenser Druck darauf lasten. So als steckte er in einer sich immer weiter zudrehenden Schraubzwinge. Das Bilden korrekter Wörter oder logischer Sätze erschien mir als Ding der Unmöglichkeit.

Nikolaj zögerte kurz und musterte mich. Er nickte. »Es tut mir so leid«, murmelte er, zog mich in eine feste Umarmung und strich mir sanft über den Rücken.

Ich wollte weinen. Wirklich. Aber meine Tränendrüsen ließen mich im Stich. Und der Grund dafür war die Vorahnung, die ich gehabt hatte. Seit Wochen hatte mich das Gefühl, Elias könne sich etwas antun, begleitet und sich wie ein Schwelbrand durch meine Innereien gezogen. In den seltenen Momenten, in denen ich mich gut gefühlt hatte, hatte es fast augenblicklich dafür gesorgt, dass es mir wieder schlecht ging.

Nikolaj legte seine Hände auf meine Schultern, schob mich ein wenig von sich und blickte mir einige Sekunden lang forschend in die Augen.

»Es ist nicht deine Schuld.« Seine Stimme klang heiser, und als ich aufsah, entdeckte ich die Tränen, die in seinen Augenwinkeln funkelten.

»*Hörst du?*«, fuhr er mich plötzlich an und ich zuckte zusammen, erwartete beinahe, dass er mich schüttelte. Doch er tat es nicht.

»Es ist *nicht* deine Schuld, Rahel!«, wiederholte er laut. Dann stand er abrupt auf und ging mit einer solchen Entschlossenheit hinüber in sein Büro, dass er mich ziemlich perplex zurückließ.

Kurz darauf kam er mit einem einzelnen Blatt Papier zurück, und jetzt sah ich sie, die unverhohlene Wut, die in seinen feuchten Augen glitzerte.

»*Das*«, sagte er mit bebender Stimme und drückte mir den Zettel in die Hand, »haben sie bei ihm gefunden. Ich habe nicht vor, es vor dir zu verbergen. Ich werde dich nicht anlügen und auch nichts vor dir verheimlichen, Rahel.«

Ich starrte auf das Blatt, das noch warm war, weil es frisch aus dem Drucker kam. Darauf war die Kopie einer aus einem Notizbuch ausgerissenen Seite zu sehen. Es war unverkennbar seine Schrift. Elias' Schrift. Daran zweifelte ich keine Sekunde. Zu oft hatte ich in den ersten Wochen Post von ihm erhalten, als dass seine Schrift und die Art, wie er die Großbuchstaben betonte, mir hätten fremd sein können. Ich biss mir fest auf die Wange, dann begann ich zu lesen.

Rahel,

du bist stark. Du warst es schon immer. Ich hingegen war es nie.
Auch wenn deine Besuche mir jedes Mal Kraft geben, versiegt diese sogleich wieder, wenn du gegangen bist.
Und zurück bleibt nur diese unendliche Leere.

Es tut mir leid, aber ich schaffe das nicht.

Ich las die Nachricht noch ein zweites und ein drittes Mal und ließ jeden einzelnen Satz einen Augenblick auf mich wirken. Schweigend gab ich Nikolaj den Ausdruck zurück.

Schlagartig fühlte ich mich bedeutungslos und ohne jegliche Substanz.

Ich hatte es nicht geschafft, ihm zu helfen. Was mich aber noch mehr verletzte, war die Tatsache, dass ich es ihm nicht wert gewesen war, die Herausforderung anzunehmen, ein neues Leben zu beginnen. Mit mir. Irgendwann.

Wie betäubt stand ich auf. Ich wollte in mein Zimmer gehen, für einen Moment allein sein. Aber Nikolaj packte mich am Arm und hielt mich fest.

In seinem geröteten Gesicht arbeitete es wie verrückt. Er kämpfte sichtlich um Beherrschung.

»Ich ...«, begann er und sah mich mit einer solchen Verzweiflung an, dass ich trotz meiner Benommenheit die Gänsehaut spürte, die sich auf meinen Armen ausbreitete. »Ich werde nicht zulassen, dass du dir noch einmal etwas antust! Verstehst du mich, Rahel? Ich werde es nicht zulassen!«

Ich musterte ihn einen Moment lang, registrierte, wie panische Angst in seinen Augen aufflackerte, während die Wut tiefe Falten auf seine Stirn zeichnete. Ich nahm seine Hand behutsam von meinem Arm und schenkte ihm ein müdes Lächeln.

»Ich weiß«, murmelte ich, »und es wird die reinste Hölle werden.«

Printed in Poland
by Amazon Fulfillment
Poland Sp. z o.o., Wrocław